망량의 상자

魍魎の匣
京極夏彦

MORYO NO HAKO
by KYOGOKU Natsuhiko
Copyright © 1995 KYOGOKU Natsuhiko
All rights reserved.
Originally published in Japan by Kodansha Ltd., Tokyo.
Korean translation rights arranged with RACCOON AGENCY INC., Japan
through THE SAKAI AGENCY and BC Agency.

Korean translation copyright © 2015 Book in Hand Publishing.

망량의 상자

下

교고쿠 나쓰히코 지음
김소연 옮김

손안의책

次例

◎ 화차 [火車]

── 화도백귀야행(畫圖百鬼夜行) / 전편 · 양(陽)

※

'사과 편지'

엄마, 용서해 주세요.
이 어리석은 딸을 용서해 주세요.
그 몇 달 동안을 엄마가 어떤 생각으로 지냈을지 생각하면, 저는
견딜 수 없는 기분이 듭니다. 이제 와서야 어머니의 마음을 알게 되었
어요.
힘드셨지요.
괴로우셨지요.
친딸에게 소외당하는 것이 얼마나 슬픈 일인지 저는 몰랐습니다.
저는 정말 불효막심한 딸이었습니다.
후회하고 있어요.
아쉬워하고 있어요.
이제 와서는, 돌이킬 수가 없습니다.
저는 그냥, 아버지가 떠나고 나서 날이면 날마다 추하게 변해 가는
엄마가 너무 싫었어요. 엄마가 옛날처럼 아름다웠다면 제 마음도 이
렇게까지 비뚤어지지는 않았겠지요.
하지만 아버지가 떠난 것은 제 탓이에요.

그렇다면 엄마를 추하게 만든 것 또한 저겠지요. 그 생각을 하면 괴롭습니다.

전 바보 같은 딸입니다. 정말, 정말 죄송해요.

저는 지금 소중한 것을 잃어버렸어요.

가나코 말이에요.

엄마를 죽음 직전까지 몰아간 것도 저고, 가나코를 그렇게 만든 것도 저예요. 얼마나 어리석은 일이었는지. 가나코는 지금 어디에 있는지도 알 수 없어요. 만일 죽었다면,

죽었다면,

가나코를 죽인 건 저예요.

저는 젊은 시절의, 그 아름다웠던 엄마가 되고 싶었어요. 그리고 가나코에게서도 엄마의 그림자를 쫓고 있었던 거예요. 그리고 그 생각이, 결국은 그런 한심한 행동이 되고 말았습니다. 가나코까지 죽이고 말았어요.

이제 되돌아갈 수는 없습니다.

저는 그 사람에게 갈 거예요.

그 사람이란,

(중략)

※

7

에노키즈의 운전은 잘하는 건지 못하는 건지 구분할 수가 없었다. 기량은 확실히 보통 사람 이상이겠지만 난폭하다는 사실에는 변함이 없어서, 서스펜션이 거의 듣지 않는 닷선 조수석의 승차감은 널빤지로 엉덩이를 얻어맞는 감옥의 고문과 큰 차이가 없는 것이다.

무엇보다 시력이 극도로 나쁜 에노키즈에게 누가 운전면허를 준 건지 나는 이해할 수 없다.

그래도 에노키즈는 기분이 좋다.

아마 이번 사건과 관련된 많은 사람들 중에서 제일 기분이 좋을 것이다.

왜냐하면——이 무책임하고 비상식적인 탐정은 아주 간단히 어깨의 짐을 내려놓아 버렸기 때문이다. 다시 말해 그는, 조사를 시작하기도 전에 유즈키 가나코의 수색을 포기해 버린 것이다.

어제 ── 갑자기 찾아온 기바를 방에 맞아들이더니 교고쿠도는 우리들에게 일단 물러가 달라고 요청했다. 마치 기바를 우리들로부 터 격리하려는 듯한 태도였다.

나는 납득이 가지 않았다. 교고쿠도는 기바의 이야기를 들으면 모 두 알 수 있다 ── 고 했다. 우리들에게도 결론을 알 권리는 있을 것이다. 내가 이의를 제기하자 교고쿠도는 다음과 같이 대답했다.

"세키구치 군, 아마 자네가 생각하고 있는 듯한 연속된 전개는 이번 사건에는 없을 걸세. 언뜻 관련된 것처럼 보이는 몇 가지 사실은 전혀 관련되어 있지 않아. 거기에 한눈을 파는 한, 사건에서 정합성은 찾아 낼 수 없을 걸세. 쓸데없는 생각 같은 건 하지 말고 각 사건만 쫓아야 할 거야. 기바 나리와의 이야기에서 얻은 수확은 다음에 꼭 보고하지. 날짜는 자네 마음대로 정해도 좋네 ──."

나는 기묘한 사건의 당사자인 기바 슈타로의 체험담을 꼭 함께 듣고 싶었지만, 에노키즈와 도리구치도 그 제안에 이의가 없는 것 같아서 마지못해 따르기로 했다.

그러나 난색을 표한 사람은 오히려 기바 본인이었다.

기바는 상당히 박력 있는 걸걸한 목소리로 떠들어댔다.

"멍청한 놈, 교고쿠, 나는 네놈에게 볼일이 있어서 온 게 아니야. 잡담을 하러 온 것은 더더욱 아니지. 저기 있는, 저 세키구치의 이야 기를 들으러 온 걸세. 어이, 이봐, 세키구치, 네놈의 ──."

"나리."

교고쿠도가 조용히 일갈한다. 평소 같으면 그 정도로 입을 다물 기바가 아니겠지만, 이어지는 의미심장한 말에 호걸 형사도 약간 겁 을 집어먹었다.

"지금은 제 말대로 하는 게 이로울 겁니다."

"무슨 뜻인가?"

기바는 작은 눈을 더 가늘게 떴다. 교고쿠도는 턱에 손을 대고 조용히 말했다.

"나리가 왜 근신 중임에도 불구하고 그렇게 격분해 있는지, 아니, 어째서 근신이라는 쓰라린 처분을 받을 만한 행동을 스스로 취했는지 ──그 이유를 말하지 않고서는 이 친구들과 정보교환을 할 수 없어요. 그래도 좋다면 ── 저는 상관없지만."

기바는 잠시 입을 다물고 있었다.

"교고쿠, 네놈은 ── 뭘 알고 있지?"

"걱정하지 않아도 여기 있는 세 사람이 가진 정보는 전부 들어서 알고 있어요. 그것은 틀림없이 나리께 전하도록 하지요. 아마 지금으로서는 제가 가장 효과적으로 그 정보를 공개할 수 있을 겁니다."

기바는 잠자코 자리에 앉았다. 그리고 우리들은 그 자리를 떠나게 되었다. 우리가 왜 자리를 피해야만 했는지, 교고쿠도가 기바에게 한 말이 무슨 의미를 갖는지, 나는 전혀 알 수 없었다.

기바가 어떤 체험담을 이야기했는지, 에노키즈가 이야기한 유즈키 요코의 딱하고 가엾은 과거를 교고쿠도가 어떻게 그에게 말했는지는, 그러므로 나도 모른다.

그리고 ── 현관까지 배웅하러 나온 교고쿠도는 에노키즈의 귓가에 이렇게 속삭였다.

"에노 씨. 곰곰이 생각해 봤는데 당신의 이번 의뢰는 잘되지 않을 거야. 유즈키 가나코는 찾을 수 없을 걸세. 그건 단념하는 게 좋을지도 몰라."

그 순간, 에노키즈의 표정은 갑자기 밝아졌다.

그는 유즈키 가나코 찾기를 선뜻 포기한 모양이다.

그것이 에노키즈의 기분이 좋은 이유이다.

교고쿠도의 집에서 쫓겨난 우리들은, 별수 없이 앞으로의 방침을 서로 이야기했다.

그 결과 도리구치는 온바코에 대한 추가 조사 —— 교주의 가족, 그리고 첫 번째 신자에 대해서—— 를 속행하게 되었고, 나와 에노키즈는 —— 반쯤은 분위기에 휩쓸려 —— 구스모토 가를 찾아가 보게 된 것이었다. 그러나 이것은 어디까지나 온바코의 신자인 구스모토 기미에를 만나, 딸인 요리코가 토막살인의 새로운 피해자가 될 가능성이 있는지 없는지를 알아보기 위해서다.

유즈키 가나코의 행방을 찾기 위해서가 아니다.

에노키즈는 마스오카와의 약정을 도대체 어떻게 지킬 생각인 걸까. 그의 아버지의 체면은 서는 걸까? 쓸데없는 걱정이기는 하지만, 나는 몹시 신경이 쓰였다. 그러나 당사자인 에노키즈는 내 걱정 따위는 아랑곳하지 않았다. 탐정은 현기증 언덕 밑의 공터에 세워져 있던 이 아카이서방의 업무용 차를 발견하자마자 두 손을 들고 환호하더니, 도리구치에게 끈질기게 부탁해 조사 기간 동안 이 차를 빌리겠다는 승낙을 얻은 것이었다. 도리구치가 좋다고 말하자마자 에노키즈는,

"이거 내 거."

라고 선언했고, 그 후로 그는 더욱 기분이 좋아졌다.

나와 에노키즈, 그리고 도리구치는 주인에게 양해도 구하지 않고 3일 후에 교고쿠도에서 모이기로 결정한 후 헤어졌다.

그리고 하룻밤이 지난 오늘.
에노키즈와 둘이서 구스모토 가로 향하는 길이다.
구스모토 기미에를 만난다고 어떻게 되는 것도 아니고, 그것이 범죄를 막는 데 도움이 될지 어떨지는 극히 의심스러웠지만, 달리 좋은 생각도 떠오르지 않았다.
교고쿠도는 뭔가 알고 있다. 그것은 틀림없다. 그는 우리들에게 뭔가 숨기고 있는 것이다. 그것을 밝히면 사건은 해결에 한 걸음 가까이 다가가게 되지 않을까. 그렇다면——왜 입을 다물고 있는 것일까?
이해가 되지 않았다.
유즈키 가나코 유괴사건. 무사시노 연쇄 토막살인사건. 부정을 봉하는 온바코.
이것들은 뭔가 한 사건의 어떤 측면이 아닐까?
군데군데 보이는 사실은 그런 의심을 품게 하기에 충분한, 은밀한 비유를 내포하고 있다. 그리고 아무도 모르는 정보를 쥐고 있는 교고쿠도는 그 몇 가지 측면에서 사건 본체의 형상을 보았을 것이다. 기바에게 한 말도, 에노키즈에게 한 조언도, 모두 거기에서 나온 것이리라.

나는 즐거운 듯이 핸들을 쥐고 있는 에노키즈에게, 그에 대한 의견을 구했다.

"교고쿠도는 왜 우리들을 쫓아낸 걸까? 그 녀석이 알고 있는 건 뭘까요? 기바 나리는 왜 그렇게 순순히 교고쿠도의 말을 따랐을까? 우리한테 들키면 불편한 이유라는 게 뭐지요? 나는 모르는 것뿐이에 요. 에노 씨는 어떻게 생각하세요?"

에노키즈는 나를 모멸하듯 코 밑을 길게 늘이고 귀찮은 듯 말했다.

"변함없이 둔하군, 세키 군. 자네는 꼭 거북이 같네. 이 거북이 같으니."

"그 대답은 뭡니까? 내가 그런 걸 물은 게 아니잖아요."

"거북이 군, 자네는 어째서 교고쿠가 우리를 먼저 돌려보냈는지도 모르는 건가? 기바슈는 말일세, 그, 미나미 기누코인가? 그녀에게 반한 걸세. 상당히 열렬하게."

"아아."

그랬구나. 확실히 연애 쪽 이야기라면 나는 둔하다. 그러나 그 정도 의 정보에서, 무엇을 근거로 그런 전개를 생각해낸단 말인가. 내가 둔한 것이 아니라, 그것이야말로 상스러운 억측이 아닌가. 에노키즈 는 바보 취급하는 듯한 어조로 말을 잇는다.

"그렇지 않으면 그 얼간이가 자신의 입장을 위태롭게 하는 자세로 사건에 임할 것 같은가? 그 얼굴 봤지? 그건 바보가 섬세하게 고민한 끝에 나오는 얼굴일세. 그 거칠고 멋대가리 없고 무신경한 근육덩어 리가, 섬세하게 고민하다니 웃기는 얘기야. 경찰 쪽 서류만 읽어 봐도 기바슈는 엄청나게 열심히 활동한 것 같지 않은가. 그놈은 여자가 없다 보니 좋아하는 방법 이전에 반하는 방법도 제대로 모르는 걸세. 그저 열심히 노력하면 어떻게 된다고 생각하고 있는 거지. 바보 같은 놈이라니까."

"말이 심하군요. 그러고도 오래된 친구입니까?"

"죽마고우지."

에노키즈는 변함없이 즐거워 보인다.

기바는 사실 겉보기만큼 거친 사람도 아니고, 에노키즈가 말하는 것처럼 저돌적인 사람도 아니다. 적어도 나는 그렇게 생각한다. 그가 얼마나 신중하고 예민한지는 조금만 사귀어보면 쉽게 알 수 있다.

그러나 실제로는 안 그런데도, 주위 사람들에게 자신의 거친 면을 과시하기 위해 행동하는 듯한 구석은 있다. 그렇게 되면 그의 본의가 어느 쪽에 있는지 판단하기 곤란해진다. 다만 그가 소위 말하는 순정파인 것 같다는 점만은 나도 짐작이 간다.

그렇다면, 기바가 정말로 유즈키 요코에게 반한 것이라면 —— 좋아하는 사람의 감추어진 과거를 알고 그는 대체 어떻게 생각했을까.

교고쿠도가 우리들을 돌려보낸 것은 그것을 배려해서였던 걸까?

복잡한 심경이 되었다.

"교고쿠도는 —— 기바 나리에게 어떻게 이야기했을까요 —— 그, 요코 씨의 과거를."

"적어도 자네나 나보다는 잘 이야기했을 걸세. 뭐, 한두 살 먹은 어린아이도 아니고 서른이나 처먹은 다 큰 어른이 사랑 때문에 고민하는 것도 우습지. 게다가 교고쿠는 그런 면에서는 교묘하니까 잘 얘기했을 게 뻔해. 그건 그렇고 기바슈도 곤란한 사람이로군. 바보같으니."

곤란한 사람이라는 점에서는, 그렇게 말하고 있는 운전수가 더할 것이다.

그렇게 말하려고 하는데 차가 멈췄다.

"어디쯤일까? 거북이 군, 주소 꺼내 봐."

나는 그 명부를 꺼내 에노키즈에게 번지수를 말했다.

그리고 그때 깨달았다. 나는 어제 이 명부를 봉투에 넣어 들고 교고쿠도로 갔다. 그런데 지금은 봉투 없이 들고 있다. 나는 봉투를 교고쿠도에 두고 온 것이다. 봉투 속에는 그 명부 이외에도 뭔가 들어 있었다.

"아아, '상자 속의 소녀'였지."

"상자에 든 소녀? 무슨 소릴 하는 건가, 거북이 군."

나는 교고쿠도에게 읽어 보라고 할 생각으로, 고이즈미가 보내준 구보의 신작 교정쇄를 가져갔던 것이다. 봉투에서 꺼낼 것까지도 없이 그것을 그대로 두고 와 버렸다. 교고쿠도는 안을 확인했을까? 본래 읽게 하려고 가져간 것이니, 그렇대도 별로 상관없다.

"뭐야, 이 근처는 표지판이 적어서 알아보기가 힘들군. 방향이 좀 틀렸네."

에노키즈는 콧노래를 흥얼거리며 핸들을 꺾는다.

"거북이 군, 오늘은 자네를 위해 일부러 나온 걸세. 그렇게 멍하니 있지 말고 좀 더 진지하게 길 좀 보라고."

"무슨 소릴 하는 겁니까. 뭐가 저를 위해서라는 겁니까!"

"왜냐하면, 내 볼일은 이미 끝났거든. 소녀 찾기는 그만뒀어."

"바로 그겁니다. 교고쿠도가 무엇을 근거로 그런 말을 했는지는 모르겠지만, 그렇다고 에노 씨도 그렇게 쉽게 포기해도 되는 겁니까? 그쪽에는 뭐라고 보고할 거냐고요."

"찾아봤지만 발견되지 않았다고 해야지."

"돈을 받았잖아요."

"필요경비일세. 남는 것은 돌려주지 않아도 된다잖아."

"아버님의 체면은 어떻게 되는 겁니까!"

"아마 아버지는, 나한테 전화한 일까지 한데 묶어서 벌써 다 잊어버리셨을 걸세."

과연 에노키즈의 아버지답다. 아무런 조치도 하지 않는다는 걸까.

그런데 교고쿠도는 왜 그런 말을 했을까.

에노키즈가 큰 소리로 외쳤다.

"저기다. 거북이 군! 드디어 도착했네."

결국, 도착하고 말았다.

자, 이제부터 어떻게 할까.

이래서야 작전이고 뭐고 하나도 없다.

마스오카의 자료, 기요노의 메모.

나는 지금부터 만나려는 구스모토 기미에라는 부인에 대한 사전 정보를 갖고 있다. 그에 의하면 그녀는 30대 중반의 두사(頭師)[1]다. 내가 알기로 여성 두사는 흔하지 않다.

인형사는 수업도 엄격한 것 같지만, 실력만 좋으면 독립은 빠르다고 들었다. 자료에 의하면 인형업계에서 말하는 3월 인형 ── 히나인형을 특히 잘 만든다고 한다.

작은 집이었다.

---

1) 인형의 얼굴 부분을 만드는 사람. 인형사에는 얼굴을 만드는 두사, 머리카락을 붙이는 발부사(髮付師), 팔다리를 만드는 수족사(手足師), 소도구를 만드는 소도구사 등 인형의 각 부분을 만드는 직인과 이것들을 하나로 완성시키는 착부사(着付師)가 있는데, 이 중 가장 중요하게 꼽히는 것이 두사와 착부사임.

집은 삼거리 모퉁이에 있어서 두 변이 길에 접하고 있다. 목조 단층집으로 길에 면한 낮은 널판장 안쪽에 구색만 갖춘 정원이 있다. 거기에는 빈약한 감나무가 심어져 있지만, 단층집 지붕을 넘을 높이조차 되지는 않는다. 옆집과도 간격이 약간 벌어져 있다. 게다가 그 옆집은 이층집인데, 녹슨 함석판이 기와지붕 너머로 보인다. 반대쪽은 아무래도 공터 같다.

비교 대상물이 없는 것이다. 그래서 더욱 감각이 흐트러져, 상자정원 속의 건물 같은 인상이다.

문은 폐쇄된 무가(武家)의 저택처럼 판자가 열십자로 걸쳐져 못으로 박혀 있다. 그러나 엄중하다고 할 정도는 아니다. 대강 못질해 둔 정도다.

널판장을 따라 한 바퀴 돈다. 공터 쪽에 뒷문이 있었다. 조용하다. 아무도 없는 걸까.

"어라, 정월이다."

작은 금줄이 장식되어 있었다.[2] 신사도 아니고, 계절과 어울리지 않는다는 느낌은 부정할 수 없다.

두세 번 문을 두드렸지만, 대답은 없었다.

"아무도 없나?"

아무도 없는 편이 낫다. 만난다고 어떻게 되는 것도 아니다.

"있는데 없는 척하는 건지도 모르지. 어쩔 텐가, 거북이 군. 강행 돌파해 보겠나? 이 문을 내가 걷어차서 부숴 줄까?"

에노키즈는 다리를 들어 문을 가볍게 찼다.

"그만두세요. 나중에 다시 오지요."

───────────────

2) 새해가 되면 마(魔)를 쫓기 위해 문에 금줄을 치는 풍습이 있음.

에노키즈라면, 누가 부탁하면 신 나서 부술 것이다.

"또 오는 건 싫은데. 어디서 시간을 좀 때울까? 그렇지, 거북이 군, 찻집이라도 가세. 자네와 데이트를 하는 것도 소름 끼치지만, 뭐, 내가 사지. 탐정의 경비로."

정말 지독한 사람이다. 하지만 달리 좋은 생각도 떠오르지 않는다. 닷선 비슷한 물건을 뒤쪽 공터에 세우고, 우리는 있는지 없는지도 알 수 없는 찻집으로 향했다.

그런데 찻집이 있을 거라고는 생각되지 않는 거리다. 여기저기 공터가 눈에 띈다.

10분쯤 걷다 보니 낡은 공장이 나타났다.

"기바슈도 이 동네에 살지. 촌구석이로군."

에노키즈는 공장 옆에 늘어서 있는 전봇대를 걷어차면서 그렇게 말했다.

"아아, 찻집이 있다."

눈도 나쁜 주제에 눈썰미는 좋다. 그가 가리킨 쪽을 자세히 보니, 분명히 음악카페의 간판이 보인다.

300미터 정도 앞이었다. 음악카페는 '신세계'라는 이름이었다. 이름에 비해 초라한 가게다. 적색으로 물들인 품위 없는 간유리가 끼워져 있는 문을 열자, 그르렁거리는 소리의 모차르트가 흐르고 있었다.

"센스 한 번 기막힌 가게로군. 이런 음악을 틀어놓으면 1분도 못 가서 잠들어 버리겠어. 일 이야기를 하러 들어온 사람은 속수무책이겠군. 안 그런가, 거북이 군?"

에노키즈는 클래식 음악을 싫어한다.

"모두 자신과 똑같다고 생각하는 것은 에노 씨의 좋지 못한 버릇이지요. 에노 씨는 아주 특수하다고요. 그리고 저를 거북이라고 부르는 건 그만두십시오."

자연광이 들어오지 않는 가게 안은 어둑어둑했지만, 나름대로 넓었다. 게다가 의외로 북적거리고 있었다.

점원의 안내도 없어서, 우리들은 알아서 적당한 자리를 찾아야만 했다.

에노키즈는 아무렇게나 걸음을 옮겨 되는 대로 빈자리에 앉았다. 이런 조명에서 보면 에노키즈는 마치 헤르메스의 석고상 같다. 말만 안 하고 가만히 있으면 정말 인기 있을 것이다. 집안도 용모도 흠잡을 데가 없는데 서른이 넘어서도 독신인 것은, 그가 말하거나 움직이기 때문이다.

그렇게 생각하며 보고 있자니, 에노키즈는 정말로 움직임을 멈추고 말았다. 아무리 때려도 자기 좋을 대로 떠들어대는 입도 딱 멈췄다. 여점원이 주문을 받으러 와도 아무 말도 하지 않는다. 그저 내 쪽을 보고 있다. 그러나 나를 보고 있는 것도 아니다. 커다란 눈동자의 초점은 흐렸다. 게다가 미동도 하지 않는다.

별수 없이 내 맘대로 커피를 두 잔 주문했다.

"왜 그래요? 에노 씨, 갑자기 딱 굳어서는."

"아니. 잠깐만."

에노키즈는 조용히 일어서서 나를 지나 등 뒤의 자리로 향했다. 두 자리쯤 뒤에 있는 좌석에 남자가 혼자서 앉아 있었다.

에노키즈는 그 남자 앞에 선다.

무언가가 ── 보인 걸까?

그렇다. 그것이 틀림없다. 에노키즈에게는 보통 사람들에게는 보이지 않는 것이 보일 때가 있는 모양이다. 교고쿠도의 이야기로는, 그것은 타인이 가진 기억의 단편이라고 한다. 그 말이 사실이라면 지금 그는 누군가의 기억을 보고 있는 걸까? 그렇다면 누구의, 어떤 기억이 보인 걸까? 나는 상체를 비틀어 뒤를 본다. 에노키즈에 가려서 상대의 얼굴은 확인할 수 없다. 대화만이 들렸다.

"실례합니다. 저는 탐정입니다만, 당신은 —— 그러니까, 가나코를 아십니까? 아시지요 ——?"

"뭐, 뭐요, 당신은? 탐정? 가나코? 그런 사람은 모르오. 갑자기 질문을 하다니 무 ——."

"거짓말을 하시는군. 아시면서. 그 ——."

"모른다면 모르는 거요. 정말 무례하군. 나는 그런 ——."

"그럼 창문으로 들여다보고 있는 듯한 그 소녀는 누구입니까? 그 틀 속에 갇힌 ——."

"틀이고 창문이고 전혀 모르오. 계속 무례하게 군다면 이대로는."

서로 상대의 말을 끝까지 듣지 않고 잘라먹으며 실랑이를 하고 있다.

바쁜 응수다.

잠깐. 이 목소리, 이 말투는 들은 적이 있다.

나는 자리에서 일어나 에노키즈 옆으로 향했다.

"뭐요! 정말 불쾌한 사람이로군. 작작 좀 해요!"

남자가 일어서서 나를 보았다.

"세, 키구치 다츠미 —— 씨?"

남자가 말했다.

남자는──구보 슌코였다.

에노키즈가 나를 본다.

"뭐야. 자네랑 아는 사이인가, 세키 군?"

나는 대답이 막혔다.

"아는 사람이면 자네도 좀 물어봐 주게. 이 사람은 가나코를 알고 있어."

"세키구치 씨, 이 무례한 분은 당신과 아는 사이입니까? 그렇다면 당신이 좀 말해 주십시오. 저는 그런 사람은 모른다고요."

두 사람의 말은 거의 동시에 나왔다. 내가 생각해도 알아들을 수 있었던 것이 신기하다.

왜 구보가 이런 곳에 있는 것일까? 교고쿠도가 이 세상은 대부분이 우연으로 이루어져 있다는 식의 말을 했었지만, 이것도 우연이라면 정말로 지나친 우연이라고밖에 생각할 수 없다.

구보는 변함없이 단정하게 머리를 빗어 넘기고, 붓으로 그린 듯한 가느다란 눈썹과 길쭉한 눈을 치켜뜨고 있다. 검은 벨벳 재킷에 넥타이 대신 손수건을 장식한 신사 차림이다. 한편 에노키즈는 만들어 붙인 듯한 짙은 눈썹 밑의 놀랄 만큼 커다란 눈을 반만 뜨고 있다. 표정은 반쯤 이완되어 있고, 붉은 스웨터는 대충 걸치고 있기는 하지만 나름대로 맵시는 있다.

똑같이 인공물 같은 두 사람이지만 서로 통하는 부분은 털끝만큼도 없다. 각자 서로 맞물릴 수 없는 세계를 갖고 있다. 그들에게는 서로가 이방인일 것이다.

"이보게, 세키 군. 뭘 멍하니 있는 건가? 자네는 역시 거북이로군. 이 거북이 같으니. 이제 됐어. 그보다 자네!"

"구보다."

"자네는 정말 가나코를 모른다고 우기겠다는 거지? 그렇다면 이걸 보시지. 이걸 보고, 아아, 알고 있었습니다, 라고 하기만 해 봐라."

에노키즈는 왠지 의기양양하게 그렇게 말하고, 바지 뒷주머니에서 사진을 꺼내 구보에게 건넸다.

구보는 의아한 얼굴로 받아든다. 변함없이 하얀 장갑을 끼고 있다.

건넨 것은 마스오카에게 받은 가나코의 사진일 것이다. 그러나 생각해 보면, 구보가 유즈키 가나코를 알고 있을 리가 없다. 여기에서 만난 것조차 지나친 우연인 것이다. 여기에다 구보가 어떤 반응까지 보인다면, 그것은 지나친 우연을 뛰어넘어 짜고 치는 고스톱이다. 편의주의 삼류 탐정소설 같은 전개가 되고 만다.

그러나——.

구보는 사진을 응시한 채, 조금 전의 에노키즈처럼 굳어 버렸다. 사진을 들고 있는 하얀 장갑을 낀 몇 개의 손가락이 가늘게 떨리고 있다.

"거봐, 역시 알지? 자네는 거짓말쟁이야."

"아니——몰라——."

"아직도 그러는 건가? 세키 군, 자네 친구는 거짓말을 많이 하는군. 끼리끼리 논다더니."

에노키즈의 폭언은 구보에게 들리지 않는 것 같다.

"이——소녀는, 가나코, 라고 하나?"

"그래. 뭐야, 자네는 이름을 몰랐던 건가? 으음, 성이 뭐였더라."

"유즈키. 유즈키 가나코라는 이름의 소녀입니다. 구보 군, 자네 설마——본 적이 있는 건 아닐 테지?"

나는 석연치 않은 기분으로 구보에게 물었다.

"아니 —— 그런 건 아니지만 ——."

활기를 잃었다. 내가 아는 구보 슌코의 반응이 아니다. 눈앞의 구보
에게는, 처음 만났을 때 느꼈던 나이프 같은 날카로움이 없다. 한
번밖에 만난 적이 없긴 하지만, 내 머릿속에는 이미 구보라는 남자의
허상이 만들어져 있었다. 그것은 내 멋대로의 착각인지도 모르고,
그렇다면 이 위화감도 환상이다. 처음 만났을 때의 인상이 너무 강렬
했던 건지도 모른다.

"이 소녀를 —— 당신들은 찾고 있는 거요?"

"후후후, 정확하게는 찾고 있었다, 지. 지금은 별로 열심히 찾고
있지는 않아."

구보는 땀을 흘리고 있다. 흐트러진 심장 고동 소리가 공기를 따라
나에게도 전해진다.

구보는 뭔가를 알고 있는 걸까?

"이 —— 사진을, 나한테 빌려주지 않겠소?"

무슨 말을 하는 것인가! 예상외의 대답이다.

"구보 군, 자네는 어째서 그런."

"아, 아니, 세키구치 씨, 저는 직접적으로는 모릅니다. 모르지만
짚이는 데가 좀 있어요. 이 소녀를 찾아내면, 당신들에게도 약간 도움
이 되지 않습니까?"

"약간이라."

이 숨 막히는 대답은 뭐란 말인가!

내게는 왠지 이 자리를 모면하기 위한 구차한 변명으로 들릴 뿐이
었다. 그러나 에노키즈는 전혀 신경이 쓰이지 않았던 모양이다.

"그렇다면 제가 짚이는 곳을 찾아 드리겠습니다. 어디 있는지 알 수 있을지도 몰라요. 그렇지, 그게 좋겠어요. 세키구치 씨도, 좋으시죠, 이렇게 하는 편이——."

"좋아."

나를 향한 물음에 에노키즈가 대답했다.

나는 아무래도 속이 빤히 들여다보이는 이 전개를 따라갈 수가 없다.

에노키즈는 구보의 손에서 일단 사진을 회수해, 뒷면에 자신의 연락처를 휘갈긴 다음 다시 구보에게 건넸다. 그동안 구보는 혼이 빠져나간 것처럼 망연히 서 있었다. 짚이는 데가 있다니 그게 뭘까? 그 정도는 물어보는 게 좋을 거라고 생각했지만, 에노키즈는 전혀 관심이 없다. 구보도 다시 손에 든 사진을 들여다보고 있다. 눈빛이 심상치 않았다.

나에게는, 이 남자들은 둘 다—— 이방인이다.

"자, 세키 군, 자리로 돌아가세! 아까부터 웨이트리스가 할 일을 잃고 곤혹스러워하네! 모처럼 눈치 없는 자네가 눈치를 발휘해 주문한 귀중한 커피가 식어 버리겠어. 그 전에 맛을 봐야 하지 않겠나?"

에노키즈는 경쾌하게 발길을 돌린다. 돌아보니 아까 그 점원이 쟁반 위에 커피를 올려놓은 채 곤란해 하고 있었다.

나는 아직 구보에게 미련이 있다. 구보에게는 물어봐야 할 것이 많이 있는 듯한 기분이 든다.

그러나 혼란스러워서 질문은 금방 떠오르지 않았다.

그렇다, 온바코의——.

거기에 생각이 미쳤을 때, 에노키즈는 이미 자리로 돌아가 있었다.

큰 소리로 나를 부르는 목소리가 들린다. 구보는 나 따위는 안중에
도 없는 듯, 가나코의 사진을 계속 바라보고 있다.

나는 뒤를 신경 쓰면서 자리로 돌아갔다. 질문해 봐야 헛수고일
것 같은 기분이 들었던 것이다.

이렇게 바보 같은 전개만 일어나는 사건 속에서, 그런 사소한 것은
아무래도 좋다.

물어봤자 소용없다.

내가 자리에 앉자마자 에노키즈는 손짓을 하며 얼굴을 들이대듯
내밀었다.

"이봐, 세키 군. 저기 있는 자네 친구는 꽤나 이상하군."

별로 이의는 없지만, 에노키즈 같은 사람의 입으로 그런 말을 듣는
것은 본인에게도 어처구니없는 일일 것이다. 에노키즈는 목소리를
약간 낮추어 말을 이었다.

"저 사람, 자연의 정취가 넘치는 마타기[3] 요리라도 하는 사람인가?
아니면 아즈텍의 신관? 의사로는 보이지 않는데."

"무슨 말씀이세요?"

그중 어느 것으로도 보이지 않는다. 복장이나 언동에서 연상한 것
은 아닐 것이다. 나는 그가 나와 같은 소설가라고 말했다. 에노키즈는
듣는 건지 마는 건지, 건성으로 대답할 뿐이었다.

그다지 대화는 없었지만, 약 한 시간쯤 시간을 때울 수 있었다.
그동안 나는 구보가 마음에 걸려서 견딜 수 없었다.

---

3) 사슴이나 곰 등 산짐승을 바로 잡아 요리하는 것. 아키타 현 등 도호쿠 산간 지방에
　 살면서 옛날 수렵법을 고수하며 사냥하는 수렵꾼.

정기적으로 뒤를 돌아보며 확인해 보니, 구보는 조용히 아래를 보고 있다. 사진을 보고 있는 것이다.

부자연스러운 거리다. 지인임에도 불구하고 동석하지도 않고, 그렇다고 해서 계속 무시하는 것도 어색하다. 나는 서서히 불편한 기분이 들기 시작했다. 그의 작품 '상자 속의 소녀'처럼 뒷맛이 나쁘다. 그러나 결국 인사도 하지 않고, 우리들이 먼저 '신세계'를 나왔다.

"저 사람은 누구랑 만날 약속이라도 했나 보군."

에노키즈는 그렇게 말했다.

구스모토 가로 돌아가 보니 뒷문에 소녀가 서 있었다. 덜그럭거리는 소리를 내며 뭔가 하고 있다. 아무래도 문을 열려고 하는 모양이다. 몸집이 작고 가냘픈 체격이었다. 짙은 감색 재킷에 같은 색깔의 스커트를 입고 있다. 교복일까? 열심히 작업하고 있어서 우리가 가까이 가도 알아채지 못한다.

"안 열리니? 아직도 아무도 없나?"

에노키즈는 늘 그렇듯이 불쑥 말을 건다.

소녀가 반사적으로 돌아본다. 예쁜 얼굴의 소녀였다.

"── 누구세요?"

직접적으로 수상함을 표현하는 얼굴이다. 당연할 것이다.

"우리는 탐정이야. 너는 이 집의 ──."

"구스모토 요리코 씨의 친구 되십니까?"

에노키즈가 이름을 생각해내기 전에 내가 말을 이었다. 에노키즈에게 맡겨 뒀다간 이 소녀가 달아나 버릴 것이다.

"구스모토 요리코는 전데요."

이 소녀가 구스모토 요리코—— 인가?

"아아, 그거 마침 잘 됐구나. 어머니는 안 계시니?"

"당신들은——빚쟁이?"

"탐정이라니까."

수상하다는 기색은 엷어지기는커녕 짙어지고 있다.

중학생 여자아이가 우리를 빚쟁이와 착각하는 것만 보아도, 구스모토 가가 경제적으로 매우 궁핍한 상황이라는 사실은 틀림없을 것 같다.

그러나 본인이라면 어째서 문을 열지 못하는 걸까?

소녀는 나와 에노키즈를 비교하듯이 계속해서 번갈아 노려보았다. 나는 그 눈동자를 직시할 수가 없다. 왠지 내가 지저분한 오물이라도 되는 듯한, 심한 열등감을 느낀다. 무구한 소녀의 시선에는 나 같은 인간을 쏘아 죽일 만한 독이 있다.

나의 머뭇거리는 태도 때문인지, 소녀의 경계심은 더욱 커지고 만 것 같다. 나는 순간적으로 변명을 했다.

"우리는 경찰의, 그렇지, 기바 형사와 아는 사이입니다. 의심스럽다면 확인해 보셔도 돼요. 그러니 그렇게 경계하지 말고, 우리를 믿어 주십시오."

마스오카 변호사가 가져왔다는 경찰 자료에 의하면 이 소녀는—— 그녀가 진짜 구스모토 요리코라면—— 기바와 면식이 있을 것이다.

"기——바 형사님과?"

"세키 군, 자네는 웬 변명 같은 말을 하는 건가? 우리는 켕기는 데라고는 하나도 없으니, 당당하게 행동하면 되지 않는가. 멍청이 기바 따위를 끄집어낼 필요는 없네. 안 그래?"

"──무슨 일이신데요?"

"어머니를 뵙고 싶은데 안 계시니?"

"엄마는──원래 안에 계셨는데 문이 잠겨 있어서── 저도 들어갈 수가 없어요. 저한테 말도 없이 나가신 거예요, 분명히."

"그거 나쁜 사람이구나. 늘 그러시니?"

"──늘──그런 건 아니지만."

"아하, 그럼 가끔 그러신다는 거구나."

놀랍게도──약간의 주저는 있지만, 요리코는 에노키즈에게 마음을 열어 가고 있는 것 같았다.

그러나 이렇게 듣고 있으면 분명하게 알 수 있는 일인데, 에노키즈는 설령 상대가 누구라 해도 감탄이 나올 만큼 똑같이 대응하는 사람인 것 같다.

"저어──정말 기바 형사님의 친구분이세요?"

"그 네모난 얼굴의 남자? 그래. 친구다. 정말 싫다니까. 얼굴이 무서웠지?"

"무섭지는 않았지만──그럼, 혹시 가나코의."

"응?"

소녀는 약간 태도가 흐트러졌다.

"가나코에 관한 거라면 몰라요. 벌써 경찰에서 다 이야기했어요. 더 이상 할 이야기는."

"그건 상관없어. 이미 끝난 일이잖니. 오늘 온 것은 어머니 때문이야. 어머니가 이상한 일을 하시는구나. 현관에 못을 박은 사람도 어머니지? 이게 웬 정신 나간 짓이람. 보통이 아니야. 이상한 어머니구나."

에노키즈의 즉각적인 부정에 소녀는 급격히 안정을 되찾는다. 그러나 어린아이 앞에서 대놓고 어머니 욕을 하는 에노키즈의 정신상태를, 나는 알 수가 없었다. 그러나 험담을 들은 소녀는 별로 싫은 내색도 없이, 화도 내지 않는 대신 웃지도 않았다.

"엄마에 대해서는 몰라요 —— 저어, 저는 약속이 있는데 이만 가봐도 될까요?"

"되고말고! 단지 —— 음 —— 그."

"왜요?"

"아니, 아니야. 그럼 잘 가라."

"실례합니다."

옆에 놓여 있던 책가방을 들고, 구스모토 요리코는 잔걸음으로 우리들이 온 방향으로 떠나갔다. 에노키즈는 고개를 갸웃거리며 그 모습을 지켜보았다. 나는 뭔가 바보 같은 역할이었다.

"그건 여드름인가? 멍든 자국인가? 어쨌거나 그런 곳에 있는 걸 잘도 알아차렸네."

에노키즈가 또 영문을 알 수 없는 소리를 중얼거리고 있다.

"각도가 말이야 —— 어쨌거나 저 소녀는 학교를 쉬면서까지 누구를 만나러 가는 걸까?"

"그렇군요! 오늘은 목요일이니 평일이에요."

전혀 깨닫지 못했다. 이제 정오가 지난 참이니, 물론 학생이라면 수업 중이다.

"아까 그 남자 —— 는 이 근처에 사나?"

"아까 그 남자라니, 구보 말인가요?"

"이름이야 아무래도 상관없네만. 저 소녀는 그와 아는 사이일까?"

"그럴 리 없어요. 구보가 어디에 사는지는 모르지만, 그렇게 잘 맞아떨어지는 얘기가 어디 있습니까."

"그런가?"

에노키즈는 납득이 가지 않는 모양이다. 그의 경우, 근거로 삼는 것이 무엇인지 보통 사람은 도저히 알 수 없는 데가 있기 때문에 논의를 하려 해도 할 수가 없다.

갑자기 문이 열렸다. 나는 깜짝 놀라 주저앉을 뻔했다.

"아아! 역시 있으면서 없는 척했군! 기뻐하게, 세키 군. 헛걸음이라는 세 글자는 저 멀리 사라졌네!"

안에서 여자가 나타났다.

집 안은 캄캄했다. 전등이 없는 것이다.

방은 마구 어질러져 있――을 거라고 생각했지만, 그 정도는 아니다.

어지를 만한 가재도구가 없는 것이다. 처음 만나는 데다 신원도 모르는 수상한 두 사람을 아무런 의심도 없이 맞아들이는 무방비한 태도도, 이걸 보면 고개가 끄덕여진다. 그녀의 생활에서, 아니, 그녀 자신에게서 이미 그런 감각은 마멸되어 버린 것 같다.

눈이 익숙해질 때까지 잠시 시간이 걸렸다.

방에는 방석조차 없다. 방 한쪽에는 포대 자루 같은 것이 놓여 있고, 인형 머리 몇 개가 꽂혀 있다. 창문을 덮고 있는 천의 틈 사이로 새어 들어오는 바깥 빛이, 머리들에게 흐릿한 음영을 주고 있다. 눈과 코를 넣지 않은 머리 하나에만 밝은 빛줄기가 비치고 있다.

옆에는 붓이나 조각칼 등 여러 가지 도구들이 아무렇게나 흩어져 있다. 한동안 일을 하지 않은 모양이다.

방 한가운데에는 왠지는 모르겠지만, 양념절구가 놓여 있고 다다미 위에 가루가 흩어져 있다. 가루에 섞여 작은 공이도 굴러다닌다. 지금까지 무슨 작업이라도 하고 있었던 것일까?

여기에서 요리를 하고 있었다고는 생각할 수 없다. 인형 제작에 빼놓을 수 없다는 호분(胡粉)[4]을 빻고 있었던 걸까? 그런 것치고는 가루를 녹일 더운물도 준비되어 있지 않다. 이것도 얼마 전, 아직 생활이 되고 있을 때의 유물일 것이다.

에노키즈는 말이 없다.

기미에도 아무 말도 하지 않았다.

그저 문을 열고, 요청에 따라 순순히 우리들을 안내했을 뿐이다.

기미에는 생각한 것보다 훨씬 젊었다. 화장도 전혀 하지 않았고 복장도 소박하다고 부를 수 있는 범위를 뛰어넘었다. 보통 사람 같으면, 이런 옷차림을 하면 열 살은 늙어 보인다.

그런데 기미에는 충분히 젊다. 아무리 늙게 보아도 나이에 어울리게는 보인다. 원래 동안인 것일까? 또렷한 이목구비의, 소위 말하는 미인인 것이다.

나는 양념절구 옆, 가루가 흩어져 있지 않은 곳에 앉았다. 에노키즈는 서 있었다.

"어째서 —— 따님을."

"요리코라면 없어요. 요리코에게 볼일이 있으신 거라면 돌아가 주십시오."

---

4) 조가비를 태워서 빻아 만든 백색 안료.

"아니, 그게 아닙니다. 따님과는 방금 저기에서 만났습니다. 그보다 왜 따님을 안에 들이지 않았습니까? 당신은 계속 여기 계셨을 텐데요."

대답은 없었다.

야위었다고 해야 할까, 피곤하다고 해야 할까, 뭔가 심지 부분이 빠져 있다.

결코 슬픈 것 같지도 괴로운 것 같지도 않았다.

기미에의 안색이 나쁜 것은 이 불행한 처지 때문이 아니라, 몸을 제대로 관리하지 못했거나 영양실조 때문인 것은 아닐까? 눈의 초점이 맞지 않는 것도 같은 이유에 의한 것이리라.

기미에는 어깨를 늘어뜨리고, 굴러다니던 공이를 손에 들고 만지작거리면서 멍하니 있다.

"당신은, 자살하려던 참이었군요."

에노키즈가 갑자기 말했다.

돌아보니——상인방에 띠가 묶여 있는 것이 보였다. 그 바로 밑에는 나무상자가 준비되어 있었다. 목을 매달기 위한 전형적인 준비 작업이다.

"부인, 당신!"

"하아."

쳐든 얼굴에 심각함은 없다. 그저 완전히 지쳐 있을 뿐이다. 조금 전까지 스스로 목숨을 끊으려고 했다는 비장감 따위는 조금도 느껴지지 않는다.

"딸이 가면——하려고 했어요. 하지만——당신들이 오는 바람에——."

뭐지? 칼등으로 뭔가를 자르는 듯한 이 둔감한 대답은? 이 여성은 자살하려고 했던 것이 아닌가? 자살이라는 행위는 그런 것인가?

"당신은, 그럼 우리가 가면 죽을 생각입니까!"

"글쎄요——그건 모르겠지만——."

장난치는 것이 아니다. 물론 정신에 이상이 온 것도 아니다.

그녀는 나름대로 극한상황인 것이다. 다만 내가 모를 뿐이다.

이때, 나는 통감했다. 사람과 사람 사이에 진정한 의미의 커뮤니케이션은 있을 수 없다. 말 따위는 통하지 않는다. 하물며 마음이 통할 리 없다.

나의 현실과 그녀의 현실에는 큰 격차가 있는 것이다. 현실은 사람의 의식의 수만큼 있다. 100명의 인간에게는 100종류의, 1000명의 인간에게는 1000종류의 현실이 있고 그것은 각각 전부 다르다. 그것도 조금씩 다른 게 아니다. 완전히 다른 것이다. 그것이 똑같은 것이라는 착각을 전제로 하지 않으면, 커뮤니케이션 따위는 성립하지 않는다. 억지로라도 착각할 수 있다면 괜찮겠지만, 조금이라도 의심을 품기 시작하면 그런 것은 곧 끝장나는 것이다.

나 이외의 존재를 부정하면 고립된다. 그리고 스스로를 부정해 버리면——그것은 누구보다도 내가 잘 알고 있다. 따라서,

구보의 말도, 요리코의 말도, 그리고 기미에의 말도 내게는 이국의 말이다. 전혀 이해할 수 없다. 아무것도 통하지 않는다. 통하지 않는데도 아는 척하는 얼굴을 하며 지내고 있다.

에노키즈도 그럴까?

사건은 사람과 사람——많은 현실——주위에서 생겨나는 이야기다.

그렇다면 이야기의 줄거리──사건의 진상──도 연관된 사람의 수만큼 있는 것이다. 진실이 하나라는 것은 속임수에 지나지 않는다. 사건의 진상은 그것을 둘러싼 사람들이 편의적으로 만들어낸 최대공약수의 속임수에 지나지 않는다.

그렇다면 교고쿠도의 말대로 동기 또한 편의적으로 만들어진 일종의 약속에 지나지 않는 건지도 모른다.

만일 그렇다면, 범죄의 진상을 해명하는 데 무슨 의미가 있다는 건가! 그것을 미연에 방지하는 거라면 몰라도, 이미 일어난 사건에 관여하는 것은 너무나도 무의미하지 않은가.

그렇다면 탐정이란 사건──타인의 이야기──를 탐정 자신의 이야기로 변환하기 위해 관여하는, 단순한 어릿광대가 아닐까? 그 증거로 항간에 떠도는 탐정 이야기의 대다수는 탐정이 관여한 후에 많은 사람들이 죽지 않는가. 그렇지 않으면 그들의 이야기는 성립하지 않는 것이다.

범죄는 범인과 피해자, 그것만으로 완결되어 있는 궁극의 2인극이다. 그들은 그 막간에 중간부터 어슬렁어슬렁 올라와 줄거리를 멋대로 바꾸어 버리는 어릿광대다. 그 어리석은 역할을 일부러 자처하는 악취미의 녀석들이 바로 탐정인 것이다.

그런 역할은 사양이다. 교고쿠도가 은거하고 있는 이유를 조금은 알 것 같았다.

"이보게! 세키 군! 자네는 어쩌면 그렇게 무례한가. 이 사람이 자살을 연기하면서까지 만나주고 있는데, 왜 그렇게 잠자코 있느냐 말이야. 물어볼 게 있으면 얼른 물어봐."

"아."

에노키즈는 비난함으로써 내 생각을 방해했다.

그는 이런 장면을 맞닥뜨렸는데도 아무 생각이 없나 보다.

늘어져 있는 자살용 띠를 잡아당기며 강도를 확인하기도 한다.

재촉을 받아도 물어볼 것 따윈 없었다. 아무 대책도 없이 여기까지
와 버린 것이다. 게다가 내 말은 아마 이 사람에게 닿지 않을 테고,
그녀의 대답도 나로서는 이해할 수 없을 것이다. 내가 고민하고 있는
사이에 에노키즈가 다시 큰 소리를 냈다.

"부인! 이 상인방은 안 되겠어요. 부인의 체중을 지탱할 만큼 튼튼
하지 못하거든요. 자, 봐요, 이렇게만 해도 이만큼 휘어 버린답니다."

기미에는 이해할 수 없는 표정으로 에노키즈를 보았다. 분명히 상
인방은 삐걱삐걱 소리를 내며 휘어진다.

그러나 내게는 에노키즈가 그야말로 온 힘을 다해 띠를 잡아당기고
있는 것처럼 보일 뿐이었다. 기미에의 체중은 그렇게 무겁지 않을
것이다.

"자살을 그만두든지, 방법을 바꾸지 않으면 이 집이 무너지겠는데
요. 이 집이 무너지면 죽는 의미가 없지 않습니까."

"예, 그것은 —— 곤란합니다."

곤란해?

"그것은 무슨 뜻입니까?"

왜 나는 늘 뒤에 남겨지는 것일까. 에노키즈는 벌써 기미에와 같은
곳에 서 있는 것 같다. 이렇게 보니, 조금 전에 내가 생각한 것은
그야말로 나 혼자의 망상이다. 세상은 나 혼자만 남겨두고 똑같은
이야기를 공유하고 있는 모양이다.

에노키즈의 추임새는 거의 뜻을 알 수 없었지만, 그것에 의해 끌어내어진 기미에의 이야기에는 큰 의의가 있었다. 내용은 단순한 파편일 뿐이지만, 그것을 서로 연결하면 이해하기 힘든 기미에의 사고 패턴을 조금은 알 수 있다.

복잡하게 얽힌 그녀의 인생이 착시 그림처럼 보인 것 같은 기분이 들었다.

기미에의 아버지는 에도 시대부터 이어져 온 유명한 인형사의 막내 제자였다고 한다. 명공(名工)으로 이름 높은 스승이나 사형제들의 이름은 업계에 대해 잘 모르는 나도 들은 적이 있었다. 기미에의 아버지도 실력은 좋았는데, 그중에서도 다이코[太閤][5], 신천[神天], 긴토키[金時][6] 등을 특히 잘 만들어 젊은 나이에 독립했다고 한다.

그러나 가난했다. 게다가 도박을 좋아했다. 인형은 계절을 타는 물건이다. 특히 5월 인형을 잘 만드는 기미에의 아버지는 봄에 수입이 집중된다. 집중된다 해도 얼마든지 만들 수 있는 것은 아니다. 한가한 시기에 만들어 두는 약삭빠른 사람도 못 되었던 모양이다. 재료를 마련하는 문제도 있었을지 모른다. 그러나 원래 게으른 남자였을 것이다.

빚은 늘어나고 셋집에서도 쫓겨나, 일가는 흩어졌다. 기미에는 열다섯이었다고 한다.

---

5) 섭정 또는 태정대신의 경칭. 특히 도요토미 히데요시를 가리켜 말함.
6) 전설상의 괴동(怪童) 긴타로의 모습을 본뜬 인형. 동자 머리에 통통하고 얼굴은 발그레하며, 큰 도끼를 짊어지고 있다. 긴타로는 사가미[相模]의 아시가라 산 산중에서 야마우바[山姥]를 어머니, 곰 등의 동물을 친구로 삼으며 자랐는데, 후에 미나모토노 요리미쓰의 눈에 띄어 사카타노 긴토키[坂田公時] 또는 긴토키[金時]라는 이름을 받았다고 한다.

글자 그대로 이산가족이 되어버린 기미에는 그때 따로따로 흩어진 어린 동생들이 그 후 어떤 인생을 보냈는지 모르는 것 같았다.

이것은 물론 이 순서대로 나온 이야기는 아니다.

어찌 된 영문인지 에노키즈는 기미에가 이야기하는 내용에는 호기심이 전혀 생기지 않았던 모양이다. 그녀가 뭔가 이야기할 때마다 흥미 없다는 듯 대뜸 이야기를 일단락 짓고, 그때마다 도무지 맥락도 없는 말을 했다. 그러나 그 말에 환기된 듯 기미에는 차례차례 잊고 있었던 과거를 떠올리고는 이야기했다.

에노키즈가 의식적으로 그렇게 한 거라고는 도저히 생각할 수 없었지만, 이번만은 그 특이한 질문 형식이 효과적이었다고 할 수 있을 것이다.

기미에가 결혼한 시기는 열아홉 살 때였던 것 같다. 상대는 에치고[7] 출신의 떠돌이 요리사로, 일견 수수해 보이지만 돈이 많은 남자였다고 한다. 처음 1년은 부족한 것 하나 없이 행복한 나날이었다. 내 생각에, 그 1년이 아마 기미에의 일생에서 가장 평온하고, 가장 행복한 나날이 아니었을까.

하지만 그 생활은 오래 이어지지는 않았다. 1938년 가을, 요리코가 탄생한 것이다.

이 일은 통상, 어지간히 생활이 궁핍한 경우를 제외하고는 기쁜 일일 거라고 생각한다. 행복의 절정이라고 표현되는 경우조차 있다. 금실 좋은 부부에게 아이가 태어나서 나쁠 일은 그리 없다.

그러나 기미에만은 달랐다.

---

7) 사도가시마 섬을 제외한 니가타 현 전역에 해당하는 옛 지명.

기미에의 남편은 아이를 싫어했던 것이다.

그다지 아이를 좋아하는 사람이라고는 생각할 수 없다——그것은 알고 있었다고 한다. 그러나 태어날 때까지는 이것저것 보살펴 주기도 했고, 그렇게 심각하게 곤란해 하거나 싫어하는 것 같지도 않았다. 무엇보다 지우라는 말은 한 마디도 하지 않았다고 한다. 따라서 요리코가 태어난 후 남편의 변모한 태도에, 기미에는 당황했다.

물론 세상에 갓난아기를 열심히 보살펴 주는 아버지는 적지만, 그렇더라도 첫 아이라면 아무리 무관심해도 다소는 귀여워하는 법일 것이다. 기미에의 남편은——그녀의 말이 사실이라면——분명히 이상했다. 보살펴 주거나 귀여워하는 차원의 문제가 아니다. 우선 만지지를 않는다. 얼굴도 보지 않는다. 우는 것은 고사하고 목소리만 내도 열화와 같이 화를 냈다고 한다.

그래도 태어난 후 보름 정도는 참고 있었던 모양이다. 그 후로는 전혀 손을 쓸 수가 없었다. 남편이 하는 말은 시끄러워, 짜증 나, 조용히 시켜, 나가——기미에의 기억에는 그것밖에 없는 것 같다.

기미에는 자신의 육아법이 잘못된 거라는 생각에 열심히 노력했다고 한다.

밤에 울까 봐 무서워서 밤에는 아기를 등에 업고 밖으로 나갔다.

그래도 남편은, 이번에는 그것이 성가시다며 신경질을 냈다. 짜증이 나서 잠을 못 자겠다, 도저히 일을 못 하겠다며 하루 종일 집에서 지낸다. 남편이 집에 있을 때는, 기미에 모녀는 집에 있을 수 없다. 늦가을이 지나고 겨울이 찾아와도, 기미에는 밖에 있을 때가 더 많았다고 한다.

그런 생활이 지속될 리가 없다.

기미에가 우는소리를 하면 남편은 폭력을 휘둘렀다. 그리고 이전처럼 내 옆에 있어라, 왜 그러지 못하는 거냐고 부조리한 요구를 하며 기미에를 닦달했다. 말대꾸를 하면 싸움이 난다. 싸움이 나면 아이는 운다. 아이가 울면 남편은 더욱 화를 냈다. 결국, 남편의 폭력은 아직 서지도 못하는 아기에게까지 미쳤다. 이런 것만 없으면——남편은 그렇게 말했다고 한다.

그날 중으로 기미에는 이혼을 신청했다. 지인을 통한 이혼 교섭은 싱거울 정도로 쉽게 인정되었지만, 젖먹이 아이를 안은 기미에는 살 집을 잃었다.

그 후 기미에는 몇 명의 남자들에게 속아 기나긴 고달픈 나날을 보낸다. 그래도 기미에는 요리코만은 손에서 놓지 않고, 그야말로 소중히 키운 모양이다.

전쟁 중에는 옛 연고에 의지해 아버지의 사형 집에 몸을 의탁하고 있었다고 한다. 사형은 남 보살피기를 좋아하는 사람이라서 요리코 에게도 잘해 주었다. 그의 고향은 후쿠시마였기 때문에 함께 피난을 갔는데, 그곳에서 인형 만들기를 배웠다고 기미에는 말했다.

사형은 기미에의 아버지보다 나이가 많았으므로 당시 50대 후반이 었던 것 같다. 아내도, 자식도, 손자까지 있었다. 그래서는 아니지만, 기미에는 친절의 대가로 육체를 요구해 올 거라고는 생각도 하지 않았던 모양이다.

거절해야 했을 것이다.

어리석게도 기미에는 은혜에 보답하기 위해서라는 생각에 견뎠다.

그것이 잘못이었다. 기미에는 암퇘지, 도둑고양이라는 욕을 들으 며, 결국 요리코와 함께 그 집에서 쫓겨났다.

사형은 기미에를 불쌍하게 여겼는지, 아니면 책임을 느껴서 그랬
는지 일거리만은 소개해 준 모양이다. 이렇게 해서 기미에는, 어쩌다
보니 인형사로 독립하게 된 것이다.

숨 막히는 이야기였다. 나는 이 불행한 여성이 아이를 버리지도
않고 남성불신에 빠지지도 않은 채, 오늘까지 정신의 건강을 유지해
온 것이 믿어지지 않았다.

그녀가 걸어온 인생에 비하면 내 인생은 기복이라고는 하나도 없는
인생이다. 그런데도 나는 사소한 일로 사회와 나 사이의 균형을 무너
뜨리고, 살아가는 것에 대한 막막함을 느끼는 것이다. 그러나 그것은
그녀가 남들보다 훨씬 강하기 때문이 아니라, 내 인격이 섬약할 뿐인
지도 모른다.

도쿄로 돌아온 기미에는 한 약장수를 만난다. 몇 가지 이름을 가지
고 있던 그 수상쩍은 남자는, 결국 기미에의 두 번째 반려자가 되었다.
약장수라 해도 결국은 야쿠자다. 제대로 된 직업에 종사하는 것이
아니다. 약을 팔러 나가는 것보다 도박을 하는 날이 더 많았다. 그런
남자였던 모양이다.

남자 운이 없는 여자 ── 또는 질리지도 않고 차례차례 남자에게
걸려드는 바보 같은 여자 ── 아마 그럴 것이다. 그건 그렇지만 그때
의 기미에는 좀 달랐다.

그녀는 약장수와 결혼한 것이 아니었다. 약장수가 갖고 있던 이
집과 결혼한 것이다.

그 당시 기미에는 20대 후반, 20년 이상 가질 수 없었던 〈집〉을
드디어 그녀는 손에 넣었다.

그것만 있었으면 이산가족이 되는 일도 없었을 테고, 어린아이를 업고 길거리를 헤매는 일도 없었을 것이다.

기미에는 자신의 불행의 근원이 〈정주할 상자가 없는〉 탓이라고 생각한 것이다. 언제나 같은 장소에 있고, 그 안에는 가족이 있고, 그리고 안에 있는 한 외적으로부터 자신들을 지켜주는, 따뜻하면서도 견고한 요새.

기미에는 〈집〉에 집착했다.

약장수의 집 ─── 우리가 지금 있는 이곳 ─── 은 아무래도 도박의 저당물로 손에 넣은 것 같았다. 어쨌든 정당하게 벌어서 손에 넣은 것은 아니다.

그러나 내력 따윈 기미에에게는 아무래도 좋았다. 그것이 그 후 기미에의 머리를 아프게 하는 불행의 씨앗이 될 거라고는 생각도 해 보지 않았다.

남자는 술버릇이 고약했다. 요리코에게도 부모다운 일은 아무것도 해 주지 않았고, 취하면 때리기도 했던 모양이다. 그러나 첫 번째 남편에 비하면 그런 것은 아무것도 아니었다. 기미에가 벌어오는 돈으로 기둥서방처럼 지내는가 하면, 불쑥 모습을 감추었다가 큰돈을 들고 돌아오기도 했다. 콘비프니 초콜릿이니 하는 것을 산더미처럼 안고 돌아올 때도 있었다. 그럴 때는 기분 좋은 얼굴로, 얼른 자신의 아이를 갖고 싶다고 말했다고 한다.

"그때까지는 좋았어요. 하지만 곧 그것도 끝났지요. 그, 나오야마라는 이름의 남자였는데, 딸애는 그와 마음이 맞지 않아서 새아버지가 싫은 것 같았습니다."

"자주 있는 이야기로군요. 그런데 그 상자를 짊어진 이상한 남자는 누굽니까? 그 모습은 미친 사람 같군요."

"아, 집을 파는 것이 무엇보다 행복으로 가는 지름길이라고 교주님은 말씀하셨습니다."

"아하, 부동산업자 같군요. 그리고 장지문 뒤에서 딸이 보고 있었다는 것도 당신은 알고 있었고요."

"보고 있었 —— 을지도 모르지요. 그렇군요, 하지만 나오야마의 요구는 거절할 수 없었습니다. 거절할 이유도 없었고, 기분이 상해서 저한테 나가라는 말이라도 한다면 ——."

"남편 자랑이나 연애 이야기는 듣고 싶지 않습니다. 당신은 따님의 시선을 느끼고 있었군요. 벽에 귀가 있다나 뭐라나, 그런 말이 있지요."

"아아, 저는 그 아이야말로 망량이라고 착각하고 있었어요."

"망량? 부인의 따님은 요괴입니까?"

아무래도 기억이 복잡하게 얽혀 있다.

에노키즈의 질문도 지리멸렬하다.

나는 필사적으로 정리한다.

요리코는 새아버지 —— 나오야마를 좋아할 수 없었던 모양이다. 기미에는 나오야마에게 버림받으면 끝장이라 필사적으로 최선을 다했으며, 틈만 나면 요리코를 다그쳐 아버지와 잘 좀 지내 달라고 부탁했다.

그러나 그 계획은 실패한 것 같다. 그것은 아버지와 딸 사이에 그치지 않고 친어머니와의 사이에까지 커다란 고랑을 만들었을 뿐이었다.

요리코가 부모를 싫어한 원인 중 하나로, 부부의 침실을 요리코가 훔쳐본 것이 아닐까 하는 의심을 꼽을 수 있다. 요리코는 사춘기에 접어들기 직전, 가장 다루기 어려운 시기에 있었다. 만일 그것이 사실이라면 어떤 심적 외상을 형성해도 당연하다고 할 수 있다.

그러나 다행이라고 해야 할지, 어느 날 집을 나간 나오야마는 그대로 두 번 다시 돌아오지 않았다.

편지는 몇 통 왔지만, 어디 있는지는 적혀 있지 않았던 모양이다. 첫 번째 편지에는 큰 건수를 놓쳤다, 당분간은 돌아갈 수 없다고 적혀 있었다고 한다.

두 번째 편지에는 이혼 서류나 토지며 가옥 등의 권리서, 양도증명 등 온갖 서류를 보내왔다고 한다.

나오야마라는 남자는 의외로 성실한 남자였던 모양이다. 법률적인 지식이 별로 없었던 기미에는 그래도 밤낮으로 동분서주해서 —— 약간은 전쟁 후 혼란기의 혼잡을 틈탄 것 같은 감을 지울 수 없지만 —— 결과적으로 나오야마와 정식으로 이혼하고 권리서나 등기부 명의도 바꾸어 땅과 집을 자기 것으로 만드는 데 성공했다.

기미에는 집만 손에 들어오면 남자야 어떻게 되든 상관없었던 모양이다. 오히려, 이렇게 되면 남자는 방해물이었으니 잘 된 건지도 모른다. 범죄를 저질렀는지 빚을 졌는지, 나오야마는 그 후 두 번 다시 찾아오지 않았다. 어디서 죽었는지도 모르겠어요 —— 기미에는 무감동하게 말했다.

그 후 몇 년 동안은 쉴 새 없이 일을 했던 모양이다. 요리코와의 사이에도 평지풍파는 일어나지 않아서 표면적으로는 평화로웠다. 그러나 기미에는 말했다.

"집을 지키려는 비열한 생각이, 좀 더 유복해지고 싶다는 욕심이 되어버린 것입니다. 요리코가 저처럼 바보 같은 일생을 보내게 하고 싶지는 않다는 마음도 다소는 있었고——다가오는 남자도 몇 명 있었지만 모두 이 집을 노리는 듯한 기분이 들어서——요리코도 있었고, 아무래도 마음을 허락할 수가 없었어요. 욕심만이 사납게 파도치고 있어서, 마음속은 온화하지 않았고 쓸쓸했습니다."

마음 편할 날이 없었던 모양이다.

나는 어제 들은 시바타 요우코우 씨의 일화를 떠올리고 있었다. 그가 쌓아올린 거액의 재산에 비하면 기미에의 재산은 새 발의 피도 안 된다. 아니, 이런 낡은 집 하나는 없는 거나 마찬가지다. 그런데도 두 사람의 마음속에는 동질의 불안이 오갔던 모양이다.

"하지만 사실은 이런 집 따윈 없었더라면 좋았을 걸 그랬어요. 이 집이 저를 망량으로 만든 겁니다. 저는 아무래도 이 집을 포기할 수가 없어요. 집착을 버릴 수가 없어요. 하지만 그러지 못하는 한 제게 행복은 찾아오지 않는다더군요."

망량이 등장한다. 온바코의 가르침일 것이다. 그녀의 반생을 알고 나니 잔혹한 가르침으로 들린다.

"그야 그렇겠지요."

에노키즈가 말했다.

그는 나처럼 생각하지 않는다.

"이런 집은 얼른 버리고, 딸과 다시 시작하면 됩니다."

"그렇게 간단히 말하지 말아요. 이 사람에게 이 집은——."

"그래요——."

공회전하는 나의 변호는, 기미에 본인에 의해 저지당했다.

45

"──그러지 못하는 한 아무리 희사를 해도 소용이 없습니다. 그건 알고 있어요."

아무래도 나만 빗나가 있는 것 같다.

"하지만 부인은 아까 이 집이 무너지면 곤란하다고 했어요. 집을 따님께 남기고 싶었던 거지요? 망량인지 대통령인지 모르겠지만, 부인이 죽고 이 집을 따님이 상속하면 이번에는 따님이 그 망량이 되고 맙니다. 그건 너무하잖아요. 귀여운 여학생을 요괴로 만들어서는 안 돼요."

에노키즈는, 잘 모르겠지만, 뭔가 아는 것처럼 말했다.

"그 말씀이 맞아요."

기미에는 창 쪽을 바라본다.

"요리코는 저를 싫어합니다. 아니, 미워하고 있습니다. 어쩔 수 없지요. 제 말은 그 아이에게 통하지 않게 되어 버렸어요. 그 아이의 생각도 전혀 모르겠어요. 그러다가 저는, 아무리 일을 해도 전혀 행복이 찾아오지 않는 것은 그 아이 때문이라고 생각하게 되었지요. 그 아이야말로 망량이고, 그 아이를 어떻게든 하지 않는 한 행복이 찾아오지 않는다는 ── 그런 착각을 일으킨 것입니다 ── 고생하고 또 고생한 결과가 이것입니다."

기미에는 한순간 처참한 눈빛을 했다.

일견 조용하고 편안해 보였던 나날은, 모녀 사이에 가로놓인 골을 눈에 보이지 않을 정도의 속도로 넓히고 있었나 보다.

"하지만 그런 마음을 갖는 것 자체가, 제가 망량이라는 증거인 것입니다. 그 아이의 미움을 받아도 어쩔 수 없어요. 그러니까 제가 이 세상에서 없어져 버리는 것은, 그 아이를 위한 일이기도 합니다."

중간까지는 조리가 있는 이야기였지만 어디서부턴가 논리에 전혀 맞지 않는다.

아무래도 뭔가 빠져 있는 것 같다. 그렇다, 기미에가 온바코의 신자가 되었다는 결정적인 증언이 빠져 있다. 그래서 뭔가 앞뒤가 맞지 않는 것이다.

나는 그것에 관해서 물었다.

기미에는 대답하기 곤란한 것 같다. 지리멸렬한 에노키즈의 질문에는 저항 없이 대답하면서, 순서대로 질문하면 막혀 버린다. 나는 아무래도 납득이 가지 않았지만, 그것은 결국 지나치게 당연해서 설명하기 곤란하다는 뜻이었던 것 같다.

당신은 왜 일본인입니까, 라는 질문에 대답하기 곤란한 것과 같은 것이다.

나는 질문을 바꾸었다.

"온바코를 처음으로 알게 된 것은 언제입니까? 누군가 소개해 준 건가요?"

꽤 기다려야 했다.

"사사가와 씨——가 가르쳐주셨어요."

"사사가와? 그게 누구지요?"

"기치조지에서 기메코미 인형[8]을 가르치는 사람입니다. 주부들을 모아 부업을 시키거나 인형을 만들지요. 제가 만드는 머리를 조립해서 완성시킵니다. 기메코미 인형도 요즘은 잘 팔린다고 하더군요."

"그 사람한테 소개를?"

---

8) 일본 인형의 한 종류. 나무를 깎아 만든 인형에 칼집을 내고, 거기에 비단 등의 천 조각을 끼워 넣어 의상으로 만든 것. 교토 가모가와 신사에서 잡일을 하던 사람이 창작했다고 하며, 가모가와 인형이라고도 함.

"예, 소문은 들은 적이 있었습니다. 그런데 사사가와 씨에게 인형을 배우던 부인이 신자라서, 알고 있다고 하기에 데려가 달라고 부탁했던 거예요."

그녀는 덫에 걸린 것이 아니라 스스로 덫에 빠지러 간 셈이다.

"왜지요?"

"물론 행복해지고 싶었기 때문이지요."

"부인, 따님과 화해하고 싶었던 거군요!"

"예에 ——."

에노키즈로서는 드물게 적절 —— 하다고 할까, 평범한 감각의 발언이다.

그러나 이어지는 질문은 멍청했다.

"그래서 부인은 행복해지셨겠지요? 그럼 잘됐군요. 저와 이 거북이 같은 친구는 이제 돌아가겠습니다."

"예에."

행복한 사람이 자살을 시도할 리가 없지 않은가. 그 정도는 알 법도 하다. 그러나 에노키즈는 비꼬노라 하는 말이 아니라 아주 진지하게 묻고 있는 것이다. 그리고 기미에도 그 바보 같은 질문의 대답을 진지하게 생각하고 있다. 알 수 없어진 것이다.

나는 말했다.

"실례지만 제게는, 결코 당신이 온바코의 가르침을 받음으로써 행복해졌다고는 생각되지 않는데요."

"그렇지는 않아요."

"하지만 당신은 목숨을 끊으려 하고 있지 않았습니까?"

"딸을 위해서입니다."

"당신이 죽으면 따님이 기뻐하기라도 할 것 같습니까?"

"기뻐할 거예요. 그 아이는 저를 싫어하니까요. 게다가 저는 망량에게 점령되어 버려서, 이제 살아 봤자 별수 없습니다."

결말이 나지 않는다. 조금 전에 했던 말의 반복이다.

기미에는 처음으로 정면에서 나를 보았다. 눈이 충혈되어 있었다. 울고 있었던 것이 아니라, 눈을 깜박이는 횟수가 적기 때문이라고 생각된다.

표정에 변화는 없다.

역시 이야기가 통하지 않는 것이다.

내가 일반적이지 않은 건지, 그녀가 그런 건지, 여기까지 오고 나니 알 수가 없다.

우선 할 말은 해 본다.

"분명히 말씀드리겠습니다. 온바코는 가짜입니다. 사기꾼이란 말입니다. 당신은 입교(入敎)하기 전보다 더 불행해지지 않았습니까?"

"그렇지는 않아요. 교주님 덕분에 저는 옳은 일과 그렇지 않은 일을 구별할 수 있게 되었는걸요. 영문도 모른 채 살아가던 시절에 비하면 —— 행복합니다."

"그런 ——."

"게다가 교주님은 가짜가 아니에요. 그분은 전부 꿰뚫어보고 계십니다."

"아니, 그게."

그게 바로 사기꾼이라고 말하고 싶었다. 그러나 그렇게 말해 봐야 승복하지 않을 것이다. 교고쿠도처럼 교묘하게 상대를 구슬리는 말솜씨를, 나는 갖고 있지 않기 때문이다.

"하지만——솔직히 말씀드려서 생활은 그리 넉넉지 못한 것 아닙니까?"

"——그건 그래요. 그것을 불행이라고 부른다면 저는 불행합니다. 하지만 그것을 불행이라고 느끼는 것이 이미 옳지 않은 일이에요. 당신의 눈에 제 모습이 불행하게 비친다면, 그것은 제 행동이나 생각이 부족하기 때문입니다."

"부족하다니——더 이상 또 뭔가 해야만 한다는 겁니까? 당신은 빚까지 지면서 희사를 하고 있지 않습니까?"

"그건 아니에요. 빚을 진 건 생활 때문입니다."

"무슨 뜻입니까? 마찬가지라고 생각하는데요."

"필요 이상으로 부정한 재산을 벌어 쌓아두는 게 잘못된 것입니다. 저는 바보라서 그 한도를 잴 수 없었기 때문에, 번 돈은 전부 희사해 버렸습니다. 그러다 보니 생활에 필요한 돈은 없어지고 말아서, 그래서 빚을——게다가 지금은 일을 하고 있지 않으니까요——희사도 하고 있지 않아요."

희사하고 있지 않다?

그렇다면 위험도는 늘어난다.

"그럼 당신은 이미 가르침에 따라 결백하게 살고 있다는 뜻 아닙니까? 부족한 것은 없지요."

"아뇨, 이 집이 있습니다. 이 집이 잘못이에요. 부당하게 손에 넣은, 나쁜 인연을 가진 재산이니까요——이 집을 내놓지 않는 한, 가르침에 따른 것이 아닙니다."

"당신은 그럴 수가 없다——는 겁니까——?"

결국 그리로 돌아온다.

논리가 돌고 돈다.

그녀는 현재 행복하다고 하지 못할 것은 없지만, 반대로 영원히 행복해질 수는 없을 거라고 스스로 받아들이고 있다.

심하게 모순되어 있지만, 어디가 이상한 건지 잘 모르겠다. 이야기를 듣는 쪽까지 혼란스러워진다.

나는 도저히 신심을 버리라고 그녀를 설득할 수는 없을 것 같다.

눈이,

눈이 다른 것이다.

온바코는 이제 아무래도 좋은 것이다. 이 여자가 믿고 있는 것은 그녀 자신 안에 있다.

자신을 믿고 있는 것이다.

타인은 구원해 줄 수 없다.

나는 신심에 대해 더 이상 그녀와 대화하는 것이 고통스러워졌다.

"최근 따님—— 요리코의 분위기가 바뀐 것은 없나요?"

"모르겠습니다. 요리코와는 거의 만나지 않아요."

"만나지 않아요?"

"집에는 가끔씩 돌아올 뿐이거든요."

"외박을 한단 말입니까?"

금방 대답하지는 않았다. 아래를 보고 있다.

"분명히—— 말씀을 듣고 보니 갑자기 분위기가 바뀐—— 것 같은 기분도 들지만, 그게 뭐 잘못되었나요?"

그렇게 물어도 질문의 본의는 설명할 수 없다. 그렇다고 따님이 토막토막 잘릴지도 모릅니다, 라고 말할 수는 없는 것이다. 나는 대답하지 않았지만, 기미에는 멋대로 이야기하기 시작했다.

"── 언제부터였을까요, 밤중에 외출하는 일이 잦아지고, 야단을
쳐도 말을 듣지 않았습니다. 엄마밖에 없어서 엇나가는 거라는 생각
에 사사가와 씨께도 부탁해 보았지만, 말을 듣지 않았어요. 그러다가
사건이."

사건이란 유즈키 가나코 자살미수사건을 말하는 것이리라.

"그게 ── 지난달 중순쯤, 친구가 요리코의 눈앞에서 철로에 뛰어
들어 자살했거든요. 그래서 저도 무서웠기 때문에 한동안은 집에서
내보내지 않았지만 ── 보름도 가지 않았습니다. 망량이 나온 건가
하고, 교주님께 와 달라고 부탁을 드리기도 했지만 ──."

기미에의 이야기에 의하면 온바코 교의 교주는 이 집을 한 번 찾아
와 부정을 봉한 모양이다. 그때 집의 위치나 방향이며 방위를 판단하
였는데, 그 결과가 문에 못을 박는 것과 뒷문의 금줄이라고 한다.
그러나 그것은 어디까지나 응급처치이고, 이 집의 인연은 그런 것으
로 나아지는 것이 아니라는 것이었다.

"그런데 이달 들어 태도가 갑자기 변해서 ── 그때까지는 얌전한
딸이었는데 갑자기 사람이 변한 것처럼 활발해지더니 ── 아니, 밝
아진 것이 아닙니다. 저는 전보다 더 미움을 받고, 몇 번인가 맞기도
했습니다. 요즘은 집에도 잘 들어오지 않아요. 학교도 다니는 건지
안 다니는 건지 ── 친구들이 몇 번 왔었지만, 저는 만나기가 무서워
서 ──."

기미에가 힘없이 고개를 숙였다.

끝도 없는 밑바닥 같다.

내가 이해할 수 있는 범위에서는, 온바코의 기도는 이 모녀에게
전혀 효과가 없었다.

요리코에 관한 이야기를 할 때만은, 마모되어 닳아빠진 기미에의 인간다운 감각이 희미하게 반응한다. 거의 무표정한 얼굴에서 어렴풋이 희로애락의 흔적이 엿보인다.

그것은 그렇다 치고, 기미에의 이야기에 의하면 요리코의 태도가 변한 것은 이달 초, 즉 가나코가 유괴된 다음부터라는 뜻이 된다. 관련이 없다고는 생각할 수 없다.

"이거, 부인, 당신은 본 적도 없고 알지도 못하는 우리들에게 어쩌면 그렇게 여러 가지 이야기를 해 주십니까! 약간은 경계심이라는 걸 가지셔야겠어요."

에노키즈가 갑자기 바보 같은 결론을 내렸다.

그는 질문의 주도권이 내게 옮겨 오고 나서는 포대 자루에서 인형 머리를 꺼내 찔러 보거나, 주위에 있던 장롱 위를 수색하는 등 몹시 지루해하는 것 같았지만, 이야기를 안 듣고 있었던 것은 아닌지 내 질문거리가 떨어진 것을 민감하게 알아챈 것이다.

기미에는 그 말을 듣고도 아무렇지 않은 모양이다. 변함없이 다다미 무늬 수라도 세듯이 아래를 보고 있다.

"부인, 실은 우리는 그 상자 놈보다 더 영험이 있는, 거룩한 사람들입니다. 그러니 몇 가지 충고를 해 드리지요. 우선, 자살은 좋지 않아요. 왜 좋지 않으냐 하면, 뒤처리하느라 따님이 곤란하기 때문입니다. 목을 매달고 나면 뒤가 지저분하거든요. 그리고 상인방이 부러질 겁니다. 장례식을 치를 돈도 없을 테고요. 그러니 그만두는 게 좋아요. 한 가지 더. 이번에 딸이 돌아오면 더 이상 밖에 내보내지 않는 게 좋을 겁니다. 학교도 그만두게 하세요!"

하고 에노키즈는 쾌활하게 말을 이었다.

"왜 —— 지요?"

"누군가 따님을 노리고 있습니다. 정신 나간 살인자가 돌아다니고 있어요. 부인은 상자든 돼지든 모시고 싶은 걸 모시면 되지만, 딸의 목숨은 또 다르지 않습니까? 사정사정하든지 밧줄로 묶든지, 방법은 뭐든 좋습니다. 가능하다면 당장 찾아와서 묶어놓는 게 좋아요."

"묶어요?"

"당신 딸은 당신의 말을 듣지 않는다면서요? 그럼 묶어야지요. 그 래도 살해당하는 것보다는 낫겠지요."

"살해당해요?"

"죽는다고요."

"그, 그건 —— 사실인가요?"

"물론 사실입니다."

"당신들은 —— 대체?"

"하하하하, 이제야 우리들의 정체를 물으시는군요! 보통은 처음에 묻는데 말입니다. 무엇을 감추겠습니까, 별로 감출 것도 없지만 우리 는 일본에서도 손꼽히는 영능력자입니다. 그 이름도 거룩한 온카메 [御亀][9] 님. 이쪽이 본존이십니다!"

이 무슨 엉터리 같은 소리냐!

하필이면 온카메 님이라니, 입에서 나오는 대로 말하는 데도 정도 가 있지 않은가.

에노키즈는 공손하게 나를 가리켰다. 벌어진 입이 다물어지지 않 는다.

---

9) '거북'이라는 뜻.

"우리는 누구보다도 먼저 따님의 재난을 예지하고 이곳을 찾아왔습니다. 그러나 부인은 이미 상자교인지 뭔지 하는 것에 입교하셨지요. 그래서 그 상자가 따님을 지킬 만한 영력이 있는지 확인하기 위해 이것저것 여쭤본 것입니다. 하지만 그 상자는 안 됩니다. 틀려먹었어요. 그렇다면 당신이 따님을 지킬 수밖에 없습니다!"

그때 비로소 기미에의 얼굴에 명확한 표정이 새겨졌다.

당혹.

기미에는 당혹해 하고 있다.

"미안하지만 우리들한테 의지해도 안 됩니다. 우리는 다른 종교에 들어간 사람은 구원하지 않거든요. 그러니 당신은 당신 마음대로 구원받으십시오. 단, 따님은 당신이 구해주셔야 합니다. 그럼 거북이 님, 돌아가시지요."

에노키즈는 이곳을 떠나자고 나를 재촉했다. 기미에가 나보다 먼저 일어섰다.

"아, 아무렇게나 꾸며대는 거 아닌가요? 그런 말씀을."

"돈도 받지 않고 이런 일을 한다고 무슨 이득이 있겠습니까? 우리는 성자입니다. 오직 진실을 말하고 떠날 뿐. 믿지 않으신다면."

에노키즈는 기미에의 뒤쪽을 바라보았다.

"당신의 첫 번째 남편은——머리카락은 짧게 자르고 왼쪽 머리에 1촌 5분(약 4.5 cm) 정도 머리털 빠진 자국이 있고, 광대뼈가 튀어나와 있고 코 오른쪽에 큰 사마귀가 있군요. 두 번째 남편은 오른쪽 뺨에 화상 자국이 있고 약간 뻐드렁니에 위쪽 앞니 하나, 아래쪽 앞니 하나가 빠졌습니다. 언뜻 보기에 성품이 부드러워 보이는군요——저 사람은——아버지——의 사형인가 하는 사람인가요, 숱이 적은 머리카락을 뒤로 빗어 넘기고, 눈썹까지 백발이군요. 약간 사시 같고, 대모갑[10]테 안경을 쓰고."

"아아!"

순간 기미에의 얼굴이 창백해졌다.

방금 그것은, 에노키즈에게 보인 그녀의 기억 —— 일까?

"요, 요리코가 —— 위험하다고요? 그렇다면 왜, 당신들은 아까 요리코를 말려주지 않았나요?"

기미에는 차분함을 잃었다. 옳은 말이다.

"집에 없는 척한 게 누군데 그런 말씀을 하십니까? 그때는 아직 잘 몰랐습니다. 어디로 갔는지 짐작 가는 데가 있다면 찾아보시는 게 좋을 겁니다. 어쨌거나 조심하십시오. 자, 거북이 님."

나는 하도 어이가 없어서 넋이 나간 채 여전히 앉아 있었다.

"정말 요리코가 위험한가요?"

"조심해서 나쁠 것은 없지요."

구스모토 기미에는 약간 멍해져서 딸의 이름을 불렀다.

"요리코 —— 요리코 —— 요리코."

                            ※

"요리코, 그래, 구스모토, 구스모토 요리코."

"요리코?"

신경질적으로 보이는 하얀 피부의 소녀는 미간에 주름을 지으며 불쾌한 얼굴을 했다.

---

10) 바다거북과의 일종인 대모의 등딱지.

"요리코가 나쁜 짓이라도 했나요?"

한편 발육이 좋은 커다란 몸집의 소녀는 생글생글 웃고 있다.

아무래도 이 정도 나이의 소녀는 대하기 어렵다.

후쿠모토는 이 두 사람을 붙잡을 때까지 교문 밖에서 1시간 이상을 허비했다. 줄잡아 50명 가까이 말을 걸려다가 놓치고, 20명 가까이 헛다리를 짚은 끝에 가까스로 요리코를 아는 소녀를 만난 것이다.

오늘 아침, 파출소에 기바가 찾아왔다. 후쿠모토는 깜짝 놀랐다.

가나코가 유괴되던 날, 무엇이 어떻게 된 건지 전혀 영문도 알지 못하는 사이에 기바는 가나가와의 경찰관에게 연행되고 말았다. 그것이 기바를 본 마지막이었기 때문이다.

후쿠모토는 이제 기바와 만날 일은 없을 거라고 생각하고 있었다. 멋대로 그것이 마지막이라고 생각하고 있었던 것이다.

기바라는 사람은 뭔가 대단하다. 그런 일을 당하고도 전혀 질리지도 않나 보다. 후쿠모토는 기바가 어떤 처우를 받았는지 몰랐지만, 아마 심한 일——고문 등——을 당했을 거라고 생각하고 있었다. 사극 같은 진부한 발상이다.

후쿠모토 자신은 훈계인지 훈고인지를 받고 두 대 맞은 다음 감봉되었다. 그것만으로도 후쿠모토는 학을 뗐다. 면직되지 않아서 다행이라고 생각하고, 그 후로는 눈에 띄지 않도록 근무하고 있었다.

갑자기 찾아온 기바는 자신이 근신 중이라는 사실과 사건은 수면 밑에서 계속 복잡하게 발전하고 있다는 것, 그리고 수사본부는 그것을 눈치채지 못하고 있다는 사실을 알리고, 조용한 박력으로 후쿠모토에게 협력을 요청했다.

솔직히 말해서 싫었다.

후쿠모토는 정의감이나 공명심, 호기심이나 진리 탐구——그런 것이 얼마나 귀찮고 피곤한 일인지, 똑똑히 학습했다. 그리고 그 귀찮음을 뿌리칠 수 있을 정도의 활력——동기를, 후쿠모토는 현재 갖고 있지 않다.

기바의 부탁은 다음과 같은 것이었다.

구스모토 요리코의 동급생들을 탐문해 주었으면 하는 것이다. 우선 요리코의 평판. 그리고 가나코의 평판. 그리고 다음과 같은 말을 학교나 다른 곳에서 배웠는가 하는 것.

천인오쇠, 시해선, 우화등선. 기바가 준 메모에는 그렇게 적혀 있었다. 후쿠모토는 몰랐다. 기바도 몰랐다고 한다. 그런 말을 여학생이 알고 있을까? 물어봐야 헛수고일 듯한 기분도 들었다.

기바는 진지해 보였다. 그 얼굴을 보고 있자니, 그 특이한 부탁은 거절할 수 없을 것만 같았다.

간단하다면 간단한 일이지만, 무서운 얼굴의 기바에게는 역시 어려운 일일 것이다. 경찰수첩이라도 갖고 있다면 모르겠지만, 근신 중이라면 그럴 수도 없다.

한편, 후쿠모토라면 딱 봐도 경찰관이라는 사실을 알 수 있으니 그리 어려운 일은 아니다. 다행히 그때 파출소에는 후쿠모토 한 사람밖에 없었으니, 잘만 하면 불량형사에게 가담했다는 사실도——들키지 않을 것 같았다.

후쿠모토는 어쩔 수 없이 받아들이기로 했다.

"요리코는, 어딘가 이상한 아이예요."

"예전에는 별로 눈에 띄지 않았는데, 요즘 무슨 착각을 하고 있는 것 같아요. 그렇지?"

"응. 왠지 음침해서 친구도 없어요."

하나를 물으면 필요 이상의 대답이 돌아온다.

"착각이라니 무슨 착각?"

"잘 표현할 수는 없지만, 왠지 대항 의식이 강해졌다고 할까요?"

"아무도 그 아이한테 신경 쓰지 않는데, 뭐라고 할까요, 자의식 과잉이라고 할까."

"맞아, 맞아. 하지만 요즘 계속 학교에 나오지 않아요."

서로 상대의 이야기를 보충하며 교대로 이야기하고 있어서, 알기 쉽다면 알기 쉽다.

"학교에 안 온다고?"

"안 와요. 소문으로는 찻집에 출입하는 것 같다더군요. 불량한 아이예요."

"그 아이, 가나코한테 그런 걸 배운 거예요. 가나코는 죽었으니까 자신이 가나코가 된 기분인 거죠. 바보 같아."

"가나코라니, 그 유즈키 가나코를 말하는 거니?"

"네! 순경 아저씨도 아세요? 그 아이, 자살했어요. 철로에 뛰어들 어서. 당연히 아시겠지요."

"선생님은 아무 말도 안 하지만, 우리들은 다 알아요. 자살이라니 믿을 수 없어! 그렇지?"

아무래도 동급생들 사이에서는 가나코가 자살한 것으로 되어 있나 보다. 그것에 관한 그녀들의 느낌은, 믿을 수 없어, 라는 한 마디인 것 같다.

"가나코는 어떤 아이였지?"

"가나코도 이상했어요."

"역시 친구가 없었니?"

"없었지만——."

"하지만 요리코하고는 달라요. 친구가 되고 싶지 않은 게 아니라, 다가가기 어렵다고 할까요?"

"맞아, 맞아. 뭐랄까, 다가오지 못하게 하는 것 같은."

"성적도 좋았고, 느낌이 나쁘지는 않았어요."

요리코의 인상과는 미묘하게 다른 모양이다.

"하지만 불량한 아이였니?"

"글쎄요——하지만 찻집 같은 데 다녔던 모양이에요."

"제가 봤어요. 그, 용수철 공장 옆에 있는 찻집에 들어가는 거. 왠지 무서웠어요."

"말투도 특이했고요. 엄마가 그러시더라고요."

"뭐라고?"

"역시 사생아는 다르다고."

"사생아라니?"

"아버지가 없는 아이 말이에요. 구스모토도 그렇대요."

"흐음."

사생아란 말인가. 아버지가 없다는 환경이 아이의 소행이나 성격 형성에 전혀 영향을 주지 않는다고는 할 수 없다. 그러나 아버지가 없다는 것만으로 한데 묶어 취급하는 것은 참을 수 없다.

그것은——차별이다. 이 소녀들의 어머니는 무의식중에 차별 감정을 딸들에게 심어주고 있다.

후쿠모토는 조금 슬픈 기분이 들었다. 한 마디 쓴소리해 줄까 하는 생각도 했지만, 자신에게는 어울리지 않는다는 생각에 그만두기로 했다.

후쿠모토도 어릴 때 아버지를 잃었던 것이다.

더 이상 이야기를 들을 마음이 들지 않았다.

"정말 고맙다. 그런데 너희들, 좀 이상한 질문이지만 이 말——학교에서 배웠니?"

소녀들은 메모를 보고 하나같이 고개를 가로저었다.

후쿠모토는 떠나가는 소녀들의 뒷모습을 바라보면서 전력으로 질주한 직후 같은 급격한 피로감을 느꼈다. 그러나 운동 후의 그 기분 좋은 상쾌함은 전혀 없었다.

"요리코는 미움을 받고 있었구나."

후쿠모토는 혼자서 소리 내 말했다.

※

후쿠모토를 끌어들인 것은 좋지 않았을까?

기바는 약간 후회하고 있다.

후쿠모토라는 젊은이는 묘하게 마음에 걸리는 남자다. 솔직히 말해서 기바는 그의 둔감함이 싫었다. 아양을 떠는 듯한 자세도, 기바와는 크게 어긋나는 감성도 싫었다.

그런데도,

——내버려둘 수가 없다.

그래서 마음에 걸린다.

기바에게 협력한 것 때문에 또 그에게 재난이 닥치지 않는다는 보장도 없다. 그러나 지금은 달리 생각나는 방법이 없었다. 근신이 풀릴 때까지 기다릴 수는 없다. 게다가 이 사건은 근신 중에 처리해야만 할 사건이라는 기분도 든다.

어젯밤 교고쿠도가 이야기한 요코에 관한 정보는, 기바에게는 역시 충격적인 내용이었던 것이다.

교고쿠도는 말했다.

"지금 나리가 해야 할 일은 어떻게 요코 씨의 상처를 치유해 줄까 하는 것이지, 그녀의 적을 쓰러뜨린다는 둥 하는 바보 같은 짓이 아니에요. 나리의 이야기를 듣고 나니 대강 사건의 윤곽은 파악이 됐지만, 아직 몇 가지 확인해야 할 사항이 있으니 지금 그것에 대해 분명히 말씀드리지는 않겠습니다."

——뭐가, 말씀드리지는 않겠습니다, 냐?

알았으면 말하면 된다. 이제 무슨 말을 들어도 놀라지 않을 것이다.

교고쿠도는 이런 말도 했다.

"한 가지만 말해 두겠는데, 토막살인사건과 가나코 유괴사건은 다른 겁니다. 그리고 가나코 살인미수사건도 아마 다른 사건일 거예요. 이것들은 어떤 부분은 공유하고 있지만, 본래는 전혀 관련이 없어요. 어느 하나에 끌려가다 보면 다른 쪽이 잘못된 방향으로 가 버려요. 부디 조심하시는 게 좋을 겁니다."

——그걸 어떻게 믿나!

아니, 사실은 그럴지도 모른다. 그러나 교고쿠도는 이번만은, 왠지 석연치 않은 말밖에 하지 않는다. 그래서 신용할 수가 없다.

기바에게 알리고 싶지 않은 게 있는 것이다.

교고쿠도는 끊임없이 요코를 만나라고 권했다. 기바도 그렇게 할 생각이었으니 그건 괜찮다. 하지만 교고쿠도가 이어서 기바에게 요청한 조사는 근신 중인 기바에게는 약간 곤란한 내용이었다. 순간 후쿠모토의 얼굴이 떠올랐다.

——이제 와서 이게 무슨 의미가 있지?

알 수 없었다. 그래서 그대로 후쿠모토에게 떠넘겼다. 그 강아지를 닮은 남자는 잘해냈을까? 기바는 걸으면서 그 생각만 한다. 도망치고 있는 것이다. 이 걸음을 멈출 때——목적지에 도착한 후에 기다리고 있을, 요코와의 만남을 생각하기가 무서운 것이다.

요코의 주소는 에노키즈가 교고쿠도에게 맡긴, 마스오카가 가나가와 경찰에게 만들게 했다는 자료——이 얼마나 먼 길을 돌아온 자료란 말인가!——에서 확인했다.

그곳은 기바의 하숙집과는 역을 사이에 두고 반대편이었다. 이쪽 방향으로는 온 적이 없다. 같은 동네라도 낯익은 구석은 전혀 없다. 눈에 익은 것 같으면서도 본 적이 없는, 정말 이상한 풍경이다.

번지수를 가리키는 표시가 전봇대에 붙어 있다. 다음 골목에서 꺾어진다. 그러면——.

검은 담장. 아담하고 깔끔한 단독주택.

——여기, 다.

사극에 나오는 첩의 집과 비슷하다. 마당에 담장 너머로 보이는 소나무라도 있으면 첩의 집 그 자체다.

아니, 어제 교고쿠도에게 들은 그녀의 과거 때문에 그렇게 생각되는 것인지도 모른다.

기바는 당황했다.

── 요사부로가 되어 볼까? 아니면 고모리야스인가?[11]

검은 담장을 우회해 뒤쪽으로 향한다. 이 경우, 역시 뒤로 들어가는 것이 효과적일 것이다. 쓸데없는 것은 생각하지 않는다. 머릿속을 텅 비운다. 뒷문을 연다.

작은 마당이다.

요코가 있었다. 요코는 기모노를 입고 책상을 향해 앉아 있다. 뭔가 쓰고 있는 모양이다.

순간 뭐라고 말을 걸어야 할지 망설인다. 실례합니다, 라고 말하는 것도 멍청해 보이고, 실례, 라고 하면 사극 같고──.

"아."

아래를 보고 있던 요코가 얼굴을 들고, 기바의 모습을 발견하고 먼저 목소리를 냈다.

"기바── 씨."

"실례하겠소."

이 정도면 될까.

기바는 마당을 빠져나가 툇마루 앞에서 멈춰 선다.

"당신은── 늘 이럴 때 나타나시는군요."

요코는 편지라도 쓰고 있었나 보다. 재빨리 책상을 정리하고는 다시 기바 쪽을 향했다.

"내 기억에는 별로 좋은 상황에서 마주친 적은 없었는데. 시간 괜찮소?"

---

11) 요사부로와 고모리야스는 영화 '요사부로'에 나오는 인물로, 여기에서는 주인공 요사부로가 고모리야스와 함께, 사랑하는 여인 오카네를 다른 남자의 첩으로 보낸 야마시로야의 별저에 쳐들어가는 장면을 연상한 것으로 보임.

기바는 툇마루에 걸터앉았다. 정면에서 요코와 대치하는 데에는 저항감이 있었다.

"들어오세요. 여기서는 좀 그러니까——."

"아니, 여기면 돼요. 아무리 내가 뻔뻔스러워도 여자 혼자 사는 집에 어슬렁어슬렁 들어가는 짓은 안 합니다. 그렇게 신용 받고 있다는 생각도 안 들고."

"그런——."

요코는 고민하던 끝에, 그럼, 하고 방석을 권했다.

"요전에는 폐가 많았습니다. 죄송합니다."

"좋아서 한 일이니 사과할 필요는 없어요. 그보다, 조금은 진정이 되었소?"

요코는 희미하게 웃었다.

"가나가와 놈들한테서 연락은?"

"없습니다. 그보다——."

요코의 시선이 기바의 등을 응시한다.

"뭔가—— 알게 되셨나요?"

"음."

"조사—— 하셨나요?"

"음——."

기바는 마당의 나무에 시선을 보낸다. 옆집 마당의 밤나무 가지가 약간 튀어나와 있다. 열매가 맺히는 것도 시간문제일 것이다.

"——마스오카는 시바타 요우코우가 죽었다는 사실을 알려 주던가요?"

서툴게 신경을 쓰는 것보다 단도직입적으로 말을 꺼낸다.

그편이 기바에게 어울린다.

"예."

놀란 기색은 없었다. 요코라는 여자는 생각 외로 당당하다.

기바는 다시 들어오라는 권유를 받고, 결국은 그에 따랐다.

불단에 사진이 두 장 세워져 있다.

가나코의 사진과 또 한 장은 돌아가신 어머니의 사진이리라. 어머니의 사진은 반으로 찢어져 있다. 오른쪽에는 아마 아버지가 찍혀 있었겠지만, 그 모습은 어깨까지밖에 확인할 수 없다.

둘 다 똑같이 퇴색해 있다.

그 위에는 액자에 넣은 증서가 장식되어 있다. 가나코의 중학교 입학 기념 증서인 모양이다.

"기바 씨는—— 결국 알아 버리셨나요?"

요코는 차를 권한다. 기바는 대답이 막힌다.

"죄송했습니다. 저는 거짓말을 하고 있었어요. 하지만——당신에게는."

"그건 됐소."

"당신에게는 알리고 싶지 않았습니다."

요코는 그렇게 말하고 먼 곳을 보았다.

장지문은 전부 활짝 열려 있어서 집안을 둘러볼 수 있다.

그렇게 넓은 집도 아니지만 휑뎅그렁하고 쌀쌀하다. 참을 수 없는 상실감. 뭔가가 빠져 있다.

"꽤——쓸쓸해지고 말았습니다."

그렇다, 빠진 것은 이 집에 원래 살던 사람 —— 요코의 가족들인 것이다.

"저쪽은 가나코의 방이었습니다. 그 건너편 방은 아메미야 씨가 사용하고 계셨지요."

"아메미야와는 계속 같은 집에서?"

"아뇨. 이리 이사 오기 전까지는 따로 살았습니다."

요코는 묻지 않은 것까지 이야기하기 시작한다.

"어떤 관계든지, 14년이나 함께 있다 보면 가족처럼 느껴지는 법이지요. 하지만 아메미야 씨는 본래 성실한 분이라서 —— 시바타 가에서 감시역으로 보내져 왔을 때부터 쭉 그랬습니다."

—— 14년 전. 1938년의 딱 이맘때.

시바타 요우코우가 요코 곁으로 아메미야 노리타다라는 청년을 보냈다.

큰 은혜가 있는 시바타 회장으로부터 직접 명령을 받은 이상 성실하게 일을 해내야만 한다, 그러나 자신은 적당한 거리에서 간첩처럼 요령 좋게 행동하는 것은 도저히 불가능하다, 여러 가지로 생각해 봤는데 앞으로는 가족이나 친척이라고 생각해 주었으면 좋겠다, 거짓 없이 대해 준다면 몰래 탐색하는 짓은 결코 하지 않겠다 —— 아메미야는 그렇게 말했다고 한다. 성실한 건지 바보인 건지, 요령이 나쁜 건지, 감시를 맡은 사람이 사전에 할 말은 아니다.

그리고 아메미야는 당시 요코가 살고 있던 공동주택의 방을 하나 빌렸다고 한다. 그리고 감시한다기보다는 이것저것 일가를 보살펴 준 모양이다.

요코는 시바타 가에서 양육비와 의료비는 지급받고 있지만, 자신의 생활비는 스스로 벌어야만 한다. 한편 아메미야는 매달 보고서만 제출하면 자신의 식비는 확보할 수 있기 때문에, 말하자면 한가하다. 꼭 그래서는 아니겠지만, 아메미야는 갓 태어난 가나코도 보살펴주었고, 매일 병원에 다니며 입원한 요코의 어머니도 부지런히 간병해 주었다고, 요코는 말했다.

　"가나코는 아메미야 씨가 키운 거나 마찬가지입니다. 그 아이는 친어머니를 언니라고 부르고, 키워준 사람을 아메미야 씨라고 남 부르듯 불렀지요. 저는 그 아이에게 태어나면서부터 그런 일생을 주고 말았어요."

　요코는 슬픈 눈을 했다.

　"어머니가 돌아가시고 전쟁이 시작되었습니다. 피난을 갈 때도 아메미야 씨가 애써 주셔서——그 무렵에는 이미 그 사람을 가족처럼 생각하고 있었습니다. 우스운 이야기지요. 그 사람은 일이라서 그렇게 해 준 건데——하지만 정말 잘해 주었습니다."

　"당신은 아메미야와, 그."

　"오해하지 말아 주세요. 그분은 그런 사람이 아니었습니다. 우리들 사이에는 아무 일도 없었습니다. 그것은——믿어 주세요."

　그것은 왠지 믿을 수 있을 것 같다.

　기바는 아메미야의——그 억양 없는 얼굴을 떠올렸다. 그 남자의 인생도 불운한 인생이라고 할 수 있을지도 모른다.

　마스오카의 자료를 보면, 아메미야는 본래 시바타 방적의 자회사인 시바타 기계의 사원이다. 어떤 일을 하고 있었는지는 모르지만, 기술 쪽이었던 모양이다.

그 평범한 인생이 어디에서 어떻게 어긋났는지 —— 어쨌거나 톱니 바퀴를 어긋나게 한 자가 눈앞에 있는 요코라는 사실은 틀림이 없다.

"배우가 된 후로, 아메미야 씨는 매니저처럼 제 일을 도와주었습니다. 가나코도 손이 가지 않는 나이가 되었고 —— 그래서 경제적으로는 안정이 되었습니다. 제가 배우 일을 하게 된 것은 정말 우연이었어요. 젊을 때 극장에서 표를 팔던 인연으로, 촬영소에서 잔일을 하고 있었는데 ——."

"그건 알아요."

미나미 기누코의 성공담은 유명하다. 그 당시에는 잡지에서 몇 번이나 다루어졌기 때문에, 팬이 아니더라도 알고 있다. 다만 불우한 시절에 슬픈 사랑이 있었다는 사실은 전해지지 않았고, 물론 그녀에게 아이가 있고 그 아이의 아버지는 시바타 재벌의 도련님인 데다 매니저는 시바타의 감시인 —— 이라는 쓸데없는 이야기는, 아무도 진지하게 받아들이지는 않겠지만 ——.

오히려 항간에서 가장 수수께끼로 여겨지는 것은 기누코가 갑작스럽게 은퇴한 이유인 것이다.

기바는 그것에 관해서 물었다.

"가나코를 위해서 —— 일까요."

요코는 미소로 얼버무린 —— 것처럼 생각되었다.

"시바타 가도 제가 세상에 얼굴을 드러내는 것에 대해서는 별로 좋게 생각하지 않는 것 같았고 —— 나이를 속이거나 하는 것도 마음에 걸렸습니다."

앞뒤는 맞는다. 그러나 시바타 측이 좋게 생각하고 있지 않았다면 애초에 데뷔를 시키지 않았을 것도 같다.

기바가 그렇게 말하자 요코는 곤란한 듯 웃었다.

"데뷔했다고 해도 유명해질 거라는 생각은 안 했겠지요. 그리고 우스운 이야기지만, 저는 신용이 있었어요. 아메미야 씨가 착실하게 보고도 해 주고 있었고, 그때까지 한 번도 약정을 어기지 않았고 —— 그리고 그 무렵에는 그 사람도 이미 이 세상 사람이 아니었으니까요."

"당신은 시바타 히로야를 만날 생각은 정말 한 번도 하지 않았소?"

"그런 생각은 하지 않았어요. 우리들 사이는 아마 그 정도였던 거겠 지요."

"비극적인 대연애가 아니었소?"

"현실은 연극과는 달라요. 그 사람 —— 이제 멀리 있는 사람이지 만 —— 히로야 씨도 아마 제 처지에 동정했던 것뿐일 겁니다."

"동정으로 사랑의 도피를 할 리가 없는데."

"히로야라는 사람은, 착하기만 한 사람이었습니다. 그 사람이 제게 인정을 베푼 것은 배우에게 팁을 많이 준다거나, 화가에게 그림 도구를 사주는 것과 별 차이 없는 일이었지요. 저도 —— 그 무렵 저는 어머니의 간병에 지칠 대로 지쳐 있었고, 그래서 도망치고 싶어서 견딜 수가 없었어요. 그러니 지금 생각하면 좋아한다, 싫어한다 하는 감정과는 좀 달랐던 건지도 모릅니다."

"그런, 동정과 현실도피 끝에 생긴 아이를 —— 왜 굳이 낳게 된 거요?"

요코는 일순 기가 죽었다.

괴로운 질문이었을까?

"그렇기 때문에 —— 낳은 겁니다. 그런 건 그 아이 잘못이 아니니 까요."

체면이나 자기 보신, 그 후의 고생——자신의 일을 전혀 생각하지 않는다면, 분명히 요코의 말이 맞다. 어떤 이유로 아이가 생겼든 그 아이에게 책임은 없다. 중절하는 짓은 부모의 이기라고 할 수 있을 것이다.

"그렇군. 그렇게 말하면——가나코가 불쌍하군요."

기바가 그렇게 말하자, 요코는 울었다. 의연한 표정을 한 채 눈물을 흘렸다. 어린아이가 응석을 부리는 듯한, 그런 표정 같기도 하다. 상실감을 견디지 못하게 된 모양이다. 요코는 고개를 숙이고 딸의 이름을 불렀다.

"가나코——가나코."

그렇게 딸을 생각한다면——.

"어째서 유산상속을 거부했소?"

"가나코에게——알리고 싶지 않았어요. 그런."

아아, 그렇다. 진실을 이야기하려면, 조금 전 기바가 말한 것처럼 전할 수밖에 없는 것이다.

"거짓말이라도 상관없잖소. 사실대로 말하는 게 능사는 아니지. 그런 건 어떻게든——."

"벌써 충분히 거짓말을 했는걸요. 더 이상 거짓말을 해서, 거짓말 위에 거짓말을 쌓아 봐야 소용없어요. 저도 거짓말쟁이입니다."

그렇지 않다. 이 여성은 전혀 거짓말을 못 하는 것이다. 요코라는 이 여자는, 정직하다는 말 앞에 바보처럼, 이라는 단어가 붙는 방식으로밖에 살아갈 수 없는 모양이다. 어떻게 배우를 해낼 수 있었는지 모르겠다.

아니, 해내지 못한 걸까?

요코는 울고 있다.

이제 어떻게 할까? 이러고 있자니 이대로도 괜찮을 것 같은 기분이 든다. 그 비상식적인 사건과 지금의 상황 사이에는 뭔가 큰 간격이 있다.

실제로 가나코도 아메미야도 사라져서, 요코는 울고 있다. 그러나 새삼 어떻게 할 수도 없는 것이다. 어떻게 하면 이 눈물이 멈출까. 이 상실감이 채워지려면 시간이 필요하다. 아마 시간이 흐르기를 기다릴 수밖에 없을 것이다. 사건 해결, 진상 해명, 범인 적발, 어느 것도 전혀 도움이 되지 않을 것 같은 기분이 든다. 적을 쓰러뜨린다는 말이야말로 가장 어울리지 않는다. 무의미하다.

—— 교고쿠도는.

이렇게 될 것을 꿰뚫어보고 있었나 보다.

—— 그 수법에 놀아날 것 같으냐!

눈앞에서 사라져 버린 가나코. 사라진 아메미야. 살해당한 스자키 ——.

만일 교고쿠도가 말한 대로 토막살인과 가나코 사건이 다른 것이라 해도 ——.

그렇다 해도, 이대로 내버려둬도 될 리가 없다.

기바는 이미 소기의 목적을 잊어 가고 있었다. 도대체 기바가 어느 단계에서 목적의식을 가졌는지 확실하지는 않지만, 적어도 〈요코를 위해서〉라는 레벨은 일탈해 가고 있다. 〈요코를 위해서〉를 가장 중요시한다면, 교고쿠도의 말대로 이대로 아무것도 추궁하지 말고, 그녀가 재기하는 것을 지켜보는 게 제일일 것이다.

하지만 그럴 수는 없다.

이미 이 사건은 기바 자신의 이야기가 된 것이다. 객연이라면 그냥 지켜볼 수도 있겠지만, 주연이 되면 그렇게는 못 한다. 기바라는 인간의 성질에 합치하는 결론을, 기바 자신이 이끌어내야만 하는 것이다.

"──미마사카와는 어떤 관계요?"

요코는 손수건으로 눈물을 누른다.

"오래된── 지인── 입니다."

시원스럽지 못한 대답이다. 눈물 때문에 말이 끊어진다.

대답의 진위 정도를 판별할 수가 없다.

기바에게 있어, 미마사카는 아무 근거도 없으면서도 사건의 중요한 요소가 된 상태다.

그의 갑작스러운 등장이 요코가 준비한 것인 한, 그 이유를 그녀에게 묻는 것은 당연하다.

"학계에서 쫓겨난 천재 외과의와 표 파는 아가씨 사이에 접점이 있었을 것 같지는 않은데. 배우가 된 후에도 마찬가지고. 어디에서 알게 되었소?"

"아버지── 의──."

"아버지? 당신의 아버지는 무슨 일을 하셨소?"

"의사── 였습니다."

아버지와 아는 사이라는 건가? 사토무라의 이야기로는 요코가 아버지와 살았던 당시, 미마사카는 아직 의학계에서 쫓겨나지 않았다. 천재라는 이름을 마음껏 휘두르던 시기다. 요코가 그 명성을 들었다 해도 이상하지는 않을 것이다. 그러나 친구라고 하려면, 요코의 아버지도 학계 중앙에 위치한 인물이었던 것일까?

"당신의 아버지는 —— 어떤 분이었소? 어째서 당신들 모녀를 쫓아냈지?"

"아버지에 대해서는 —— 그 무렵의 일은 생각하고 싶지 않습니다. 다만 아버지와 어머니 사이가 원만하지 않게 된 것은."

눈물 섞인 목소리의 요코는 거기에서 작게 흐느껴 울더니, 눈두덩을 약간 누르며 이야기를 멈추었다.

"어머니의 병 때문이었습니다."

"병? 아버지는 의사였다면서?"

"예 —— 어머니는 불치병이었어요."

"불치병? 요즘 고치지 못하는 병이 어딨다고?"

기바는 의학에 대해서는 전혀 모른다. 근대화에 따라 의학도 크게 진보하여, 옛날에는 고치지 못했던 병도 대부분 고칠 수 있게 되었다고 착각하고 있었다.

"근무력증이라고 하는데, 근육이 약해져서 움직이지 않게 되는 병이라고 합니다. 팔이나 다리가 올라가지 않게 되고, 눈꺼풀조차 마음대로 움직일 수 없게 되지요."

"못 고치는 거요?"

"심해지면 어려운 모양이에요. 어머니는 중증이었습니다 ——."

담담한 어조였다.

"—— 이상하게도, 얼굴에서 표정이 사라지면 인간다운 감정도 함께 사라져 버리나 보지요. 원래 신경에 원인이 있는 병이라고 하는데, 어머니는 날이 갈수록 마음도 병들어, 사람이 완전히 변해 버렸어요."

"그렇다고 내버리면 안 되지! 의사라면 더더욱 그렇지요. 낫지 않으면 고칠 방법을 생각했어야지!"

"아버지는——의사로서는 열심히 노력했던 것 같아요. 하지만 그 일과 매일의 생활은 다른 것이지요."

"버림받고 고생한 것치고는 아버지를 두둔하는 말을 하는군요."

보통 같으면 더 원망해도 이상하지 않다.

불행의 시작은 아버지의 비정한 행동에 있다.

"——기바 씨는 외모가 사람을 바꾸어 버릴 때가 있다고 생각하지 않으시나요?"

요코는 더없이 슬픈 눈으로 기바를 보았다.

"어머니는 아름답고 마음이 착한 분이었습니다. 하지만 임종 때의 어머니는 추했어요. 용모를 말하는 게 아닙니다. 마음이, 영혼이 귀신처럼 되어 있었어요. 그런 사람과는 살 수 없습니다. 가족이라면, 부부라면 마음을 위로해 주라고, 그렇게 말씀하실 수도 있겠지만, 그런 허울 좋은 말로 매일의 생활이 성립하는 것은 아닙니다. 의사였던 아버지는 마음을 고칠 수 없다면 몸만이라도——라는 생각은 하고 있었던 것 같습니다. 아마 그 사람에게는, 의사로서 어머니와 접하는 방법밖에 없었겠지요. 그리고——결국 치료는 할 수 없었습니다."

요코는 불단의 사진에 시선을 보낸다.

"어머니와 살면서 뼈저리게 알았습니다. 저도 몇 번이나 어머니를 버리고 싶다고 생각했는걸요. 지옥이란 그런 생활을 말하는 겁니다. 애정이 있으니 더욱 괴롭지요. 그 생각이 사랑의 도피라는 어린아이 같은 행동까지 하게 만들었으니까요——그러니, 저는 아버지를 일방적으로 탓할 수는 없습니다. 물론, 원망한 적이 없다고는 못 하겠지만——."

그 말을 듣고 나니 더 이상 아무 말도 할 수 없다. 깊이 파고들어 봐야 소용없다. 설령 요코가 아버지에 대해 갖고 있는 감정을 억누르고 기바에게 거짓말을 하고 있는 것이라 해도, 그것을 파헤쳐 봐야 아무런 의미도 없다.

게다가 기바는 이미 요코의 과거를 이것저것 묻기가 괴로워졌다. 어떤 편력을 거쳤든, 그녀가 지금의 요코임에는 변함이 없다. 과거를 아는 것은 무의미하다. 기바는 본래 영화배우로서의 요코의 허상밖에 몰랐던 것이다.

처음의 기바에게, 여배우 미나미 기누코가 아닌 살아 있는 유즈키 요코는 무거운 짐이었다. 그러나 이제 와서는, 그녀의 과거는 그 허상이나 마찬가지다. 아무래도 좋다.

어느새——아마 그, 결론을 지었다고 생각한 날부터——기바는 살아 있는 요코에게 끌리기 시작한 것이다.

어제 교고쿠도에게 넌지시 그런 말을 듣고, 기바는 막연히 그 사실을 재인식했다.

이야기할수록 요코는 슬퍼지고, 들을수록 기바는 물러선다. 기바의 이야기와 요코의 과거는 관련이 없는 것이다. 앞으로 어떻게 할 것인가——그것이 문제다.

"마스오카는——녀석은 탐정을 고용한 모양이더군요."

"탐정?"

"경찰에 맡겨둘 수는 없다는 거겠지만, 유감스럽게도 녀석이 고용한 탐정은 세상에서 제일 도움이 되지 않는 엉터리요. 가나코를 찾아내는 것은 무리일 테지요. 그래서——녀석은, 마스오카는 시바타의 부고 말고 또 무슨 말을 하던가요?"

"한 달——한 달 안에 가나코의 사망이 확인되지 않을 경우에는, 저를 대리인으로 간주하고 상속에 관한 교섭을 재개하겠다고요."

"그렇군. 당신은 어떻게 할 거요?"

"어떻게 하다니요——한 달 안에 가나코가 돌아오면——상황은 이전과 다름이 없습니다."

요코는 아직도 그런 희망을 갖고 있는 걸까?

"돌아오지 않으면?"

요코는 기바를 노려보았다. 확실히 불쾌한 질문이다.

"유산을 상속할 생각입니다."

"그건 또 웬 심경의 변화요?"

의외였다.

시바타 가의 작은 원조도 이유가 없다며 거절하고, 눈이 어지러워질 만큼 막대한 금액의 유산도 오직 딸에게 상처를 주고 싶지 않다는 이유로 집요하게 거절하여, 마스오카로 하여금 돈에 흥미가 없다고 평하게 한 요코의 말이라고는 도저히 생각할 수 없었다.

"가나코에게 알리지 않아도 된다면, 그편이 낫겠다고 생각했습니다. 가나코가 돌아왔을 때의 일을 생각하면——말이지만요."

정말로 아직 희망을 버리지 않은——건가.

기바는 가나코가 돌아올 거라고는 생각할 수 없었다.

가나코는 분명히 벌써 죽었을 거라고 생각한다. 잔혹한 것 같지만 그것이 현실이다. 시바타 측도, 아직 사망이 확인되지 않았기에 곤란해 하고 있을 뿐이다.

관계자 중에 지금도 가나코가 살아 있다고 생각하는 사람은 ——.

기바가 생각하기에 요코 혼자뿐일 것이다.

"가나코가 살아 돌아온다면 치료비가 필요하지 않습니까. 물론, 이렇게 되지 않았더라도 필요한 돈이기는 했지만 —— 우리들의 이기적인 다툼에 끌어들여 버렸다고 생각하면 ——."

요코는 다시 눈물을 보였다.

"전부, 전부, 저의 잘못입니다. 모든 나쁜 일의 원흉은 저예요. 그러니."

어미는 떨리고, 흐느껴 우는 소리로 바뀌었다.

"게다가 —— 어쩌면 그 아이는 벌써, 알아서는 안 될 일을 알아 버렸는지도 모릅니다. 그렇다면, 그렇다면 이제 와서 그런 일은."

"가나코가 출생의 비밀을 알았다는 거요? 마스오카가 흘리기라도 했다는 건가요?"

"마스오카 씨는 그런 짓을 할 사람은 아니었던 것 같으니, 마스오카 씨는 아닙니다. 하지만 —— 그렇게라도 생각하지 않으면."

"그것이 자살의 이유라고요?"

예민한 나이의 소녀가 자신의 지저분한 출생의 비밀을 알고, 세상을 비관하여 자살을 시도한다. 거기까지는 불행한 이야기의 줄거리로서는 흔한 흐름이다.

그러나 ——.

구사일생으로 살아난 소녀는 생사의 경계를 방황하면서도 이해할 수 없는 범죄에 휘말려, 결국 유괴당하고 말았다. 소녀에게는 아무런 잘못도 없다. 그것이 사실이라면, 그것은 불행이나 재난이라고 부르기보다는 오히려 비극이라고 불러야 할 것이다.

요코의 말대로, 가나코야말로 어른들의 이기적인 생각에 희롱당한 피해자가 될 것이다.

기바는 타인이지만, 요코는 그 소녀의 어머니다.

어머니는 흐느껴 울고 있다.

어떤 형태이든 딸이 돌아오기를 바라고 있을 것이다.

내키지 않는 유산상속을 하는 것도 그때를 위해——아니, 가나코가 존재했었다는 흔적을 기억에 담아두기 위해서일 것이다.

이 가련한 어머니를 가나가와 녀석들은 의심한 것인가? 그리고 지금도 여전히 의심하고 있다는 건가? 분명히 요코는 많은 거짓말을 했지만.

"가나가와 놈들은 당신의 신원에 대해서 어디까지 알고 있소?"

"가나코가——시바타의 직계라는 사실 이외에는——아무 말도 하지 않았습니다. 하지만 기바 씨가 알게 되셨다면——이미."

"그건 괜찮아요. 그 무능한 놈들은 모를 거요."

기바도 요코의 과거를 안 것은 우연이다.

그들이 알 리가 없다.

요코는 복잡한 표정으로 기바의 말을 들었다.

요코가 보기에는 괜찮지 못한 것이다.

그들이 무능하다는 말은——다시 말해 그들은 가나코를 찾아낼 수 없다는 뜻이기도 하다. 그뿐만 아니라, 가나가와 경찰에게는 이번 사건에 대해 전혀 해결 능력이 없다는 뜻이기도 하다.

——어쩔 수 없지. 사실이야.

——녀석들은 요코의 거짓말 하나 꿰뚫어보지 못했다.

기바는 마지막 질문을 하기로 했다.

도중에 알게 되면 묻지 않으려고 했던 질문이다.

"하지만 당신의 신원은 그렇다 치고──당신은 가나가와 놈들을 속였지요. 왜 그랬소?"

"예──?"

"검은 장갑을 낀 남자 말이오. 당신은 모르겠지만, 나는 계속 뒤쪽 수각로 앞에 있었소. 당신은 숲에 들어가지 않았지요."

"그건──."

"그 진의만은 가르쳐 주시오. 그렇지 않아도 바보들만 모여 있는 경찰을 교란시킨 이유를. 거짓말을 하면 가나코가 발견될 확률은 내려갈 뿐이잖소! 그것은──당신의 본의라고 생각할 수 없는데."

"경찰은──아메미야 씨나 기바 씨, 그리고 저만 의심하는 것 같았습니다. 그래서."

"경찰의 눈을 밖으로 돌리고 싶었던 건가?"

그렇군, 그러고 보면 유효한 거짓말이다.

아오키의 이야기로는, 바보들은 선입관에 꽁꽁 묶여 한 발짝도 밖으로 나가지 못하고 있었던 모양이다. 요코의 거짓말 덕분에 녀석들이 조금쯤 밖으로 눈을 돌리게 된 것은 사실이다.

"게다가 그 소녀──요리코 양의 이야기가 사실이라면, 그 장갑을 낀 남자가 수상하지 않나 하고──이것은 문외한의 생각이긴 하지만요."

그것도 그렇다.

가나코가 자살이 아니라면 용의자는 장갑을 낀 남자밖에 없고, 만일 그렇다면 유괴사건과 관련이 없다고는 생각할 수 없다. 게다가 장갑을 낀 남자는 토막살인의 용의자이기도 한 것이다.

—— 요리코.

구스모토 요리코와도 만나야 한다.

요코는 기바를 바라보고 있다. 이제 울고 있지는 않았지만, 긴 속눈썹이 눈물로 젖어 있다. 셀룰로이드 같은 피부는 변함없이 하얗고, 입술연지만이 붉다.

—— 색깔을 띠고 있다.

은막도 사진도 아니다.

이 여성은 살아 있다.

—— 교고쿠도 놈. 건방진 말이나 지껄이고 말이야.

어떻게 요코 씨의 상처를 치유해 줄까 하는 것이지,

—— 손을 떼.

그녀의 적을 쓰러뜨린다는 둥 하는 바보 같은 짓이 아니에요.

—— 쓸데없는 짓 하지 마.

그런 뜻이 아닌가.

분명히 그게 요코를 위한 길일지도 모른다.

요코가 다시 시작하려면 지금밖에 없고, 불길하고도 비상식적인 과거를 모두 잊도록 도움의 손길을 내밀 수 있는 사람은 기바뿐일 것이다.

그것은 동시에 기바를 위한 길일지도 모른다.

시간이 걸리겠지만, 기바는 그것을 지켜보며 새로운 이야기가 생겨날 때까지 기다리면 되는 것이다.

약간 흔들린다. 기바라는 이름의 상자 뚜껑이 열리기 시작한다.

요코가 속삭이듯이 말했다.
"기바 씨는——아직도 저희들 일에 관여하실 생각인가요?"
"그래요. 관여할 거요."
기바는 당황해서 뚜껑을 닫았다.
"왜——인가요?"
"이것은 내 사건이니까."
기바는 일어섰다.
요코는 말없이 올려다본다.
"사적인 것을 이것저것 물었지만, 기분 나빠하지 말아 주시오. 나는 보시다시피 세심하지 못한 놈이라서."
뭔가 잘난 척하는 변명이다.
"좀 더."
요코의 시선을 피한다.
"좀 더 빨리 관여해 주시길 바랐어요."
"실례했소."
"당신이라면."
"또 들르지요."
당신이라면——.
기바는 끝까지 듣지 않고 등을 돌렸다.
요코가 끝까지 말을 했는지는 알 수 없다.
아직 상자 뚜껑을 열기에는 이르다.
기바는 그렇게 생각하고 있다.

※

'취재 기록 / 상자를 든 유령에 대해'

● 연미복을 입은 젊은 남자의 유령이 나온다. 상자를 들고 엄청나게 빠른 속도로 걷는다. 이를 본 사람은 병에 걸린다. 3반의 호리노 군이 보아 버렸는데, 그다음 날부터 학교를 쉬고 있다.

〈하치오지 · 10세 · 남자〉

● 포마드를 바른 남자의 유령. 결혼식에 가던 도중에 죽은 남자. 상자를 소중하게 들고 있다.

〈하치오지 · 13세 · 여자〉

● 얼굴과 손이 하얗게 빛나는 망령이 나온다. 검은 옷을 입고 있는 걸 보아 장례식에서 돌아오는 길인 모양이다. 작은 관을 안고 있다. 안에는 난쟁이의 시체.

〈다나시 · 11세 · 남자〉

● 하얀 손의 요괴가 상자를 들고 온다. 신호등 맞은편.

〈다나시 · 9세 · 남자〉

● 상복을 입은 남자의 유령. 얼굴이 평평하다고 하는데, 목격한 친구는 눈코입이 제대로 있었다고 한다. 상자를 소중하게 안고 있다. 나는 보지 못했지만 절 쪽으로 걸어갔다고 한다. 5명쯤 보았다. 천천히 걷고 있는데도, 아무리 달려도 쫓아갈 수 없다.

〈조후 · 11세 · 남자〉

● 정장을 입은 남자가 상자를 안고 걷고 있었다. 인형 같은 얼굴에, 분위기가 이상했던 것 같다.

〈쇼와초 · 15세 · 여자〉

● 검은 옷을 입은 유령이 상자를 들고 돌아다닌다. 유령이 집 안을 들여다보면 병에 걸린다. 들고 있는 상자에 병균이 들어 있다.

〈쇼와초 · 10세 · 남자〉

● 장례식에 모르는 남자가 섞여 있다. 그것은 유령인데, 알아채지 못하면 아무 일도 없지만 알아채면 가까운 시일 안에 또 죽는 사람이 나온다. 유령은 상자를 들고 있어서 금세 알 수 있다. 그러니 너무 뚫어지게 보지 않는 게 좋다.

〈다마 묘지 부근 · 16세 · 남자〉

● 예복을 입은 남자가 묘지를 돌아다닌다. 마음에 드는 무덤이 있으면 상자를 묻는다. 그 무덤 주인의 가족은 병에 걸린다.

〈다마 묘지 부근 · 14세 · 여자〉

● 빛나는 손에 상복을 입은 남자. 묘지에서 파낸 상자를 들고 있다. 이 남자는 유령이다.

〈다마 묘지 부근 · 15세 · 여자〉

● 평평한 얼굴이 상자를 들고 쫓아온다. 붙잡히면 3년 후에 죽는다.

〈로카 공원 부근 · 10세 · 남자〉

● 검은 옷을 입은 외국인 유령. 말이 통하지 않기 때문에 저주를 받으면 풀 수 없다. 독경도 통하지 않는다. 들고 있는 상자 속에 뼈가 들어 있다.

〈로카 공원 부근 · 12세 · 여자〉

● 하얀 팔이 길 위를 기어간다. 쫓아가면 상자 속으로 도망친다. 상자의 주인이 키우고 있다.

〈다나시 · 10세 · 남자〉

● 상자를 든 원령. 상자 속에는 살아 있는 팔이 들어 있다. 사람을 만나면 상자에서 팔이 나와 어디까지고 쫓아온다. 옆 동네의 소년은 집의 화장실까지 쫓아왔다고 한다. 다음 날 보니, 팔은 화장실 벽과 담장 사이에 끼어 움직이지 못하게 된 채 죽어 있었다. 따라서 팔은 그날 안에 상자로 돌아가지 못하면 죽는다.

〈다나시 · 11세 · 남자〉

● 요즘 정장을 입은 유령이 상자를 팔에 안고 걸어 다닌다고 한다. 다리는 전혀 움직이지 않는데 앞으로 술술 나아간다. 몇 명이나 보았다.

〈노보리토 · 13세 · 남자〉

● 마을 외곽의 상자관에서 도망쳐 온 요괴가 시체를 먹으러 온다. 잘게 잘라 상자에 넣고, 도시락 대신 가지고 다닌다. 빨리 붙잡지 않으면 나쁜 일이 일어난다고 한다.

〈노보리토 · 15세 · 남자〉

8

내가 찾아갔을 때, 교고쿠도는 머리를 안고 좌탁을 노려보고 있었다.

그의 아내의 이야기로는, 엊그제 기바가 떠난 후부터 교고쿠도는 계속 이런 모양이다.

교고쿠도의 아내는 엊그제 아는 사람의 초상을 도우러 가 있었는지 마침 기바가 돌아갈 때쯤 엇갈리듯 귀가했기 때문에, 그 후로 지금까지 남편의 목소리를 듣지 못했다고 한다.

"어제는 어제대로 아침에 나가더니 돌아오지 않았어요. 밤에 돌아온 후로 계속 이렇고요. 저는 이야기할 상대라고는 고양이뿐이라, 조금만 더 있었으면 사람의 말을 잊어버릴 참이었다니까요."

그의 아내는 그렇게 말하며 쓴웃음을 지었다.

그럼 교고쿠도는 어제, 드물게도 스스로 움직여 뭔가 조사라도 했던 걸까?

"어제 세키구치 씨한테 연락을 받고 오늘은 많은 분들이 모이신다기에, 왠지 구원받은 기분이에요. 심지어 아오키 —— 씨라는 분도 나중에 오신다고, 아까 전화가 왔답니다."

"아오키? 아오키 형사요?"

그녀는 그게 누군지는 모르는 것 같았다.

그녀가 말한 대로, 친구는 기가 막힐 정도로 말도 하지 않고 움직이지도 않았다. 나도 일단은 손님이다. 손님이 옆에 앉아 있음에도 불구하고 인사조차 하지 않다니 너무한다.

별수 없이 그의 주위를 관찰했다.

도코노마에는 마스오카 변호사의 자료가 깔끔하게 정리되어 놓여 있다. 그 옆에는 그 '화도백귀야행' 시리즈가 12권 모두 쌓여 있다. 그 안쪽에는 뭐가 뭔지 알 수 없는 한문책이며 고문서가 판형별로 정리되어 쌓여 있다. 그의 옆에도 똑같이 서적과 잡기장 같은 것이 산더미처럼 쌓여 있다. 교고쿠도는 의외로 거의 기록을 하지 않는 사람이라, 무엇이 기록되어 있을지 흥미로웠다. 맞은편에도 잡지가 쌓여 있는 게 보인다. 그의 주위는 책투성이다. 가게나 서재뿐만 아니라 객실에까지 책을 가져온다.

교고쿠도가 갑자기 내 쪽을 보았다.

"왜 그러나? 기분 나쁘게."

기분 나쁜 사람은 나다. 꽤 놀랐다.

"그게 사람을 이렇게 기다리게 해 놓고 할 말인가? 자네는 뭘 그리 생각하고 있는 거지?"

"아."

교고쿠도는 그렇게 짧게 대답하고 정원 쪽을 보았다.

"그러고 보니."

그리고 내 쪽에서는 잘 보이지 않는 곳에 쌓여 있던 잡지묶음을 좌탁 위에 놓았다.

제일 위에 봉투가 놓여 있다. 내가 엊그제 두고 간 봉투다.

"자네가 여봐란듯이 잊어버리고 갔기에 내 멋대로 읽었네."

구보의 교정쇄다.

"아아, 그건 원래 자네에게 읽어봐 달래려고 가져온 걸세. 그러니 읽어도 괜찮아. 그보다, 어땠나?"

"문제일세."

무뚝뚝하다. 게다가 무슨 뜻일까?

"그건 그렇고, 자네는 자네 앞으로 온 편지도 함께 넣어뒀더군. 나는 그것도 읽고 말았네. 도중에 알아챘지만 늦었지."

"편지? 아아, 고이즈미 씨의 편지 말인가?"

"그래. 읽어 버렸어."

"아아, 괜찮아. 남이 읽어서 곤란할 내용은 쓰여 있지 않으니까."

"자네는 괜찮을지도 모르지만 나는 안 괜찮았네. 자네의 작품 게재 순서가 신경 쓰여서, 자네가 쓴 음울한 사소설을 전부 다시 읽어 버렸지 않은가."

교고쿠도는 그렇게 말하며 좌탁 위의 잡지를 가리켰다.

잡지는 '근대문예' 과월호였다.

"전부라니, 언제 읽었나? 자네는 바쁜 게 아니었나?"

"어젯밤에. 편지를 읽은 것은 엊그제 밤이었지만, 어젯밤에 기바 나리가 보고 전화를 해서 말일세. 그래서 갑자기 생각났지."

"나리가 전화를? 그건 또 왜?"

"그 이야기는 됐어. 그보다 자네, 아직 고민하고 있나?"

솔직히 말하면 잊고 있었다.

나는 사건에 얽매여 단행본이 출판된다는 것조차 잊고 있었던 것이다. 솔직히 말하면 완전히 잊고 있었던 것은 아니고 머리 한구석에는 분명히 있었지만, 의식적으로 멀리하고 있었다.

그러나 그렇게 말할 수도 없어서, 아직 결정하지 않았다고 애매하게 대답했다.

"그렇다면, 이것은 부산물적으로 발생한 내 견해네만——."

교고쿠도는 잡지의 산 가장 아래쪽에서 종이를 한 장 꺼내어 내게 건넸다.

"뭐지——?"

훑어본다.

종이쪽지에 쓰여 있는 것은 내 작품의 일람 같았다.

참고로 하려면 하게나—— 라고, 교고쿠도는 아무렇게나 말했다. 나는 결국 상의를 하고 싶다는 말도 못 꺼냈지만, 눈치 빠른 친구는 알아서 게재 순서를 생각해 주었다는 것일까?

일람은 상하 2단으로 되어 있었다.

아무래도 상단은 '근대문예' 게재 순서로 늘어놓은 것 같았다.

1950년 5월 30일 '웃는 교사'

1950년 9월 30일 '이데올로기의 말[馬]'

1951년 1월 30일 'E.B.H의 초상'

1951년 4월 30일 '천녀환생'

1951년 7월 30일 '창백한 것을 들고'

1951년 10월 30일 '무답선경'
1952년 5월 30일 '온천지의 노인'
1952년 8월 30일 '현기증'

"자네는 작자니까 당연히 알겠지만, 상단이 잡지에 발표된 순서일
세. 단, 고이즈미 여사의 편지에도 있는 것처럼 탈고 순서로 말하자면
'천녀환생'보다 '창백한 것을 들고'가 먼저지. 그리고 착수한 순서로
말하자면 '창백한'보다 '무답선경'이 먼저일세. 그런 경위는 나도 들
었고, 그녀의 견해에 틀림은 없어. 이것도 글을 쓴 본인이 가장 잘
알겠지만 말이야. 그래서——내 사견을 피로하자면, 자네의 작품은
그 아래에 적은 순서대로 읽는 게 좋지 않을까 하네. 뭐, 어디까지나
참고일세."

하단도 똑같이 내 작품의 일람이었다. 그러나 순서가 달랐다.
1927년 전후 – 유년기 '창백한 것을 들고'
1932년 전후 – 소년기 '온천지의 노인'
1939년 – 청년기 'E.B.H의 초상'
1940년 – 학생 시절 '웃는 교사'
1942년 – 전쟁 중 '이데올로기의 말'
1945년 – 종전 '천녀환생'
1947년 – 전쟁 후 '무답선경'
1952년 – 현재 '현기증'

"이것은——무슨 순서인가?"

"사람도 참, 분명히 써 뒀지 않은가. 그것은 작품 속의 시간 순서일 세. 자네의 작품은, 표현은 배배 꼬여 있지만 요는 사소설이잖나. 각각 자네의 어떤 시기의 경험을 그린 것인지는 읽어보면 거의 알 수 있네. '창백한 것을 들고'는 자네 어린 시절의 기분 나쁜 유아 체험의 인상을 그린 것일 테고, '천녀환생'은 전쟁이 끝난 후 불에 타고 남은 자리가 무대일세. 시대를 대강 상정할 수 있지. 그래서 그 순서 대로 늘어놓아 본 걸세."

"아아."

이거다. 이제 속이 후련하다. 그런 당연한 것을 알아채지 못했다. 쓴 시기, 게재한 순서, 그런 것만 신경 쓰고 있었다.

"내재(內在)하는 시간이야 주관적인 것이니, 진정한 의미로 시간상 배열은 도움이 되지 않네만. 뭐, 표출한 순서가 꼭 옳다고도 할 수 없지. 아무래도 상관없는 일이네만. 쓸데없는 참견이라고 생각한다 면 그냥 버리게."

"아니, 버릴 거야 없지. 이게 제일 마음에 드네. 고마워."

"그거 다행이군."

교고쿠도는 더욱더 무뚝뚝하게 말하고는, 내가 내놓은 기요노의 명부를 노려보며 다시 침묵했다.

잠시 후 에노키즈와 도리구치가 도착했다.

객실은 묘한 무리로 점령되었다.

"자, 교고쿠. 귀찮으니 얼른 시작하게."

에노키즈가 재촉했다.

그는 오늘도 기분이 좋다.

교고쿠도는 마지못해 무거운 입을 열었다.

"자네들은 왜 또 모이는 날을 오늘로 잡은 건가? 시작하라니, 내가 도대체 뭘 하면 되는데?"

"이제 와서 무슨 말을 하는 건가? 자네는 우리들에게 그 후의 일을 보고하겠다고 하지 않았나."

나는 약간 상기되어 있었다. 결론이 듣고 싶다. 답답해서 견딜 수가 없었다.

에노키즈도 평소답지 않게 내 편을 들었다.

"그래, 그랬지. 날짜도 우리 마음대로 정하라고 했다고. 그래서 우리 마음대로 정한 걸세. 나는 이야기를 잘 듣지 않고, 세키 군은 건망증이 심하니 아무렇게나 말해도 괜찮다고 생각했겠지! 이제 와서 얼버무리려 해도 소용없네."

교고쿠도는 엄청나게 큰 한숨을 쉬었다.

"얼버무리려는 생각은 없네. 나는 분명히 그렇게 말했어. 하지만 모처럼 날을 따로 잡으려 했는데 또 같은 날이 되어 버렸지 않은가. 자네들 상대로 할 이야기는 또 다르단 말일세. 그렇지, 우선 그쪽부터 먼저 보고해 주게."

교고쿠도는 그리고 나서 또 한숨을 쉬었다. 싫은 모양이었다.

우선 내가 그저께 일을 보고했다. 에노키즈는 또 드러누워 버렸기에, 결국 내가 전부 이야기하게 되었다. 우연히 구보를 만난 것, 요리코와 나눈 대화, 그리고 기미에의 이야기. 에노키즈밖에 모르는 부분도 많이 있었지만, 그것에 관한 본인의 해설은 없었다.

도리구치는 온카메 님 부분에서 박장대소했다. 교고쿠도도 쓴웃음을 짓는다.

에노키즈는 일어나서,

"아니, 온사루[御猿][12] 님이 더 신빙성이 있었는지도 모른다는 생각에 반성하고 있다네. 그때는 거북이가 좋겠다고 생각했지."

라고 몹시 진지하게 말했다.

"그건 그렇고 에노 씨. 당신이 알아맞힌 그 구스모토 기미에의 남편들 용모 말인데요, 그것은 정말 보였나요?"

그것만은 물어보고 싶었다.

"응. 보였네, 보였어. 그 장롱 위에 낡은 사진이 있었거든. 그리고 누렇게 바랜 신문 조각 같은 것도 있었어. 안경을 쓴 할아버지가 실려 있더군."

"예?"

"하지만 사진이 작아서 머리가 빠진 건지 상처가 난 건지 알 수 없었기에 대충 말한 걸세. 누가 누군지도 어림짐작으로 맞춘 거지. 신문 조각에는 이름이 들어 있었지만 그런 걸 기억할 수 있을 리 없으니 말하지 않았네. 아마 그 여자는 자살을 결행하기 전에 센티해졌거나 해서, 추억의 사진이라도 보고 있었던 거겠지."

정말로──본 건가.

"뭐야, 사기잖아요!"

"사기가 아니야. 그 사람은 그 세 사람을 떠올리고 있었단 말일세."

"그런 건 아무래도 상관없지 않나, 세키구치 군. 어쨌거나 에노 씨의 작전은 성공을 거두었잖아?"

"작전? 그 거북이님이 작전이란 말인가?"

나는 전혀 알아채지 못했다.

---

12) '원숭이'라는 뜻.

"아니, 세키구치 군. 자네는 그런 것도 모르고 내게 보고하고 있었던 건가? 자네는 정말 신용할 수 없는 화자(話者)로군. 자네 이야기를 듣는 사람은 모두 한탄하고 있다고! 이것은 에노키즈 탐정치고는 쾌거라고 할 수 있을 정도의 명작전 아닌가."

도대체 어떤 성공을 거두었단 말인가? 나는 부끄러움을 무릅쓰고 물었다.

"이보게, 세키구치 군. 구스모토 기미에는 영능력자 온카메 님을 신용하게 되는 바람에 자살할 수 없게 되어 버린 걸세. 온바코에 대한 불신감도 물론이지만, 그녀는 딸이 걱정되어 자살은 생각도 못 하게 되고 말았을 걸세."

"아아."

실제로 그 후에 기미에는 허둥지둥 요리코를 찾으러 나갔다. 만일 우리들이 아무 말도 하지 않고 그 자리를 떠났다면, 그 후 그녀가 자살하지 않았으리라는 보장은 전혀 없다.

설사 그 자리는 넘겼다고는 해도, 계속 감시하고 있을 수도 없었을 것이다.

"그건 그렇고 에노 씨, 당신 요리코 뒤에서 뭘 봤지?"

"여드름일세. 그리고 그 이상한 남자."

"구보인가 ── 큰일이군. 그래서 그 후 요리코는 찾았나?"

알 수 없었다.

"그래 ──."

교고쿠도는 다시 머리를 싸안았다.

"여드름은 어디에 있었나?"

"이쯤일세."

에노키즈는 내 목덜미를 잡아 끌어당기더니 둘째손가락으로 등을 찔렀다.

"이 부근이야."

일곱 번째 목등뼈 아래, 즉 등뼈에 접어드는 부분이라 이미 목이라고는 할 수 없다. 목덜미라기보다는 등 위다.

교고쿠도는 물끄러미 보고 있다.

"도리구치 군은——어땠나?"

갑자기 화제가 도리구치에게 옮아가자 에노키즈가 나를 밀쳐냈다.

"기다리고 있었습니다."

드디어 나설 차례가 돌아왔기 때문인지 도리구치는 아주 기운이 넘친다.

"첫 번째 신자. 이거 엄청나게 고생했지요. 그 신자 명부는 일단 히라가나 순서로 되어 있어요. 대충이긴 하지만 말입니다. 이것은 아무 도움도 되지 않았습니다. 그래서 상자가게에 출입하는 인형 관련 업자에게 물어봤습니다. 그랬더니 이 사람이 신자까지는 아니어도 지인이 신자인지, 스승의 부인이 신자인지 해서, 저를 경계하는 바람에 이야기가 안 됐던 겁니다. 그래서 똑같이 출입하는 업자라도 다른 쪽을 찾아보았습니다. 그래서 사실에 근접하게 되었습니다."

"근접했다는 건 뭔가?"

교고쿠도는 잠자코 있자 내가 물었다.

"본인에게는 확인할 수 없었거든요. 그러니 이름도 확실하지 않아요. 히나 인형에서 그 수레나 상자나, 그런 장식물이 있잖습니까? 거기에 칠을 하는 남자인데, 야마우치인지 야마구치인지 하는 이름이었다고 합니다. 그 무렵 데라다 목공은 그런 장식물의 부품도 만들고 있었다더군요. 선대는 솜씨가 없어서 세공물은 못 만들었지만, 효에는 솜씨 좋은 직인이라 그런 일도 맡고 있었습니다. 쇠상자 반, 나무상자 반, 세공품 약간. 바로 그 세공품 손님이었답니다."

"왜 이름을 모르는 거지?"

"통칭 야마 씨로 통했던 모양입니다. 제가 찾아본 다른 쪽 사람은 상자가게에 목재 같은 재료를 들이던 업자라든지, 금속가공기계를 제조하는 회사라든지, 그런 종류의 사람들입니다. 그러니 인형업계와 직접적인 관계는 없지요. 그들도 야마 씨와는 데라다 목공을 통해서 알게 된 사이입니다. 상자가게에서 마주치는 것 이외에는 접점이 없지요. 이 사람들은 상자가게가 온바코가 되었을 무렵부터, 효에와는 서서히 소원해졌을 겁니다. 하지만 예전에는 출입하고 있었을 테니, 뭔가 알고 있지 않을까 싶어서요."

혜안이로군, 하고 교고쿠도가 칭찬했다.

"하지만 이름도 몰라서야. 사실 여부는 알 수 없네, 도리구치 군."

"이름은 됐네."

교고쿠도는 변함없이 까다로운 얼굴로, 도리구치에 대한 나의 추궁을 잘라냈다.

"그래서?"

"그 남자, 남자였는데 말이지요, 우선 야마구치로 해 두지요. 야마구치는 자신의 부주의로 자식이 다치자 그것이 원인이 되어 부부 사이가 틀어졌고, 부인이 집을 나갔다고 합니다. 그래서 상당히 우울해하고 있었어요. 이 야마구치가, 어찌 된 셈인지 효에에게 꽤나 격려를 받은 모양입니다. 그 말이 없고 무뚝뚝한 남자가—— 하고 모두들 놀랐다고 합니다."

"효에가 격려를 한 건가?"

"격려했답니다. 불가사의한 방법은 아니었습니다. 미국 같은 데서 자주 있는, 카운슬링 같은 거였지요."

"어떻게 격려했는지는 들었나?"

"들었습니다. 당시 꽤 소문이 났던 모양이더군요. 그 무뚝뚝한 사람이 무슨 말을 한 거냐고. 그때 효에는 이렇게 말했다고 합니다. 야마 씨, 당신의 불행을 이 상자 속에 봉해 줄 테니 더 이상 신경 쓰지 말고 다시 시작하시오, 아이가 원래대로 되지는 않겠지만, 시간이 해결해 줄 거요──자, 어떻게 생각하십니까? 추젠지 씨."

"아주 평범하군. 영능력과는 관련이 없어. 누구든지 할 수 있는 빤한 속임수의 격려로군. 그런데 그 이야기를 자네에게 했다는 목재상인지 기계회사인지는, 온바코의 신자가 아니겠지?"

"물론 신자가 아닙니다. 성서로 코를 풀고 신사 부적으로 엉덩이를 닦는 무신론자였어요. 그 야마 씨를 기억하는 사람이 몇 명 있었는데, 모두 비슷한 무신론자였습니다."

"그게 언제 일인가?"

"야마구치의 아이가 다친 날이 작년 정월이라고 합니다. 그의 아내가 나간 날이 2월."

"호오."

"즉, 야마구치가 효에의 격려를 받은 날은 온바코가 도장을 만들기 전입니다. 목욕탕에서 후쿠라이 박사의 〈망량〉 상자가 발견된 것보다는 나중이고요. 따라서 최초의 신자이냐 아니냐고 묻는다면, 확실하게 단언할 수는 없지만요."

"아니, 그 정도면 됐네. 나는 그게 알고 싶었던 거야."

교고쿠도는 그렇게 말하고 얼굴을 들었다. 도리구치는 칭찬받아 놓고도 한심한 목소리를 냈다.

"단, 효에의 가족 말인데요, 그쪽은 ──."

"알 수 없었나?"

"예. 다만, 약간 마음에 걸리는 이야기를 들었습니다. 상자가게의 단골손님 중에 이상한 놈이 있었나 봐요."

"이상한 놈?"

"20세 전후의 젊은 남자라는데요. 인형 업자라고 생각할 수도 없고, 다른 상자 손님이라고 하기에도 좀 이상했답니다. 그 녀석이 자주 출입하고 있었던 모양이에요."

"자주라면 어느 정도?"

"으음, 작년 말 정도부터 눈에 띄었다는데, 이것은 그 무렵 출입하던 아까 그 무신론자 목재상의 이야기입니다. 이게 아무래도 수상하더랍니다. 목재상은, 당시에는 일주일에 한두 번은 얼굴을 내밀곤 했던 모양입니다. 상자가게는 손님으로서는 작은 규모지만, 선대부터 인연이 있어서 함부로 취급할 수도 없었던 거지요. 그런데 ── 그 녀석은 갈 때마다 있더래요. 하지만 효에와 말을 나누지도 않고, 그저 공장 구석에 있더랍니다. 주거 공간인 안채에 가는 모습도 본 모양입니다. 그래서 가족인가 했다고."

"그렇군. 일전에 도리구치 군이 한 이야기를 따르면 효에가 결혼한 시기가 21, 2년 전이니, 그 자가 아들이라 해도 계산은 맞겠어."

확실히 그 정도 나이였다. 그것은 나도 기억하고 있었다.

"하지만 가족이라고 생각하기엔 어려운 점도 있었습니다."

"뭐야, 아니었나?"

내가 무슨 말을 할 때마다 교고쿠도는 노려본다. 도리구치가 말을 잇는다.

"요전에 제가 말씀드린 두부가게 주인의 증언을 기억하십니까? 온바코의 도장이 생기기 직전인 작년 여름쯤, 상자가게에 커다란 나무상자를 대량으로 주문하는 단골손님이 생겼다고 —— 말씀드리지 않았던가요?"

"말했지."

"아마 그 이상한 녀석이 바로 그 단골손님인 모양이에요."

"그런 것을 어떻게 알지?"

"둘 다 장갑을 끼고 있었나 봅니다."

"장갑?"

"겨울에 끼기에는 얇은 장갑 —— 운전수나 사진사가 끼는 것 같은 장갑 말입니다 —— 그걸 늘 끼고 있었어요. 목재상은 그렇게 말했습니다. 한편 두부가게 주인은 여름인데도 장갑을 끼고 있어서 이상했다고 했지요."

"아아, 어제 그 이상한 남자도 장갑을 끼고 있었지."

"예?"

그렇다, 그것은 구보다.

"세키구치 군! 구보 슌코도 장갑을 끼고 다니나?"

교고쿠도가 큰 소리로 물었다. 아마 지난 2, 3일 동안 그가 낸 목소리 중에서 제일 큰 목소리였을 것이다. 나는 대답했다.

"그는 —— 잘은 모르겠지만, 손가락이 몇 개 없는 모양일세. 그래서 항상 장갑을 —— 지금 도리구치 군이 말한 것 같은 얇은 장갑을 —— 착용하고 다니나 보더군. 뭐, 나도 두 번밖에 만난 적은 없지만."

"이거 더더욱 곤란하게 됐군."

교고쿠도는 이마를 손으로 누르고 뭔가 맹렬한 기세로 생각하고 있다.

"아니, 지나친 생각인가 ——."

"교고쿠, 자네는 뭔가 알아낸 거 아닌가?"

에노키즈가 추궁한다.

"응, 물론 알아냈지. 이번 세 건의 사건 —— 네 건인가 —— 그중 두 개까지는 알았네. 나머지는 —— 당신들의 이야기를 들으면 알 수 있을 거라고 생각했네만."

"모르겠나 보군."

"알겠으니 곤란한 거 아닌가."

교고쿠도는 일어섰다.

"어쨌거나 아오키 군에게 연락해 보세."

교고쿠도는 그렇게 말하고 자리를 떴다.

나는 어떻게 된 건지 전혀 알 수 없다.

그것은 도리구치 군도 마찬가지인 것 같았고, 에노키즈는 또 잠들어 버렸다.

교고쿠도의 아내가 조금 전에 말한 아오키는 역시 아오키 형사였던 모양이다.

교고쿠도는 금방 돌아왔다.

"엇갈렸군. 벌써 이쪽으로 오고 있는 모양이야."

교고쿠도는 조금 전과 별로 다르지 않은 곳에 별로 다르지 않은 자세로 앉았다.

"설명해 보게, 교고쿠도. 자네는 뭔가 감추고 있고, 약속대로 보고
하지도 않고, 게다가 뭔가 진상을 안 것처럼 말하면서 그렇게 우리를
헷갈리게 하고 있어. 이제 슬슬 가르쳐주게! 어째서 자네는 형사를
부른 거지?"

"조금만 더 기다리게, 세키구치 군. 곧 기바 나리가 오기로 했어.
본래 오늘은 기바 나리와 아오키 형사를 불러서, 그쪽하고 먼저 이야
기를 끝내 버릴 생각이었단 말이야. 그런데 자네들이 멋대로 끼어든
것 아닌가."

"마침 잘됐군."

에노키즈가 끼어들었다.

"한 번에 끝나니 경제적이야. 단, 기바를 기다리지는 말자고. 그런
걸 기다리다간 우리는 여기서 하룻밤 묵게 될 걸세! 그 녀석은 18년
전, 오전 10시에 만나기로 해 놓고 오후 4시에 온 적도 있단 말이야.
그러니 얼른 시작하게나."

에노키즈는 사람 이름은 전혀 기억하지 못하는 주제에 별것 아닌
일만은 똑똑히 기억하고 있다.

교고쿠도는 팔꿈치를 괴고 살피듯이 우리들을 둘러본 후, 한쪽 눈
썹을 치켜세우고는 오늘 몇 번째인지 모를 큰 한숨을 쉬었다.

"문외한이 나설 자리와 전문가가 나설 자리는 나누고 싶었는데
말이야. 사건은 혼란스럽고, 쓸데없는 탐정은 네 명 다섯 명이나 있으
니 ──."

"자네가 뭔가 감추고 있는 게 무엇보다 나빠."

나도 무엇보다 그게 납득이 가지 않는다.

교고쿠도는 어쩔 수 없다는 듯 마지못한 얼굴로, 우선 기바가 그에게 이야기했다는 기묘한 체험담에 관해 이야기했다.

무사시 고가네이 역에서 일어난 유즈키 가나코 자살 ── 살해?

── 미수사건과의 조우.

기묘한 미마사카 근대의학 연구소.

유괴 예고장의 발견.

가나가와 경찰의 바보 같은 경비.

그리고 여러 사람이 둘러싸고 지켜보던 속에서 홀연히 사라진 소녀 ── 가나코 유괴사건의 발생.

구류, 근신.

그것은 대부분 마스오카가 가져온 사실을 보충하는 내용이었지만, 당사자가 아니면 느낄 수 없는 현장감을 동반하고 있어 세세한 사실이나 많은 시사점을 주었다.

교고쿠도가 이야기를 전달하는 기량은 뛰어나다.

아마 본인이 이야기하는 것보다 훨씬 더 본인답게 재현되었을 것이다.

이어서 교고쿠도는 기바가 체험한 것 이외에 그가 알게 된 사실, 그리고 기바 자신이 추리한 사항 등을 이야기했다.

구스모토 요리코의 이해할 수 없는 심경과 가정 사정.

아오키가 보고한 듯한 경찰의 내부 사정, 그리고 항간의 기분 나쁜 소문.

사토무라가 기바에게 이야기한 견해 ── 나와 기바는 엇갈렸던 모양이다. 사토무라는 나에게 이야기한 것 이상을 기바에게 이야기했었던 것 같다 ──.

그저께 무사시 고가네이 역 파출소의 순사가 청취했다는 가나코와 요리코의 평판.

그리고 유즈키 요코와의 대화.

"──요코 씨와 나리가 무슨 이야기를 했는지는 자세히 듣지 못했네. 전화로 이야기했을 뿐이거든. 자, 기바 나리가 준 정보는 이게 전부일세. 우리는 모두 같은 정보를 공유한 것이 되지. 이제 됐지?"

"되긴 뭐가 됐나? 자네는 자네밖에 모르는 정보를 감추고 있지 않은가!"

"그건 자네들 사건과는 관련이 없다고, 처음부터 말했지 않나! 아직도 모르겠나? 지금 이야기한 정보만으로도 현재의 상황은 충분히 알 수 있고, 그리고 알았으면 아까 내가 그랬던 것처럼 크게 당황해야 한단 말일세."

"자네가 쥐고 있는 정보를 빼고 뭘 알 수 있단 말인가? 나는 모르겠네. 도리구치 군도 모를 테고──."

에노키즈는 내 위치에서는 보이지 않았다.

"그건 자네가 모르는 것일 뿐이야."

교고쿠도는 그보다 더 경멸적일 수는 없다고 생각될 정도로 경멸하는 시선을 내게 던졌다. 그리고 어색한 몇 초의 침묵은, 방문자의 도착으로 막을 내렸다.

"실례합니다. 아, 모두 계시는군요. 추젠지 씨, 어제는 협조해 주셔서 정말 감사했습니다."

교고쿠도 아내의 안내를 받은 고케시 같은 청년이 황송해하며 들어왔다.

교고쿠도는 기다리고 있었다는 듯한 태도다.

"아오키 군, 잘 와 주었네. 미안하지만 앉기 전에 수배 좀 해 주게. 지금 당장 무사시 고가네이에 거주하는 구스모토 요리코라는 중학생을 보호하라고, 관할서든 어디든 좋으니 연락해 주지 않겠나? 이유는 나중에——."

"요리코? 그 가나코 사건의 목격자 소녀지요? 알겠습니다. 전화 좀 쓰겠습니다."

아오키 형사는 앉을 새도 없이 다시 교고쿠도 아내의 안내로 전화하러 갔다.

"이보게, 교고쿠도. 어째서 구스모토 요리코를 보호해야 하는 건가? 자네는 온바코와 토막살인이 관련되어 있다는 확증이라도 잡았나? 하지만 만일 그렇다면, 위험한 소녀는 요리코뿐만 아니라 몇 명이나 더 있다고. 우리가 구스모토 가를 조사 대상으로 한 것은 반쯤은 우연이었으니까."

내가 아무리 큰 소리로 지적해도 교고쿠도는 함구하고 있다. 도리구치는 열심히 생각하고 있고, 에노키즈는——변함없이 내 위치에서는 보이지 않았다.

아오키가 돌아왔다.

"당장 기노시타에게 부탁해 두었습니다. 지금쯤 관할서에 연락이 갔을 겁니다."

"고맙네——그래도 아직 안심할 수는 없네만. 하지만——우리들 민간인에게는 경찰에 부탁하는 것보다 더 나은 방책은 없으니까."

교고쿠도는 잠시 관자놀이를 누르며 좌탁을 바라보고 있었지만, 곧 얼굴을 들고 아오키에게 도리구치 옆에 앉으라고 권했다.

"자네들은 아오키 군을 알고 있겠지? 아아, 도리구치 군은 소개를 받지는 못했나?"

"존함은 들었습니다. 사가미 호수에서 한 번 뵙긴 했지만, 인사가 늦었네요. 보잘것없는 잡지편집자 도리구치라고 합니다. 앞으로 잘 부탁드립니다."

"아아, 기억납니다. 저야말로 잘 부탁드립니다."

도리구치가 왼쪽으로 비키고, 아오키가 앉았다.

나는 작은 소리로 물었다.

"교고쿠도, 자네는 경찰에 협조를 요청한 건가?"

그러나 나의 조심스러운 질문에 대한 대답은 지극히 명료한 매도의 말이었다.

"바보로군, 세키구치 군도. 완전히 반대일세. 우리들이 경찰의 조사에 협조하는 거지. 분수도 모르는 발언이라는 게 바로 그런 걸 말하는 걸세."

확실히 그렇겠지만, 그렇게 면박을 줄 건 또 뭐란 말인가.

"게다가 경찰에 연락하는 것은 처음부터 예정된 행동 아니었나? 다만 자네가 일부러 고생해서 사토무라 군에게 건넨 온바코의 명부 필사본은, 아까 설명했다시피 경찰의 손에 건너가기 전에 기바 나리의 수중에 떨어져 버렸네. 현재 그는 근신 중이라, 경찰기구와는 따로 떼어서 생각해야 하니까 말이야. 그래서 나는 아오키 군에게 연락을 취한 걸세."

"하지만 추젠지 씨, 저는 어제 토막살인에 대한 가능성밖에 듣지 못했습니다. 구스모토 요리코의 긴급 보호가 필요하다면, 그 후에 무슨 진전이 있었던 거로군요? 지장이 없다면 이야기해 주십시오."

교고쿠도의 시선을 받고 말한 아오키가 다시 교고쿠도의 안색을 살피면서 말을 이었다.

"물론, 기바 선배님의 폭주를 막고 싶다는 추젠지 씨의 의향은 충분히 이해하고 있습니다. 그런데 기바 선배님으로부터 연락은?"

"없네. 어젯밤에, 오늘 꼭 여기로 오라고 말했네만."

에노키즈가 불쑥 일어났다.

"어리석기는. 아까도 말했지 않은가. 기바는 99% 오지 않아. 이보게, 교고쿠, 논리로는 기바를 부릴 수 없네. 자네가 만일 기바를 걱정한다면 여기에서 내게 알아듣도록 설명하고, 그러고 나서 기바의 보호를 내게 의뢰했어야지."

"그렇군."

갑자기, 갑자기 교고쿠도는 그럴 마음이 들었나 보다.

"──몇 번이나 말하는 것 같지만, 이번 사건은 연속된 사건이 아닐세. 어느 부분을 공유하기도 하고, 본질과 관련 없는 부분에서 인과관계를 맺기도 하면서, 서로 모습을 감추고 있을 뿐이야."

교고쿠도는 그렇게 말한 후, 천천히 일동을 둘러보고 나서 다시 이야기하기 시작했다.

"그중 몇 개의 사건은 이미 끝나 버렸네. 그리고 그 진상을 규명하는 것이── 현명한 행위라고는 생각할 수 없었네."

"왜지요?"

아오키가 물었다. 법의 수호자인 경관으로서는 당연한 질문일 것이다.

"그것을 파헤침으로써 슬퍼하거나 불행해지거나, 또는 앞길이 막히는 사람들은 많네만── 기뻐하거나 행복해지는 사람은 하나도 없기 때문일세. 게다가 각 사건에는 법적으로 재판을 받아야만 할, 소위 범인이라고 불리는 인종이 있는데——정말로 규탄하고 싶은 인간은 법적으로는 아무 죄도 범하지 않았고, 범인들은 어떤 의미로 피해자이기도 하고——따라서 그들을 적발했다가는 몹시도 뒷맛 나쁜 결과를 초래하게 되는 걸세. 그래도 진상은 규명해야 하는 것일까——나는 계속 그 생각을 하고 있었네."

——뒷맛이 좋지 않다는 뜻입니다.

교고쿠도는 분명히 엊그제도 그렇게 말했었다.

도리구치가 이상하다는 얼굴로 말했다.

"그래도 법을 어긴 거라면 벌을 받아야지요——안 그렇습니까?"

아오키를 염두에 둔 발언일 것이다.

"물론 그렇지. 특히 지금은 여기에 경찰관인 아오키 군이 있으니, 아오키 군이 알아 버린 이상 진상 규명은 피할 수 없지. 그건 괜찮네. 하지만 그 〈끝나 버린 사건〉들에 심혈을 기울일 시간이 있으면 그중 에서 단 하나 현재 진행 중인 사건을 먼저 해결해야 한다고, 나는 그렇게 생각한 걸세."

"아까 네 개의 사건이라고 하셨지요."

도리구치가 말했다.

"그 네 개란 무엇과 무엇입니까? 그중에서 지금 말씀하신 〈끝나 버린 사건〉이란 어느 것 어느 것인가요?"

"음. 우선, 유즈키 가나코 살해미수사건. 이게 하나. 그리고 유즈키 가나코 유괴미수사건. 이것이 두 번째. 그리고 스자키 다로 살해 및 유즈키 가나코 유괴사건. 마지막으로 연쇄 토막사체유기사건일세."

"잠깐, 잠깐, 가나코 유괴사건이 두 개일세."

나는 세고 있었다.

"하나는 가나코 유괴미수사건일세."

"미수라니, 가나코는 유괴되었지 않은가!"

"가나코 유괴의 대략적인 계획은 미수로 끝나고 말았네. 그리고 그것은 계획자와는 다른 사람의 손으로 수행되고 만 걸세. 그렇게 생각하지 않으면 납득이 가지 않는 부분이 너무 많아."

"그럼 범인은 4명, 내지 4조라는 뜻입니까?"

잠시 생각하고 있던 아오키가 말했다.

"통상 범인이라고 불리는 실행범은 4명──이려나?"

"무슨 뜻인가?"

개운치 못한 말투다.

"아까도 말했다시피 범인은 법적으로 처벌할 수 없는──소위 범죄가 아닌 사건의 피해자이기도 하네. 게다가 많은 사람이 죽은 것에 비해 이 네 개의 사건 중 정말로 살인사건이라고 부를 수 있는 사건은 첫 번째의 가나코 살해미수사건과 세 번째의 스자키 살인사건 뿐이야. 게다가 첫 번째 사건은 미수일세."

"토막살인은──살인사건 아닙니까?"

아오키가 묻는다.

옳은 말이다.

그것이 살인이 아니면 뭐란 말인가?

"그 점을 알 수가 없었네만──오늘 자네들의 이야기를 듣다가 알았네. 그것은, 그렇지, 상해치사──일까? 그리고 사체훼손, 유기, 응, 그렇지."

"예?"

"실제로 확인된 것은 사체유기사건뿐이니 섣불리 단정할 수는 없네만. 어쨌거나 사토무라 군의 의견만은 반드시 존중해야 하네."

"——그것은, 범인에게 살의가 없었다는 뜻입니까?"

"그래. 현재 진행 중인 사건은 이 토막사건뿐일세. 내버려두면 계속해서 피해자가 나올 가능성이 있어. 따라서 이 사건만은 어떻게 해서라도 더 이상의 진전은 막아야 하네. 그런데 토막사건을 쫓다 보면 다른 사건에 부딪히거나, 폭로할 필요가 없는 것을 폭로해야만 하게 되네. 그래서 고민하고 있었던 걸세. 토막사건의 범인을 찾아내는 것이 무엇보다 급선무였어."

"토막사건의 범인은 알 수 없었던 게로군."

에노키즈가 묻자 교고쿠도는 희미하게 웃었다.

"그렇지. 그것만은 알 수 없었네."

"다른 건 알고 있었던 게로군."

"그래서 곤란했던 걸세. 제일 먼저 폭로해야 할 범인만 알 수가 없었거든."

"다른 건 어떻게 알았나?"

"아아, 나는 정보를 갖고 있었네. 세키구치 군이 틈만 나면 규탄하는 〈나만이 알고 있는 정보〉 말이야. 그것은 이 네 개의 사건 중, 가나코 유괴미수사건의 해결에만 유효한 정보였네. 그것을 공개하는 것은 토막사건의 해결에는 전혀 도움이 되지 않고, 오히려 그것 이외의 사건을 불쾌한 방향으로 끌어낼 가능성도 있으니 ——그래서 잠자코 있었지. 하나를 알면 나머지는 쉽게 상상할 수 있네. 방증이 속속 나왔거든."

"그래서?"

"아아, 자네들의 이야기를 듣고 거의 짐작이 갔어."

교고쿠도는 그렇게 말하고 품에서 손을 꺼냈다.

"추젠지 씨, 그럼 연쇄 토막사건의 범인을 이제 아셨다는 겁니까?"

아오키가 약간 흥분한 듯이 말했다.

"그래서 구스모토 요리코를 보호해야 했던 거로군요!"

교고쿠도는 잠시 턱을 긁적이고 나서,

"뭐, 알았다고 하기에는 결정적인 증거가 부족하지. 그러니 짐작이 갔다고 하는 게 정직한 말일세. 하지만 만일 그렇다면, 꽤나 위험하니까. 손을 써둬서 나쁠 건 없지."

라고 말한다.

"범인은 누군가?"

에노키즈가 물었다.

"범인은, 아마, 구보 슌코일 걸세."

교고쿠도는 시원스럽게 말했다.

"수배 ── 하는 게 좋을까요 ──?"

아오키가 말했다.

"구스모토 요리코를 보호할 수 있다면 그럴 필요는 없을 거라고 생각하네만 ── 어쨌든 증거가 부족하니, 나는 어떤 말도 할 수 없어."

"어쨌거나 이유를 말씀해 주시지요."

아오키는 약간 경직되어 있다.

"먼저 토막사체유기사건과 온바코, 이것은 직접적으로 관련은 없지만, 간접적으로는 강한 관련이 있네 ── 제대로 표현하기 힘들군.

뭐, 차차 알게 되겠지. 그리고 토막사건과 온바코를 연결하는 자가 구보 —— 이것도 알기 힘든가? 그럼, 무엇부터 설명할까 ——."

그게 그렇게 설명하기 어려운 일일까? 교고쿠도는 평소의 그답지 않게 생각에 잠겨 있다. 아오키는 마른침을 삼키며 그의 말을 기다리고 있다. 설명은 갑작스럽게 시작되었다.

"이유는 나중에 이야기하겠네만, 토막시건의 피해자는 아마 경찰이 추정한 세 소녀가 틀림없을 거라고 생각하네. 경찰이 단정을 내리지 못하고 있는 것은 이 세 사람에게 공통사항이 너무 적다는 부분뿐이지?"

"그렇습니다. 우연에 의한 범행이라면 납득할 수 있지만, 그렇다 해도 도쿄 및 세 현(縣)에 걸쳐 표적을 물색하고 다니는 살인귀라는 것도 왠지 현실적이지 않고요. 좀 더 지역적으로 좁혀져 있다거나 피해자끼리 공통점 —— 가령 같은 취미를 갖고 있다거나, 불량소녀들이었다거나, 아니, 원한이라도 좋습니다. 세 사람의 부모가 옛날에 나쁜 짓을 함께 하고 다니던 동료 사이인데, 그 원한을 풀기 위해 딸을 죽였다든가."

"선조가 겐지[源氏]이고 범인이 헤이케[平家]의 후손이라는 건 어떤가?"[13]

에노키즈가 농담을 걸었다.

"예, 그런 거라도 좋습니다. 하지만 그것도 없었거든요. 공통사항이라면."

"온바코인가?"

---

13) 겐지는 미나모토[源] 성을 가진 씨족의 총칭, 헤이케는 다이라[平] 성을 가진 씨족을 가리킨다. 헤이안 말기에 미나모토 씨와 다이라 씨가 서로 패권을 두고 다툰 시대가 있었는데, 결국 이 싸움에서 승리한 미나모토노 요리토모가 가마쿠라 막부를 열었다.

"그렇습니다. 하지만 이게 동기가 될까요? 가령 천태종에 원한을 가진 범인이 천태종 신도를 표적으로 삼는다, 이것은 비상식적이지 않습니까. 대량 살상을 저질러야 하니까요."

도리구치가 반론했다.

"—— 천태종 신도는 수없이 많이 있겠지만 온바코의 신자는 300명입니다."

"그래도 300명을 죽일 수는 없잖습니까. 게다가 반대로 규모가 작기 때문에 더더욱, 교단에 원한이 있다면 우선 교주를 죽이지 않겠습니까? 큰 교단이면 표적이 많아지지만, 온바코의 경우에 교주는 한 명입니다. 어쨌든 —— 실제로 살해당한 자는 교주도 신자도 아닌 신자의 딸이라고요."

도리구치는 전부터 우리가 문제로 삼았던, 그 온바코 범인설을 피로했다.

"바로 그겁니다. 제가 온바코를 주목한 이유는, 온바코 자체가 범인 아닌가 하는 의심을 품었기 때문입니다. 온바코는 불행해질수록 돈을 내고 싶어지는 무도한 시스템입니다. 따라서 희사금액이 적은 신자를 불행하게 만들어서 돈을 뜯어내려는 ——."

"그 의견은 추젠지 씨로부터 들었습니다. 하지만 —— 그것은 이번 피해자에게는 들어맞지 않습니다. 그렇지요, 추젠지 씨?"

교고쿠도는 고개를 끄덕였다.

"어째서? 교고쿠도, 자네는 도리구치 군의 의견을 받아들이지 않는 건가? 그렇다면 어째서."

"세키구치 군, 그리고 도리구치 군도 잘 듣게. 전에도 말했지만, 기요노는 특이한 해석으로 주석을 덧붙이고 있네."

"아아, 희사가 적은 사람이 불행해진다는 이야기는 자기 좋을 대로 해석한 거라는 말씀이시군요? 그것은 우연이라는 ——."

"우연이라고는 안 하겠지만, 자기 좋을 대로 해석한 결과이긴 하지. 전에 나는 이 기요노가 가져온 명부의 견해에 대해서, 〈희사금액이 적은 사람이 불행해진〉 것이 아니라 〈불행해졌기 때문에 희사금액을 늘렸다〉고 보는 게 타당하다고 말했네. 그거야 아무래도 상관없네만, 이 피해자들의 가정은 그중 어느 쪽에도 들어맞지 않는단 말일세."

"무슨 말씀이십니까?"

"기요노가 이 명부를 입수한 단계에서, 세 가정 —— 사이타마의 아사노 가, 센주의 오자와 가, 그리고 가와사키의 가키자키 가에 불행은 일어나지 않았네. 그것은 기요노가 멋대로 해석을 덧붙인 예언에 지나지 않았던 걸세."

"하지만 실제로 ——."

"그래. 예언대로 불행은 일어났지만, 이 세 집의 희사금액은 불행이 일어난 후에도 늘어나지는 않았네. 아니, 그뿐만 아니라 세 집이 모두 신심을 접고 말았단 말일세."

"예?"

도리구치는 입을 딱 벌렸다.

"도리구치 군, 자네의 착상 자체는 나쁘지 않았네. 단지 자네는 기요노라는 음침한 남자의 술수에 빠져 있었던 걸세."

"예에?"

"기요노는 온바코를 중상하고 규탄하는 기사를 잡지에 싣고 싶다는 일념으로 이런 짓을 꾸민 걸 테지만 —— 아니, 그 자신이 믿고 있었던 건지도 모르겠네만, 어쨌거나 도리구치 군은 그 속셈에 빠지고 만 걸세. 뭐, 나도 잘난 척은 할 수 없지. 어제 아오키 군이 상세한 자료를 보여줄 때까지 그 가능성을 버리지 않고 있었으니까."

"그, 신자를 그만뒀다는 말은?"

아오키가 대답했다.

"아아, 아무리 열심히 믿어도 이렇다니, 하면서 그만둬 버린 겁니다. 그렇다기보다 딸이 실종되었는데 상자나 모시고 있을 틈이 없었던 거지요. 그렇지 않아도 가정불화, 경제 위기 속에 있었던 가정이니까요. 유감스럽게도 가키자키 사진관은 도산해서 남의 손에 넘어갔고, 아사노 씨는 이혼해서 교사를 그만두었고, 오자와 씨는 신경에 병이 생겨 입원 중입니다. 희사가 늘어날 수가 없지요. 모두 부인이 신자인 경우였습니다만, 온바코에 관해서 물어도 하나같이 나쁘게 욕할 뿐이었습니다. 그래서 초기에 온바코가 수사 선상에 올라오지 않았던 겁니다."

교고쿠도가 더욱 몰아친다.

"희사금액을 끌어올리기 위해 유괴살인, 그것도 토막살인을 하는 짓은 그야말로 위험부담이 너무 크네. 야쿠자라도 그런 짓은 하지 않아. 위화감이 없었던 것은, 신흥 영능력자라는 비일상적 고정관념이 낳은 환영이 있었기 때문일세."

도리구치는 쇼크에서 회복하지 못하는 모양이다. 나는 그를 대신해서 질문했다.

"그렇다면 —— 도리구치 군이 고생해 가며 해낸 온바코 조사는, 전혀 쓸모가 없었던 건가?"

"아니, 매우 도움이 되었네."

"예?"

도리구치는 다시 입을 벌렸다.

"온바코는 만들어진 영능력자일세. 게다가 내 예상이 옳다면, 진짜 바보 같은 이유로 말이야."

"만들어진? 자네가 말한 그, 뒤에서 실을 조종하고 있는 흑막에 의해서 말인가?"

"그게 아마 구보일 걸세."

교고쿠도는 다시 선뜻 그렇게 말했다.

구보가 온바코의 흑막이라고? 왜 그런 결론이 나오는 것일까? 견강부회(牽强附會)라는 느낌을 씻을 수 없다. 도저히 당장 믿어지지는 않는다.

다만――온바코의 신자로서 땅바닥에 엎드리는 구보보다는, 그 등 뒤에서 혼자 회심의 미소를 짓는 그가 내 인상에 더 들어맞는 것은 틀림없었다.

"근거는?"

"이번 사건에 대해서 말하자면, 구보의 관여는 아무래도 위화감이 있네. 이런 곳에서 왜 이 남자가 나올 필요가 있는 걸까 싶은 곳에, 갑자기 얼굴을 내밀지. 이것은 온바코나 토막사건 쪽을 주체로 생각하기 때문에 그렇게 생각되는 것이고, 구보라는 남자를 주체로 해서 거기에 그 두 가지를 끼워 넣어 보면 아주 딱 들어맞는다는 것을 알 수 있네."

분명히 온바코의 명부에서 그 이름을 발견했을 때도, 무사시 고가네이의 찻집에서 만났을 때도, 나는 이상한 불안을 느꼈다. 그 사실을 말하자 교고쿠도는 웃으며 기요노의 명부를 손에 들고 말했다.

"자네는 늘 불안정하지 않은가. 그보다, 우리는 이 온바코의 명부를 잘못 읽고 있었던 걸세. 이것은 신자의 명부가 아니었네."

"그럼 뭐란 말인가? 암호로 되어 있기라도 하다는 건가?"

교고쿠도는, 자네도 바보로군, 하며 더욱더 웃었다.

"이 명부는 일단 히라가나 순서대로 되어 있긴 하지만, 아사노 다음에 아이다가 오기도 하는 등 아주 설렁설렁일세.[14] 신자가 늘어날 때마다 하단에 추가로 적어 넣은 결과로 생각되더군. 이것은 어쩔 수 없네. 신자는 매달 증감하니, 정확하게 히라가나 순서대로 하자면 그때마다 새로 써야 해. 하지만 그렇게까지 하면서 히라가나 순서에 집착한 것은 왜일까? 그런 성질의 장부라면 월별로 입교한 순서대로 적어나가는 게 더 사용하기 편리할 텐데."

"장부니까 히라가나 순서대로 적는 게 희한할 것도 없지."

"그건 그렇지만, 대체로 장부라면 주소까지 적을 필요는 없네. 게다가 여기에는 합계란이 없어. 다시 말해서 장부의 효용성이 없네. 따라서 아마 제대로 된 장부는 따로 있을 걸세. 이 명부의 장부로서의 기능은 나중에 덧붙여진 거지. 이것은 장부로서는 어디까지나 부수적이고, 본래는 연락처 일람, 단순한 주소록이었던 게 아닐까?"

도리구치가 고개를 갸웃거린다.

"하지만 추젠지 씨, 그렇다면 그 주소록은 이상합니다. 주소와 전화번호 다음이 희사금액 기입란으로 되어 있으니, 희사를 쓰는 칸이 찰 때마다 주소와 전화번호를 옮겨 적어야만 되지요. 남아 있는 그 빈칸을 보자면, 앞으로 3개월도 못 갈 겁니다."

---

14) 히라가나 순서대로 하자면 '아–이–우–에–오–가–기–구–게–고–사' 순서가 되므로, 아사노보다 아이다가 먼저 와야 함.

"그렇군. 하지만 이 명부는 아무래도 이렇게 철해져 있었던 게 아닌 것 같네."

명부는 끈으로 철해져 있다.

"이것은 나중에 구멍을 뚫어 철한 걸세. 원래는 노트였던 것 같아. 다시 말해서 항목과 다음 항목 사이에는 몇 페이지가 더 있었고, 희사 금액은 쭉 이어서 적을 수 있게 되어 있었던 걸세. 내 생각에 이것은, 5월 하순 무렵에 그때까지 사용하던 주소록을 어떤 이유로 사용할 수 없게 되어 노트에 옮겨 적은 게 아닐까? 그때 내친김에 희사금액을 쓸 수 있도록 한 거겠지. 하지만 이것은 모처럼 만들었는데 겨우 두 달 만에 기요노에게 도둑맞고 말았네. 6월에 쓰기 시작해서 8월에 도둑맞았으니 두 달 치밖에 쓰여 있지 않은 거지. 기요노는 아마 훔친 노트의 표지를 뜯어내고 빈칸인 백지 페이지를 버린 후, 필요한 부분 만 뚫어서 새로 철을 했을 걸세."

"그건 알겠네만 —— 그게 무슨 의미라도 있는 건가?"

"있지. 그러니까 이 명부에 실려 있는 사람은 신자만이 아니었다는 뜻일세."

"아, 그렇군요! 주소록이라면 신자 이외에도 실려 있겠지요. 즉 희사금액이 없는 사람은 신자가 아니라."

"관계자겠지. 덧붙여 말하자면 희사가 없는 사람은 21명이 실려 있었네. 그중 9명은 기요노의 예언에 따르자면 불행이 찾아오게 되어 있어. 그의 이론을 끼워 맞추면 당연하지. 어제 내가 조사해 보니, 그 9명 중 4명은 죽었네. 하지만 이 죽음은 단순히 고령자였기 때문인 것 같아. 그중에는 6월 7일 시점에서 이미 죽은 사람도 2명 있었거든. 희사가 없는 것도 납득이 가지."

뚜껑을 열어 보니——그랬다는 건가.

"그리고 나머지 5명은 신자를 그만뒀네. 덧붙여서 이 5명 중 경찰의 실종 소녀 일람과 중복되는 가정이 세 집 있었어. 다시 말해 딸이 실종된 셈인데, 이것은 모두 토막사건이 일어나기 전, 즉 8월 중순에 일어난 실종이라 경찰이 상정한 유력한 피해자에는 들어 있지 않네. 뭐, 불행이 일어나면 희사가 늘어난다는 도식은 여기에서도 뒤집힌 셈이지. 자, 문제는 기요노가 예측하지 못했던 12명일세. 그중 9명은 완전히 제외할 수 있어. 왜냐하면, 이것은 개인 이름으로 실려 있긴 하지만 실은 상자가게에 출입하던 업자였거든. 아마 도리구치 군이 취재한 업자도 이 가운데 몇 사람일 테지. 이것은 영능력과는 무관하네. 그럼, 남은 것은 3명이 되지."

교고쿠도는 이제야 기운을 차린 것 같다. 뭔가 속이 후련해진 걸까?

"한 사람은 요시무라 기스케. 또 한 사람은 니카이도 스미. 그리고 구보 슌코 세 사람일세. 앞의 두 사람은 도리구치 군이 잘 알고 있지."

"예? 모르는데요, 그런 사람은."

"요시무라 기스케는 그 왜, 온바코 옆집에 있는 목욕탕 '고시키유'의 주인일세. 니카이도라는 사람은 온바코 도장에 있던 사무 보는 여성의 이름이지. 주소는 그녀의 본가였네."

"우와아! 그랬군요. 그렇다면 알고 있습니다."

도리구치는 주책맞게 놀랐다.

"데라다 효에는 교제 범위가 극히 좁은 사람이어서 알아채는 게 늦은 거지. 지인이나 출입하는 업자가 더 많이 실려 있었다면 금세 알 수 있었을 테지만——하지만 그렇다면 반대로, 금방 범위를 한정할 수도 없었으려나? 어쨌거나 여기에서도 구보는 혼자 붕 떠 있네."

"하지만 교고쿠도, 그것만으로는 전혀 구보가 흑막이라는 증거가 되지 않네. 구보가 신자가 아닌 것 같다는 사실만 알아서는, 다른 건 전혀 말할 수 없어."

"물론이지. 이 시점에서는 나도 신경이 쓰였을 뿐일세. 그런데 세키구치 군. 자네는 구보의 본조환상문학 신인상 수상작, '수집자의 정원'을 읽었나?"

읽지 않았다.

"갑자기 다른 얘기로군. 나는 읽지 않았네만──."

"그래? 세키구치 군이 읽지 않았다면, 여기에 있는 사람은 당연히 아무도 안 읽었겠군."

대답하는 사람은 없었다.

소설을 읽을 만한 사람들이 아니다.

"이보게, 그게 어쨌다는 건가? 교고쿠도, 그것을 읽으면 뭔가 알 수 있기라도 하다는 건가? 범행의 동기가 적혀 있다거나 그런 건 아닐 테지."

"누가 그렇다고 했나? 다만, 그것을 읽으면 온바코와 구보의 관계가 얕지 않다는 것을, 아는──사람은 알 수 있네."

교고쿠도는 잠깐 사이를 두고, 그렇게 말했다.

"그 '수집자의 정원'이라는 소설은 구보의 처녀작이자 출세작인데, 이게 참 특이한 이야기거든. 주인공은 이세 신궁의 신관이라는 설정인데, 이 사람은 타인의 고뇌를 수집하는 것을 삶의 보람으로 여긴다네. 남의 인생을 석탑에 봉해 넣고, 그것을 자기 집 정원에 세우는 걸세. 그리고 밤이면 밤마다 석탑에 귀를 대고, 고민하고 괴로워하는 목소리를 듣는 거지. 이윽고 석탑은 엄청난 숫자가 되고, 그의 정원에서는 수많은 비명이나 통곡, 흐느껴 우는 소리가 끊임없이 들려오게 되네. 그 이야기를 들은 야마부시——이 사람은 히코 산[15]에서 수행하던 수험승인데, 이 사람이 그런 불길한 것은 세상에 아무런 도움이 되지 않는다며 쳐들어오는 거지. 그 후로는 수험승과 신관의 문답이 끊임없이 이어지는데, 그 문답 중에 자신의 깊은 업을 토로해 버린 신관은 결국 스스로 석탑이 되어 버린다는 결말을 맞네. 그러나 신관의 마음의 공동(空洞)을 들여다보고만 수험승은 완전히 그 암흑의 포로가 되어, 결국 신관의 〈정원〉을 물려받고 만다——뭐, 이런 줄거리일세."

이상한 이야기로군——하고 에노키즈가 말했다.

"그 이야기 중 어디를 어떻게 들으면 알 수 있다는 건가?"

"아니, 이세 신궁의 신관과 히코 산에서 수행하던 수험승이 나오지 않나."

"그래서 그게 어쨌다고?"

교고쿠도는 곤란하다는 표정을 지었다. 그러나 모르는 것은 어쩔 수 없다.

도리구치가 손뼉을 딱 쳤다.

"아아, 히코 산은 아마 규슈에 있었지요——그러고 보니 추젠지 씨, 엊그제도 이세와 치쿠조 이야기를 하셨지요? 뭐였더라, 데라다 효에에게는 이세와 치쿠조에 친척이 없느냐고 하셨던가——."

도리구치의 그 말에 생각났다. 분명히 엊그제 교고쿠도는 그런 말을 했었다.

---

15) 후쿠오카·오이타 두 현의 경계에 있는 기석·기암이 풍부한 화산군의 주봉. 해발 1200미터. 수험도장으로 번성했던 히코 산 신사가 있다.

"그래. 그걸세. 그때는 구보를 연결 지어서 생각하지 않았으니까. 그 건에 대해서는 구보의 등장으로 해결되는 걸세. '수집자의 정원'이 게재된 '은성문학'에 실린 구보에 관한 기사에 따르면 말이지."

교고쿠도는 등 뒤에 있는 서적의 산에서 잡지를 한 권 빼내어 넘겼다. 구보의 수상작이 게재된 잡지인가 보다.

"으음 그러니까——수상자 구보 씨는 유년기를 후쿠오카의 사이가와 강 상류에서 보냈고, 청년기에는 이세 신궁의 외궁(外宮)[16] 바로 옆에서 살았다고 한다. 사이가와 강 상류는 산악종교가 성행했던 지방인 듯, 그는 그 유아 체험이 작품에 영향을 주었으리라고 말한다. 또 그는 이세 신궁의 제례에도 깊은 흥미를 느꼈다고 한다. 실제로 이 신앙이나 종교 의례에 둘러싸인 특이한 생활환경 없이는, 이 작품은 태어날 수 없었을 것이다——라는, 실로 단순명쾌하고 있는 그대로인 해설이 실려 있네. 다시 말해서 이 사람이야말로 치쿠조, 이세 양쪽에 모두 관련되어 있는 효에의 지인이었던 셈이지."

"그러니까 어째서 이세와 후쿠오카란 말인가?"

나는 답답해지고 말았다.

아마 잠자코 듣다 보면 조만간 결론은 나올 테니, 참는 것도 그의 논지를 이해하기 위해 밟아야만 할 스텝일 테지만, 그렇다 해도 두 단계 정도는 빼고 진행해 주었으면 하는 기분이다.

"온바코의 노리토[祝詞][17]일세, 세키구치 군. 자네도 듣지 않았나? 뭐, 자네는 들어 봐야 모를 테지만. 아는 사람은 안단 말일세."

---

16) 이세 신궁에 있는 도요우케 대신궁. 곡물의 신인 도요우케 오카미[豊受大神]를 모신 신사.
17) 신사의 제례 때에 신 앞에서 낭독하여 신에게 청하는 내용·형식의 문장. 오늘날에도 제례 때 낭독되며, 대구나 반복을 많이 이용한 장중한 문체이다.

두 단계가 빠지니 결국 알 수 없었다. 노리토라는 것은 도리구치가 녹음해 온, 일본어라고는 생각할 수 없는 그 이상한 말을 가리키는 것일까?

"구보가 온바코가 만들어지는 데 관여한 것 같다는 것은 십중팔구 틀림이 없네. 그 노리토는 이세 신궁의 노리토를 잘 아는 사람이 아니면 절대로 만들 수 없어. 대충 만들었는데 우연히 똑같아질 수 있는 종류의 것이 아니란 말일세. 이것을 보게나."

교고쿠도는 옆에 쌓여 있는 잡기장 한 권을 좌탁 위에 펼쳤다. 잘 쓴 건지 못 쓴 건지 잘 알 수 없는 글씨로 주문이 적혀 있었다.

—— 천신의 모친께서 가라사대
    만일 아픈 곳이 있으면 이 열 가지 보물을
    1, 2, 3, 4, 5, 6, 7, 8, 9, 10 하고 세면서
    흔들라, 천천히 흔들라 ——

—— 천신의 모친께서 가라사대
    만일 아픈 곳이 있으면
    이 갈대로 엮은 신비의 상자를 들고
    소테나테이리사니타치스이이메코로시테 하며
    시후루, 후루, 흔들, 흔들, 시후루, 후루.

"뒤에 적어 둔 것이 도리구치 군이 녹음한 온바코의 노리토일세. 앞에 적혀 있는 것은 '선대구사본기(先代舊事本紀)'[18]에 있는, 도쿠사[+

---

18) 10권으로 이루어져 있는 역사서. 스이코 천황 시대의 대신인 소가노 우마코[蘇我馬子]

種]의 불제(祓除) 노리토 부분이지. 원래는 한문으로 쓰여 있네. 도쿠사
란 10종의 상서로운 보물을 말하는데, 천손강림 때 천신이 니기하야
히노 미코토[饒速日命][19]에게 맡긴 열 종류의 보물일세."

도리구치와 아오키가 들여다본다.

"아하, 이것은 똑같군요. 흉내를 낸 겁니다. 완전히 똑같네요. 그
선대 어쩌고 하는 건 오래된 것인가요?"

도리구치가 물었다.

"오래됐지. 서문이 사실이라면 스이코[推古] 천황[20] 시대, 쇼토쿠
태자[21]가 죽은 후 쓰였다고 기록되어 있으니, 그대로 받아들이자면
고사기(古事記)보다 더 오래됐네."

"우와아! 정말 오래됐네요. 그렇게 오래된 책이 있었습니까?"

"그런데 교고쿠도, 그거 가짜 책이지?"

내 변변치 못한 기억으로는, 그것은 거짓말이라고 들었다.

"아아, 물론 새빨간 거짓말이겠지만 헤이안 시대 정도에는 완성되
어 있었겠지. 이것은 모노노베 씨[物部氏][22]의 선조가 기록한 것이라고
되어 있네. 히라타 아쓰타네[23]도 그렇게 지적했어. 그야 그럴 거라고

등의 서문이 있지만, 실은 헤이안 초기에 성립되었으리라 추정된다. 신대(神代)부터 스
이코 천황에 이르는 사적을 기록하고 있는데, '고사기', '일본서기'에서 인용한 부분이
많지만 5권 '천손본기(天孫本紀)', 10권 '국조본기(国造本紀)'는 다른 책에서 볼 수 없는
이야기를 싣고 있어 귀중한 자료임.
19) 천손강림과는 별도로 야마토 지방(현재의 나라 현)에 내려온 신.
20) '고사기'와 '일본서기'에서 말하는 제33대 천황(554~628).
21) 요메이 천황의 황자(574~622). 스이코 천황의 섭정으로 관위 12계, 1조 헌법을 제정
하였으며 널리 학문에 능통하였고 불교에 깊이 귀의하여 법륭사, 사천왕사 외에 많은
사원을 건립하는 등 불교 진흥에 힘썼다.
22) 고대에 오토모 씨[大伴氏]와 함께 야마토 정권의 군사를 관장했던 유력씨족. 오토모 씨
가 쇠퇴한 후 소가 씨[蘇我氏]와 함께 정치의 중심을 차지했다. 6세기 중엽, 불교수용을
둘러싸고 소가 씨와 대립하다가 소가노 우마코에 의해 쇠퇴하였으나, 그 일족인 이소
노카미 씨[石上氏]로부터 나라 시대의 유력 관리가 배출되었다.
23) 에도 후기의 국학자(1776~1843).

생각하네. 뭐, 쓰인 것은 훨씬 나중이라 해도, 노리토의 성립 시기까지는 특정할 수 없지. 구전이라는 방법도 있고."

"무슨 소린지 통."

에노키즈에게는 이해가 불가능한 모양이다.

그러나 나도 이 수수께끼는 풀 수 없었다. 그래서 솔직하게 물었다.

"모르겠는걸. 뭐, 이렇게 나란히 놓고 보니 온바코의 주문이 이 '구사본기'를 베낀 거라는 것은 내가 봐도 일목요연하네만. 열 가지 보물이라는 것을 갈대로 엮은 신비의 상자로 바꾸었을 뿐인 것 같군. 이 부분은 갈대로 엮은 신비의 상자 —— 인가?"

처음 들었을 때는 전혀 뜻을 알 수 없었지만.

"—— 하지만 그게 어쨌다는 건가? 간단한 수정이니, 이거라면 '구사본기'만 손에 넣을 수 있으면 누구라도 고칠 수 있는 것 아닌가?"

나는 교고쿠도가 보여준 것으로부터 이세도, 치쿠조도 이끌어낼 수 없다.

"너무 쉽게 말하는군, 세키구치 군. 실례되는 말이지만, 솔직히 말해서 문맹인 목공 직인이 '구사기' 따위를 생각해 내겠나? 데라다 효에는 그래도 중등학교를 나왔으니 문맹인 것은 아니지만, 그래도 '구사기'는 모를 거라고 생각하네. 그가 호사가라든가, 우연히 가지고 있었다면 몰라도. 이게 고사기라면 그나마 이해가 가네만. 백 보 양보해서 알고 있었다고 치세. 하지만 그것만으로는 이 온바코의 노리토를 만들 수 없단 말일세."

"어째서?"

교고쿠도는 잡기장을 펼쳐 일부를 손가락으로 가리켰다.

"아오키 군, 이건 뭐라고 읽지?"

1, 2, 3, 4, 5, 6, 7, 8, 9, 10 —— 이라고 적혀 있다.

"일, 이, 삼, 사, 오, 육, 칠, 팔, 구, 십이지요."

"그렇지. 보통은. 하지만 다르게 읽는 방법이 있네."

"히, 후, 미, 말이로군요."

도리구치가 의기양양하게 말한다.

"그래 —— 그것은 이소노카미[石上]의 진혼법일세. 이소노카미 신
궁[24]은 모노노베 씨가 모시는 신사일세. 다시 말해서 모노노베 신도
(神道)지. 그 경우는 히후미요, 이무나야, 고토모치로라네,[25] 이런 식으
로 읽네. 하지만 곤란하게도 '구사기'에는 읽는 법이 적혀 있지 않았
어. 그래서 오랜 세월을 들여 많은 사람들이 여러 가지 읽는 법을
생각해낸 걸세."

"마음대로 말인가?"

"마음대로. 각자의 이론에 합치하는, 자신들에게 유리한 언령(言靈)
을 1, 2, 3, 4, 5, 6, 7, 8, 9, 10이라는 심플한 문자에 담은 걸세.
양부신도(兩部神道)[26]나 천태종의 학승(学僧) 등, 구사기를 해석해 신비
를 찾아낸 사람은 수없이 많네. 그리고 온바코는 이것을 소테나테이
리사니타치스이이메코로시테, 라고 읽고 있단 말이지."

"그 뜻을 알 수 없는 말이 나오는 부분은 단지 숫자를 세는 거였단
말인가?"

---

24) 나라 현 덴리[天理] 시에 있는 신사. 제신은 후쓰노미타마[布都御魂]의 검(剣). 국보 칠지
도를 소장하고 있다.

25) 히후미 노리토라고 불리는 주문. '히후미요이무나야고토모치'는 '一二三四五六七八九
十百千'을 가리킴.

26) 진언종의 입장에서 이루어진 신도 해석에 기초한 신불습합사상. 진언밀교에서 말하는
태장계·금강계 양부(兩部)로 일본의 신과 신, 신과 부처의 관계를 위치 지은 것. 가마
쿠라 시대에 이론화되어, 후세에 많은 신도설을 낳았다. 진언신도라고도 함.

"그렇다네. 그리고 소테, 나테, 이리, 사니, 타치, 스, 이이, 메, 코로, 시테라고 읽어 노리토에 사용한 말은, 중세 이세 신궁의 신관이란 말일세."

"아아, 그래서!"

드디어 이세가 나왔다.

"따라서 '선대구사본기'를 손에 넣었더라도 이세 신궁의 노리토를 모르면 이 노리토는 만들어낼 수 없는 걸세. 그리고――."

교고쿠도는 잡기장을 다시 집어 든다.

"또 하나는 신비의 상자라는 명칭일세. 신비는 보통 신의 비밀(神秘)이라고 쓰네만, 나는 이것은 깊은 비밀, 다시 말해 심비(深秘)를 잘못 들은 게 아닐까 생각했네. 만일 그렇다면, 그것은 치쿠조 깊은 산속의 산악종교와 관련되어 있지 않을까 싶어. 아니, 아마 그럴 걸세."

"어째서?"

"아까 그 잡지의 해설을 따르면 구보는 치쿠조라기보다, 바로 사이가와 강 상류에서 자랐다――고 되어 있지."

"뭐가 바로인가?"

"구보가 자랐다는 사이가와 강 상류에는 구보테 산(求菩提山)이라는 산이 있는데, 작품에 등장하는 히코 산의 정북동 방향에 있는 산일세. 그 산에는 귀신전(鬼神殿)이라고 불리는 귀신을 모신 희한한 신사가 있지. 구보테 산을 처음 개척한 사람은 모카쿠마 보쿠센(猛覺魔卜仙)이라는 특이한 이름의 행자인데, 귀신전은 그가 퇴치한 귀신을 모시고 있는 걸세. 이곳에 신기한 행사가 전해 내려오고 있지. 그 이름도 귀회(鬼会)라고 하네. 지금도 열리는지는 알 수 없지만 메이지 초기 무렵에는 있었어. 이것은 귀신의 축제일세. 음력 정월 무렵에 열리는

데, 그중에서도 기괴한 것이 '천일행자(千日行者)의 기도'라고 불리는 제례일세——."

이번에도 들은 적이 없는 괴상망측한 화제다. 어떻게 연결되는 건지 짐작도 가지 않았지만, 어차피 생략해 봐야 괜히 이해하기만 어려워질 것 같아서, 나는 잠자코 듣기로 했다.

교고쿠도는 약간 위협적으로 말했다.

"—— 그 귀신전에서 모시는 신체(神体)[27]는 놀랍게도 —— 상자라네."

"상자? 또 상자입니까?"

도리구치가 어이없다는 듯이 말한다.

그 기분은 이해가 간다. 또—— 상자다.

"게다가 그 상자는 엄중하게 봉해져 있고, 안에는 항아리가 들어 있네. 그리고 그 항아리에는 모카쿠마 보쿠센이 퇴치한 귀신이 봉인되어 있는 걸세. 제례 때 이 봉인이 풀리고, 비밀리에 전년도 신관으로부터 다음 해 신관에게 보내지지. 해방된 귀신은 다시 폭주하다가 붙잡혀 상자로 돌려보내지네. 귀신을 봉한 이 상자가 바로 〈심비의 상자〉라 불리는 것일세."

"아아! 그런 건 몰랐습니다. 아니, 들은 적도 없어요."

도리구치는 감탄하고 있다. 아오키도 마찬가지다. 이것에 관해서는 끼어들 수가 없다. 그 신사나 제례를 알았더라면, 온바코라는 말을 들은 단계에서 누구나 연결을 지어 생각했을 것이다.

---

27) 신령이 깃들어 있다 하여 제사에 사용되며 예배의 대상이 되는 신성한 물체. 거울, 검, 구슬, 창 등인 경우가 많다.

교고쿠도는,

"게다가 그 상자라는 글자는 대죽머리(竹)에 여(呂)라고 쓴다네."

라고 말을 이었다.

"온바코와 —— 같은 글자란 말인가?"

"보통의 감각이라면 이 거(筥)라는 글자는 쓰지 않을 거라고 생각하네만. 이 글자는 대나무로 만든, 모자 같은 것을 넣는 둥근 통이라는 뜻이니, 무슨 특별한 이유라도 있지 않는 한 네모난 상자에 이 글자는 쓰지 않을 걸세. 그래서 나는 이 구보테 산의 귀신전을 모르고서 온바코[御筥]라는 명명은 하지 않았을 거라고 생각한 걸세. 게다가 —— 신체인 심비의 상자의 모습은, 후쿠라이 박사의 천리안 세트와 꼭 닮았지 않은가."

그렇다.

완전히 똑같다.

엄중하게 봉해진 상자. 그 속에는 항아리. 한쪽에는 귀신이 봉인되고, 다른 한쪽에는,

—— 망량인가.

"하지만 미타카에서 한 발짝도 나간 적이 없는 효에가, 규슈 산속에 있는 신사의 신체나 제례를 알고 있을 리가 없네. 따라서 반드시 그에게 그것을 가르쳐준 누군가가 있을 거라고 생각한 걸세."

"그래서 추젠지 씨는, 데라다 효에에게 이세와 치쿠조에 친척이 없느냐 —— 고 물으셨던 거군요?"

도리구치는 항복했다는 듯이 머리를 숙였다.

"응. 하지만 이것은 구보 한 사람으로 채워져 버렸네. 따라서 증거는 없지만, 구보가 바로 온바코를 만들어낸 흑막이 틀림없다 ──고, 나는 생각하네."

교고쿠도는 다음은 자네라는 듯이 아오키를 쳐다보았다.

"그리고 이것은 오늘 알게 된 일인데 ──."

아오키는 당혹스러워하고 있다. 교고쿠도에게 익숙하지 않아서다.

"── 세키구치 군으로부터 들은 이야기로는, 구보 슌코는 장갑을 끼고 다닌다는군."

"예?!"

아오키는 필요 이상으로 놀란 것 같다.

"그, 그 구보라는 남자는 장갑을 끼고 다닙니까!"

그렇다. 그가 바로 ── 장갑을 낀 남자인 것이다!

나는 왠지, 알고 있으면서도 지금까지 그것을 생각하지 않으려 하고 있었던 모양이다.

"확실하지는 않지만 항상 끼고 다니는 모양일세. 아오키 군은 ── 아마 장갑을 낀 남자에게 주목하고 있었지?"

"그렇습니다. 토막살인의 피해자로 보이는 가키자키 요시미와 오자와 도시에도 실종되기 직전에 장갑을 낀 남자와 함께 있었던 모양이에요. 게다가 구스모토 요리코의 증언을 따르면 유즈키 가나코를 떠민 자도 장갑을 낀 남자고, 가나코 유괴 현장 부근에서 유즈키 요코도 장갑을 낀 남자를 목격했습니다. 이 시기에 장갑을 끼고 다니는 놈은 그리 많지 않으니까요. 다른 사람이라고는 생각할 수 없어요."

아오키는 흥분한 것 같다.

"후후후, 그렇지는 않네만 ──."

교고쿠도는 이해할 수 없는 웃음을 띠었다.

"——어쨌든 실종된 세 사람 중 두 소녀가 장갑을 낀 남자와 같이 있었다는 증언은 그냥 넘길 수 없지. 게다가 온바코가 만들어진 시기에 가족처럼 출입하던 젊은 남자도, 많은 나무상자를 주문한 단골손님도, 둘 다 장갑을 끼고 있었지?"

"그랬다고 합니다."

대답한 도리구치를 아오키가 기막히다는 얼굴로 바라보았다.

"이렇게 되면 별것 아닌 장갑이라도 내버려둘 수는 없지. 그리고 그저께, 구스모토 요리코 부근에도 장갑을 낀 남자가 나타났네."

——구보 슌코.

그 남자가 연쇄 토막살인사건의 범인이라고, 눈앞의 친구는 말하고 있다. 물론 처음부터 교고쿠도는 그렇게 말했지만, 이제 와서야 나는 갑자기 그것이 어떤 의미가 있는지를 이해했다.

그것이 사실이라면,

그렇다면 나는,

나는 사건에 머리를 들이민 그 날, 범인과 마주쳤다는 뜻이 되고 마는 것이다.

그렇다면 그때. 희담사의 응접세트에서 야마사키 편집장에게 소개를 받던 그때, 이미 그의 손은 피로 물들어 있었다는 걸까? 피로 물든 그 손을 순백의 장갑으로 감추고, 마치 아무 일도 없었다는 듯이 태연한 얼굴을 하고, 그 남자는 내 작품을 비평하고 있었다는 건가!

나는 찻집 좌석에서 가나코의 사진을 응시하던 구보를 떠올린다.

"——그럼——요리코가 만날 약속을 한 상대는——구보라는 건가?"

그렇다면 구스모토 요리코는 그 후, 그 가게에 갔다는 걸까?

"이것은 어제 기바 나리에게서 얻은 정보인데, 아무래도 요즘 구스모토 요리코는 자주 찻집에 드나드는 모양일세. 게다가 찻집을 드나드는 요리코의 습관은 전부 유즈키 가나코의 영향이라고 해. 동급생 두 사람의 증언이라더군. 그리고 가나코가 출입하던 찻집은 공장 근처의 가게 —— 자네들이 들어갔던 '신세계'라고 하네. 하기야 그것을 고려하지 않는다 해도 그 부근에 그런 찻집은 거기 정도겠지. 게다가 —— 에노 씨는 요리코 뒤에 구보가 보였다고 했지?"

"그랬고말고."

"이미 두 사람은 접촉했을 가능성이 높네. 위험해, 그녀는."

왠지 몹시 불길한 기분이 들었다. 교고쿠도가 하는 이야기는 언젠가 그 자신이 말했던 것처럼 전부 우연의 산물인 것은 아닐까? 그저께 만난 소녀가, 그저께 만난 지인에게 살해당하다니 스스로도 나의 현실로 받아들이기 어려웠다.

구보가 온바코와 관련되어 있다 —— 그것은 믿도록 하자. 그러나 그렇다고 해서 범인이라고 할 수는 없고, 만에 하나 범인이었다 해도 다음 피해자가 구스모토 요리코라는 것은 약간 지나친 우연의 일치다. 노릴 만한 대상은 그 외에도 많이 있다. 요리코는 그중 하나일 뿐이지 않은가. 너무 잘 맞아떨어진다. 교고쿠도야말로 구보 —— 범인, 요리코 —— 피해자라는, 예측으로 가득한 제멋대로의 견해를 갖고 있는 것은 아닐까?

나는 물었다.

"하지만 왜 다음이 그녀 —— 구스모토 요리코여야 하는 거지? 그것도 우연이라는 건가?"

대답이 없을 거로 생각하고 한 질문이었는데, 해답은 곧 돌아왔다.

"아닐세, 세키구치 군. 이것은 순서라네."

"순서? 무슨 순서?"

"그러니까 명부 순서란 말일세."

교고쿠도는 그렇게 말하고, 그 명부를 좌탁 중앙에 꺼내놓았다.

"내가 아까 피해자는 경찰이 상정한 세 사람이 맞을 거라고 한 것은, 이 온바코의 명부 —— 라고 할까, 주소록에서 끌어낸 결론일세. 토막사건은 이 명부에 실려 있는 순서대로 일어나고 있는 거야. 본래 온바코는 흑막 —— 구보에게 있어 그런 기능을 가진 도구였네 —— 아니, 그것을 위해 만들어졌다고 하는 편이 좋을까?"

"뭐라고?"

무슨 뜻인지 알 수가 없었다.

"이 명부에서 경찰의 실종소녀 일람과 중복되는 가정은 도리구치 군이 조사한 대로 열 집일세. 그중 세 명은 아까 말한 대로 경찰도 피해자에서 제외해 버렸지. 나머지 일곱 명을 조사해 보면 재미있는 사실을 알 수 있네. 유력한 피해자로 보이는 세 명 이외의 네 명은, 모두 나이가 18세를 넘었다는 걸세. 유력한 피해자인 아사노 하루코, 오자와 도시에, 가키자키 요시미는 모두 14, 5세지. 그리고 그녀들은 명부에 실려 있는 순서대로 실종되었고, 그리고 ——."

"살해되었다고? 그래서 가키자키 —— 다음 ——?"

"가키자키 가 다음으로 14, 5세의 딸이 있는 가정은, 명부상으로는 구스모토 가일세."

아오키가 당황해서 명부를 들고 살펴본다.

교고쿠도는 말을 잇는다.

"아마 구스모토 다음은 훨씬 아래 있는 시노다인가 하는 집일 걸세. 그곳은 희사금액이 비교적 많아서 기요노의 예언은 적혀 있지 않지만, 아마 요리코 다음은 이 집 딸이 될 테지. 희사금액 따윈 상관없었던 걸세. 피해자의 조건은 두 가지밖에 없어. 온바코의 주소록으로 주소를 확인할 수 있을 것. 나이가 14, 5세일 것. 범인은 이 명부에서 14, 5세의 소녀가 있는 가정을 조사한 후 순서대로 덮쳐 간 걸세. 그러니 지역적으로도, 환경적으로도 제각각인 게 당연하지. 범행은 히라가나 순서대로 일어나고 있었거든."

"으음, 그렇군, 하지만."

"이것은 도리구치 군의 공일세. 이 명부가 없었다면 피해자 선정 및 범행 순서는 절대로 알 수 없었겠지."

"──잠깐만요. 그건 이상합니다."

아오키는 납득하려고 하다가 다시 생각한 모양이다. 명부를 보고 있다.

"아사노 하루코는 두 번째 피해자입니다. 하지만 이 명부에는 아사노보다 앞에 딸이 있는 가정은 실려 있지 않아요. 이 옆에 적혀 있는 메모가 맞는다면, 아사노 하루코가 첫 번째여야만 지금 하신 이야기가 성립하게 됩니다."

"그렇다네. 아사노 하루코는 첫 번째 피해자일세."

"하지만──."

"두 번째 피해자 아닌가!"

"첫 번째 피해자는 사가미 호수에서──."

에노키즈를 제외한 우리 세 사람은 동시에 서로 다른 말로 이의를 제기했다. 교고쿠도는 유유히 대답한다.

"최초로 사가미 호수에서 발견된 팔다리는 연쇄 토막사체유기사건이 아닐세."

"뭐, 뭐라고요?"

"연쇄 토막사체유기사건에 관해서만 말하자면, 지금 말한 법칙성을 버리고 다른 법칙성을 찾아내는 것은 불가능할 거야. 반면, 사가미 호수에서 발견된 팔다리를 연쇄의 일환으로 생각하는 것은 근거가 매우 빈약하지. 오히려 다른 사건이라고 생각하는 게 정합성이 높아."

"하지만 교고쿠도. 이렇게 가까운 시기에 이렇게 비슷한 사건이 서로 다른 인간의 손에 의해 벌어지다니, 그럴 가능성이 더 낮다고 생각하는데. 아오키 군, 분명히 사가미 호수에서 발견된 다리는 상자에 들어 있었지?"

"예."

"다른 것도 전부 상자에 들어 있었지?"

"그렇습니다."

"이것은 무관하다고는 생각할 수 없네. 교고쿠도, 자네의 이야기로는 설득력이 부족해."

"그 말은 내가 하고 싶을 정도일세. 똑같다면 몰라도, 비슷하다는 것만으로는 그야말로 설득력이 부족해. 비슷하니까 똑같다고 한다면, 세키구치 군은 원숭이라는 뜻이 되고 마네."

원숭이 맞잖아──라고 에노키즈가 말했다.

"이 친구는 원숭이를 닮은 인간일 뿐이지 원숭이는 아니야. 비슷할 뿐일세."

쓸데없는 소리를 한다.

"착각해서는 안 되네. 비슷하다는 말은, 다시 말해서 똑같지는 않다는 뜻일세. 알겠나? 사가미 호수에서 발견된 다리는 쇠로 만든 상자에 들어 있었어. 손은 상자 밖에 떨어져 있었지. 게다가 허리와 등 그리고 다른 부분까지 발견되었네. 그 이후의 것은 전부 팔과 다리만 나왔고, 그것도 전부 순면에 싸여 나무상자에 들어 있었네."

"상자의 소재가 다를 뿐이지 않은가. 발상은 똑같아. 비범하잖아."

"그럴까? 사가미 호수의 경우는 호수에 가라앉아 있었지. 그 이외의 것들은 빈틈에 딱 맞게 끼워져 있었네. 이것은 똑같은 발상인가? 그리고 사가미 호수에서 나온 것만은 운반에 차나, 아니, 아마 트럭이겠지. 트럭을 사용했네. 다른 것은 전부 전철을 이용한 것 같아."

"어떻게 알지? 분명히 사가미 호수에서 나온 것 말고는 비교적 교통편이 좋고 인구밀도도 높은, 소위 도시 한복판에서 발견되었지만, 사가미 호수도 전철로 갈 수 없는 것은 아니고 다른 장소도 차로 갈 수 없는 것은 아닌데."

"사가미 호수의 경우는 십중팔구 트럭으로 갔을 거야."

"그러니까 어째서?"

"오른쪽 팔이 발견된 곳은 고슈 간선도로, 그것도 산속일세. 아무리 이상한 범인이라도 국도 한가운데에 그런 걸 버리지는 않아. 그것은 운반하는 도중에 떨어뜨린 거지. 내 생각에, 처음에는 팔도 두개 다 쇠상자에 들어 있었을 걸세. 나중에 발견된 허리 부분도 마찬가지일세. 팔, 다리, 허리, 이렇게 세 개의 상자였던 셈이지. 그리고 그것은 호수 바닥에 엄숙하게 가라앉아, 영원한 안식을 얻을 예정이었네. 다시 말해 팔과 다리와 허리는 쇠로 된 관에 넣어져 수장되기 위해, 일부러 사가미 호수까지 운반되어온 거라고 생각하네."

교고쿠도는 다짐하듯이 우리들을 둘러본다.

"하지만——막상 가라앉힐 때가 되어서 팔 상자가 없다는 것을 깨달았겠지. 크게 당황했을 거야. 꾸물거리다간 남의 눈에 띌 테니, 우선 다리와 허리를 던지고 곧 팔을 회수하러 돌아갔을 걸세. 그렇기 때문에 다리 상자는 호숫가 근처에 가라앉아 있었던 거지. 호수 한가운데에 버려졌다면 발견은 훨씬 늦었을 걸세. 하지만 허겁지겁 되돌아갔음에도 불구하고, 그때 이미 오른쪽 팔은 목재상 아저씨가 트럭으로 뭉개 버렸던 거야. 범인은 쇠상자와 왼쪽 팔을 회수하고, 마지막 팔을 회수하려고 오타루미 고개에 접어들었을 때 목재상이 당황하고 있는 걸 보았을 걸세. 아, 그것은 제가 떨어뜨린 겁니다, 라고 말할 수는 없으니, 별수 없이 지나쳐 갔겠지."

"그럼 왼쪽 팔은 가지고 돌아간 겁니까?"

도리구치는 말한다.

아오키는 중얼거린다.

"발견되지 않을 만도 하군."

나는 아직 납득이 가지 않는다.

"하지만 말일세 —— 떨어뜨렸다는 것도 좀."

교고쿠도는 심드렁하게,

"떨어뜨린 거야. 트럭 짐칸의 자물쇠는 망가져 있었거든."

라고 말했다.

"뭐?"

그 말은, 교고쿠도가 너무나 아무렇지도 않게 말해서 나 이외에는 아무도 마음에 두지 않은 것 같다. 그러나 분명히 교고쿠도는 그렇게 단정했다.

화제는 곧 원래의 것으로 돌아갔다.

"사가미 호수의 경우는 범행을 감추거나, 팔다리를 흩어놓아 수사를 교란시키려는 성질의 행위와는 좀 다른 것 같네. 처리도 작전도 아닌, 왠지 의식 같아. 그것은 수장일세. 어쨌든 그 후의 토막시체 처리 방법과는 동떨어져 있지. 그 이후의 것도 감추려는 의도는 아니었겠지만, 매장하려고 한 것도 아닌 것 같아. 틈이 비어 있으니 메워 준다는 느낌이었지 않은가?"

"——그렇습니다. 놀이라고밖에 생각할 수 없어요."

아오키는 생각하는 바가 있는 모양이다.

"놀이는 아니겠지만, 충동적인 처리 방식이긴 했는지도 모르지. 어쨌거나 사가미 호수의 경우와는 전혀 달라. 이것은 다른 사건일세."

"똑같이 상자에 넣은 것은 우연이라는 건가?"

"그렇지 않네. 한쪽은 쇠상자를 많이 갖고 있는 환경에 있고, 다른 한쪽은 나무상자를 많이 갖고 있는 환경에 있었을 테지. 설마 그것을 위해 만든 상자도 아닐 테고."

"그렇군요——그, 작년 여름에 온바코에게 나무상자를 대량으로 주문한 단골손님이 구보라면, 그는 나무상자를 많이 갖고 있었다는 뜻이 되는군요."

도리구치는 벌써 납득하고 있는 것 같다. 나는 그래도 납득할 수 없다. 그렇게 간단히 믿을 수는 없다.

"하지만——구보는 어째서 그런 짓을? 동기는 뭔가? 데라다 효에와의 관계는? 자네는 아까 온바코는 그런 기능을 가진 도구라고 했는데, 무슨 뜻이지?"

"한꺼번에 묻지 말게. 이런 범죄에서 명확한 동기를 찾는 건 어리석은 짓이야. 게다가 온바코와의 관계도 내 상상에 지나지 않네. 아까도 말했지 않은가. 구보 범인설은, 아직 짐작 정도일세——."

"교고쿠, 뭔가 감추고 있군."
갑자기 에노키즈가 그치고는 날카로운 말투로 말했다.
"그 남자는 그, 가나코를 보았네. 가나코 사건과 관련이 없나?"
그러고 보니——에노키즈가 찻집에서 구보를 다그친 이유도, 어떤 이유에서인지 구보가 가나코를 알고 있다고 생각했기 때문——인 것 같다.
교고쿠도는 다시 불쾌한 얼굴을 하고 고개를 비틀었다.
그리고 이렇게 말했다.
"아아, 나는 싫은 친구를 두었군. 뭐——굳이 말하자면 그게 동기네만——하지만 그것은 직접적인 관련은 없네."
"전혀 모르겠어. 교고쿠, 내게 표정 연기는 통하지 않네. 단도직입적으로 말해!"
에노키즈는 물러서지 않는다.
"이야기가 복잡해지니 그것은 일단 접어두게. 세키구치 군!"
교고쿠도는 대충 얼버무리고는 갑자기 내게 공격의 화살을 돌렸다.
"자네는 문학자이니 그런 쪽의 감각은 날카롭겠지. 아까 구보의 '수집자의 정원'의 줄거리를 듣고 자네는 어떻게 생각했나?"
갑자기 그런 걸 물어도 대답하기 곤란하다. 읽은 것도 아니고, 애당초 온바코와 구보를 연결 짓는 방증 중 하나로 나온 것이라 감상은 없는 거와 같았다.

"줄거리만으로는 뭐라 말할 수 없네. 게다가 읽지 않고 비평을 할 수는 없어."

나로서는 매우 예의 바르게 얼버무린 것이었다.

그러나 교고쿠도는, 그도 그렇군, 하고 말했다.

"가령——작품과 작가는 별개이니 선행하는 작가상이 작품 감상에 영향을 주는 것은 좋은 일이 아닐 테지만, 반대로 작품에서 작가의 성격 같은 것을 읽어 내어 작가상을 추측하는 것은 어느 정도는 가능한 일이고, 나름대로 어쩔 수 없는 일이라고도 생각하네. 물론 소설은 허구이니 직접적으로 작가의 주의나 주장이 씌어 있는 것은 아니지만, 역시 취향이나 사상적 배경 등은 감출 수 없지. 이것은 잘 쓰는 사람일수록 더욱 알기 어렵네. 반대로 서툰 글쟁이일수록 작가의 얼굴이 쉽게 떠오르지. 그리고 내가 읽은 바로는, 구보 슌코는 서툰 부류일세."

"그것은 예를 들어 말하자면 등장인물과 작가가 분리되어 있지 않다거나, 그런 뜻인가?"

"그런 어린아이 같은 비판을 할 생각은 없네. 그것은 어떤 의미로 당연한 것이고, 또 그렇게 읽는다 해도, 그것은 작위적으로 그렇게 되어 있을 가능성도 있거든. 그 경우 독자는 감쪽같이 작가의 술수에 빠진 셈이니, 그것으로 잘 쓰고 못 쓰고를 논하는 것은 터무니없는 짓일세. 단, 구보의 경우는 좀 더 단순한데——."

교고쿠도는 내가 깜박 잊고 두고 간 봉투에서 그의 신작 원고를 꺼냈다.

"그의 작품은 거의 일기일세."

"뭐?"

"아무래도 그는 실제로 자기 주위에 일어난 일을 그대로 쓰는 듯한 구석이 있어. 물론 설정이나 이름은 바꾸었지만."

"그래? 그런 생각은 들지 않던데. 하기야 나는 그 '상자 속의 소녀' 밖에 읽지 않았네만——아까 그 수상작에도 수험승이니 신관이니, 대부분 일상에는 있을 것 같지도 않은 게 나오지 않나? 애당초 그가 쓰는 글은 환상소설이고, 현실감이 있다고는 도저히 생각할 수 없네. 물론 자네 말처럼 소화되지 못한 주의나 주장이 얼굴을 내밀고 있는 부분도 몇 군데 있었을지도 모르지만, 그렇다 해서 그것이 그대로 그의 사상이나 주장인지는 확인할 수 없지. 가령 자네가 그렇게 받아들였다 해도, 그것이야말로 지금 자네가 말한 것처럼 그가 거기까지 계산하고 썼을지도 모르지 않나? 그렇다면 자네야말로 그의 술수에 빠진 것이지."

"응. 세키구치 군의 말은 정론일세. 나도 처음에는 그렇게 생각했네만."

"아니라는 건가?"

"그래. 아닌 것 같네. 그의 작품이 환상문학이 된 것은 그가 세계를 그렇게 인식하고 있기 때문이지, 의식적으로 환상을 낳고 있는 게 아닌 것 같아. 그에게는 이것이 현실인 걸세."

교고쿠도는 교정쇄를 가리켰다.

"그런——자네는 무슨 근거가 있어서 하는 말일 테지. 만일 인상으로만 그런 말을 하는 거라면 실망일세."

나는 어느새 구보를 변호하고 있다. 내가 그를 변호해야 할 이유라고는 털끝만큼도 없는데도.

교고쿠도는 응, 그렇지, 라고 말하고 턱을 긁적였다.

무언가를 아직 감추고 있는 것 같다. 그는 곤란할 때면 턱을 긁적이는 것이다.

"구보와 데라다 효에의 관계, 이것은 전혀 조사하지 않았으니 알 수 없네. 구보가 온바코의 탄생에 관여하고 있었다 해도, 어떻게 스무 살 남짓한 풋내기가 효에에게 그만한 영향력을 행사할 수 있었는지는 수수께끼지. 가설로는 몇 가지 생각할 수 있지만, 그런 탁상공론을 아무리 피력해 봐야 소용없으니 그만두겠네. 단, 온바코에 대해서 말하자면, 만일 그가 진짜 그 흑막이라면 그것을 만든 이유는——."

"뭐지?"

"음. '수집자의 정원'의 주인공 같은 심정이겠지, 라고 말하면 알려나?"

"타인의 불행을 수집하고 있었다는 건가? 그건 아무리 뭐래도 믿기 힘들군. 그렇다면 그 명부는, 구보에게는 수집물이었다는 건가?"

"무리가 있으려나?"

"있지. 추젠지 아키히코라고는 생각할 수 없는, 참으로 기반이 빈약한 전개일세."

"그래? 그럼 뭐, 그것에 대해서는 너무 깊이 들어가지 말도록 할까?"

왜 순순히 물러나지? 나는 반드시 반론이 불가능할 정도의 날카로운 언변으로 대꾸해 올 거라고 생각하고 있었기 때문에 김이 빠졌다. 반론 대신 교고쿠도는 '상자 속의 소녀' 교정쇄를 펼치고,

"동기——는 말이지. 이건데."

라고 말했다.

"그건 무슨 뜻인가?"

"음."

정말 답답해 미칠 지경이다. 교고쿠도가 기운을 차렸다고 생각한 것은 착각이었던 걸까?

"그렇지. 이 신작에는 시체를 토막토막으로 해체해서 상자에 넣는다는 구절이 나오지 않나?"

교고쿠도는 생각난 듯이 말했다.

"예? 그렇게 적나라한 장면이 있습니까? 그건 그냥 넘길 수 없는데요. 상자에 들어 있었다는 사실은 일반에 공표하지 않았으니까요. 게다가——만일 추젠지 씨가 말씀하신 대로 그 구보라는 남자가 실제로 일어난 일밖에 쓰지 못하는 사람이라면——."

아오키가 민감하게 반응했다.

당연할 것이다.

나는 왠지 석연치 않았다. 교고쿠도의 방식이라고는 생각할 수 없다. 왠지 모르게 비겁하다.

"이보게, 교고쿠도! 그 방식은 공정하지 않아. 확실한 이유도 없이 의미심장한 말을 해 놓고, 그러고 나서 그런 말을 하면 누구나 수상하다고 생각하지 않겠나? 소설은 허구일세. 작품과 현실을 혼동해서 규탄하는 어리석은 짓은, 자네가 가장 싫어하던 일 아니었나? 작품에서 사람을 죽였다 해서 살인범 취급을 받는다면, 탐정소설가는 전부 대량 살인귀일세!"

"아아, 그래. 자네 말이 맞네. 하지만 나는 그렇게 즉흥적으로 말하고 있는 게 아니야. 무엇보다 그는 그것을 꿈속의 일로 작품에 집어넣었지 않은가? 실제로 갔다고는 적혀 있지 않아. 그건 어디까지나 꿈일세."

꿈?

"뭐야, 그런 거였습니까? 하지만 ──."

핵심은 건드리지 않는 교고쿠도의 답답한 태도에 걸려들어, 아오키는 이제 완전히 구보에게 의심을 품은 모양이다.

"게다가 아오키 군. 그가 이 작품을 쓴 것은 8월 30일부터 9월 10일 사이의 일일세. 아마 이것이 쓰인 시점에서는 최초의 사건은 아직 일어나지 않았던 게 아닐까 하는데."

아오키가 손가락을 꼽는다.

"하지만 최초의 사건은 8월 30 ── 아아, 그건 아니었지요. 그럼 ── 그다음이 발견된 것이, 그러니까, 9월 6일이니까."

"이것도 상상이지만 말이야. 만일 구보가 범인이었다면 범행에 이른 시기는 이 작품을 다 쓴 후가 아닐까 하네. 범행이 9월 5일이라 치면, 원고 의뢰로부터 5일. 붓이 빠르기로 유명한 구보 슌코라면 불가능한 것은 아니지."

구보는 빠르기로 유명한가? 나는 몰랐다.

"이 작품은 내게 많은 것을 시사해 주었네. 미리 말해 두겠네만 나는 구보가 범인이라는 선입관을 갖고 이것을 읽은 건 아니야. 그 반대일세. 이것을 읽기 시작했을 때, 나에게 구보는 단순히 수수께끼의 남자에 지나지 않았네. 처음에 말했다시피 토막사건의 범인이라는 작가상이 먼저 있었고 그 영향으로 작품을 곡해한 것이라면 그것은 좋지 않은 일이지만, 나는 이것을 읽음으로써 반대로 그에게 의혹을 품기 시작한 걸세."

"즉, 자네는 이 작품 속에 살육에 이르기까지의 그의 경위가 기록되어 있다고 ── 본 건가?"

"가령 그가 범인이었다면, 작품에 어떤 심리적 투영이 되어 있지 않다고 생각하는 건 부자연스럽겠지."

아오키가 물었다.

"그 이유는 아까 그 구절입니까?"

"아니, 그건 덤일세. 일례로 이 소설의 주인공은 이상하게 빈틈을 싫어하지. 틈이 비어 있으면 딱 맞게 채우고 싶어지는 기벽의 소유자일세."

"틈을 메운다?"

"게다가 이 소설의 주인공은 작품 속에서 그 기벽 때문에 대량의 나무상자를 주문하지. 그 점은 어떻게 생각하나? 세키구치 군."

교묘한 각인법이다. 아마 교고쿠도는 의식적으로 정보를 잘게 잘라 내보내는 것이리라.

내가 어떻게 대답할지도 계산하고 하는 질문일 것이다. 교고쿠도는 그의 말을 듣고 내가 구보를 변호하리라는 것을 처음부터 알고 발언하는 것이다.

그러나 나는 그 도발에 응하는 것 말고는 방법을 모른다.

"뭐, 그 점은 사실을 반영하고 있을지도 모르겠군. 구보가 온바코와 관련이 있는 것은 틀림없을 테고——하지만 그렇다고 거기서 토막살인의 동기를 찾아내는 것은 무리가 있겠지."

교고쿠도는 고개를 끄덕였다.

"그런데 세키구치 군. 이 주인공 말인데——이것은 단순히 공간 공포증이라고 해 버려도 될까?"

"으음, 이 경우는 실존하는 인물이 아니라 허구의 인물이니까—— 어렵군. 폐소애호증이라고도 볼 수 있네."

"여러 가지 방법으로 읽을 수 있겠지만, 이 흥미로운 캐릭터는 정말로 구보가 만들어낸 상상의 산물일까? 그런 것치고는 행동 원리에 모순이 있고, 엉뚱한 것에 비해 실재감이 있네. 이 캐릭터는 작가가 아닌지 의심하고 싶어져."

"하지만 말일세. 역시 그건 자네의 편견 아닌가? 그는 정말로 실재감 있는 캐릭터를 창조할 힘을 갖고 있는지도 모르지 않는가."

"그렇지. 하지만 그런 요소들을 빼더라도, 이 소설은 뭔가 이상하지 않았나?"

이상했다——.

내가 그렇게 느끼고 있으리라는 것을, 이 교활한 친구는 아마 알고 있을 것이다. 나는 그 '상자 속의 소녀'가 어찌나 뒷맛이 나쁘던지, 완전히 질려 버렸던 것이다.

나는 대답하지 않았다.

"이 소설은, 그저 주체가 누구인지 얼버무리려고만 하고 있네. 옛 가나를 쓰거나 옛 한자를 쓰거나, 아니 그뿐만이 아닐세. 이 소설에는 주격이 없어. 그래서 기분이 나쁜 걸세."

"아아."

"이 소설은 〈그는〉도 〈너는〉도 〈내가〉도 아닐세. 그래서 읽은 사람에게 왠지 모르게 부자연스럽고 불안정한 인상을 주지. 그 점을 노린 거라면 명작일지도 모르겠네. 나도 처음에는 그렇게 생각했지만, 아무래도 아닌 것 같아. 이것은 주격이 나, 즉 구보 슌코라는 것을 필사적으로 감추려고 한 결과 생겨난 불가사의한 문체라고 생각하는데, 어떤가?"

"궤변이로군."

"역시 그런가?"

교고쿠도는 그렇게 말하며 웃었다.

아마 이 남자는 뭔가 다른, 증거 같은 것을 쥐고 있을 것이다. 그것을 감추고 있다. 아마 마지막 순간에 내놓을 강력한 카드를, 그는 이리저리 견주어 보고 있는 것이리라.

"뭐, 후편이 나오면 더 확실해질 테지만 그것을 기다리고 있을 수도 없지."

교고쿠도는 상쾌한 얼굴을 하고 그렇게 말했다.

"그럼 아오키 군. 나는 할 수 있는 말은 전부 했네. 들었으니 알 테지만, 구보에 대한 의심은 모두 전해 들은 정보에서 유추했을 뿐이고 세키구치 군의 말대로 아무 확증도 없네. 궤변이라고 받아들여도 어쩔 수 없지. 그러니 신용하지 않을 거면 그래도 되네. 단, 만일 신용할 거라면 내 말을 곧이곧대로 받아들이지 말고 제대로 조사해 주게. 틀렸다 해도 나는 책임질 수 없으니까."

아오키는 머리를 싸안았다. 그리고 꽤 오랫동안 생각에 잠겨 있었다.

그러더니 불쑥 이야기하기 시작했다.

"구보는——수상하군요. 아니, 결코 곧이곧대로 받아들여서 하는 말이 아닙니다. 저는 예측을 배제하고, 될 수 있는 한 공정하게 들었다고 생각은 합니다만——."

아오키는 그렇게 말했지만, 아마 그렇지 않을 것이다.

아오키는 교고쿠도의 덫에 빠진 것이 틀림없다.

다시 말해——.

역시 구보는 진범일 것이다.

교고쿠도는 그것을 확신하기에 이르는 뭔가를 쥐고 있으면서도, 그것을 말하고 싶지 않다는 듯이 이런저런 방법으로 우선 주변 장애물을 없애고, 핵심을 전혀 건드리지 않은 채 아오키를 그 결론으로 이끈 것이다.

아오키는 말을 잇는다.

"토막살인사건에 관한 경찰의 현실을 말씀드리자면, 용의자를 압축하기는커녕 전혀 짐작도 하지 못하고 있는 것은 사실입니다. 피해자의 신원을 특정할 수는 있었다지만, 그다음이 없는 겁니다. 아무것도 떠오르지 않아요. 그저 장갑을 낀 남자가 괴물처럼 어슬렁거릴 뿐이지요. 수사 선상에는 강아지 한 마리 걸려들지 않습니다. 따라서 구보가 장갑을 끼고 다닌다는 것만으로도 지금의 경찰에게는 충분히 의심할 만한 가치가 있는 정보인 셈입니다. 그러니 알아 버린 이상 수사는 하겠습니다. 이것만으로 체포 영장을 받을 수는 없지만, 가령 사체의 일부가 들어 있던 상자가 온바코의 데라다 효에가 만든 상자라는 점을 확인할 수 있다면 그 선에서는 수사가 가능해집니다. 범행 당일로 생각되는 날에 구보의 알리바이가 없으면, 참고인으로 끌어들일 수 있을지도 모르지요. 다만——."

아오키는 자신의 고케시 같은 얼굴을 쓸어내렸다.

"추젠지 씨는 아니라고 하시지만, 저는 그것에 관해서는 설명을 듣지 못했기 때문에—— 아까 에노키즈 씨도 말씀하셨지만—— 구보는 가나코 사건과는 무관한 겁니까? 추젠지 씨가 말씀하신 나머지 세 사건의 범인은 누구입니까?"

"거 보게, 교고쿠. 뭔가를 감추면 이런 꼴을 당하는 걸세."

그때까지 자고 있는지 깨어 있는지 알 수 없었던——나 같은 경우는 그 존재조차 잊고 있었던——에노키즈가 의기양양하게 그렇게 말했다. 그러나 그 말을 듣고도 나는 교고쿠도가 대체 어떤 꼴을 당했다는 건지 잘 알 수 없다. 아오키가 말을 이었다.

　"장갑을 낀 남자는 연쇄 토막살인사건의 용의자이기도 하지만, 가나코 살해미수 및 유괴사건의 용의자이기도 합니다. 아니, 경찰에서는 피해자를 아직 단정하지 못했으니, 소녀 연쇄 유괴사건의 용의자이기는 하지만 토막사건에 관해서는 용의자일 가능성이 있다는 정도의 취급이지요. 하지만 가나코 사건에 관해서는 증언이 있어요. 장갑을 낀 남자는 완전한 용의자란 말입니다."

　아오키는 진지해 보인다.

　에노키즈는 아직도 의기양양한 얼굴이다.

　교고쿠도는 곤란해 하는 기색이라곤 없이 담담하고 흔들림 없는 어조로,

　"아아, 아오키 군. 그쪽 장갑은 색깔이 달라."

　라고 말했다. 그리고 이어서,

　"게다가 자네에게는 이야기하지 않았지만, 어제 기바 나리한테서 전화로 들었는데 유즈키 요코는 증언을 철회한 모양이더군."

　하고 말했다.

　"그렇——습니까?"

　"가나가와의 경찰은 자신을 필두로 아메미야나 기바 나리 등 내부 사람을 의심하기만 할 뿐이니, 바깥으로 한 번 눈길을 돌리게 해 주자——는 취지였던 모양일세."

　아오키는 의아한 얼굴을 했다.

"하지만——그럼 구스모토 요리코가 보았다는 것은——."

"그건 말이지, 아오키 군."

교고쿠도는 거기에서 말을 끊고, 전원을 순서대로 둘러보았다. 에노키즈가 재촉했다.

"뭔가? 교고쿠. 빨리 말해."

"그건 나일세."

"뭐?"

교고쿠도는 그렇게 말하고 웃었다.

"뭐야, 농담인가! 이럴 때 농담이라니!"

"농담이 아니야. 진짜라니까."

"추젠지 씨, 그럼 사건이 있었던 날 밤, 당신은 그, 무사시 고가네이 역의 홈에 있었다는 겁니까?"

"아니. 그날은 분명히 종전기념일이었지. 그날 밤이라면 나는 여기서 '인판비결집(印判秘決集)'이라는 희귀본을 읽고 있었네. 전날 지인한 테서 받았거든."

"좀 더 알기 쉽게 말해 보게. 자네 이번에는, 하기야 언제나 그렇긴 하지만, 너무 빙 둘러 가는군."

내가 비난하자 교고쿠도는 한쪽 눈썹을 치켜세우고,

"따지자면 자네가 나쁜 걸세, 세키구치 군. 자네가 나 같은 걸 끌어 내니까 일이 복잡해진 거야."

라고 말했다.

그리고 탁상의 '근대문예' 중에서 가장 아래 것을 꺼내 종잇조각이 끼워져 있는 페이지를 펼쳤다.

나의 '현기증'이 실려 있는 페이지였다.

"이것은 지난달 말에 나온 '근대문예'라는 문예잡지인데, 여기 계시는 세키구치 다츠미 선생의 최신작이 게재되어 있네. 여기 계시는 선생은 구보 슌코보다 훨씬 더 사소설의 대가라, 이 작품도 어떤 체험에 촉발되어 쓰인 것이지. 자네들도 잘 알고 있는 그 조시가야 사건 말일세. 뭐, 세키구치 선생은 구보보다는 사실을 작품으로 승화시키는 능력이 훨씬 높은지, 한 번 읽어서는 그 사건을 썼다는 사실은 알 수 없어."

내가 교고쿠도에게 —— 조금이나마 —— 작품을 칭찬받은 것은 태어나서 처음이었다.

그렇지만 —— 무슨 관계가 있을까?

"하지만 역시 아직 몇 달 지나지 않아서 양조 기간이 너무 짧았는지, 정리가 되지 않았던 모양일세."

정말 그 말 그대로였다. 그것에 관해서는 반론의 여지가 없다.

"그래서 모처럼 명작이 될 뻔했던 이 작품을, 작가는 결말에서 망쳐 버렸네. 이런 감각이 문학자로서 그의 대단한 점인지도 모르겠네만, 어쨌거나 엄청난 결말이야. 그때까지는 환상인지 현실인지 알 수 없는 신비스러운 무드인데 말이지 ——."

교고쿠도는 하필이면 낭독하기 시작했다.

"—— 갑자기 문을 두드리는 소리가 난다. 내가 그 문을 열어야 할지 말아야 할지 망설이고 있는 사이, 여자는 힘껏 문을 열어 버린다. 그곳에는 덕이 높아 보이는 스님 같기도 하고 또 음험한 학자 같기도 한, 시커먼 남자가 서 있다. 오늘 밤, 나는 모든 이야기에 끝을 가져올 살인마입니다, 그렇게 말한다. 얼굴은 어두워서 잘 보이지 않는다.

옷은 먹으로 물들인 듯 새까맣고, 손에는 손등 싸개인지 장갑인지를 끼고 있다. 그럼 일을 시작하지요, 검은 옷의 살인마는 그 장갑을 낀 손으로 여자의 목을 뒤에서 움켜쥐고는 그대로 유화의 호수 속에 억지로 밀어 넣고, 등을 세게 떠밀었다. 여자는 비명 한 번 지르지 못하고 아득히 먼 호수 밑바닥에 가라앉고 말았다. 살인마는, 영혼 하나, 라고 말하고는, 그것을 망연히 바라보고 있는 내 가슴의 구멍을 통과해, 도망쳐 가는 여자의 나머지 절반을 쫓았다. 아아, 살아남을 수 있으면 좋으련만. 나는 깊은 못을 들여다보면서, 그림 밑바닥에 가라앉아 있는 여자의 시체를 그저 바라보고 있었다——."

마지막 부분이다.

교고쿠도는 다 읽고 나자 얼굴을 들었다.

"——이 부분만 읽고 이 작품을 말할 수는 없지만, 확실히 말할 수 있는 사실은 있네. 검은 옷에 장갑을 낀 살인마, 이건 분명히 내가 모델이겠지만——그 장갑을 낀 남자가 여자를 밀어 떨어뜨려서 죽이는 묘사가 나온다는 걸세."

설마,

"설마, 교고쿠도, 자네는 요리코가 내——."

나는 그가 말하려고 하는 것을 거의 알았다.

그러나 그런 것은 믿을 수 없다.

"구스모토 요리코의 증언이 있었던 날은 사건으로부터 16일이나 지난 8월 31일일세. 왜 보름이나 공백이 있었는가에 대한 설명은, 일단 쇼크에 의한 일시적인 기억장애라는 것——으로 되어 있나?"

아오키가 대답했다.

"예, 착란 상태였던 모양입니다."

"그런 사정은 기바 나리에게서 자세히 들었네. 자네들에게도 아오 키 군이 오기 전에 설명했지? 자, 그 구스모토 요리코가 사건 당일의 기억——뭐, 처음에 이것은 단순히 검은 옷을 입은 남자가 밀어 떨어 뜨렸다는, 실로 단순한 증언이었던 모양이지만, 그 기억에 생각이 미친 이유는 요리코 본인의 말에 의하면 이런 것이네. 쓸쓸해서, 가나 코가 자주 가던 찻집에 가서 가나코가 자주 읽던 잡지를 읽고 있었는 데 갑자기——."

"생각났다는 거지. 충분히 있을 수 있네. 그런 일은."

기억장애 같은 것은 무엇을 계기로 치유되는지 알 수 없다.

"물론 있을 수 있지. 하지만 그녀는 생각났다거나 잊고 있었다는 말은 한 마디도 하지 않았네. 그녀는 무사시 고가네이의 순사에게 갑자기 그 생각이 떠올랐다고 표현한 모양이야. 그 후 잊고 있었다거 나, 생각났다는 표현은 한 번도 쓰지 않은 듯하네."

"듣고 온 것처럼 말하는군. 자네는 현장에 있었나?"

"기바 슈타로의 기억을 더듬어 보자면, 이라고 고쳐 말하도록 하 지. 그럼 여기서 유즈키 가나코가 자주 읽었던 잡지는 무엇인가 하는 건데——그것에 대해서는 요리코 자신이 기바에게 이야기했네. 어 른이 읽는 것 같은 문예잡지——였다더군."

"그런 거야 많지."

"그래, 많네. 요리코는 그게 별로 재미없었던 모양이지만 가나코에 게 뒤처지지 않으려고 참고 읽었나 봐. 환상적이고 신비로운 이야기 만은 좀 마음에 들었다——고 하네."

"그것은——."

그렇다고 해서.

"그리고 사건 후——보름의 침묵 후에, 요리코는 무슨 생각을 했는지 찻집에 갔네. 왜 그날이었는가 하면, 그날이 여름방학 마지막 날이었기 때문인 모양일세. 그곳에서 그녀는 가나코와의 추억을 더듬기 위해, 이건 어떤지 잘 모르겠지만 말이야. 어쨌거나 문예잡지 두 권을 서점에서 사서, 아마 '신세계'에 들어갔을 걸세. 그때 산 잡지는 우선 금일 발매와 절찬 발매 중이라는 팻말이 걸린——두 권이었다고 하네. 절찬 발매 중이 어떤 잡지였는지는 모르지만, 금일 발매라면 전날 나온 '근대문예' 정도밖에 없겠지. 게다가 그 호에 게재된 신비로운 이야기라면, 전위사소설의 귀재 세키구치 다츠미의 '현기증' 정도일세. 그녀는 그것을 읽고 〈검은 옷의 살인마〉와 만나, 위대한 하늘의 계시를 얻은 거야."

하지만,

"하지만 교고쿠도. 그것은 상상에 지나지 않네."

"그건 그렇지만——하지만 구스모토 요리코가 수많은 문예잡지 중에서도 '근대문예'를, 그중에서도 세키구치 작품을 애독하고 있었으리라는 방증이라면, 있네."

하고 교고쿠도는 도리구치를 바라보며,

"자네는 천인오쇠라는 말을 알고 있었나?"

"아아, 아까 하신 이야기에서 구스모토 요리코가 말했다는 주문 같은 말, 말이로군요. 모릅니다."

"우화등선도 시해선도 모르지?"

"제가 그런 걸 알 턱이 있나요."

"아오키 군도 모르지?"

아오키도 고개를 끄덕인다.

"하지만 요리코는 알고 있었네. 말을 알고 있었을 뿐만 아니라, 그 말의 뜻도 나름대로 이해하고 있었던 모양이야. 아까도 잠깐 이야기했지만, 이 질문은 기바를 통해 가나코와 요리코의 동급생에게도 해 보았네. 요즘 중학교에서는 그런 걸 가르칠지도 모른다고, 언뜻 생각했거든. 하지만 그녀들도 모르는 것 같았어. 그럼, 어떻게 요리코가 일반에게는 친숙하지 않은 이 말을 알고 있었느냐 하면——."

나는 불길한 예감이 들었다. 그 세 개의 말은 바로 얼마 전에 보았다. 그것도 몇 번이나.

아니나 다를까 교고쿠도는 '근대문예'를 몇 권 빼냈다.

"이것은 작년 봄에 세키구치 선생이 발표한 '천녀환생'일세. 이 중에 천인오쇠에 대해서 자세히 이야기한 구절이 있지. 그리고 이쪽이 작년 가을에 발표한 '무답선경'일세. 우화등선도 시해선도 여기에 나오는 말일세. 요리코는 가나코에게 빌리든가 해서, 분명히 이걸 읽었을 거야. 그녀가 세키구치 다츠미의 몇 안 되는 독자였다는 사실은, 아마 틀림없을 걸세."

그러나,

"자네의 말대로 요리코는 '근대문예'를 샀을지도 모르고, 내가 쓴 '현기증'도 읽었을지도 모르지만, 그래도."

그래도 나는 인정하고 싶지 않다.

"그래서 그녀는——아니야, 그럴 리가."

"그녀——구스모토 요리코는 그것을 계기로 문득 과거의 기억이 생각난 게 아닐세. 보름 동안 고민하고 생각에 생각을 거듭한 끝에, 거기에 생각이 미친 걸세. '현기증'을 만나고 말이지. 따라서 요리코가 말한 〈검은 옷을 입은 남자〉란 나를 말하는 걸세. 그리고 처음에는 그냥 〈검은 옷〉을 입은 남자였던 범인은, 기바 나리가 보다 구체적인 질문을 하자 〈장갑을 낀 남자〉로 승격되었네. 왜냐하면 '현기증'의 작자는 그것 말고는 어떤 구체적인 특징도 〈살인마〉에게 주지 않았기 때문일세. 안경도 백발도 없고, 뚱뚱한지 말랐는지도 없네. 설마 스님 같기도 하고 학자 같기도 하다고 말할 수는 없었겠지."

아오키는 또다시 망연자실했다.

"하지만 요리코의 이야기가 지어낸 것이라면, 역시 가나코 사건은 자살이었다는 뜻이 되는 겁니까? 하지만 그렇다면 어째서 그런 거짓 말을? 요리코에게는 아무런 이득도 없―잖아요?"

"있다네, 이득은. 이것은 이제 와서는 말하지 않는 게 좋지 않을까 생각하고 있었네만―."

"가나코를 밀어 떨어뜨린 자는 요리코일 거야."

잠시 모두가 그 말의 뜻을 모색하고, 이해한 순서대로 당혹스러워졌다. 에노키즈 혼자만,

"뭐야, 그랬던 건가?"

라고 밝은 목소리로 말했다.

"하지만 추젠지 씨, 그건 왜지."

아오키가 얼굴을 찌푸렸다.

"왜지 모르게, 이렇게―아니, 그렇지도 않군요. 머리를 식히고 생각해 보면 지나칠 정도로 당연한 결말―그렇군요, 너무 잘 들어맞아서 수상하다고 할까."

도리구치가 말을 받았다.

"탐정소설이라면 작가는 몰매를 맞았을 겁니다."

교고쿠도는 맥이 빠진 기색을 드러내며 대답했다.

"터무니없는 결말 따윈 없다네. 이 세상에는 있어야 할 것만 있고, 일어날 수 있는 일만 일어나는 거야. 도대체가 현장에 두 명밖에 없고 한쪽이 살해당했다면, 나머지 한쪽이 범인인 게 당연하지 않나. 경찰이 가나코를 자살로 단정할 뻔한 것은 현장에 출입한 사람을 확인할 수 없었기 때문 아닌가?"

아오키가 말한다.

"예. 그렇습니다. 개찰구에 있던 역무원은 몹시 불확실한 기억이긴 했지만, 사고가 일어난 후 철도공안이 도착할 때까지 아무도 개찰구를 지나가지 않았다——고 했어요. 그 후 몇 명은 경찰이 막기 전에 지나갔지만 모두 여자나 노인이었고, 게다가 개찰구를 통과해 들어가지 않은, 즉 사고를 일으킨 전철로 도착한 손님이라는 겁니다. 그렇다면 자살일 거라고 생각했지요. 전철을 기다리던 사람은 그때 겨우 6명 정도인데 그들은 모두 신원이 확인되었고, 반대쪽 홈에서 전철을 기다리던 9명도 마찬가지입니다. 이들은 모두 구경하려고 남아 있었어요. 범인이 구경하는 경우는 없다——는 것도 선입관이겠지만, 상식적 판단으로는——."

"그렇다고 자살로 처리해 버리는 건 좀 그렇다고 생각하네만. 왜 요리코를 의심하지 않았지?"

"그것은 동기가 없다는 게 이유입니다. 현장에서 도망치지도 않았고, 게다가 그녀는 말을 잘했어요. 그 증언에 따르면."

"그건 기바 나리에게 들었네. 자네들에게도 이야기했지?"

"아아, 아까 실컷 들었네. 하지만 교고쿠도. 그때 자네의 이야기를 들으니 구스모토 요리코는 유즈키 가나코를 정말 좋아했다 —— 면서? 왜 죽여야 하는 거지?"

"아까부터 듣자 하니, 자네들도 동기 지상주의인 모양이로군? 그런 동기 따윈 생각해 봐야 쓸모없네."

교고쿠도는 내뱉듯이 말했다.

"왜지? 그 정도로는 경찰도 그렇고, 세상 사람들도 납득하지 않을 걸세."

"그렇지. 동기란 세상을 납득시키기 위해 있는 것에 지나지 않네. 범죄는 —— 특히 살인은 대부분 경련적인 거야. 그럴싸하고 있을 법한 것일수록 범죄는 신빙성이 더해지고, 심각하면 심각할수록 세상 사람들은 납득하지. 그런 것은 환상에 지나지 않네. 세상 사람들은 범죄자는 특수한 환경 속에서만, 특수한 정신 상태에서만 그 무도한 행위를 저지를 수 있다고, 어떻게 해서라도 그렇게 생각하고 싶은 걸세. 다시 말해 범죄를 자신들의 일상에서 분리하고, 범죄자를 비일상의 세계로 내쫓아 버리고 싶은 거지. 그렇게 함으로써 자신들은 범죄와는 인연이 없다는 것을 암암리에 증명하고 있을 뿐일세. 그렇기 때문에, 그 이유는 알기 쉬우면 쉬울수록 좋고, 일상생활과 관련이 없으면 없을수록 좋네. 소위 말하는 유산상속, 원한, 복수, 치정 관련, 질투, 자기 몸보신, 명예와 명성의 유지, 정당방위 —— 모두 알기 쉽고, 그러면서도 주위에는 흔히 없는 것들뿐이지 않은가. 하지만 그것이 왜 알기 쉬운가 하면, 있을 것 같지 않으면서도 실은 그들에게도 빈번히 일어나는 감정과 동질의 것이기 때문일세. 약간 규모가 다를 뿐이지."

길을 잃고 미마사카 연구소를 향해 달려가던 차 안에서, 나는 분명히 그 이야기를 들었다.

　"그 이야기는 아츠코에게서도 들었네. 이해가 안 가는 건 아니지만 폭론이야. 범죄에 이르기까지의 경위를 무시하다니, 그럼 고의나 과실이나 마찬가지 아닌가?"

　"과실은 사고지. 미필적 고의라는 것도 있겠지만. 그것만은 구별해야 하네. 어렵겠지만 말일세."

　"하지만 교고쿠도, 그렇게 해서는 사회질서가 유지되지 않아. 범죄 행위라는 것은 행위 자체가 사회적으로 인정되지 않는다는, 그것만으로 성립하는 것은 아니지 않은가? 도덕이나 윤리, 그런 눈에 보이지 않는 부분도 대상으로 해야 하는 게 아닐까? 동기를 무시한다면 정상참작의 여지는 없어지고 마네."

　"도덕관이나 윤리관까지 법률로 규제해 버린다면 그것은 그저 공포정치지. 사상이나 신앙은 법률에 대해 자유로워야 하지 않겠나? 법률은 행위에 대해서만 유효한 걸세. 게다가 생각만 해도 처벌받는다면 대부분의 인간은 죄인이 되고 마네. 동기만이라면 누구에게나 있는 거야. 아니, 살인 계획도 다들 세우고 있네. 실행하지 않을 뿐이지. 도덕이니 윤리니, 그런 것은 법률이 만들어내는 게 아닐세. 사회라는 괴물이 은근슬쩍 만들어내는 거야. 환상이지."

　라고 교고쿠도는 말했다.

　알고 있다.

　이 남자와 토론해 봐야 헛수고다.

　"——그렇다면 주위 사람들을 납득시키기 위해—— 범죄자는 자백을 한다는 건가?"

"사실관계에 관한 진술이라면 몰라도, 자백에는 증거성이 없다고 나는 생각하네만. 동기는 나중에 질문을 받고 생각하는 거거든. 그 시점에서 범죄자는 방관자와 같은 입장이 되고 마네. 자신이 우선 일상으로 돌아가기 위해, 어떻게 스스로 자신을 납득시킬 수 있는 이유를 찾아낼지 필사적으로 생각하는 거지. 그게 동기일세. 그것이 진실인지 그렇지 않은지는 제삼자가 알 수 없을 뿐만 아니라, 본인도 모르네. 그런 걸 이래저래 문초하는 것은 쓸데없는 짓이고, 아는 척하면서 해설하는 거야말로 어리석음의 극치라고 생각하지 않나?"

아오키는 대답하지 못하고 있다.

당연할 것이다.

아마 교고쿠도의 의견을 분쇄할 수 있는 사람은, 그렇지——기바 정도일 것이다.

그에게 논리는 소용없기 때문이다.

"그리고 본인도, 주위 사람들도, 아무리 해도 납득할 수 있는 동기를 발견할 수 없는 경우에는, 사회적 책임능력이 없는 상태라는 그런 판단이 나오는 걸세. 이건 도피지. 까닭을 알 수 없는 것은 전부 정신병이니 신경증이니 하는 블랙박스에 처넣어 버리면 된다는, 걸핏하면 등장하는 편의주의일세. 폐기당할 참에 선택된 신경증이나 정신병 입장에서 보자면 또 얼마나 귀찮겠나. 게다가 그 경우에는 그런 라벨만 붙여놓고 무죄방면이라니까. 사회적으로는 배제해 놓고 들판에 놓아주는 걸세. 범죄자는 차별하고, 또한 범죄자는 놓아준다. 본말전도 아닌가? 바보 같은 일이야."

"그렇다면 우리는 무엇으로 범죄에 대응하면 됩니까? 저는 모르겠어요."

아오키는 동요하고 있는 것 같다.

"그러니까 지나친 동기 탐색은 편견에 근거하여 차별을 조장하는 행위와 다름이 없다고 말하고 싶은 걸세. 범죄라는 꺼림칙한 더러움을 일상에서 배제하려는 행위에 지나지 않으니까. 무엇보다 범죄를 개인의 문제라고 단정하는 것은 일방적이야. 범죄행위는 개인적 자질로 환원할 수 있는 게 아니지 않은가. 자네들은 아직도 롬브로소[28]나 크레치머[29]를 신봉하는 건 아닐 테지?"

아마 아무도 그 사람이 누군지 모를 것이다. 하지만 질문조차 할 수 없었다.

"뭐, 범죄생물학이라는 분야는 형태를 바꾸어 제창되는 게 당연한 거겠지만, 이제 와서 유전적 결함이니 체형과 기질이니 하는 것으로 사물을 논한다면, 그거야말로 심하게 비난받을 걸세. 하지만 이제는 범죄의 동기부여도 거의 그런 선천적 범죄설 —— 범죄자는 태어나면서부터 범죄자의 소질을 갖고 있다는 사고방식과 다름없는 것으로 되어 가고 있네. 그 남자는 이러이러하니까 범죄를 범한 것이라고 라벨링 함으로써 납득한다 —— 이것은 형태를 바꾼 선천적 범죄설이지. 선천적이 후천적으로 바뀌었을 뿐일세. 이 경향은 앞으로도 확대될 테지. 심지어 나는, 혈액형 따위로 성격을 알 수 있다는 유례없이 바보 같은 학설을 주장한 학자도 알고 있네. 이처럼 노골적으로 〈이방인〉이나 〈더러움〉을 차별하기 어려운 사회에는 이런 숨은 차별이 유행하는 걸세."

---

28) 이탈리아의 정신의학자(1836~1909). 범죄학에 실증주의적 방법을 도입하여 범죄인류학을 창시했다.
29) 독일의 정신의학자(1888~1964). 체격과 정신병 사이에 관계가 있다는 사실을 발견하고, 성격 유형론을 전개. 그 외에 천재·히스테리·망상에 관한 연구가 있다.

"동기부여는 범죄자를 배제하는 차별이라는 건가? 하지만 범죄에서 동기를 삭제한다면 뭐가 남는단 말인가?"

교고쿠도의 본의는 뭘까?

"범죄라는 건 말일세, 사회가 만드는 거야. 얼마 전까지 원수를 갚는 것은 합법적 살인이었지만, 지금은 보복살인사건일세. 어느 쪽이 옳은 세상인지는 모르지만, 같은 행위에 대한 법적 취급이 180도 다른 것만은 틀림없지."

"범죄는 개인이 일으키는 것이 아니라 사회가 일으키는 것——입니까?"

"그런 견해도 있지. 범죄는 집단 현상이고, 그것이 일어날 때의 사회나 경제 상태의 함수에 지나지 않는다——는 견해일세. 범죄자는 사회적, 경제적 환경의 산물이라는 사고방식이지. 하지만 여기에는 범죄를 통계적으로 파악한다는 관점이 필요해지네. 평균치나 빈도, 중간치와 같은 수치를 찾아서 실제로는 존재하지 않는 소위 〈평균인〉이라는 것을 상정하고, 범죄자는 그 평균인에서 일탈한 자로 파악되지. 이것도 문제일세. 평균인이라는 괴물은 존재하지 않거든. 그렇다면 거기에서 일탈한다는 것은 난센스란 말일세. 범죄는 언제나 찾아왔다가 떠나가는 도리모노〔通り物〕 같은 거거든."

도리모노란 요괴의 이름이다. 전에 들은 적이 있다. 도리마〔通り魔〕[30]라는 것도 그 종류의 요괴를 말하는 거라고, 교고쿠도는 말했었다.

"나는 말일세, 구스모토 요리코는 이 도리모노와 맞닥뜨렸다는 것이 가장 정확한 표현이 아닐까 생각하네."

---

30) 지나가던 집이나 만난 사람에게 재앙을 끼치고 나서 순식간에 지나가 버린다는 마물.

"뭐?"

"그러니까 인기척 없는 심야의 플랫폼 가장자리에 서 있는 소녀가 있고, 거기에 전철이 들어오네. 나는 그 소녀의 등 뒤에 서 있어. 아마 지금 이 등을 밀어도 목격자는 아무도 없겠지. 자, 세키구치 군, 자네라면 어떻게 할 텐가?"

그것은──.

그 차 안에서 생각했다.

"기회는 한 번밖에 없네. 전철이 멈추기 직전── 빨라도 늦어도 안 되네. 아주 약간만 타이밍을 놓쳐도 돌이킬 수 없는 일이 벌어지고 말지. 자, 전철은 점점 다가오네. 어쩔 텐가?"

나라면, 나라면──.

"보통은."

그녀의 등을──.

"보통은 그런 짓은 하지 않지. 충동은 대부분 참을 수 있네. 하지만 ──참을 수 없을 때가 있어. 시간으로 따지자면 겨우 몇십 분의 1초일세. 그 잠깐 사이에, 도리모노가 그녀의 안을 지나간 걸세. 따라서 그녀는 가나코의 등을 밀었을 때 밉다든가, 원망스럽다든가, 그런 축축한 인간의 감정을 갖고 있었던 건 아니야──."

교고쿠도는 그렇게 말하며 두 손을 내밀었다.

"그녀에게는, 그저 가나코의 등에 난 여드름이 보였을 뿐이지."

여드름이.

가나코의 목덜미에.

"그렇군——에노 씨가 본 것은."

"여드름일세."

"에노 씨의 환시 따위는 그야말로 증거가 될 수 없네만. 에노 씨가 본 여드름의 위치는 목덜미라 해도 상당히 아래쪽이지. 생긴 지 얼마 안 된 다카하 여학교의 교복은 양복 타입이라면서? 유즈키 가나코가 세일러복이나 등이 파진 원피스를 입고 있었던 건 아니겠지. 요리코가 기바 나리에게 증언한 것처럼, 3척이나 4척 떨어진 뒤쪽에 비스듬히 서 있으면서 확인할 수 있는 위치가 아니었던 걸세. 알겠나? 아까 에노 씨가 세키구치 군에게 가리킨 위치에 정말로 여드름이 있었다면, 거의 등에 달라붙어 목덜미에서 들여다보듯이 하지 않고서는 보이지 않아."

"아아, 그렇게 된 거군요——."

아오키는 지난번 사건을 통해서 에노키즈의 능력은 이미 알고 있다. 도리구치에게는 설명은 해 주었지만 이해하지 못하는 모양이다. 멍한 얼굴이다.

"요리코는 기바에게, 범인은 가나코를 떠밀고 도망치다가 그 반동으로 자신도 밀쳤다——고 증언한 모양일세. 이건 무리야. 만일 그렇게 밀착해 있었다면 뒤에서 떠밀려 온 녀석은 두 사람 다 밀어야만 하네. 요리코를 옆으로 밀쳐내고 나서 가나코를 밀었다가는, 전철이 들어오는 타이밍을 놓치게 되지. 무엇보다 가나코와 요리코는 체격도 비슷하고 똑같은 머리 스타일에 똑같은 교복을 입고 있었으니, 어두컴컴한 곳에서 뒤에서 본다면 누가 누군지 구별할 수 있으리라고는 생각되지 않네."

"그건——그렇군요."

"반대로 요리코가 밀착해 있다가 밀었다면 반동으로 뒤로 넘어졌을 테니, 바로 그녀가 주저앉아 있었던 전봇대 근처에 엉덩방아를 찧은 자세가 되는——것은 아닐까? 뭐, 현장검증을 한 건 아니니 억측일 뿐이지만."

"지금 교고쿠가 한 말이 옳네."

에노키즈가 말했다.

"하지만—— 사이좋은 친구를 그렇게——."

아오키는 꽤 충격을 받은 모양이다.

"아오키 군. 그래도 범행에 동기가 필요하다면 몇 가지 흥미로운 사실이 있기는 있네. 하지만 이것을 범죄와 직접적으로 연결해서는 곤란해. 이걸 듣고 구스모토 모녀에게 편견의 시선을 보내서는 곤란하단 말일세——."

교고쿠도는 그런 아오키를 보다 못한 듯 그렇게 전제하고 나서 —— 다음으로, 왠지 내 쪽으로 시선을 보냈다.

"구스모토 요리코는 아무래도 상당히 강한 아자세[阿闍世] 콤플렉스[31]였던 모양이야."

그게 뭡니까, 라고 도리구치가 묻는다.

지금 그 시선은 아마 나더러 대답하라는 뜻일 것이다.

"아자세 콤플렉스라면 고사와 박사의 '두 종류의 죄악 의식'에 나오는 감정 복합체 말인가? 만일 그렇다면, 글쎄, 간단히 말하자면 어머니를 사랑하기 때문에 어머니를 죽이려고 하는 욕망의 경향—— 이보게, 교고쿠도! 자네는 도대체."

---

31) 어머니를 사랑하기 때문에 어머니를 죽이고 싶어 하는 바람. 1931년에 정신분석가 고사와 헤이사쿠[古沢平作]가 제창. 일본인 모자관계의 특징이라고 한다.

"고사와 박사는 아자세 콤플렉스를 구음 사디즘과 연결 지어 생각하고 있지. 쾌락과 파괴의 양면가치일세. 일체감과 어리광을 기반으로 해서, 그 후의 소외에 의한 원망이나 공격이 일어나지. 이것은 그 후 공격에 대한 용서와 죄의식을 거쳐 다시 일체감을 맞네——순환하는 심리 과정이지. 이들 요소가 복잡하게 얽힌 감정 관념의 복합체가 아자세 콤플렉스일세. 이것은 프로이트 박사의 오이디푸스 복합과 대비되고 있어. 일본적 정념을 이해하는 데 있어서는 빼놓을 수 없는 이론이라고 생각할 수 있지. 하기야 고사와 박사는 이 생각을 별로 세상에 발표하지 않은 모양이지만."

"좀 더 알 수 있게 말해 봐."

에노키즈가 불평을 했다.

"이것은 어머니를 사랑하기 때문에 따돌리고, 미워하고, 경멸하는 감정일세. 사춘기에 부모님의 성행위를 목격하거나 함으로써 촉발되는 경우가 많아. 그런 난잡한, 지저분한 행위로 자신이 탄생했다, 그렇게 생각함으로써 갈 곳 없는 모순을 품게 되는 걸세. 구스모토 요리코는 그랬던 모양이야."

기미에의 증언은 분명히 그것을 뒷받침한다.

구스모토 요리코는 기미에와 두 번째 남편의 관계를 훔쳐보고 있었던 것이다.

요리코는,

—— 요리코는 저를 싫어합니다.

아니, 미워하고 있습니다.

"나는 이런 심리학은 싫어하지만 말일세. 실제로는——."

교고쿠도는 그렇게 말했다.

분명히 교고쿠도는 학생 시절부터 심리학에 대해서는 엄격한 말을 하는 남자였다.

나는 한때 프로이트에 경도되어 있었기 때문에 얼마나 많은 비방을 당했는지 모른다.

싫어하는 게 맞을 것이다.

하지만 그런 것치고 교고쿠도는 자세히 알고 있다. 자세히 알지 못하면 비방할 수 없기 때문일 것이다. 비판하기 위해 공부하다니, 비뚤어진 남자라고 생각했다.

"가나코는 어머니 대신이었다——그렇게 볼 수도 있겠지."

교고쿠도는 말을 잇는다.

"유즈키 가나코라는 소녀는 아무래도 컬트적인 소녀였던 모양이야. 하지만 동급생의 증언으로는, 특이하기는 했지만 미움을 받지도 않았던 것 같네. 카리스마적인 분위기를 가진 미소녀, 정도 될까? 성적도 좋았던 모양일세. 요리코는 그런 가나코를 꽤나 신성시하고 있었던 것 같더군. 친해지고 나서도, 여신이 미소 지어 주었다—— 정도로 생각하고 있었던 것 같아. 한편 아메미야가 이야기한 바에 의하면, 가나코는 고독감이나 소외감을 견디지 못하고 똑같은 환경의——아버지가 없는——요리코를 친구로 삼았다는 게 진실이었던 모양일세. 따라서 본래 두 사람 사이는 상당히 어긋나 있었던 셈이지만, 그런 것은 서로 알 수도 없으니 두 사람은 잘 지내고 있었나 보더군. 요리코에게 있어서 가나코는 인정하고 싶지 않은 현실—— 어머니의 반대였을지도 모르겠어. 안전한 어리광 대상, 즉 증오의 대상이었다고——생각할 수도 있네."

교고쿠도는 한숨 돌렸다.

"또는 이렇게 말할 수 있을지도 모르지. 요리코는 가나코를 동경하고 있었네. 강한 동경은 대상과의 자기 동일화를 촉진하지. 아니면 요리코는 나르시시스트였을지도 모르네. 아버지가 없는 것에 대한 박탈이나 차별 속에서, 어떻게든 스스로를 지키기 위해 세상과 격리된 자신만의 세계를 가질 필요가 있었지. 요리코는 담을 만들고, 그 안에 틀어박혀 오직 자신만을 사랑했네. 거기에 가나코가 끼어들었지. 가나코는 자기애의 선택 대상이 되어 버렸네——."

"그래서 가나코를 자신과 동일화—— 했다고?"

"뭐, 경과는 아무래도 좋아. 결과적으로 요리코는 가나코와 똑같이 생각하고, 똑같이 느끼고, 똑같이 행동하려고 했었던 듯한 구석이 있어. 강한 동일화는 결국 대상을 지워 없애고 싶다는 충동으로 바뀌게 되네. 다시 말해서 자기 자신이 가나코가 되기 위해서는, 가나코 본인이 방해가 되는 셈이지—— 실제로 최근에는, 요리코는 완전히 가나코처럼 행동하고 있다고 동급생들이 증언했어."

나는 벌써 듣기가 괴로워졌다.

구스모토 요리코라는 소녀의 마음속 어둠을 들여다보는 행위는, 나 같은 인간에게는 좀 버겁다.

나는 '수집자의 정원'의 신관은 될 수 없는 것이다.

교고쿠도는 말한다.

"또 이렇게 생각할 수도 있네. 가나코는 요리코에게 있어 완전무결한 신앙의 대상에 가까운 존재였네. 가나코는 요리코에게 있어 모든 의미로 완전하지 않으면 안 되었어. 가나코는 늙지도 않고, 슬퍼하지도 않고, 괴로워하지도 않네. 그래야만 했지."

천인처럼——.

"어쨌거나 가나코는 요리코의 내세의 모습이니까——이건 본래 가나코의 아이디어라고 하더군. 결국은 완벽해야 했어. 그런 가나코가 그날따라 울고 있었네. 슬퍼하고, 괴로워하고 있었지. 게다가 여드름까지 나 있었네. 우상은 땅에 떨어졌어. 신탁을 하지 못하게 된 무녀처럼, 떨어진 우상은 죽어야만 했지——."

아오키는 슬픈 얼굴을 했다.

"그, 구스모토 요리코라는 소녀는——."

"착각하지 말아 주게, 아오키 군. 요리코는 특별히 특수한 소녀인 것은 아니야. 지금 말한 것 같은 마음의 움직임은 누구에게나 자주 일어나는, 아주 평범한 걸세. 따라서 동정이든 무엇이든, 그녀를 특별시하는 거야말로 편견이야."

"하지만 자네의 이야기는, 동기를 설명하는 말로서는 나름대로 설득력이 있는 것 같은데. 특수한 상황은 아니라 해도, 그런 심리의 축적이 발로되어 범행에 이르렀다는 식으로 받아들이는 것도 안 된다는 건가?"

나 같은 사람에게는, 원한이니 괴로움이니 하는 말을 늘어놓는 것보다 훨씬 진실미가 있다.

"가령 굴절된 아자세 콤플렉스가 원인이라고 생각된다든지, 강한 타자와의 동일화 원망(願望) 끝에 저지른 범행이라고 하면 그럴듯하고 알기 쉽고, 또 이해한 것 같은 기분이 들지만, 그건 착각일세. 지금 내가 한 이야기야말로, 동기라는 것은 아무렇게나 지어낼 수 있다는 증거거든."

"그럼——지금 한, 그 그럴싸한 이야기는 전부 지어낸 건가?"

교고쿠도는,

"아닐세, 지금 한 말은 거짓말이 아니야. 게다가 그중 어느 것이 정답이냐 할 것도 없이 아마 전부 옳을 걸세. 하지만 전부 옳다 해도, 그렇기 때문에 요리코는 가나코를 죽인 겁니다, 라고 말할 수는 없어. 요리코는 어디까지나 그 상황이 찾아왔기 때문에, 그리고 그 순간이 찾아왔기 때문에 가나코를 죽이려고 한 걸세. 그러니 도리모노의 짓이지."

하고 그렇게 말을 맺었다.

"그렇군요—— 추젠지 씨가 하신 이야기의 뜻을—— 조금은 알았습니다. 하지만——."

아오키는 심각하게 미간에 주름을 지으며 생각에 잠겨 있다. 동안인 그에게는 어울리지 않는 표정이다.

이윽고 아오키는 명확하지 못한 어조로 물었다.

"어째서 요리코는—— 그 후 보름이나 지나서 거짓 증언을 한 걸까요?"

"물론 자신을 지키기 위해서일세."

교고쿠도는 냉철하게 대답한다.

"그것은 소녀다운 치졸한 호신술이야. 보통 그런 거짓말은 효력이 없지만, 요리코라는 소녀는 분수를 잘 알고 있어. 어떻게 하면 어설픈 거짓말을 효과적으로 연출할 수 있을지, 본능적으로 체득하고 있었던 모양이더군."

"그렇다면?"

"범행 후, 즉 도리모노가 지나간 후, 범죄자는 잃어버린 일상을 서둘러 되찾으려 하게 되네. 물론 요리코도 마찬가지였어. 얼버무리든지, 잊어버리든지, 참회하든지, 모르는 척하든지—— 어느 것이든 어떤 수단을 강구해 행동거지를 생각해야만 하지. 하지만 요리코는 그중 어느 것도 할 수 없었네──."

"어째서지요?"

"왜냐하면, 아무도 요리코에게는 가나코의 생사를 알리지 않았기 때문일세."

"아아──."

그렇다── 피해자는 가해자로부터 은폐되어 버린 것이다.

"자신이 범한 죄가 확정되지 않으니 행동거지를 결정할 수 없었던 걸세. 요리코는 틈만 나면 가나코의 안부를 물은 것 같은데──그건 당연하네. 요리코는 가나코가 걱정되었던 것이 아니라, 스스로가 걱정되었던 거야. 가나코가 살아 있어서 한 마디만 하면, 자신의 범행은 간단히 들켜 버리니까. 경찰의 보고도 왠지 명료하지 않았으니 전전 긍긍하며 보름을 보냈을 테지. 그때, 아주 좋은 생각이 떠오르네. 기바 나리는 그것을 듣고, 요리코와 가나코의 어린아이 같은 윤회 이야기에 요리코가 제대로 결말을 지었다고 생각한 모양이지만, 구스모토 요리코는 그런 꿈같은 일에 부심할 만큼 꿈꾸는 소녀가 아니었네. 요즘 중학생들은 좀 더 현실적이거든. 요리코가 생각해 낸 좋은 생각이란, 자신 이외의 범인을 상정할 수 있다면, 만일 가나코가 살아 있어도 얼버무릴 수 있지 않을까 하는 것이었지. 그 착상이 아까 그 세키구치 군의 소설에서 육체를 얻은 걸세."

"그래서── 가나코가 사라지자 요리코는 기뻐한 거로군요. 왠지 무섭습니다."

부쩍 말수가 줄어 버린 도리구치는, 그렇게 말하고 나서 다시 침묵 했다.

"소녀란, 아니, 인간이란 무릇 교활한 법이야."

교고쿠도는 이런 때는 늘 차갑다. 그의 말이 도리구치와 아오키에게는 어떻게 받아들여졌을까. 냉혹한 말이 이어진다.

"그때까지 요리코는, 가나코가 살아나면 사회적으로 살인미수의 죄를 지게 되고, 가나코가 죽으면—세상 사람들의 눈은 얼버무릴 수 있다 해도—내면적으로는 살인자의 족쇄를 차게 되는 절박한 상태였네. 따라서 겁먹고 떨면서 지내는 반면, 그것을 덮을 만한 교활한 연기로 일상생활을 보내고 있었던 걸세. 가나코가 말하는 신비로운 윤회 이야기 따위를 진심으로 믿고 있었던 게 아니라, 지극히 현실적으로 처세하고 있었던 걸세. 하지만—기적은 일어났어. 가나코는 죽지도 않고 살지도 않은 채, 사라져 버렸네. 요리코는 그때, 가나코가 사라진 순간 처음으로 신비적인 계시를 받았겠지. 이제 요리코는 사회적으로 죄를 추궁당하는 일도 피할 수 있고, 게다가 내면적으로 살인의 가책을 짊어지는 것도 피할 수 있었던 걸세. 그것이 양립하는 유일한 신비가 눈앞에서 일어나 버린 거지. 소원은 하늘에 통했네. 검은 옷을 입은 남자는 순간 역할을 잃고 단순한 도구로 변했어. 그리고 요리코도 변했네. 지금은 당당히 제2의 가나코를 연기하고 있는 모양이지만—평판은 나쁜 것 같더군."

"추젠지 씨. 저는—구스모토 요리코를 어떻게 해야 할까요?"

아오키는 심각하다. 그는 본래 성실한 사람이다.

"나는 그런 데 끼어들 수 있을 만한 사람이 아니고, 아오키 군, 자네도 그녀를 어떻게 할 수 있는 입장이 아닐세. 재판을 하는 것은 어디까지나 법률이지. 동정도 변호도 규탄도 계몽도 필요 없어."

"아무것도 하지 말라고요?"

"그래, 자네가 할 수 있는 일은 보호일세. 이대로 그녀가——눈앞에서 살해당해 버린다면 꿈자리가 사납지 않겠나. 보호하고, 사정을 물어보는 거야. 아마 제대로 심문하면——반드시 자백할 걸세. 어린아이라고 생각하고 만만하게 보니까 발목을 잡히는 거야."

커다란 허탈감이 객실에 피어올랐다.

이것이 교고쿠도가 말한 뒷맛이 나쁜 이야기일까?

지금 한 이야기가 전부 사실이라면, 이것이 탄로 났다간 앞길이 창창한 소녀는 전과자가 된다. 본인은 자업자득이라 해도, 그 어머니는 매우 슬퍼할 게 틀림없다. 아니, 그런 간단한 결말이 아니라, 그 모녀의 유리 세공품 같은 관계는 산산조각으로 부서져 버릴지도 모른다. 그것은 구스모토 기미에라는 박복한 여자의 결정적인 불행이 될 것이 틀림없다.

그리고 반면, 아무도 기뻐할 사람은 없는 것이다.

아니다. 그건 아니다.

이 기분 나쁜 사건의 주역은 이 모녀가 아니다.

구보도——실제로 3명 이상의 소녀를 살해한 게 아닐까 의심받고 있음에도 불구하고——그 중요한 역에 어울리는 그릇이라고는 생각되지 않는다.

구보 슌코.

구스모토 요리코.

이 두 사람은 분명히 각 사건의 범인임은 틀림없겠지만,

그러나——.

누굴까. 망량은, 사실은 어떤 모습을 하고 있을까?

아오키가 결심한 듯 얼굴을 들었다.

"어쨌거나 저는, 구보 슌코를 수사 대상에 올리도록 수배하고 오겠습니다. 아무래도 그는 가나코 사건과는 분리해서 생각해야 할 것 같지만, 그래도 충분히 수상해요."

교고쿠도는 변함없이 표정 하나 바꾸지 않고, 아오키를 정면에서 응시하며 말했다.

"모쪼록 성급하게 굴지 말고 신중하게 해 주게. 실수였습니다, 로는 끝나지 않아. 뭐——그가 범인이라면 범죄를 은폐하려는 의식은 별로 없을 테니, 물리적 증거는 얼마든지 나올 테지만——동기부터 알아내려는 짓은 그만두는 게 좋네. 가장 손쉬운 방법은 가택수사지. 그는 아마 혼자 살 테고——."

도리구치가 흥미롭다는 듯 끼어든다.

"어떻게 혼자 산다는 걸 아십니까? 게다가 자택에 무엇이——아아, 흉기가 있는 거로군요?"

"아니야. 가장 알기 쉽고 확실한 증거일세. 그의 집에는 아마 틀림없이."

교고쿠도는 잠시 숨을 골랐다. 그리고,

"세 소녀의 나머지 부분이 있을 걸세."

라고 말했다.

"설마! 그런 걸 놔두는 바보가 어디 있단 말인가?"

"버리지 않았을 테니 있을 걸세. 그에게는 그 부분이 필요했거든. 그것은 반드시 있을 거야."

교고쿠도는 단언했다.

"──걱정하지 않으셔도, 말씀하시는 대로 확실히 조사하겠습니다. 경찰기구를 신뢰해 주십시오. 결코 예상만으로 수사에 임하거나, 무고한 죄로 체포하지는 않습니다. 하지만 만일 증거가 나온다면 즉시 긴급체포하겠습니다. 그러니 빠른 편이 좋겠지요. 한 번만 더 전화 좀 쓰겠습니다."

아오키는 결연하게 말하고 일어섰다. 일어나면서 약간 현기증이 났는지 비틀거린다. 그리고 비틀거리면서 돌아보고,

"하지만 아직 사건이 2개 남아 있지요. 가나코가 사라진 수수께끼도, 저로서는 내버려둘 수 없습니다. 그러니 나머지 사건에 대해서도 듣고 싶군요. 곧 돌아오겠습니다. 기다려 주십시오."

라고 말했다.

그리고 아오키는 어두컴컴한 복도 너머로 사라졌다. 벌써 해 질 무렵이 가까워졌다. 사람들은 왠지 모르게 침묵했다.

침묵을 깬 사람은 에노키즈였다.

"이보게, 교고쿠, 이제 그만 좀 하게. 여자애들 싸움 같은 그런 이야기로 시간을 낭비하지 말라고. 빨리 숨기고 있는 걸 말해. 지금이라면 경찰은 없잖나. 말하고 싶은 대로 실컷 할 수 있네! 나는 아까부터 마음에 걸려서 견딜 수가 없어. 그 안경을 쓴 의사가──."

안경을 쓴 의사? 에노키즈에게는 뭔가 보였던 걸까?

"──아니면 자네는 그 멍텅구리 기바 때문에 조심하는 건가? 그놈은 여기에 있지도 않으니 무슨 말을 해도 괜찮아! 자, 자백하게."

에노키즈는 집요하게 물고 늘어졌다. 교고쿠도는 도리구치와 나를 보고,

"어쩔 수 없군. 잘 듣게. 에노 씨나 세키구치 군 등 숨기는 걸 싫어하는 사람이 많으니 내가 알고 있는 걸 이야기하겠지만, 거기까지만일세. 나머지는 말하자면 내 추리니까, 들려줄 필요는 없겠지. 토막사체유기사건처럼 조기 검거가 필요한 현재 진행형의 사건과는 관련없는 일일세. 다시 말하지만, 범죄와는 아무런——관련도 없는 일이야."

하고 변명 같은 말을 했다.

"서두는 이제 충분하네. 교고쿠도."

나도 에노키즈의 의견에 동조했다.

"——나는, 미마사카 고시로와 옛날부터 알고 지내는 사이일세."

그것이, 그만이 갖고 있던 정보의 정체인가? 교고쿠도는 오늘 하루 중에서 가장 성의 없는 목소리로, 아주 짧게 그렇게 말했다.

"미마사카? 그 상자건물의 주인 말입니까?"

도리구치는 놀란 모양이다.

"추젠지 씨는 뭔가 알고 있었군요. 그래서 틈만 나면 상자에 가까이 가지 말라고 경고하셨던 거군요. 그 미마사카 씨가, 사람이라도 잡아먹습니까?"

도리구치는 반쯤 농담으로——아마 반쯤은 진심으로 그렇게 말했다. 그로서는 분위기를 부드럽게 할 생각으로 한 발언이었던 모양이지만, 그것은 아무래도 역효과였던 것 같다.

수수께끼의 외과의사 미마사카 고시로는, 기분 나쁜 소문과 기바의 말 때문에 이제 정말 사람이라도 잡아먹을 듯한 인상을 주고 있다. 한 번도 표면에 나오지 않으니 더욱 그렇다.

"그의 대략적인 내력은 사토무라 군이 기바 나리에게 이야기한 대로일세. 그는 천재였지만 학계에서 쫓겨난—— 걸로 되어 있네. 물론 나는 그 당시의 그를 몰라. 내가 그와 알게 된 시기는 전쟁 중이었을 때였네."

"호오. 자네 부상이라도 고쳐줬나?"

"아니. 함께 일을 했지. 그 상자건물에서."

"뭐라고!"

나는 전쟁 중의 교고쿠도의 소식을 모른다. 단지, 그는 전선에 나가지는 않은 것 같다. 그것은 틀림없다. 그래서 나는 단순히 그가 종군하지 않았으리라고 생각하고 있었다. 당시 그는 아무리 봐도 징병 심사를 받을 만한 체격도, 건강 상태도 아니었던 것 같으니 그것도 당연하게 느껴졌지만, 잘 생각해 보면 그 허약해 보이는 풍모와는 달리 그에게는 지병도, 장애도 없었다.

교고쿠도는 이야기하기 시작했다.

"내가 종군하지 않았다고들 생각하는 모양이지만, 그렇지는 않네. 나는 징병 후, 육군 연구소에 배속되었어. 노보리토에 있던 연구소에 대해서는 알고 있겠지?"

"그, 풍선폭탄이니 통조림폭탄이니, 묘하게 도움이 되지 않을 것 같은 병기를 개발하던 곳 말인가요?"

도리구치는 알고 있었다.

나도 물론 알고는 있다.

그러나 문과계인 교고쿠도가 그런 곳에서 무엇을 하고 있었다는 것일까? 나는 이과계였음에도 불구하고 무슨 착오인지 학도병으로 출진한 멍청한 과거를 갖고 있다.

"그렇게 한 마디로 말해 버리면 너무 노골적인데 ── 물론 그곳은 여러 가지 연구를 하고 있었네. 생물병기 같은 발상도 있었던 것 같고, 이제 와서 공표하기는 어려워. 그리고 그 상자건물은, 미마사카 박사 전용 제국육군 제12특별연구시설이었네. 관할은 노보리토의 연구소와 같은 곳이었지."

"자네는 뭘 했는데?"

"나는 2층에 있는 방을 배당받았네. 별로 말하고 싶지는 않지만, 자네들이 공정하지 않다고 할 테니 ──."

상당히 망설인다.

"나는, 종교적 세뇌 실험을 했어."

"그게 뭔가?"

강제 개종 말일세 ── 교고쿠도는 내뱉듯이 말했다.

"── 신국(神國) 일본이 이 전쟁에서 이기는 날에는, 많은 이교도를 개종시킬 필요가 있지 않겠나? 외국에는 회교도, 기독교도, 도교, 유교, 배화교 등등 뭐든지 있네. 그것들은 전부 인정되지 않아. 신국 일본에게 항복한 이상, 황송스럽게도 현인신(現人神)을 정점으로 받드는 국가 신도의 신자가 되어야 한다 ── 고, 부탁도 하지 않았는데 생각해낸 귀찮은 분이 계셨거든. 처음에는 간단한 일이라고 생각했던 모양이야. 종교적으로 무지했던 거지. 하지만 이것은 애당초 어려운 이야기이긴 했네. 본래 민족종교인 신도는 애초에 포교라는 기능을 가지고 있지 않아. 한편 기독교권의 사람들은 문화나 환경, 인간의 근본 토대에 이르기까지 확실하게 종교가 몸에 배어 있네. 어중간한 설득으로 어떻게 될 만한 것이 아니지. 이것은 세뇌일세. 공산권에서 행해졌다는 것과 똑같아. 생각하기에 따라서는 인격과 인권을 무시한, 어엿한 전쟁범죄란 말이야. 그게, 어디에서 무슨 말을 들었는지 나를 희생자로 점찍은 거야. 즐거운 일은 아니었어."

"그냥 솔직하게 싫은 일이었다고 말해."

에노키즈치고는 차분한 말장단이었다.

"그랬지. 그래서 열심히 하지도 않았네만. 한편 미마사카는 무엇을 하고 있었느냐 하면 말이지. 사토무라 군이 말한 대로, 죽지 않는 연구를 하고 있었네."

"진지하게?"

"그래, 진지하게. 만일 죽지 않는 병사를 만들 수 있다면, 전쟁에 지는 일은 절대로 없을 테니까. 그는 진지했지만, 이것은 군부의 큰 실수였네."

교고쿠도는 담배에 불을 붙였다.

"미마사카는 본래 면역학자였어. 자세히는 모르지만, 암세포의 불사성(不死性)에 착안해서 선진적 생명에 관한 논문을 몇 개나 썼던 모양일세. 그리고 그는 일본에서 유전자나 효소 연구의 권위자이기도 했지. 아마, 일본에서 태어나지 않았다면 의학 역사에 어떤 발자취 정도는 남겼을 거야. 그런데 어디서 뭐가 잘못되었는지 —— 기계 인간 연구를 시작한 걸세."

"그게 뭡니까?"

도리구치가 이상한 목소리로 물었다.

"인체 일부분을 인조물로 바꾸는 걸세. 이것은 튼튼하고, 부서지면 교환할 수 있지. 다시 말해 불사(不死)일세."

"그렇군, 그거 효율적이겠는데!"

에노키즈는 매우 감탄하고 있다.

하지만 그런 꿈같은 일이 가능할 리 없다. 미마사카가 진심으로 그런 생각을 하고 있었다면, 그가 제정신인지 의심하지 않을 수 없다. 그리고 그 생각을 채용한 당시의 군부도 그렇다. 내게는, 아무래도 농담으로밖에 생각되지 않았다.

아니나 다를까, 교고쿠도도 그런 말을 했다.

"아니, 좋지 않았어. 분명히 당시의 군부도 지금 에노 씨가 말한 것처럼 생각한 게 틀림없네. 어린아이도 아니고, 현실적인지 그렇지 않은지 정도는 판단할 수 있을 법도 한데 말이야. 뭐, 채용 교섭 단계에서 미마사카의 보고에 사기가 있었던 건지도 모르겠지만——그의 연구에는 돈이 들었기 때문에, 미마사카는 아무래도 후원자가 필요했거든. 하지만 결국 군부도 일찌감치 그것을 깨닫고, 아니, 전세가 불리해지기 시작하니 그런 연구에 돈을 들일 여유가 없어진 거겠지만——뭐, 군부도 그 정도로 바보는 아니었다는 거지."

"미마사카가 무슨 심마니였나? 그런 바보 같은 생각을 진심으로 하고 있었던 건 아닐 테지."

"그는 진심이었어. 다만, 그의 연구는 최종적으로 군부의 수요와 합치하지 않았네."

내 생각과는 미묘하게 뉘앙스가 다른 것 같다.

"천문학적인 돈을 들여 사람 하나를 살린다. 그의 연구는 그런 연구였던 걸세. 당연하지, 이건. 병사 수만 명을 기계화해서 불사의 군대를 만들다니, 너무 뻔뻔스러운 얘기야. 가능할 리가 없지."

"뭐야, 불가능해?"

에노키즈는 재미없다는 듯 입을 삐죽이며 그대로 내 시야에서 사라졌다. 드러누운 것이다.

"그리고 그는 군에서 추방될 처지에 놓였네. 하지만 미마사카는 구사일생으로 살아남았어. 일본에서는 단 한 명, 설령 아무리 비용이 들어도, 무슨 방법을 쓰더라도 돌아가시게 해선 안 될 분이 계시지 않은가?"

우와아, 하고 도리구치가 묘한 목소리를 냈다.

"본토에서 결전이라도 벌어진다면——가능성은 없지 않았네. 만약의 경우——뭐, 그런 일은 없었네만 그때 그의 연구가 도움이 될지도 모른다. 그런 판단이 내려졌거든."

"궁내청[32]이——돈을 낸 건가?"

"최소한의 유지비였던 모양이지만. 일본 어디에도 돈이 없었으니, 그래도 사치스러울 정도지. 확실히 연구 자체는 선진적이고 귀중한 연구라고도 할 수 있었고 말이야. 하지만——그건 어떤 의미로 악마적 연구라고도 할 수 있네. 아마 현재는 그쪽 원조는 끊어졌을 거라고 생각하네만, 그것도 확실하지 않아. 그리고 설령 일시적이라 해도 그쪽이 얽혀 있었던 건 틀림없네. 그래서 미마사카라는 남자는 지금도 금기의 연구자인 걸세."

교고쿠도는 거기에서 말을 끊고 주위에 쌓여 있는 서적의 산을 바라보았다.

그가 갖고 있던 정보는 그것뿐인 걸까?

실제로 미마사카가 그 방면과 관련된 인물이라면, 일개 삼류 잡지에서 손을 댔다간 화상이나 입게 될 게 뻔하다. 잠자는 사자의 코털을 건드리지 말라고 충고하는 것은 당연하다면 당연한 일이다.

---

32) 1869년에 설치되어 궁중사무를 관장하던 관청. 1947년에 궁내성(宮内省)을 축소하여 궁내부(宮内府)를 설치하였고, 49년에 궁내청이 되었다. 황실 관련 국가사무 및 천황의 국사행위에 관한 사무를 담당.

그러나 이번 사건에 관해서 말하자면, 그것을 알았다고 해도 내게는 아무것도 떠오르지 않는다.

에노키즈는 아까는 그렇게 선동하더니, 도중에 흥미를 잃어버렸는지 이제 입도 열지 않는다.

나는 잠시 이어질 말을 기다렸다.

"나는, 미마사카라는 남자 자체는 싫어하지 않네. 감정을 드러내고 울거나 기뻐하며 살아가는 것만이 인간답다고는 생각하지 않아. 그는 내가 퇴역할 때까지 2년 동안, 한 번도 웃지 않았네. 그야말로 기계처럼 오직 연구에 몰두해 매일을 보내고 있었지. 그를 형용하는 데는 광기라는 말이 가장 어울려. 하지만 그가 감정이 부족한 결함 인간이었던 것은 아닐세. 그는 그동안 딱 한 번, 자신의 신상 이야기를 했어."

교고쿠도의 말은 내게는 마치 그의 혼잣말처럼 들렸다.

"그에게는 그 옛날, 별거 중인 아내가 있었네."

누구를 향한 말도 아니다.

"그 아내가 1940년에 죽었어. 아내는 몇 년 동안 이혼조정을 요구했고, 미마사카는 집요하게 그것을 거부했네. 수도 없이 서한이 오갔지. 미마사카는 아내가 죽기 직전까지 이혼을 승낙하지 않았다고 하네. 그는 아내에게서 온 편지묶음도 보여주었어."

그는 기억을 더듬고 있다.

"내 기억이 확실하다면, 그 편지의 발신인은 미마사카 기누코."

"기누코?"

"크, 큰일이다, 당했어요!"

큰 소리를 지르며, 안색이 변한 아오키가 갑자기 장지문을 열었다.

복도를 지나지 않고 지름길로 온 모양이다.

"세, 세키구치 선생님, 추젠지 씨! 크, 큰일입니다, 당했어요!"

교고쿠도는 이야기를 중단하고 아오키를 올려다보았다.

"왜 그러나, 진정하게, 아오키 군. 무슨 일이 있었지?"

"토막시체가, 새로운 팔이."

"어디에서!"

도리구치가 뒤로 물러나 아오키에게 자리를 비워 주었다. 교고쿠도가 좌탁에 손을 짚는다. 에노키즈가 일어난다.

"무, 무사시사카이 근처입니다. 그, 그게 역시 오동나무 상자에 들어 있었는데."

"구스모토 요리코는? 요리코는 어떻게 됐나!"

교고쿠도가 일어섰다.

"요리코는, 제가 연락하기 훨씬 전에, 그, 그저께 모친이 수색원을 내서 관할 경관이 이미 수사를 시작한 모양입니다만."

"못 찾았단 말인가!"

이게 무슨 일이란 말인가!

나도 심상치 않은 분위기에 엉거주춤 일어났다.

"못 찾았습니다."

"아아! 이게 무슨 일이람."

교고쿠도는 얼굴에 손을 대고 다시 주저앉았다.

"팔의 신원은——확인되었나?"

"그게, 요리코의 모친이라는 사람이 어젯밤부터 착란상태인지, 제대로 대화를 할 수 없는 모양이라——."

"전화는 끊고 왔나?"

"아, 예."

"발견된 팔은 오른쪽인가, 왼쪽인가?"

"양팔입니다."

"오른쪽 손목에 끈이 감겨 있는지 확인해 주게. 감겨 있다면 ──── 그건 인연의 끈이야."

인연의 끈 ──── 유즈키 가나코가 감았다는 주문.

"구스모토 ──── 요리코."

"요리코."

아오키는 곧 발길을 돌려 다시 전화로 향했다.

아아, 큰일 났어요, 선생님, 이거 큰일이에요.

도리구치의 목소리가 먼 곳에서 들린다.

에노키즈와 교고쿠도는 한 마디도 하지 않고 서로 다른 방향만 바라보고 있다.

피해자가 구스모토 요리코라면, 그리고 범인이 구보 슌코라면.

그것은 나와 에노키즈의 책임이다.

우리는 그저께 피해자와 범인을 모두 만났는데도 그것을 눈앞에서 놓치고 그냥 돌아온 것이다. 이렇게 멍청한 일이 있을까.

게다가 요리코는 위험하다고, 하고 싶은 말만 하고.

기미에는 반광란 상태로 요리코를 찾아다니다가, 찾지 못하자 경찰서로 뛰어갔을 것이다.

그때 말리기만 했더라면 ────.

내 불안은 1초마다 배로 커져서 아오키가 돌아오기를 기다리는 동안 온 방에 충만했다가, 그 순간 후회로 바뀌었다. 중압감에 찌부러질 것만 같다.

땀이 난다. 심장 고동이 흐트러진다. 나는 완전히 말을 잃고, 그저 허둥지둥하기 시작한다.

나는 요리코가 죽음으로 향하는 것을 보고도 돕지 못했다! 요리코를 죽인 건 나다. 적어도 그때, 구보가 수상하다고 생각하기만 했더라면——.

아니, 어제는 교고쿠도도 그 결론에 이르지 못했다.

교고쿠도가 구보 범인설에 이른 것은 명부를 조사하고, '상자 속의 소녀'를 읽고, 그리고 나와 에노키즈의 이야기를 들은 후의 일——즉 오늘인 것이다.

아니다. 그것은 변명이다.

나는 훨씬 전부터 구보가 수상하다는 생각을 품고 있지 않았던가.

따라서,

아오키가 돌아왔다.

"끈이—— 있었습니다. 피해자는."

말하지 마. 더 이상 말하지 마!

"피해자는 구스모토 요리코입니다."

아오키는 그렇게 말하고, 머리를 싸안았다.

※

'상자 속의 소녀' 후편

■ ■ ■　　　　　　　　　　　　　　　　　　구보 슌코

■ ■ ■ ■ ■

　여자란 무엇 때문에■ ■ ■ ■ ■ ■ ■ ■ ■ ■ ■ ■ ■

　실험에 사용할 ■ ■ ■ ■ ■ ■ ■ ■암■ ■ ■ ■ ■ ■ ■ ■ ■ ■

명부에 따라 순서■ ■ ■ ■ ■ ■ ■ ■다.

　무슨 일이든 순서에 따르는 것이 좋다.

　깨끗하게 떼어내기 위해 ■ ■ ■ ■ ■ ■ ■ ■가 필요할 것이다. 다행

히 도구는 갖고 ■ ■ ■ ■ ■ ■ ■ ■있다.

　주소를 확인하고 시내로 나가■ ■ ■ ■ ■ ■ ■ ■ ■ ■

■ ■ ■ ■ ■ ■ ■

　(중략)

──판독 불능──

(재개)

왜일까. 왜 잘 되지 않을까. 방법이 서툰 걸까? 수련은 쌓았다고 생각하지만 전혀 향상되지 않는다. 불가능한 일은 아닐 것이다. 다른 사람이 할 수 있는데 할 수 없는 일 따위 있을 리가 없다. 그런 부조리한 일은 인정할 수 없다. 반드시 해내고야 말겠다. 아아, 더럽다. 왜 이렇게까지 불결한 것일까■■■■■■■■■■.

싫다싫다싫■■■■■■■■■■■ 때문에 할 수 없다.

이 불결한 체액이 ■■■■■■■■■■ 버리는 것이리라. 동여매도 ■■■■■■■■■■■■■로 흘러나와, 경계를 애매하게 ■■■
■■■■■■   ■■■

(중략)

──── 판독 불능 ────

(재개)

거리는 빈틈투성이다. 어디를 보나 텅 빈 곳뿐이어서 불쾌하기 짝이 없다. 쓸데없는 것은 그런 곳에 채워서 균형을 맞춰야 한다. 남아도는 것은 모자라는 곳에 빡빡하게 채워 넣는다. 차라리 회반죽 같은 걸로 다 메워 버렸으면 좋겠다. 그렇게 생각한다.

(중략)

(재개)

사진을 손에 넣는■■■■■■

■■■■■■■라니 무슨 우연일까.

세 번이나 실험을 되풀이■■■데, 잘되지 않을 리가 없다. 꼼꼼하
게 준비를 갖■■■■번에야말로 괜찮을 것이다.　　　■■■■■

(중략)

――판독 불능――

(재개 · 단 원고지 칸 밖에 기재되어 있음)

지독한 암퇘지다. 덕분에 모처럼 쓴 원고가 더러워지고 말았다.

(중략)

(재개 · 단 칸은 무시되고 있음)

원고를 새로 쓸 시간은 없다. 또 실패다.

영혼이 더럽혀져 있으니 부패하는 것이다. 마지막이 이 여자였던
것은 우연이 아니리라.

그 의사가 알고 있다면 만나야 한다. 지금 당장 나가자. 그 소녀를

(중략)

※

9

기바는 천천히 회상한다. 그것은 전쟁이 시작되기 전이었다. 1940년경이었을까. 다이쇼칸이었는지, 호가쿠자였는지.[33]

제목은, 그렇지, '프랑켄슈타인의 부활'이었다. 그게 처음이다. 그 영화는 사실 세 번째 작품으로, 같은 배우가 연기하는 똑같은 괴물영화가 그전에도 두 작품 있었고, 나름대로 인기가 있었던 모양이다.

그것은 미국 영화였지.

전쟁 후, 어디선가 첫 번째 작품을 보았다. 등장하는 괴물은 기바에게는 조금도 무섭지 않았고, 기바는 오히려 괴물의 모습과 자신을 겹쳐 보며 슬픈 기분이 들었다.

말이 통하지 않는다. 용모가 추하다. 괴물이 괴물인 이유는 그 출신이 이상하다는 것과는 관련이 없는 것이다.

---

33) 모두 도쿄에 있는 극장의 이름.

모습과 표현력이 세상 사람들의 판단 자료다.

그렇다면 자신도 괴물과 오십보백보다. 까딱 잘못하면 퇴치 당하겠군.

그렇게 생각했던 것이다.

기바는 어제 교고쿠도와의 약속을 깼다.

녀석의 논리는 거북하다. 저도 모르게 납득하게 되고 만다.

궤변인지 정론인지 알 수가 없다.

아마 교고쿠도는 기바가 더 이상 깊이 파고들지 못하게 할 심산일 것이다. 무엇을 숨기고 있는 건지, 무슨 생각을 해낸 건지 알 수 없지만 그런 것은 딱 질색이다.

질주할 만큼 질주한 끝에, 그곳에 무엇이 기다리고 있던 내가 알 바 아니다.

교고쿠도의 말대로 하는 편이 현명하다는 건 알고 있다. 그는 그런 놈이다. 그러니 질주하다 보면 그 끝에는 분명히 기바에게 괴로운 현실이 기다리고 있을 것이다. 그렇게 생각한다.

──그게 무슨 상관이람.

그곳에서 지옥이 기다리든 시련이 기다리든, 그것이 자신에게는 어울리니 어쩔 수 없다. 섬세한 마음의 짜임새니 남녀의 마음이니 하는 복잡한 것은 기바로서는 잘 이해할 수 없다.

그래서 약속을 어기고 멋대로 수사를 속행했다. 경찰수첩도, 권총도 수갑도 없는 몸은 몹시 허전했지만, 기바에게는 튼튼한 육체와 정체를 알 수 없는 집념이 있었다.

어제 기바는, 대신 가와시마 신조를 만났다.

가와시마는 전쟁 전부터 알고 지내던 기바의 친구로, 전쟁 중에는 만주에서 아마카스 마사히코[34]의 심복 중 한 사람으로 활약했던 모양이다.

나름대로 친하게 지내고는 있지만, 도대체 어떤 경력을 거쳐 아마카스 대위의 부하가 되었는가 하는 사정을 기바는 전혀 모른다.

가와시마는 현재 작은 독립 프로덕션에서 영화제작을 하고 있는 모양이다. 감독인지 뭔지, 그것도 잘 모른다.

물론, 전쟁 후 그가 영화업계에 뛰어든 것은 아마카스의 영향이리라 생각한다. 그러나 그것도 기바의 상상이다. 왜냐하면, 기바는 가와시마와 2년 정도는 만나지 않았고, 2년 전에 만났을 때도 잠시 이야기를 나누었을 뿐이기 때문이다. 그때까지 서로 일 이야기는 하지 않았기 때문에, 기바는 가와시마가 영화를 만들고 있다는 사실을 그때 처음으로 알았다.

그리고 왜 갑자기 가와시마를 만나려고 했는지도 잘 생각나지 않는다. 그저께 밤, 교고쿠도와 전화로 이야기한 후에 갑자기 생각난 것이다. 요코──영화──가와시마라는 단순한 연상이었음이 틀림없다.

가와시마의 사무소는 이케부쿠로에 있다. 기바는 본청에서 근무하기 전에는 이케부쿠로 관할서에 있었다.

---

34) 육군군인(1891~1945). 한쪽 다리가 불편했기 때문에 보병이 되지 못하고 헌병이 됨. 1923년 9월, 헌병 대위였을 당시, 관동대지진이 일어난 도쿄에서 무정부주의자 오스기 사카에를 학살했다고 전해지지만 복수범행설, 육군 상층부의 지시가 있었다는 설도 있어 진상은 불명. 징역 10년의 판결을 받고 복역 후 프랑스로 건너갔다가, 1931년 만주 사변 전후로 귀국, 만주협화회 총무부장, 만영이사를 역임. 만주제국의 붕괴와 함께 음독자살했다. 일부에서는 '만주국은 낮에는 관동군이 지배하고 밤에는 아마카스가 지배한다'고 불렸다고도 함.

그곳은 말하자면 기바의 구역 안이었다. 주소는 들어서 알고 있었기에 만나려면 언제든지 만날 수 있었지만, 기바는 한 번도 찾아간 적이 없다. 기바는 어제 처음으로 그곳을 찾아갔다.

가와시마의 직업을 들었을 때, 세계가 너무 다르다고 멋대로 움츠러들고 말았던 것이다. 영화는 기바에게 보는 것이지 만드는 것이 아니었다.

'기병대 영화사'라는 이상한 이름의 사무소다.

가와시마는 혼자 소파에 누워 있었다. 한가한 것이다. 기바가 가자 작은 눈을 끔뻑거리며 환영해 주었다. 눈만은 귀엽다.

"별일이로군, 기바슈. 자, 앉게나."

"변함없이 경기가 안 좋은 모양이로군. 가와신."

두 사람은 서로를 그렇게 부른다.

이것은 에노키즈가 그렇게 부르기 때문으로, 다시 말해 신조는 에노키즈와도 친구 사이다.

가와시마는 세로로는 꽤 길다. 키가 얼마나 되는지는 모르지만 구름을 뚫을 듯한 커다란 남자다. 게다가 머리는 박박 밀었고, 언제까지나——지금도——군복을 입고 다니는 데다 평소에는 선글라스까지 끼고 다니기 때문에 겉으로 보기에는 기바보다 더 무섭다.

하지만 마음은 착하고 상냥한 성격이라 사람은 좋다.

가와시마는 생각지도 못한 정보를 말해 주었다.

그는 미나미 기누코를 잘 알고 있었고, 그뿐만 아니라 시바타 히로야에 대해서도 정보를 갖고 있었던 것이다. 그 옛날, 업계에서 히로야는 제법 유명한 남자였던 모양이다.

단, 기누코──요코와 히로야와의 관계는 모르는 듯했다.

가와시마의 이야기로는, 미나미 기누코는 누군가의 협박을 받고 있었던 모양이다.

그 협박이 은퇴의 이유라는 것이 업계의 한결같은 소문이라고, 그는 말했다.

공갈을 당하고 있었다면, 소재는 그 이야기밖에 없을 것이다.

그러나 시바타를 협박했다면 몰라도, 공갈범은 왜 요코를 협박했을까? 사실이 탄로 나면 곤란한 쪽은 요코가 아니라 시바타 측 아닌가?

아니──그 시점에서 히로야는 죽은 사람이었으니 공갈이 성립할 만한 타격은 시바타 측에도 없을 것이다. 아무래도 앞뒤가 맞지 않는 이야기다.

하기야 이번 사건은 모든 것이 조금씩 앞뒤가 맞지 않지만──.

게다가 공갈을 한 자는 도대체 누구일까?

촬영장에서 몇 번 그 남자──공갈범을 보았다는 사람을 가와시마는 알고 있었다. 가와시마 본인도 한 번 본 모양이다. 가와시마는 그 남자가 공갈범이라는 인식은 없었던 것 같지만, 아는 사람의 이야기를 종합해 보면 아무래도 본 것 같았다.

"키가 크고 머리가 큰 남자였네. 그렇지, 통통한 어린아이 몸에 이치카와 우타에몬[35]의 머리를 얹어놓은 듯한 남자였다고 할까? 기누와, 아아, 미나미 기누코를 모두들 기누라고 불렀어. 나는 한 번도 같이 일한 적은 없었지만, 성격이 좋아 보이는 아가씨였거든.

---

35) 1907년 오사카 출생. 5살 때 일본무용을 배우기 시작해 6살 때 첫 무대. 연기력을 인정받으면서 가부키계에서 활약. 25년, 18세 때 영화계에 들어가 '흑발지옥'으로 데뷔. 무성영화전성기의 간판스타가 됨. 1999년 사망.

연기는 별로였지만. 한 번쯤은 써 보고 싶었는데, 갑자기 유명해져
버려서 말이야——그, 기누와 우타에몬 머리의 어린아이가 걷고 있
었네. 기누는 몹시 싫어하는 것 같았지만 우타에몬은 실실 웃고 있었
어."

기바는 우타에몬은 별로 좋아하지 않았다. 작년 말의 '대(大)에도
5인조' 정도밖에 보지 않았다.

그것도 반쓰마[36]만 보고 있었기 때문에 어떤 얼굴이었는지 금방은
생각나지 않는다.

안다 해도 가발이나 의상 때문에 아마 상상하기 어려울 것이다.

히로야는, 소위 후원자로 유명했다고 한다. 화려하게 돈을 뿌리는
주제에 겁쟁이 같은 데가 있어서 여자와 놀아나거나 하지는 못했던
모양이다. 무슨 병이 무섭다느니 어쩌니 하면서 차려진 밥상도 먹지
않고 돌아가는 남자였다고 한다.

가와시마는 히로야가 살아 있었던 무렵의 일은 전혀 모르지만, 조
명 스태프가 당시의 일을 잘 알고 있어서 뒤풀이 때마다 이야기를
듣는다는 것이다.

"뭐, 결국 돈만 많아 봐야 별수 없는 거지."

그 초로의 영화쟁이는 항상 그렇게 말을 맺는다고 한다.

놀랍게도 가와시마는 미마사카에 대해서도 알고 있었다.

아마카스에게 들었다고 가와시마는 그렇게 말했다.

---

36) 반도 쓰마사부로(1901~1953)의 애칭. 어린 시절부터 연극을 좋아해서 가부키의 세계
에 뛰어들었다가, 당시 활기를 띠기 시작하고 있던 영화계로 옮겨간다. 당시로써는 걸
출한 체격과 뛰어난 이목구비로 순식간에 두각을 드러내었으며, 죽을 때까지 30년 가
까이 사극영화의 톱스타로 군림했다.

"우리나라에 프랑켄슈타인 괴물을 만드는 과학자가 있네. 아무래도 상층부는 그것을 신용하지 않고 무시하고 있는 모양이지만, 그건 잘못이야. 좀 더 자금을 내서 인조 군대를 만들게 하면 좋을 텐데. 아니, 도움이 되지 않아도 좋아. 일본은 우수하다는 것을 강렬하게 알려줄 절호의 연구 아니겠나——."

아마카스는 꽤 취해 있었다. 사실인지 아닌지는 알 수 없다. 그러나 그때 분명히 아마카스는 그렇게 말했다. 그 과학자의 이름은 미마사카라고 하네——라고.

가와시마는 그렇게 말했다.

—— 인조 군대라고?

과학적 상상력이 빈곤한 기바는 전혀 구체적인 이미지를 떠올릴 수 없었다.

그러나 그런 제목의 영화는 분명히 보았다.

그래서 기바는 천천히 떠올려 본다.

미마사카가 만들려고 했던 괴물의 모습을.

그것은 토막토막 잘린 시체를 이어 붙여서 새로운 인조 생명을 만든다——는 이야기가 아니었을까?

—— 예를 들면 어떤 재료에,

—— 몸통이나 머리는 다른 데 사용하고 있는 게 아닐까.

—— 그렇게라도 생각하지 않으면, 이유가 생각나지 않아.

팔이나 다리는 필요 없었던 걸까?

그것을 만들기 위해.

팔은

※

"팔은 무사시사카이에 있는 민가의 산울타리에 파묻혀 있었다고
합니다."

그렇게 말한 아오키의 얼굴은 창백해져 있었다.

"저는 정말이지 무능합니다. 여러분과 똑같은, 아니, 그 이상의
정보를 쥐고 있었는데—그런데도 아무것도 몰랐어요. 어제, 추젠
지 씨가 일부러 중요한 암시를 해 주셨는데도 그냥 흘려들었습니다.
제 과실입니다. 온바코의 명부도 보여주셨고, 그것에 대한 해설까지
해 주셨는데—다음 피해자 예상까지 민간인인 여러분이 지적해
주셨는데—말입니다. 생각하는 것을 전부 맡겨두고 오늘이 오기
를 기다리고 있었어요. 그 사이에 구스모토 요리코는 살해당하고 말
았습니다."

쇼크가 큰 모양이었다. 아오키는 고개를 떨어뜨리고 있었지만, 그
만큼 화가 난 것처럼 보이기도 했다.

그것은 교고쿠도도 마찬가지였다. 요리코의 보호를 주장한 사람은
그다. 남들 못지않은 분함을 느끼고 있으리라는 것은 그 표정에서도
쉽게 알 수 있었다. 그의 경우 평소 늘 불쾌한 얼굴이다 보니 화가
나면 흉악한 면상이 되는 것이다.

그러나 누구보다 동요하고 있었던 사람은 아마 나일 것이다.

분명히 아오키가 좀 더 요령 있게 수배했다면, 또는 교고쿠도가 좀
더 빨리 진상에 이르러 요리코 보호를 의뢰했다면—그렇게 생각하
는 마음도 이해가 간다. 그러나 그들이 그렇게 하지 않았어도, 전전날
부터 요리코 수색원은 나와 있었으니 사태에 변화는 없는 것이다.

하지만 나는 다르다. 나는 사건 직전에 현재 가장 혐의가 짙은 용의자와 바로 그 용의자에게 가려고 하는 피해자를 만났던 것이다.

에노키즈는 아무렇지도 않은 걸까?

교고쿠도는 말했다.

"이런 바보 같은 전개는 정말 본의가 아닐세. 너무 빨라. 아오키 군, 이렇게 되면 일각이라도 빨리 구보를 붙잡아야 하네. 이제 장황한 말을 늘어놓고 있을 시간은 없어. 그가 범인이 아닐 가능성은 아직 남아 있지만, 그런 말이나 하고 있을 때가 아닐세! 더 이상 멋대로 하도록 내버려둬선 안 돼. 그에게는 죄의식이 없으니, 내버려두면 내일 당장에라도 다음 피해자가 나올 걸세. 우선 신병을 확보하고 집을 조사해 보게. 확률은 낮지만, 요리코는 아직 숨이 붙어 있을지도 몰라!"

그리고 계속해서 이렇게 말했다.

"자, 우리도 이대로 있으면 안 될 것 같군. 우리들이 관여하지 않아도 일어났을 일이긴 하지만, 이미 우리들은 관여해 버렸으니 말일세──."

"어쩔 셈인가? 교고쿠. 움직일 텐가?"

에노키즈가 물었다.

"퇴치해야 하지 않겠나? 그, 망량을."

교고쿠도는 대답했다.

"그래. 퇴치해야지. 본의는 아니지만 온바코를 두들겨 보겠네. 두들겨 놓으면 아오키 군도 움직이기 쉬워질 테지. 어차피 구보가 붙잡히면 그냥 끝나지는 않을 걸세. 경찰의 손으로 감당할 수 있는 종류의 일도 아니고."

"어, 어쩌실 겁니까!"

도리구치는 흥분했다.

"붙게 해야지. 상자가게 아저씨에게."

"어떻게?"

"그건——온카메 님께 출진을 부탁드려볼까?"

"뭐라고!"

교고쿠도는, 그리고 나를 보았다.

그 후 아오키는 헐레벌떡 돌아갔다.

교고쿠도가 직접 움직이는 일은 좀처럼 없다. 나는 뭐가 뭔지 모르는 사이에 또다시 질질 끌려갔다. 막대한 후회를 등에 찰싹 붙인 채.

도리구치의 이야기에 의하면 온바코는 금요일 밤부터 토요일 아침에 걸쳐서 집회를 연다.

토요일은 반휴일이다. 그리고 일요일은 아침부터 상담을 받는다고 한다.

"그럼 내일 아침이 좋겠네. 마침 일요일 아닌가. 도리구치 군, 신자가 오기 시작하는 시각은 몇 시지?"

교고쿠도는 철저하게 무표정했다.

"글쎄요, 할머니들은 아침 일찍 옵니다. 제가 자고 있을 때 벌써 집에서 나가지요. 아침 6시 정도에는 문 앞에 줄을 서 있는 모양입니다. 유달리 아침에 일찍 일어나는 막과자집 할머니가 그러시더군요."

"그럼 5시일세."

"새벽 도장에서 한 판 거하게 뛰겠군."

에노키즈는 즐거워 보였다. 게다가 늦잠을 잘 테니 교고쿠도에서 묵겠다는 말까지 꺼냈다. 도리구치도 지각이 확실시되니 같이 재워 달란다. 교고쿠도의 아내는 갑자기 묵고 가겠다는 손님을 보고도 당황하지 않고, 부지런히 저녁 식사를 준비하기 시작했다. 시각은 벌써 9시가 지나 있었다.

나는 물러났다.

현기증 언덕은 변함없이 어둡고, 내 발밑은 변함없이 불안했다. 언덕 양쪽으로 끊임없이 이어지는 토담 속은 묘지다.

나는 상상한다.

묘지에서 시체를 파내어 먹는 망량의 모습을.

망량은, 부분적으로는 몹시도 또렷하다. 긴 귀. 숱 많은 머리카락. 둥근 눈. 그러나 그 모습은 아무래도 망량에게는 어울리지 않아서, 아무리 봐도 어디서 빌려온 것 같다. 그래서 전체적인 모습은 왠지 흐릿하게 보인다. 그것이 사실은 어떤 형태인지, 잘은 모르겠다.

도대체,

도대체 정체가 뭐냐!

그날 밤, 나는 한숨도 잘 수 없었다.

그리고 오늘. 9월 28일 새벽, 나는 미타카에, 온바코 바로 가까이에 드디어 도착했다.

발단——아마 나에게는 사가미 호수에 갔던 그날이 발단이겠지만 ——으로부터 꼽아보자면 한 달 가까이 지났다.

그런데 아직도 내가 왜 이곳에 있는 건지 잘 모르겠다.

차는 목욕탕 '고시키유' 뒤쪽 갓길에 세워져 있다.

운전석에는 도리구치가 있다.

나와 에노키즈는 몸을 움츠리고 뒷좌석에 끼어 있다.

조수석의 교고쿠도는 혼자서 먼저 차에서 내려, 온바코를 미리 살펴보러 갔다.

우리는 그가 돌아오기를 기다리고 있다.

가짜 닷선 스포츠는 4인승 차량이기는 하지만, 뒷좌석은 좁아서 답답했다.

차 밖은 꽤 싸늘한지, 덮개를 통해 냉기가 스며들어온다. 몸을 앞으로 굽혀 이른 아침의 거리를 바라보니, 온통 아침 안개가 피어오르고 있었다.

흐릿하게 사람의 그림자가 보였다.

그림자 주위에 생기는 옅은 그림자를 망량이라고 한다.

그림자가 망량을 데리고 다가온다.

이 동네는 마치 심해 같다.

주위는 이렇게 밝은데, 동네는 아직도 저녁처럼 어두컴컴하다. 태양은 찬란히 빛나고 있는데 광선은 전혀 닿지 않는다. 빛은 도중에 많은 입자에 반사하여 분산되고, 많은 부유물에 흡수되어, 무의미한 확산과 수렴을 되풀이하는 사이에 완전히 효력을 잃어버리는 것이다. 모든 존재가 흐릿해지고 애매한 모습으로 보일 뿐이라면, 존재 자체가 흐릿하고 애매한 것이나 다름없다. 그런 세계는 바깥쪽과 안쪽의 경계가 흐릿해서 불안해진다.

흐릿한 경계 —— 그거야말로 망량이다.

온바코는 틀렸다. 견고한 테두리 안에 망량 따위는 나오지 않는다. 테두리 자체가 확실하지 않은 테두리야말로 망량인 것이다.

엷은 그림자가 윤곽을 드러냈다.

그것은 그림자가 아니라 검은 옷을 입은 남자였다.

칠흑의 기모노. 손에는 손등 싸개. 검은 버선에 검은 게다. 발가락을 끼우는 부분만 붉다. 마를 물리치는 세이메이 문장을 물들인 새하얀 하오리[羽織][37]를 손에 든, 그야말로 검은 옷을 입은 남자 ——.

교고쿠도다.

"도리구치 군. 다다시라는 사람은 효에의 아들이 아니었네."

"예? 하지만 문패에."

"다다시는 추 씨를 말하는 거였어."[38]

"예? 아버지 말입니까?"

"이름 순서가 이상했지만, 분명히 효에라는 글자는 나중에 적힌 거였네. 성 밑에 남편을 오른쪽, 아내를 왼쪽에 적은 거야. 아이가 태어나자 다시 그 왼쪽에 써넣었네. 약간 이상하지만, 그게 정답이겠지. 추와 마사에는 부부고 그 아들이 효에라네. 추 씨는 추키치도 추지도 아닌, 추라는 이름이었을 테지."

"그렇다면?"

"효에의 아들 이름은 따로 있다는 뜻이야."

교고쿠도는 당연한 말을 하고 나서, 나와 에노키즈에게 차에서 내리라고 지시했다. 도리구치만은 얼굴이 알려졌기 때문에 그대로 대기하기로 했다.

---

37) 일본 전통복식에서 긴 기모노 위에 입는 길이가 짧은 겉옷.
38) 다다시와 추는 모두 같은 한자(忠)를 사용함.

그것 말고는 일의 순서 등도 전혀 상의하지 않고, 우리는 말없이 온바쿠에게 향했다.

그리고 나는 그제야 진짜 온바코의 도장을 보았다.

하지만 감개에 젖어 있을 새는 없었다.

교고쿠도는 아무 망설임도 없이 문을 열었다.

"실례합니다. 부정을 봉하는 온바코 님이 여기 맞습니까?"

안에서 여자가 허겁지겁 나왔다. 니카이도 스미다.

"예. 무슨 일이십니까? 상담이나 희사라면."

"아니오, 긴히 부탁드릴 일이 있어서."

"그러시다면——."

"아아, 다행이네요. 아직—— 신자분들은 오시지 않은 모양이군요. 늦지 않을까 걱정하면서 왔습니다."

"예에, 그——."

"아아, 온바코 님은 영험이 높은 것으로 평판이 자자하셔서 구원을 청하는 자들로 항상 문전성시를 이루고 있다고 들었습니다. 그래서 신자분들이 오시기 전이라야 이것저것 얘기하기도 편하지 않을까 싶어 이런 시간에 찾아뵈었습니다. 가능하다면 교주님께 꼭 좀 면담을 받고 싶습니다."

"예에——."

니카이도 스미는 당혹해 하고 있다. 하얀 블라우스에 감색 스커트라는 극히 평범한 차림새는 어느 모로 보나 이 자리에 어울리지 않는다.

"아니면 교주님은 아직 식사가 끝나지 않으셨습니까? 슬슬 끝났을 무렵일 거라고 생각하고 찾아왔는데요. 오늘 아침은 평소보다 늦으셨습니까?"

"아뇨, 그, 실례지만──."

"아아, 인사가 늦었습니다. 저는 나카노에서 요괴를 떼어내는 일을 하는 추젠지라는 사람입니다. 뭐, 동업이라고 할 수 있지요. 아아, 경쟁자라고 생각하지는 말아 주십시오. 저는 이곳 교주님과는 격이 다르니까요. 고민하고 괴로워하는 신자들을 구원하는 것은 불가능합니다. 고작해야 들러붙은 못된 것을 기도로 떼어내는 게 전부인, 보잘 것없는 기도사입니다."

"예에, 그래서──."

스미는 완전히 휘말려 버린 것 같다. 어쨌거나 신자는 한 명도 없다. 도리구치 때처럼 붐비는 것을 구실로 다시 오라고 강요할 수도 없다. 물론 교고쿠도는 효에가 이미 아침 식사를 끝낸 것을 알고 있다. 아까 살펴보러 왔을 때, 부엌이나 뭐 그런 곳을 확인한 것이 틀림없다.

게다가 도리구치의 말처럼 약간 물장사 같은 분위기의 사무원 겸 무녀가 옷도 이미 완전히 갖춰 입고 화장도 끝낸 것을 보아도, 신자 접수가 가능한 상태라는 것은 알아차릴 수 있다.

"그게, 이쪽에 계시는 분에게 망량이 들러붙어서 말입니다."

교고쿠도는 나를 가리킨다. 그리고 에노키즈를 가리키며,

"아아, 이쪽은 제자입니다."

라고 소개했다. 교고쿠도는 일부러 큰 소리로 이야기하고 있는 것 같다. 안쪽에 있는 효에에게 들리도록 하려는 걸까.

"안녕하세요. 제자입니다."

에노키즈가 그 자리에 어울리지 않게 명랑하고 쾌활한 인사를 했다.

"왜 그러나? 누구십니까?"

안에서 남자가 나왔다.

해골에 가죽을 입힌 것 같은 남자 ——.

도리구치는 그렇게 형용했다. 나라면 어떻게 말했을까? 그 형용대로 골격을 똑똑히 알 수 있는 용모다. 마른 것도 아니다. 여분의 것을 깎아낸 듯한 느낌이다. 안광은 날카롭다기보다 묵직하다. 시선에 중력이 있다. 그의 시선 주위로만 공간이 일그러져 있다.

데라다 효에. 아무런 주장도 없는 평범한 소년. 아무 목표도 없이 일에 몰두하는 청년. 정확하고 유례를 찾아볼 수 없는 상자 만들기에 홀려 버린 남자. 그리고,

영능력자 온바코 교주.

"교주님, 실은 ——."

허둥거리는 스미의 변명을 효에는 가로막았다.

"당신은?"

잘 울리는 목소리다.

"이거이거 교주님. 처음 뵙겠습니다. 저는 추젠지라고 하는데, 흔히 있는 기도사입니다. 실은 제게 상담을 하러 온 이분이, 이런저런 처방을 써 보았지만 전혀 효과가 없어서요. 어쩌겠습니까, 저 같은 사람은 감당할 수 없으니 교주님의 힘을 꼭 좀 빌리고 싶어 찾아온 것입니다."

변함없이 표정 하나 바꾸지 않는다. 게다가 은근히 무례하다. 에노키즈 때도 생각했지만, 어떻게 그들은 이렇게 입에서 나오는 대로 술술 지껄일 수 있는 걸까?

"호오. 그래서 ——."

효에의 무거운 시선이 교고쿠도를 응시한다.

"예. 교주님이라면 이미 아시겠지만, 이 남자——보시다시피 상당히 커다란 망량이 붙어 있습니다. 저는 악귀, 원령, 여우나 너구리 요괴 종류라면 어려움 없이 퇴치하고 기도로 진정시키는 재주를 가지고 있지만, 아무래도 이 망량만은 다루기가 어려워서요."

"망량? 이분에게——."

시선이 내게 이동한다. 나로서는 효에의 표정을 읽어낼 수 없다.

"듣자 하니 교주님은 망량이 전문이시라면서요. 아니, 어디에서 수행하셨는지, 그런 성가신 것을 전문으로 하신다니 참으로 거룩한 법력을 가지고 계시는 모양이군요."

"나는——수행 같은 건 하지 않았네. 모든 것은——."

"예, 저기 계시는 온바코 님의 영력이라고 들었습니다. 하지만 설령 어떤 영력을 감춘 성구(聖具)라 하더라도 그 힘을 끌어내어 사람들을 행복하게 하시려면, 나름대로 인덕이라는 것이 필요하겠지요."

교고쿠도는 의식적으로 효에가 말을 마치기 전에 이야기를 시작하고 있다. 효에는 계속 끝까지 말하지 못한다. 교고쿠도는 어디까지나 저자세인 주제에 어딘지 모르게 위압적이다. 이 화술은, 아니, 이 말투는——.

구보 슌코——?

"자네는——잘 알고 있군. 설마."

"걱정하지 마십시오. 저는 진짜입니다."

교고쿠도는 우리로서는 뜻을 알 수 없는 말로 말을 맺고, 효에에게 시선을 보냈다. 이쪽은 쏘는 듯한 시선이다. 1, 2초 눈싸움이 계속되었다. 그리고 우리들은 안쪽에 있는 기도실로 안내되었다. 효에가 우리들에게 〈비밀의 해명〉이라는 사기를 걸 틈은, 현재로서는 없다.

히나단──이라는 표현밖에 내게는 생각나지 않았다. 붉은 양탄자는 깔려 있지 않지만 마치 히나 인형처럼 크고 작은 여러 개의 상자가 늘어놓아져 있다. 게다가 금줄이 방 정체에 빙 둘러쳐져 있다. 백중과 정월에나 볼 수 있는 것이다. 바닥은 판자가 깔려 있어 도장과 인상은 그리 다르지 않다. 전국시대의 무장이 앉는 것 같은, 난초를 짜 넣은 짚방석이 2개 깔려 있다.

효에는 히나단 쪽에 있는 짚방석에 앉았다. 어쩌다 보니 그다음으로 입실한 나는, 어쩔 수 없이 또 하나의 방석에 앉는다. 내 비스듬히 뒤로 니카이도 스미가 앉았다.

교고쿠도는 어디 있을까? 에노키즈는?

효에가 나를 본다.

잘 울리는 목소리가 나를 을러댄다.

"여쭤 보겠습니다."

"저기, 저어."

무슨 말을 하면 되지?

나는 그렇게 되는 대로 말할 수는,

"왜 그러십니까?"

"저, 저는."

"아아, 안 되지, 안 돼, 가메야마[龜山] 군, 이쪽으로 오게. 자네 목숨이 위험해."

교고쿠도는 갑자기 들어와 내 목덜미를 잡고 끌어올렸다.

"가, 가메야마?"

"그래. 가메야마 군! 지금의 자네 체력으로는 이 방은 무리일세."

가메야마란 아무래도 나를 말하는 것인가 보다.

"교고쿠도——자네였나? 그건 무슨 뜻이지? 이 방——."

"교주님도 성격이 나쁘시군요. 이 남자가 지금 얼마나 체력을 소모했는지 아실 텐데요. 영시 따위는 하지 않아도, 보십시오, 이 폭포수 같은 땀을."

나는 늘 그렇듯이 구슬땀을 흘리고 있었다.

"그야, 그 사람 상태가 이상한 것은 알겠지만, 그보다——."

"안됩니다, 이 방은. 당신은 괜찮을지도 모르지만, 저조차 피하기가 힘들어요. 거기 있는."

교고쿠도는 스미를 가리켰다.

"니카이도 씨, 였던가요? 그분도 위험하지 않습니까. 특별히 특수한 힘을 가지고 계시는 것 같지도 않은데——."

"그러니까 그게 무슨 소린가!"

효에가 굵고 탁한 소리를 질렀다. 스미는 생전 만난 적도 없는 교고쿠도가 성을 부르자 놀라고 있다.

"시치미를 떼시면 곤란합니다. 이 방은 망량으로 가득하지 않습니까! 이래서야 목숨이 몇 개 있어도 모자라겠어요. 보게, 가메야마 군, 거기에도."

나는 저도 모르게 피한다.

"자네는 무슨——."

"교주님, 이것은——일부러 그러시는 거지요? 신자들로부터 망량을 떼어내어 이 방에 풀어놓는다. 이만큼이나 떼어내셨다면 신자도 안심이겠어요."

"바보 같은 소리. 망량은 모두 저 온바코 님에게——."

"아하, 저것이 심비의 온바코 님이로군요. 과연."

제단과 반대쪽이 되는 방 모서리에 가미다나(神棚)[39] 같은 것이 설치되어 있다. 그곳에 오동나무 상자가 안치되어 있었다. 다른 상자와는 격이 다른 것 같다. 이것이 신체라면 꽤나 특이한 장소다.

교고쿠도는 소리도 내지 않고 그 상자 쪽으로 걸어간다. 걷던 도중에 스미를 보고 말했다.

"아아, 당신도 빨리 나가는 게 좋아요. 꽤 당하셨군요. 위에 구멍이 뚫리겠어요. 아니, 당신의 몸도 걱정이지만 이대로 가다가는 가족에게 해가 미칠 겁니다. 아버님이."

교고쿠도는 거기에서 말을 끊었다.

상자에 다다른 것이다.

"아아, 이것이 온바코 입니까? 음, 역시 잘 만들어져 있군요. 장인이 만든 것 같아요. 일본 제일의 상자 직인, 데라다 효에 원숙기의 작품인가?"

"아버지가, 아버지가 어떻게 되셨나요?"

"다, 당신은 무슨 소릴 하는 건가!"

교란은 성공한 모양이다.

교고쿠도는 다시 효에 쪽을 향했다.

"데라다 씨! 당신은 무섭지 않습니까?"

"무, 무엇이 —— 말인가?"

"타인의 괴로움을, 타인의 불행을 이렇게 모아 버려서 어쩌시겠다는 겁니까? 이것을 혼자 짊어지고도 아무렇지 않을 정도로 강한 인간은 없어요."

"멍청한 놈! 이 방에는."

---

39) 집 안에서 신위(神位)를 모시고 제사를 지내기 위한 선반.

"망량은 상자 따위에는 들어가지 않아요! 설마 —— 보이지 않으시는 건 아니겠지요?"

"뭐."

"이 방에는 망량뿐만 아니라 모든 종류의 부정과 재액이 충만해 있어요! 과연 간판은 가짜가 아니군요. 분명히 이곳은 부정을 봉하는 온바코이지만, 봉하기만 할 뿐 진정시키지 않다니 광기로 저지른 짓이라고밖에 생각할 수 없군요 ——."

등을 곧게 편 검은 옷의 남자는 왠지 위압적이다.

"교주님, 계속 이대로 가다가는 이 방의 일그러짐이 당신을 죽일 겁니다."

"뭣이!"

"망량이란 당신이, 아니 이 구조를 만들어낸 사람이 생각하는 만큼 간단한 것이 아닙니다. 유감스럽지만 당신에게 이 가메야마 군에게 붙은 망량을 부탁하는 것은 가없은 일이겠어요. 이렇게 커다란 망량을 이 방에 놔두고 돌아갔다가는 당신도, 저기 있는 니카이도 씨도, 아니, 당신의 아들도 목숨이 위험합니다. 그렇게 돼 버리면 저도 꿈자리가 사납고요. 유감스럽지만 다른 곳을 찾겠습니다. 자, 가메야마 군. 돌아가세."

교고쿠도는 엉거주춤 서 있는 나를 일으켜 세워 방을 나가려고 했다.

그때 알았지만, 에노키즈는 입구에서 계속 효에를 응시하고 있던 모양이었다.

니카이도 스미가 매달리듯이 손을 뻗는다.

"기, 기다려 주세요. 아버지가 무슨 ——."

"그것은 교주님께 상의하십시오. 아버님은 당신 때문에 간이 상하기 시작했어요. 내버려뒀다간 오래 사시지 못할 겁니다. 당신도 입원이든 뭐든 해서, 그 아픈 위를 빨리 치료하는 게 좋아요."

교고쿠도는 그렇게 내뱉고 방을 나갔다.

효에는 결코 움직이지 않는다.

"아아, 교주님. 당신도 그대로 가다가는 실명할 겁니다."

집요할 정도로 일방적인 대사다.

나는 영문도 모른 채 뒤를 쫓았다.

복도에서 에노키즈가 교고쿠도에게 귓속말을 하고 있다. 의논도 하지 않았는데 그들은 연계해서 움직이고 있는 것 같다.

"그래, 얼마나 걸릴까?"

"글쎄. 아마 얼마 안 걸릴 걸세. 자, 보게."

무슨 소리일까?

현관에 이를 무렵, 스미가 쫓아왔다.

"저, 저어."

"왜 그러십니까?"

"교, 교주님이 ──."

우리가 되돌아가자, 데라다 효에는 완전히 위세를 잃고 한결 작아진 모습으로 같은 곳에 앉아 있었다.

교고쿠도는 짐짓 ── 모르는 척 물었다.

"왜 그러십니까. 교주님."

"이, 이 방에, 그렇게, 나쁜 것이 많습니까 ──?"

"이제 와서 무슨 말씀이십니까. 이것들은 당신이 모아들인 것 아닙니까."

"솔직히 말해서 ── 내게는 아무것도 보이지 않아요."

"그야 그렇겠지요. 당신은 특수한 힘을 가지고 계신 것도 아니고, 수행하신 것도 아닙니다. 그것은 알고 하신 일 아니었습니까?"

"── 그 말이 맞소. 하지만 그렇다고 그런."

"아까도 말씀드렸지만 이래서는 안 됩니다."

교고쿠도는 신체인 온바코에게 다가갔다.

"상자는 잘 만들었지만, 장소가 나빠요."

"무, 무슨 무례한, 이 온바코 ──."

"우선 방위부터가 틀렸어요. 망량이잖습니까? 이 신체를 귀문에 배치하다니 무슨 짓입니까!"

교고쿠도는 상자에 손을 댔다.

"네놈, 그만두지 못하겠느냐!"

"움직이지 마!"

교고쿠도가 일갈했다.

입장이 완전히 역전되어 있다.

"데라다 씨. 그 주변은 특히 좋지 않아요. 가만히 있는 게 좋을 겁니다."

교고쿠도는 그렇게 말하고 상자를 아래로 내렸다.

"이러면 이 상자에 나쁜 것들이 다가올 뿐이에요."

"어, 어리석은 놈. 그래서 귀문에 배치한 것을 모르겠나! 잘 듣게, 마음의 틈, 정신의 빈틈에 고여 숨 쉬는 나쁜 것들, 거기에서 들끓는 망량을."

"그러니까, 망량이라면 방위가 다르다니까요."

"다르다고?"

"귀문은 축인(丑寅)이니까 귀신 아닙니까."

"귀신──?"

"귀문은 귀신의 문이라고 쓰는 것입니다. 쇠뿔에 호랑이 가죽으로 만든 속옷── 귀신의 모습은 그대로 축인을 표현하고 있다고도 하지요. 헤이안 시대부터 귀문에 관련된 부정한 것들은 귀신이라고 정해져 있어요. 귀신이란 본래 사령(死靈)을 말하는 것이니, 원령이나 악령이라면 또 모르겠지만 망량이라고 하면 그야말로 계통이 다릅니다, 데라다 씨."

교고쿠도는 돌아보았다.

"망량은 방량이라고도 하지요. 방량(方良)── 즉 사방에 있는 것입니다. 북동쪽에만 있는 것이 아니에요. 망량 퇴치의 전문가인 중국의 방상씨는 묘혈에 들끓는 그것을, 창으로 사방을 찔러 퇴치했다고 전해집니다. 방상씨는── 아시겠지요?"

효에는 대답하지 않는다.

효에가 단순한 상자제작자라면, 아마 그런 것은 모를 것이다.

"눈이 네 개 달린 황금 가면을 쓰고, 검은 옷에 붉은 하의를 걸치고 창과 방패를 들고, 규키니 도콘이니 하는 12마리의 야수로 분한 자들과 120명의 아이들을 이끌고 궁중의 요마를 쫓는 대나(大儺) 의식에서 선두를 걷는, 그 중국의 방상씨 말입니다. 그것은── 7세기 말엽에는 이미 일본에도 전해졌던 모양입니다. 궁중에서 섣달 그믐날 행해지는 추나 의식 말입니다. 이쪽은 시종의 귀신을 대나와 소나가 쫓아다니는 의식이지요. 이 경우 대나는 방상씨 그 자체이고, 소나는 120

명의 아이들 대신입니다. 그리고 여기에서도 귀신은 내리의 4문을
쫓겨 다니지요."

효에는 대답하지 못한다. 당연할 것이다.

"이 추나는 신사나 절에서도 열렸는데, 근세에는 널리 민간에도
유포되어 전국에서 수없이 많이 열리게 됩니다. 아무리 그래도 그것
은 아시겠지요. 절분(節分)⁴⁰⁾ 말입니다."

"절분은──귀신을 쫓는 것 아닌가. 그거야말로──."

"후후후, 귀신은 밖에 있지요. 콩을 뿌리는 것은 우다[宇多] 천황⁴¹⁾
시절부터인데 음양도의 영향입니다. 본래 절분이란 계절이 바뀌는
때를 말하는 것으로, 입춘, 입하, 입추, 입동의 전날 밤을 그렇게 불렀
습니다. 다시 말해 1년에 4번 있었던 것이지요. 특히 입춘 전날 밤은
음과 양이 대립하고 사기(邪氣)가 생겨나 재앙과 화를 가져온다고 생각
하였기에, 사기를 쫓는 의미로 추나를 행했습니다. 그리고 추나가
콩 뿌리기로 변모할 무렵에는, 시대에 뒤처진 망량이라는 요괴는 어
딘가로 사라져 버렸지요. 그 자리를 빼앗은 게 귀신입니다."

"귀──신."

효에는 고통스러운 듯이 가까스로 그렇게 말했다.

교고쿠도는 더욱더 신이 났다.

"귀신이라는 글자의 뜻은, 아까도 말했다시피 죽은 사람의 혼입니
다. 중국에서 귀(鬼)라고 하면 사령, 조상의 영이라는 뜻입니다. 그것
이 일본에 건너와 반조정세력──즉 정복당한 자들을 가리키게 되
지요. 권력에 대항하는 에미시[蝦夷]⁴²⁾나 미시하세비토[肅慎人]⁴³⁾를 매귀

<hr>

40) 특히 입춘 전날을 가리킴. 이날 정어리 머리를 호랑가시나무 잔가지에 꿰어 문에 꽂
고, 볶은 콩을 뿌려 악귀와 역병을 퇴치하고 복을 부르는 행사를 하는 풍습이 있다.
41) 제59대 천황(867~931). 재위 887~897.

(魅鬼)라고 부르며 경멸하게 되는 것입니다. 모든 따르지 않는 귀신
——이라고, 일본서기 같은 데 기록이 되면서 정착하기 시작하지요.
그리고 귀신이라는 글자의 뜻은 변용되어, 결국에는 부정이나 재앙
을 짊어진 추상적인 귀신이 탄생합니다. 그러니 귀신이라면 그나마
나았을 겁니다. 당신이 망량이라는 말을 꺼내지만 않았다면 괜찮았
을 테지요. 망량은 귀신보다 오래된 것입니다."

"그러니까, 나는 그——."

"그 귀신의 탄생에 일익을 담당한 사람이 음양사입니다. 기독교
포교가 악마를 빼고는 이루어질 수 없었던 것처럼, 음양사들은 귀신
을 빼고는 존재할 수 없었거든요."

교고쿠도는 한숨 돌리더니 힐끗 문 쪽을 보았다.

에노키즈가 있었던 것이다.

그리고 말을 잇는다.

"본래 음양오행의 사상 자체는, 불교 등과 함께 예로부터 전래되어
왔어요. 하지만 음양도로서 성숙되고 완성될 때까지는 몇 세기나 더
기다려야 했습니다. 음양도가 조정에 본격적으로 도입되는 것은 나
라 시대 후기까지 내려가야 하지요——."

교고쿠도는 이야기하면서 천천히 이동한다.

"——당시의 권력자 기비노 마키비 때문이었지요. 그때까지 주금
사(呪禁師)[44] 등을 이끌던 전약료를 폐지하고, 그들이 사용하던 방술에
다 음양오행에 근거한 대륙의 최신 지식을 받아들인 음양도를 절충할

---

42) 고대에 북관동에서 동북·홋카이도에 걸쳐 살며 조정의 지배에 저항하고 복속하지 않
   았던 사람들.
43) 중국 고대 동북방 민족의 이름. 고문헌에 있으나 그 실체는 불명.
44) 병을 고치기 위해 주문을 외는 것을 일로 삼던 사람. 율령제에서는 전약료의 직원.

생각을 해낸 것입니다. 그리고 헤이안 시대를 맞아, 음양도는 멋지게 개화하는 것이지요. 율령신지제사에서 왕조신지제사로 이행하는 이 과정에서, 음양도 제사의 결정판이라고도 할 수 있는 사각사계(四角四堺)의 축제가 성립합니다."

과연 효에는 이해할 수 있을까? 나조차 따라갈 수 없는 부분이 많다.

"궁성의 네 모서리를 정화하는 것이 사각제, 도성의 네 경계를 보호하는 것이 사계제입니다. 네 개의 변과 네 개의 모서리로 구획 지어져 있는 네모난 결계 내부의 부정을 그 밖으로 쫓아낸다 ── 이것은 그런 축제입니다. 이 경우 네 모서리의 방향은 건, 곤, 감, 리, 다시 말해서 술해(戌亥), 미신(未申), 축인(丑寅), 진사(辰巳)입니다. 당신이 말하는 축인 ── 귀문이 등장하지요. 단 이 경우에도 쫓아내는 것은 어디까지나 귀신입니다. 망량이 아니라."

"그, 그게 어쨌다는 건가?"

"따라서 당신이 귀문이 좋지 않은 방위라고 한다면 당신이 쫓아내는 것은 귀신이어야 하는 것입니다."

"바, 바보 같군. 그 옛날에 어땠는지는 모르지만 나는 ──."

"그렇게는 안 되지요. 당신도 고대의 관행을 확실하게 잘 알고 있어요. 데라다 씨, 당신도 밟지 않습니까? 헨바이(反閇)를."

"헨바이?"

효에의 이마에 낭패의 빛이 깃든다.

"당신은 뭐라고 배웠습니까? 헨베입니까? 아니면 우보(禹步)? 애당초 이름을 듣지 못했으려나요?"

효에는 그저 침묵하고 있다.

이렇게 되면 이미 교고쿠도를 당해낼 수 없다.

"당신이 바닥을 발로 구르는 그 동작 말입니다. 저는 아직 본 적은 없지만 아마 이렇게 하는 거겠지요."

교고쿠도는 스모라도 하듯이 기묘한 동작으로 바닥을 굴렀다.

"천무박망렬(天武博亡烈)!"

판자 바닥은 잘 울렸다.

"이것이 오족헨바이. 구족헨바이라면."

교고쿠도는 임병투자개진열재전, 하고 구자를 외울 때와 같은 주문을 외며 바닥을 굴렀다.

도리구치가 녹음한, 그 쿵쿵하는 소리는 이 동작인 걸까? 리듬도 매우 비슷하다.

"이것은 음양도나 주금(呪禁)의 방술로, 나쁜 방위를 끊어내는 힘을 가진 마술적 발동작입니다. 당신의 것은 이것과 비슷하지요. 이 부근은 인(寅)의 위치이니 딱 좋아요."

교고쿠도는 왼쪽 발을 앞으로 내민다.

"천봉(天蓬)."

내민 왼발에 오른발을 가져간다. 이번에는 오른쪽 발을 내민다.

"천내(天內)."

교고쿠도는 그것을 되풀이하며 한 바퀴 돌았다.

"천충(天衝), 천보(天輔), 천심(天心), 천주(天柱), 천임(天任), 천영(天英)."

다시 인(寅) —— 동북동의 장소로 돌아온다.

"이것은 본래 중심에 제단이 없으면 안 됩니다. 지금 한 동작을 네 번 반복하는 것인데 —— 이것은 '존성도람우보작법'에 따른 것입니다. 비슷하지 않습니까?"

비슷한가 보다. 대답이 없다.

"이것은 본래 도교에서 그 원형을 볼 수 있는 보행술(步行術)입니다. 그리고 방위에 관련된 주법이기도 하지요. 당신은 스스로도 모르는 사이에 음양도의 흐름을 물려받은 주술을 행하고 있어요."

교고쿠도는 효에의 정면으로 나아간다.

"음양사가 어떻게 신지궁(神祇宮)의 영역이었던 궁중의 제사를, 비록 일시적이기는 했지만 독점할 수 있었느냐 하면, 그것은 그때까지 쫓아서 흘려버리던 부정을, 당신과 똑같이 한 몸에 받아들이는 존재였기 때문입니다. 그들은 부정 그 자체가 됨으로써 그 존재를 인정받았어요. 그리고 음양도가 중앙에서 쫓겨난 후, 그들은 귀신 그 자체가 되고 말았지요. 전해지는 이름난 음양사는, 그 대부분이 이형의 존재의 후예라고들 합니다. 귀신의 동료인 거지요. 귀신을 만들어낸 음양사는——귀신이 되고 말았어요. 그래서 더욱 혼란이 생겨났지요."

듣고 있는 효에가 더 혼란의 극치에 이르러 있다. 갑자기 난입해 온 정체를 알 수 없는 남자에게 이해할 수 없는 규탄을 받고 있으니 당연한 일이다.

"민간에 전해진 방상씨가 어떻게 되었는가——그것은 아시겠지요. 아까 당신도 말했어요. 콩 뿌리기 말입니다. 절이나 신사 등에서 행해지는 오래된 형태의 절분 추나에서는 아직 방상씨와 귀신이 분화되어 있지만, 민간에서는 방상씨 자체가 귀신이 되고 말았습니다. 쫓아내는 자가 쫓겨나는 자가 되고 만 것입니다. 그러나 음양도가 귀신을 만들어냄으로써 권세를 휘두른 시기는 10세기입니다. 한편 추나 의례는 7세기 말에는 이미 전해지고 있었지요. 따라서 이것은 연루입니다. 방상씨는 본래 나쁜 것을 쫓아내는 역할이었어요. 그

나쁜 것들이 음양도의 영향으로 어느새 귀신이라는 이름이 되고, 음양도가 중앙에서 실각하고 대중화됨에 따라 결과적으로 방상씨 자체가 귀신으로 치환되고 만 것입니다. 여기서."

교고쿠도는 웃고 있다. 가학적인 웃음이다.

"여기서 생각나는 것이, 똑같이 불똥을 맞은 민간신앙입니다. 적당히 표현할 말이 없다는 이유만으로, 본래 귀신이 아니었던 것이 음양도의 영향을 받아 귀신으로 불리게 되지요."

효에는 뒤로 물러난다. 교고쿠도는 한 발짝 내딛는다.

"당신과 똑같이 헨바이를 밟고, 당신과 똑같은 노리토를 외며 춤을 추는 민속예능의 귀신을 저는 알고 있습니다. 하나마쓰리[45]의 —— 사카키오니 말입니다."

"사카키오니 ——."

효에는 이제 앵무새처럼 반복하는 정도의 반응밖에 할 수 없나 보다. 교고쿠도는 한 발짝 더 내딛는다.

"가구라[神樂][46]에 등장하는 사카키오니[榊鬼]는 지방마다 부르는 이름도 다르고 대사도 각양각색이지만, 장소에 따라서는 정해진 혈통의 사람밖에 춤출 수 없는 격식 있는 귀신입니다. 이 귀신은 그 이름대로 비쭈기나무[榊]를 짊어지고 신관과 문답을 나눈 후, 신관에게 져서

---

45) 1976년에 일본의 중요무형민속문화재로 지정된 민속예능으로, 그 발생에 대한 문헌이나 자료가 없어 언제 어떤 형태로 행해지게 되었는지는 확실하지 않다. 마이도[舞庭]라고 불리는, 네 모서리에 기둥이 세워져 있는 3미터 사방의 관람석에서 열리며, 이 마이도 안에서 밤새도록 격렬한 춤을 춘다. 심야에 어린아이들이 추는 춤은 '꽃의 춤'이라고 하는데, 춤을 추는 아이들은 오색 색지로 장식한 꽃모자를 쓰고 손에 방울이나 부채, 쟁반, 국자를 들고 춤을 춘다. 하나마쓰리에 등장하는 귀신은 '야마미오니', '사카키오니', '아사오니'라고 불리는 귀신으로, 커다란 귀신 가면을 쓰고 붉은 의상에 짚신을 신고 커다란 도끼를 손에 들고 춤을 추며 발을 강하게 굴러 악령을 진정시킨다.
46) 민간신사예능의 한 종류. 각지의 신사에서 제례 때에 행해지는 춤과 음악.

헨바이를 밟으며 오방(五方)을 진정시키는 역할이지요. 오방이란 동서남북의 사방에 중앙을 더한 다섯 개의 방위를 말합니다. 자, 이 사카키오니보다 더욱 흥미로운 것은 서쪽 지방의 아라히라[荒平], 다이반[大蛮], 시바키신[柴鬼神]이라 불리는 귀신들입니다. 이 귀신은 사카키오니의, 보다 오래된 형태가 아닐까 저는 생각하고 있지요. 어떤 지방에서는 이 귀신은, 아시겠습니까, 귀신인데도 검을 들고 오방을 베어 악마를 쫓습니다. 이것은 콩 뿌리기의 귀신으로 전락하기 이전의, 훨씬 오래된 방상씨의 역할 그 자체가 아닙니까?"

교고쿠도는 몸을 낮추고 효에를 들여다본다.

"사카키오니도 아라히라도, 지금은 귀신이라고 불리지만 본래는 귀신이 아니었어요. 그럼, 사카키오니가 밟아서 진정시키고, 아라히라가 베어서 쫓아내는 것은 무엇인가. 그들은 진정시키고 쫓아낼 때, 고서기에 등장하는 신들의 이름을 웁니다. 그것은 기원하는 것인지, 진정시키는 것인지 분명하지 않지요."

효에의 얼굴에 스칠 듯 얼굴을 가까이했다가, 교고쿠도는 가볍게 몸을 빼며 일어섰다.

"가령 아쿠키리[悪切]라고 불리는 사방굳히기는 이렇습니다."

교고쿠도는 춤추듯이 수도(手刀)로 사방을 베었다.

—— 동방, 목난소멸(木難消滅), 나무의 신, 구쿠노치[句句廼馳]
　　남방, 화난소멸(火難消滅), 불의 신, 가구쓰치[軻遇突智]
　　서방, 금난소멸(金難消滅), 금의 신, 가네야코히코[金屋子彦]
　　북방, 수난소멸(水難消滅), 물의 신, 미즈하노메[罔象女]
　　중앙, 토난소멸(土難消滅), 흙의 신, 하네야스히메[羽根屋須姫]

왕룡(王龍), 풍난소멸(風難消滅), 바람의 신, 시나쓰히코(級長津彦)

"가사도, 춤도 장소에 따라 다르고, 이름의 표기나 읽는 법도 군데 군데 조금씩 달라요. 하지만 내용은 같습니다. 왕룡이란 또 하나의 중앙을 가리키는데, 이것은 여러 가지로 받아들일 수 있지만, 음양오행사상에 있는 이토(二土), 즉 중앙을 두 번 돈다는 사고방식에 딱 들어맞는다고 생각해도 좋고, 중앙이 바닥인 것에 비해 왕룡은 천장이라고 판단할 수도 있어요. 즉 육방을 완전히 둘러싸, 상자를 형성하고 있다고 생각할 수도 있습니다. 이 사카키오니와 아라히라 문제에 대해서는, 일본의 귀신을 생각할 때 모두들 놓치고 있는 많은 시사점을 함축하고 있기 때문에 흥미가 끊이지 않지만요. 중요한 모티브입니다. 자, 그건 그렇고 지금 여기에서 문제가 되는 것은 북쪽 방향에 미즈하노메가 있다는 것입니다."

"미즈하——노메."

"미즈하(罔象)야말로 망상(罔象), 즉 망량입니다. 따라서 당신이 망량 같은 오래된 것을 끄집어내려면 적어도 귀문——북동쪽이 아니라 물의 방위, 다시 말해서 북쪽에——."

교고쿠도는 상자를 가리켰다.

"——이 상자를 두어야 하는 것입니다."

"아아."

나도 모르게 나는 목소리를 냈다.

이전에 망량 이야기를 했을 때, 교고쿠도는 고민하고 있었다. 그러나 온바코의 노리토를 듣고, 도리구치나 내 이야기를 들으면서 그는 이 사실을 생각해낸 것이다.

―― 망량이라면 방위가 다르다.

"한 마디 더 덧붙이자면, 망량은 화차를 타고 있다고도 합니다. 화차란 불수레――즉 불의 방위, 남쪽입니다. 그리고 망량은 목석(木石)의 요괴라고도 하지요. 그렇다면 나무의 방위와 금의 방위, 즉 동쪽과 서쪽에도 해당합니다. 결국, 망량은 사방에 있는 것입니다. 오직 북동쪽으로 한정되어 있는―― 것은 아마 아닐 겁니다."

교고쿠도는 효에를 응시했다.

"그리고."

그리고 다시 신체인 상자 앞에 선다.

"당신은 망량은 금의 기운을 좋아하다고 하셨지요. 하지만 민간에서는 망량은 금의 기운을 싫어한다고 전해집니다. 그리고 망량은 왠지 중앙――흙에는 절대로 해당하지 않아요. 여기에는 반드시 의미가 있습니다. 동서남북중앙에 목화토금수를 끼워 넣는 것은 음양오행의 사고방식입니다. 오행이란 세계를 형성하는 다섯 개의 원소, 목화토금수의 윤회와 작용을 말합니다. 이것들은 지금 말했다시피 방위에 끼워 넣어져, 각각 상생과 상극의 관계를 형성하지요. 이것이 음양오행의 근간입니다. 하지만 그 이전에, 목화토금수에는 생성 순이라고 불리는 순서가 있어요. 이것은 숫자에 끼워 넣을 수가 있습니다. '상서(尙書)'에 따르면 1에 수, 2에 화, 3에 목, 4에 금. 5에 토가 해당됩니다. 이게 냄새가 난단 말이지요. 따라서 저는 망량의 비밀은 역(易)으로 풀 수 있는 게 아닐까 생각합니다. 하도(河図)[47]며 구성(九星)[48]이며 낙서(洛書)[49]며, 여러 가지로 살펴보았지만, 아직 확실하게

---

47) 고대 중국 전설의 복희씨 시절, 황하에 나타난 용마(竜馬)의 등에 회오리바람의 형상을 베꼈다는 문양. 역(易)의 팔괘는 이것을 본뜬 것이라고 한다. 용도(竜図)라고도 함.
48) 중국에서 전해져 음양도를 통해 널리 퍼진, 운세나 길흉을 점치는 기준. 일백(一白)·

알 수는 없어요. 알 수 없으니 다루기 어려운 것입니다. 알 수 없는 것은 쫓아낼 수 없거든요. 저는 망량을 퇴치할 수는 없습니다. 망량은 보통 방법으로는 안 돼요. 상당히 오래된, 정체를 알 수 없는 괴물이 기 때문입니다. 망량은──쉽게 입에 담아서는 안 되는 이름인 것입 니다."

"우."

효에가 짧게 신음했다.

"그런데──당신은 그것을 아주 쉽게 입에 담고, 게다가 봉한다 고 하시는군요. 그것도 터무니없는 주법으로."

교고쿠도는 다시 한쪽 무릎을 꿇고 몸을 앞으로 굽혔다.

"사카키오니가 헨바이를 밟을 때 외는 노리토는, 어째서인지는 모 르겠지만 도쿠사[十種]의 불제(祓除)입니다. 이것은 1부터 10까지의 수 를 세면서 열 종류의 신보(神宝)를 천천히 흔드는, 이소노카미 신궁에 전해지는 진혼방술에서 유래합니다. 노리토로서는 그렇게 드문 것도 아닙니다. 당신이 외는 노리토는 이것과 똑같아요."

그──노리토를 말하는 것이리라.

"그 노리토를 만들어서 당신에게 전수한 사람은 상당히 여러 가지 를 조사한 모양이지만──한 가지 착각을 한 것 같더군요. 도쿠사의 불제란 열 종류의 신보를 흔들어 고취시키는 노리토입니다. 다시 말 해 생명력을 불러일으키는 주문이란 말입니다. 따라서 본래 사카키

이흑(二黑) · 삼벽(三碧) · 사록(四綠) · 오황(五黃) · 육백(六白) · 칠적(七赤) · 팔백(八白) · 구자 (九紫)의 아홉 가지를 말한다. 여기에 오행(목화토금수)과 방위(중앙 · 건 · 태(兌) · 곤 (艮) · 리(離) · 감(坎) · 곤(坤) · 진(震) · 손(巽))을 조합하고 사람이 태어난 해를 끼워 넣어, 성격 · 운세 등의 길흉을 점친다고 함.

49) 옛날, 중국에서 우(禹)가 홍수를 다스렸을 때, 낙수(洛水)에서 나타난 신통한 거북의 등 에 있었다는 아홉 개의 문양.

오니가 헨바이와 도쿠사의 불제를 병용하는 것 자체가 어떤 의미로 미스디렉션이었습니다. 이것은, 제가 그 원형이라고 생각하고 있는 아라히라가 검을 사용해 악마를 베어내는 아쿠키리 타입과, 회춘과 재생을 가져오는 사반생(死反生)의 지팡이를 가지고 다니는 타입, 두 종류로 나뉘어 있는 데에 기인하는 게 아닐까 생각하고 있습니다. 어느 시점에서 복잡하게 얽혀 혼동된 것이겠지요. 어쨌거나 도쿠사의 불제는 이쿠타마[生玉], 시니카에시타마[死返玉] 등 열 종류의 보물을 흔들어, 시든 것을 활성화시키는 주문인 것입니다."

── 소테나테이리사니타치스이이메코로시테마스.
── 시후루후루 흔들흔들 시후루후루.

귓속에 효에의 주문이 되살아난다.
이것은 이세 ── 였던가 ──.
"게다가 당신이 외는 수사(數詞)는 중세 이세 신궁의 신관이 만든 읽기법입니다. 이세 신도라는 것도 특수한 신도로, 음양오행사상을 짙게 반영하고 있지요. 또 ── 이세 신궁 경내를 흐르는 미모스소가와 강 분기점의 물밑에도 미즈하노메가 모셔져 있다고 합니다. 따라서 착안점은 근사하지만 ── 어느 것도 망량 퇴치에는 맞지 않습니다."
"맞지 않아?"
효에가 한심할 정도로 약한 목소리를 냈다.
"효과가 없다 ── 는 뜻인가?"
이것은 교주가 할 질문이 아니다.

교고쿠도는 또 웃었다.

그는 아마 화가 난 것이리라.

빤히 보는 앞에서 구스모토 요리코가 살해당해서 화가 난 것이다.

"효과가 없는 건 아니에요. 효과는 있습니다, 분명히. 하지만 맞지 않아요. 나는 맞지 않는다고 했어요."

역시 그렇다. 옆에서 보아서는 교고쿠도의 감정을 추측하기가 거의 불가능하지만, 이 방식은 평소의 그의 방식이 아니다. 망량에 대해서도 완전히 해답을 내놓지 않았고, 어딘지 모르게 효에를 괴롭히고 있는 것처럼 느껴지기까지 한다.

"데라다 씨. 당신은 정직한 사람이에요. 당신은 전혀 거짓말을 하지 않았지요. 당신은 당신의 입으로 말씀하셨다시피 수행한 것도, 특수한 영력을 가진 것도 아니고, 부정은 깨끗하게 한 것이 아니라 봉해 버렸다고 하고, 훈화도 일반 상식에서 크게 벗어나지 않는 도덕 규범에 근거한 규범적인 내용이고, 아주 —— 교묘해요. 불법적인 기도요금을 청구하지도 않고, 아마 신자들이 낸 돈도 정직하게 저기 늘어서 있는 상자 속에 넣어, 거의 손도 대지 않고 잘 보관하고 계시겠지요?"

"무, 물론 그렇지만, 그 ——."

"그런 양심적인 영능력자를, 저는 요즘 본 적이 없어요. 하지만 이래서야 ——."

교고쿠도는 서서히 목소리의 음압을 낮추며 애매한 어미로 이야기를 멈췄다.

"뭔가, 대체 뭐가 어떻다는 거야 ——."

효에는 바깥쪽만 남기고 붕괴되어 가고 있다.

"——이래서야 어쨌다는 건가, 가르쳐 주게!"

"당신의——온바코의 주법은, 부분적으로는 어디를 보더라도 전통적 주술을 계승한, 소위 정통파입니다. 그러면서도 전체를 보면 엄청나게 뒤죽박죽이고 비뚤어져 있어서, 전혀 정통이 아니지요. 빤한 눈속임인 낙태아 공양이라면 이걸로도 효력은 충분했을 테지만, 망량이라는 것은——약간 상대가 나빴습니다."

"망——량——."

"당신은 신자의 불행에 일부러 망량이라는 이름을 주고 정체를 알 수 없는 곤란한 형태를 주어, 그것을 상자에 집어넣어서 돌아왔을 뿐입니다. 진정시키지도 않고 정화하지도 않았기 때문에, 이 방은 이미 망량의 소굴입니다. 아시겠습니까, 후쿠라이 박사의 항아리에 망량이라고 쓴 종이가 들어 있었던 이유는 단순히 획수가 많았기 때문입니다. 다른 뜻은 없는 것입니다. 이거야말로 하늘의 계시라고 거기에 집착한 게 실수였지요."

"무, 무슨 소리를."

"아시겠습니까, 데라다 씨. 당신이 외는 주문을 만들고, 당신이 쓰는 주법을 생각해내어 이 온바코의 구조를 만든 사람은 상당히 머리가 좋은 사람인 모양이지만, 단 하나 잘못 계산한 것이 있었습니다."

"——무슨 소리——인가?"

"주술을 만만하게 봐서는 안 된다는 겁니다. 설령 엉터리 주문이라도, 외고 기도해서 효과가 있으면 그것은 진짜지요. 정어리 머리도 신심을 가지고 보면 다르다는 말은 괜한 얘기가 아닙니다. 당신의 기도는 아주 효과가 있었어요."

"효과가 있었다——."

"당신은 뭔지도 모른 체하고 있었을 뿐이더라도, 그것은 완전히 기능하고 있었던 것입니다. 신자가 수백 명으로 늘어난 것은 그로 인해 구원받은 자가 있었기 때문입니다. 그것을 만든 사람은, 거기까지는 계산하지 않았을 테지요."

분명히 효과가 있었던 것이다. 적어도——구스모토 기미에는 정말 믿고 있었으니까. 그렇게 힘든 상황에 있으면서도, 그녀는 진심으로 이 남자의 말을 숭배하고 있었던 것이다.

교고쿠도는 한순간 흉악한 눈을 했다.

"망량 같은 것만 끌어내지 않았다면 저도 어떻게 손을 쓸 수 있었을 겁니다. 이 상태로는, 저도 손을 쓸 수가 없어요. 몇 번이나 말씀드리지만 저는 망량이 껄끄럽단 말입니다."

"자네는——진짜인가?"

"처음에 말씀드리지 않았습니까. 저는 진짜라고."

"그렇군. 나는 아무 말도 하지 않았는데 자네는 모두 알고 있는 것 같아. 하지만——."

"신용하지 않으시는군요. 그렇다면 이건 어떻습니까? 온바코의 진짜 신체는 이 상자 안에 있지요?"

교고쿠도는 제단에 늘어서 있는 많은 상자 중에서 사람 머리 하나가 딱 들어갈 만한 크기의 쇠로 된 상자를 손에 들었다.

"그, 그것은!"

"알고 있습니다. 이 안에 그의 손가락이 들어 있지요."

"아——."

효에는 완전히 무너졌다.

평소 자신이 쓰던 수법에 완전히 걸려들고 만 것이다. 그것은 니카이도 스미도 마찬가지여서, 영문을 모르면서도 나름대로 허탈해 하고 있다.

교고쿠도는 많은 정보를 사전에 쥐고 있었다. 에노키즈의 환시도 있을 것이다. 그것을 두 사람은 모른다. 그들에게 있어서의 〈비밀의 해명〉은 이루어졌다.

교고쿠도는 온바코에게 이긴, 것이리라.

교주──데라다 효에는 넋을 잃고 있다.

"나는, 나는 어떻게 하면, 되는 걸까──."

"이대로 당신의 배후에 있는 진짜 온바코가 바라는 대로 타인의 불행──망량을 계속 수집하는 것이지요. 그게 세상을 위한 길이에요. 다만, 그렇지, 이대로 가다가는 당신의 목숨은 앞으로 반년도 못 갈 겁니다. 아니, 그전에, 그──진짜 온바코가 위험해요."

효에는, 아마 지금까지 중에서 가장 크게 반응했다.

"아아, 그것은──."

"곤란합니까? 하지만 당신들이 바라던 일 아니었습니까. 자업자득입니다."

"도, 도와주십시오! 사, 살려주십시오!"

효에는 교고쿠도 앞에 엎드렸다.

스미는 그런 효에를 멍한 표정으로 바라보고, 그대로 괴물이라도 보듯이 우리들을 보았다.

"데라다 씨. 몇 번이나 말하지만 저는 당신을 구할 수 없어요. 당신이 구원받을 방법은 하나밖에 없습니다."

"그것은——."

"망량을 원래대로 신자에게 돌려주는 것이지요."

"돌려주라고요?"

"한곳에 모여 있으니 큰일이 나는 것입니다. 각자에게 돌려줘 버리면, 그 하나하나는 대단한 불행이 아니에요. 그러니 이 희사받은 돈을 전부 신자에게 돌려주는 것입니다. 그리고 이렇게 말하십시오. 당신의 부정한 재산은 정화되었습니다——라고요."

"하지만 그것은——."

"물론 거짓말입니다. 하지만 모았을 때도 거짓말이었으니, 불가능한 일은 아니겠지요. 그러면 망량은 단순한 불행으로 돌아가 당신의 곁을 떠날 겁니다. 아니, 희망이라는 이름의 새로운 형태를 얻어, 신자들에게 돌아가는 것입니다. 이것은 단순한 불행에 망량이라는 이름을 준 당신밖에 할 수 없는 일입니다. 저주하는 것도, 축복하는 것도 말하기에 달려 있지요. 당신의 마음 따윈 상관없어요. 설령 말하는 자에게 거짓이 있다 해도, 한 번 나온 말은 멋대로 상대에게 닿아 멋대로 해석되는 것입니다. 문제는 어떻게 표현하느냐가 아니지요. 어떻게 이해되는가입니다."

"그런!"

스미가 소리를 질렀다. 교고쿠도는 또다시 가학적인 웃음을 띠고,

"아아, 당신이 써 버린 몫이 있었지요."

라고 말했다.

효에가 스미를 보았다.

"너——너는——."

"죄, 죄송합니다, 어, 얼떨결에——."

"니카이도 씨, 얼떨결이 아니지요. 당신은 처음부터 그럴 생각으로 이 온바코에게, 데라다 씨에게 접근하지 않았습니까?"

"아뇨, 저는."

"제 눈은 속일 수 없습니다. 당신의 백모님은 열렬한 온바코의 신자로군요. 아마, 니카이도 기요코 씨였던가요. 그녀는 상당히 이른 시기부터 신자였어요. 그런 기요코 씨에게 듣고, 당신은 이곳에 왔지요."

"아아——."

"처음에는 상담하러 온 것이겠지요, 데라다 씨. 4월인가, 5월에."

"5, 5월 초—— 였을까요."

"두세 번 오다가, 그대로 눌러앉아 버렸어요. 그때 니카이도 씨는 이렇게 말했을 겁니다. 급료는 필요 없다, 시중을 들게 해 달라, 당신의 방식은 알고 있다, 돕게 해 주지 않겠느냐——."

"그, 그렇습니다."

스미의 안색은 흙빛이 되었다. 창백해지는 체질이 아닌 것이다.

"니카이도 씨. 당신은 전부 다 알면서 정보 수집 역할을 자청한 겁니다. 처음부터 신자의 돈을 노리고 여기에 온 거지요. 아니나 다를까, 교주인 데라다 씨는 돈에는 흥미가 없는지 희사받은 돈은 전액, 세어 보지도 않고 그대로 상자에 넣고 있었어요. 1할씩만 받아도 상당한 액수가 되겠지 ——그렇게 생각한 겁니다."

"저, 저는——."

"당신은, 맡은 돈은 장부에 적어야 한다고 제안했겠지요. 본래 성실한 데라다 씨는 진작부터 그 일이 마음에 걸리던 참이었기 때문에 두말없이 승낙했어요. 그리고 당신은 금액을 약간 적게 고친, 가짜 장부를 작성했지요?"

"거——거짓말——이란 말인가, 그 장부는——그럼 신자에게 돈을 돌려줄 수 없잖은가. 그, 그건, 곤란해."

효에가 당황한다.

위엄이라곤 전혀 없다.

"괜찮습니다. 이중장부의 없어진 부분은 곧 돌아올 겁니다. 니카이도 씨가 착복한 금액은 거의 정확하게 알 수 있을 거에요. 그것은 니카이도 씨, 당신이 벌어서 신자들에게 돌려주십시오."

기요노의 명부다. 합계란조차 없는 그 불완전한 장부는, 니카이도 스미가 대충 만든 이중장부였던 건가. 하기야, 주소록을 노트에 옮겨 적을 때는 누가 신자고 누가 신자가 아닌지, 스미로서는 알 수 없었을 것이다.

교고쿠도는 평소의 얼굴로 돌아와 억양 없이 말했다.

"그리고 하루라도 빨리 본가로 돌아가십시오. 아버지는 집을 나간 당신을 걱정하며 연일 과음하고 계시는 모양입니다."

스미는 양손을 바닥에 짚고 깊이 고개를 숙였다.

고개 숙인 남녀. 그 앞에 서 있는 검은 옷의 남자. 에노키즈는? 에노키즈는 어떻게 된 걸까.

"자, 데라다 씨. 그리고 당신에게는 아직 해야 할 일이 있어요. 진짜 온바코——당신의 아들을 구하는 것입니다."

"아, 들——을?"

교고쿠도의 목소리가 기도실에 울렸다.

"당신의 아들은——구보 슌코지요?"

※

"구보 ── 슌코 ── 여기다."

우편함에 이름이 쓰여 있다.

아오키는 ── 구보의 집 앞에 서 있다.

그리고,

아오키는 지금, 확신하고 있다.

구보는 무사시노 연쇄 토막살인사건의 범인이다.

어젯밤, 아오키가 돌아왔을 때 유체 ── 라 해도 팔밖에 없지만
── 는 구스모토 요리코의 것으로 거의 확인되어 있었다. 아오키의
연락을 받고, 착란해서 전날 밤부터 관할서에서 보호를 받고 있던
구스모토 기미에가 불려 와 확인 작업이 이루어졌다고 한다.

이성을 잃은 어머니가 팔만 보고도 확인할 수 있었단 말인가.

아오키가 묻자, 그게 말일세 ── 하고 기노시타는 대답했다.

"역시 시체는 직접 보여줄 수 없었지. 토막 났다고도 말할 수 없었
고. 상당히 불안정해 보였거든. 그래서 이것저것 신체의 특징을 물었
다네. 기미에는 집요하게 화상, 화상이라고 말했어. 왼쪽 팔꿈치 부근
에, 일곱 살 때 자신의 부주의로 생긴 화상 자국이 있다는 거야. 장소
나 크기를 자세히 묻고 나서 확인해 보니 분명히 있더군. 작고 오래된,
어지간히 주의해서 보지 않으면 알 수 없는 곳이었어. 용케 기억하고
있었구나, 하고 감탄했더니, 그런 건 잊어버릴 수 없는 것입니다,
라고 하더군."

다행히 요리코의 소지품에서 생전의 지문을 채취하는 데 성공했기 때문에 현재 조회 중이다——라고도 기노시타는 말했다.

그런 걸 하지 않아도 알고 있었다. 팔은 요리코의 것이다.

오른쪽 손목에는 교고쿠도가 말했던, 가나코가 감았다는 끈이 감겨 있었으니까.

그 후, 긴급수사회의가 열렸다.

그 자리에서 아오키는 구보에 관해서 이야기했다.

되도록, 되도록 객관적으로 말했다고 생각하지만, 말하다 보니 이야기에 열이 담긴 것은 부정할 수 없다. 그러나 그것은 오히려 잘한 거라고 생각하고 있다.

사람은 밀면 물러나는 법이다. 아오키의 열변에 수사원 대부분은 흥이 식어, 그 의견에 회의적인 반응을 보였다.

진실을 찾기에는 그편이 좋다. 전원이 믿어 버리면 수사는 의도적으로 같은 방향을 향하게 되고, 진실이 왜곡될 가능성이 있다.

당황해서 오인체포라도 해 버렸다가는, 교고쿠도와 한 약속을 지킬 수 없게 된다.

당장 수사 선상에 떠오른 용의자는 없다. 구보가 유일하게 실체를 가진 용의자인 것이다. 결국, 구보에 대한 수사는 이루어지게 되고, 그것은 아오키가 담당하게 되었다. 오시마의 영단이다.

파트너는 기노시타다. 앞으로 며칠이면 기바가 복귀한다.

그 전에 해결해 주마.

수사회의가 종료한 시각은 오전 0시가 넘어서였으므로, 수사는 다음 날 아침부터 개시하는 것이 일단 상식적인 판단일 것이다.

하지만 아오키는 기다릴 수 없었다. 기다리는 사이에 구스모토 요리코는 죽은 것이다. 아오키는 우선 적의 얼굴만이라도 알아두고 싶었다.

구보의 사진은 다행히 곧 손에 들어왔다.

아오키는 무슨 일이든 부딪쳐 보는 게 제일이라는 생각에, 우선 문화예술사의 '은성문학' 편집부에 전화해 보았다. 안 되도 어쩔 수 없다. 의외로 전화는 금방 연결되었다. 마감 전의 편집자는 살인사건을 수사 중인 형사보다 바쁜 모양이다. 그러나 여기는 잘못 짚은 것이었다. 담당이 퇴근해 버려서 사진이 있는 곳을 알 수 없었던 것이다. 내일 아침 일찍 찾아보라고 하겠습니다, 라고 한다. 그렇다면 일찍이 몇 시냐고 묻자 담당이 출근하는 시각은 11시 정도라고 하기에 정중하게 거절했다. 그렇게 기다릴 수는 없다.

이어서 희담사의 '근대문예' 편집부에 걸어 본다. 세키구치의 이야기에 의하면 다음 호에는 구보의 작품이 실릴 것이다. 이쪽은 담당자가 전화를 받았다.

신분과 용건을 말한다. 그 김에 세키구치의 이름도 들먹여 본다.

이용할 수 있는 것은 부모라도 이용한다 —— 기바가 자주 그렇게 말했었다.

아오키의 기억으로는, 서 있는 사람은, 이지만 이런 말도 있을지도 모른다.

담당은 고이즈미라는 여성이었다. 오늘은 편집실에서 잔다고 하기에 바로 찾아갔다.

최근의 직업여성은 밤샘까지 하는 모양이다.

역시나 편집실에 사람은 드물었다.

어수선한 방도 사람이 적으면 휑뎅그렁하게 보인다.

고이즈미인 듯한 여성은 꽤 먼 곳에 앉아 있었다.

멀리서 보아도 마른 여성이었다.

고이즈미는 누군가와 계속 이야기에 열중해 있어서 아오키를 알아채지 못한 것 같았다. 별수 없이 말을 걸려고 한 순간, 기노시타가 입구에 쌓여 있던 잡지 묶음을 쓰러뜨렸다.

그 소리에 방에 있던 거의 모든 사람이 이쪽을 보았다.

"아, 아오키 씨! 기노시타 씨도 오셨네요."

귀에 익은 목소리다.

고이즈미가 이야기하고 있던 상대는 추젠지 아츠코였던 것이다. 그러고 보니 그녀도 소속은 다르지만, 이 출판사 사원이다. 그런데 그녀도 이렇게 늦게까지 일하는 건가──.

아오키는 기바의 친구들에게는 대개 호감을 갖고 있다. 그중에서도 이 똑똑해 보이는 아가씨에게는 상당한 호의를 품고 있다. 그녀와는 지난번 사건에서 알게 되었는데, 이 아가씨의 웃는 얼굴은 살벌한 사건의 와중에도 왠지 아오키의 마음을 누그러뜨려 주었던 것이다. 사가미 호수에서 그녀를 발견했을 때도, 말을 걸까 하고 얼마나 생각했는지 모른다.

"밤늦게 협조해 주셔서 감사합니다. 일각을 다투는 일이라──저는 아오키라고 합니다. 이쪽은 기노시타 형사."

아오키는 고이즈미에게 명함을 건네며 인사를 한 후, 조금 전까지 교고쿠도에 있었다는 사실을 아츠코에게 말했다. 그 이외의 사정 설명은 하지 않은 탓인지, 아츠코는 이상하다는 듯한 얼굴을 했다.

고이즈미는 이미 사진을 준비해 놓고 기다리고 있었다.

처음 보는 구보 슌코는, 아오키의 눈에는 왠지 무뚝뚝한 영화배우처럼 비쳤다. 이런 표정을 짓는 남자에게는 사생활 따위는 없다. 그런 기분이 들었다. 아츠코가 말했다.

"아오키 씨—— 지금도 고이즈미 선배님과 이야기했는데, 그——구보 선생님이 무슨, 아니, 수사상의 비밀이나 인권 옹호 상 문제가 있다거나, 그런 이야기라면 하지 않으셔도 되지만요."

굳이 말하자면 그런 부류의 이야기입니다, 라고 말했다. 아오키는 회의에서 이야기하다가 깨달았던 것이다. 교고쿠도의 이야기를 들을 때는, 방증은 속속 마법처럼 나오면서도 아무 모순이 없고 구보 이외에 범인은 없다는 기분이 들었지만, 막상 자신이 이야기해 보니 전혀 물증이 없었다. 그것에 대해서는 교고쿠도 본인이 몇 번이나 말했지만, 그것을 알면서도 구보 범인설이 성립해 버리는 것은 역시 그 현학적인 교고쿠도의 화술에 의한 부분이 큰 것일까. 따라서 사정을 모르는 사람에게는 입이 찢어져도 구보 범인설은 이야기할 수 없다. 설령 그것이, 그 교고쿠도의 누이라 하더라도.

아츠코는 말했다.

"그럼 괜찮지만, 실은 제가 이상한 소문을 들었는데, 그게 아무래도 구보 선생님이 아닐까 하고 지금 이야기하고 있었거든요."

"소문?"

꼭 듣고 싶었다.

"저, 실은 일련의 토막살인 유체 발견 현장 부근에서, 어떻게 유언비어가 전파되어 가는지, 그러니까 간단하게 말씀드리자면 그런 것을 취재하고 있었어요. 나쁜 소문이나 이상한 이야기가 어느 정도의 속도로 퍼지는가, 그런 것이지요."

"흥미롭군요."

정말 흥미롭다. 토막사건에 얽힌 거라면 더더욱 흘려들을 수 없다.

"그게, 이상하더라고요. 토막사건과는 전혀 상관없는 이상한 소문이, 어쩐 셈인지 토막 난 유체가 발견된 부근에만 집중적으로 퍼져 있는 거예요. 다른 곳에서 조사해 봐도 그런 소문은 아무도 모르더군요."

"어떤 —— 소문입니까?"

"상자를 안고 예복을 입은 유령의 소문입니다."

"상자라고!"

"예. 주로 어린아이나 중학생 정도가 소문의 중심이라서 신빙성은 전혀 없지만, 예복을 입고 상자를 안은 남자 유령이 거리를 배회하고 있다, 그런 내용이에요. 예복은 검은 옷이라든가 상복이라든가 모닝 슈트라든가 여러 가지지만, 대개 그런 쪽의 옷입니다. 정장에 가깝지요. 소문이니까 확실하지는 않지만요. 손이 하얗게 빛나고 있다든가, 얼굴도 하얗다든가, 발을 전혀 움직이지 않는데 앞으로 나아간다든가, 걷고 있는데도 아무리 뛰어도 따라잡을 수 없다든가, 그런 묘한 소문도 개중에는 있지만, 공통된 것은 그 복장이에요. 그것이 어째서 유령인지는 전혀 모르겠지만 —— 어쨌든 그 유령은 상자를 소중하게 안고 있다고 합니다. 이것은 복장보다 더욱 공통적인데 족자 같은 것을 넣는 서질(書帙) 같은, 오동나무 상자를 소중하게 안고 있다는 거예요."

"오동나무, 상자!"

아오키는 저도 모르게 소리를 질렀다. 그리고 기노시타를 본다. 기노시타도 입을 딱 벌리고 아오키를 마주 본다.

상자 이야기는 덮어 두었다. 발견자나 발견 현장에 사는 사람들에게도 입막음을 해 두었다. 경찰이 달려가기 전에 그것을 훔쳐본 구경꾼은 없었다. 시체가 드러나 있지 않았기 때문일 것이다. 따라서 평소 엉터리라는 말을 듣는 경찰의 함구령치고는 이번만은 제대로 기능하고 있었고, 대개는 누설되는 그런 이야기도 이번에는 신문이나 잡지에 새어 나갔다거나 실렸다는 이야기를 듣지 못했다. 물론 아오키나 기노시타가 탐문을 하던 중에도 그런 이야기는 전혀 들은 적이 없다.

아오키가 들은 소문은 화차가 시체를 뿌리고 다닌다는 것뿐이다.

"그게——그 유령을 보면 3년 후에 죽는다든지, 상자 속에서 살아 있는 팔이 나와서 어디까지고 쫓아온다든지, 그쯤 되면 괴담이지만요. 빨간 망토 같은 것과 마찬가지지요. 다만, 왠지 차림새가 구보 선생님 같아서 그 얘기를 하고 있었어요. 그랬는데 이번 선생님의 작품이 상자 마니아인 남자의 이야기라서——말해 버려도 되지요? 내일이면 서점에 나올 테고. 그 '상자 속의 소녀'라는 제목의 약간 기분 나쁜 이야기인데, 그것을 듣고 역시나 했지요. 아마 구보 선생님이 유령의 정체가 아닐까 하고요."

아오키는 약간 흥분했다.

"그, 구보 슌코라는 사람은 늘 그런——정장 같은 차림을 하고 다니나요?"

고이즈미가 대답했다.

"저도 뵌 적은 세 번밖에 없지만——아아, 수상식 때를 포함하면 네 번일까요. 수상식 때는 당연히 정장이었지만, 평소에는 물론 그렇지는 않아요. 하지만 상당히 세련된 사람이라서 옷차림은 단정하고, 글쎄요. 인상은 정장을 입고 있는 것과 다르지 않으려나요."

정장으로 보인 것이 장갑 때문은 아닐까?

어떤 복장이든 나름대로 단정하고, 게다가 장갑까지 끼고 있었다면 그것은 정장처럼 보이지 않을까? 손이 빛나고 있다는 것은 새하얀 장갑을 말하는 게 아닐까——.

"뭐, 출판사에 오실 때는 늘 그런 인상의 차림을 하고 계시니까 아츠코도 그렇게 생각한 거겠지요."

아츠코는, 그래요, 라고 말했다.

"아츠코 씨——그, 유령은 정말로 토막시체 발견 현장을 중심으로 출몰하고 있는 겁니까?"

"중심이 아니라 발견 현장 부근만이에요. 하기야 소문은 서서히 퍼지기 마련이고, 발견 현장끼리는 나름대로 가까우니까 소문이 소문을 불러서 지금은 꽤 많이 퍼져 있지만요. 하지만 저는 리얼타임으로 취재하고 있었기 때문에 잘 알지요——."

아츠코는 사가미 호수 사건 때 이미 취재를 개시한 것이다.

"다나시 부근에서는 모두 세 번 나왔잖아요. 우선 처음에는 시바쿠보 부근에서 나왔지요. 그때 시바쿠보 근처에서는 이미 소문이 나 있었어요. 그 유령. 하지만 그때 다나시 역을 사이에 두고 반대쪽인 야나기사와에서도 취재했는데, 그런 이야기는 전혀 듣지 못했습니다. 하지만 다음에 야나기사와에서 토막시체가 나온 직후에 다시 한 번 가 봤더니, 벌써 그 유령 이야기가 나돌고 있었어요. 어디의 누가 보았다든지."

그 말이 사실이라면, 이것은 증언이라고 봐야 하지 않을까? 경찰은 상자에 관한 정보를 은폐해 버렸기 때문에 귀중한 목격자를 잃어버린 것은 아닐까.

물론 탐문할 때는 상자를 든 남자에 관해서 물었지만——아이들에게까지는 물어보지는 않았던 게 아닐까. 적어도 아오키는 물어보지 않았다. 따라서 목격자의 대다수는 상자와 토막사건을 연결 지어 생각하지 않았다. 상자를 든 남자의 기억 따위는 먼 옛날에 잊어버렸다——.

아마 구보는 몰래 숨지도 않고, 시체가 든 상자를 들고 당당히 거리를 활보했을 것이다. 아이들은 그 기분 나쁜 인상만을 괴담으로 전한 것이 아닐까.

"아츠코 씨, 그 취재한 아이들을 다 기억합니까?"

"글쎄요, 학교 같은 건 아니까 대체로——사건과 무슨 관계가 있나요?"

"있고말고요. 마지막으로 하나만 더. 그 소문은 사가미 호수 부근에도 났었습니까?"

"그러고 보니 사가미 호수에는 그런 소문은 없었어요."

"고마워요."

참고삼아 구보의 원고를 보여 달라고 했다. 자를 이용해 쓴 듯한, 꼼꼼한 글씨가 원고지칸 가득 들어차 있었다.

이어서 주소를 묻는다. 주소는 고쿠분지[50]였다. 아주 대충 보자면, 사가미 호수를 제외한 발견 현장의 중심에 해당한다——고 할 수 없는 것도 아니다.

의외로 빠를지도 모른다.

고이즈미에게서 구보의 작품이 실린 최신호를 한 부 샀다.

---

50) 도쿄 중부, 무사시노 고원에 있는 시. 주택지로 발전.

아침이 올 때까지 생각했다. 그리고 이른 아침, 아오키는 구보의 집에 가 보기로 결정했다. 기노시타는 졸린 모양이었다.

걱정은 있었다. 구보가 범인이 아니라면——이라는 걱정이 아니라 섣불리 쳐들어갔다가 구보가 도망치지는 않을까 하는 걱정이다. 기노시타는 오시마와 상의할 것을 권했지만, 아오키는 오시마가 오기를 기다리는 것조차 조바심이 났다. 가택수사를 하는 것도 아니다. 참고인에게 사정을 물어보러 가는 것뿐이다. 자주 있는 일이다.

그리고 아오키는 구보의 집에 도착한 것이다.

고쿠분지는 별장이 많은 곳이라고 들었다. 또 요즘은 피난민 같은 사람들이 많이 이사해 와서 인구가 급증하고 있다는 이야기도 들었다. 인상으로 미루어 상상해 보자면 멋진 양옥에라도 살고 있을 줄 알았는데, 그 예상은 크게 빗나갔다.

차고를 개조한 상자 같은 집이었다.

역에서는 꽤 멀리 떨어져 있다. 고다이라[51]나 고가네이에 가깝다.

주위는 황폐하고 인가 같은 것도 없다. 고립되어 있다. 살인을 범하기에는 절호의 건물이다.

녹슨 커다란 셔터 옆에 허름한 문이 있다. 문 왼쪽에는 새 우편함이 설치되어 있고, 구보 슌코의 이름이 적혀 있었다. 아오키는 지금 그것을 바라보고 있다.

지금쯤 교고쿠도 일행은 온바코에게 가 있을 것이다. 데라다인가 하는 수상쩍은 교주는 그 논리덩어리 같은 교고쿠도에게 혼나고 있을까?

---

51) 도쿄 중부, 무사시노 고원에 있는 시. 전쟁 후 주택지로 발전했다.

기노시타는 당혹스러운지 차 옆에 서서 아오키를 보고 있다.

"구보 슌코씨, 아침 일찍부터 죄송합니다. 잠깐 말씀 좀 여쭙고 싶은데요."

아오키는 그렇게 말하며 문을 두드렸다. 대답이 없다. 손잡이를 당기자 문은 저항 없이 열렸다. 안은 캄캄하고, 철제 계단이 위로 이어져 있다. 사람이 사는 곳은 2층인 것 같다. 아오키는 기노시타를 손짓해 불러, 문 앞에 있으라고 지시했다. 만약을 위해서다. 뒷문 같은 것은 없어 보이니, 만에 하나 도망친다 해도 여기를 지키고 있으면 안심이다.

아오키는 계단을 올라갔다.

다 올라가 보니 오른쪽에 똑같은 문이 있었다.

"구보 씨, 구보 씨, 주무시는데 죄송――."

"누구십니까?"

갑자기 문이 반쯤 열리고 그 틈으로 목소리가 났다.

구보의 얼굴이 반만 보였다.

"아아, 구보, 구보 슌코 선생님이시지요. 소설가이신――."

"그렇습니다. 당신은?"

"저는 이런 사람입니다."

아오키는 경찰수첩의 표지를 보여주었다. 신분을 증명할 때는 반드시 안을 펴서 보여주라고 오시마는 말했지만, 이 남자에게는 보여주고 싶지 않았다.

"경찰에게는 볼일이 없는데요. 저는 몹시 바쁘니 나중에 다시 와주시지 않겠습니까?"

"아니, 볼일이 있는 것은 이쪽입니다. 주무시고 계셨다면――."

"지금부터 외출할 겁니다. 해가 뜬 후에도 잠이나 퍼져 자는 종류의 인간은 아닙니다. 실례."

구보가 문을 닫으려고 하자 아오키는 상반신을 내밀어 문 사이에 끼우듯 하며 그것을 저지했다.

"시간은 빼앗지 않겠습니다. 잠깐만 이야기를 들려 주십──."

"이미 충분히 시간을 빼앗고 계십니다! 내게는 1분 1초가 귀중하다고요. 볼일 없는 사람과 말을 나누는 것 자체가 나한테는 낭비요."

"당신에게는 일반시민으로서 경찰의 수사에 협조할 의무가 있어요. 실례하겠습니다!"

아오키는 억지로 안으로 들어갔다. 남에게 보이면 곤란한 것이 있을 것이다.

"아아."

방 안에는 아무것도 없었다. 가구도, 아무것도 없었다. 중앙에 책상이 있을 뿐이다.

"무례한 사람이로군. 남의 일터에!"

"일터?"

이곳은 일상생활을 하는 곳이 아니라 일터인 건가?

확실히 이래서야 생활이 안 된다.

창틀은 깨끗하게 칠해져 있고 바닥도 콘크리트가 그대로 드러나 있다. 방에 돌기라고는 하나도 없어서 완전히 상자 안쪽 같다. 천장 중앙에 형광등이 매달려 있다. 이래서야 해가 뜨든 지든, 안에 있는 한 알 수 없지 않은가.

"대체 무슨 볼일입니까? 빨리 끝내고 돌아가시오. 나는 외출할 거니까!"

초조해하고 있다.

"실은 상자에 대해서 여쭤보고 싶은 게 있습니다. 당신은 작년에 미타카에 있는 데라다 목공제작소에 대량으로 상자를 주문하지 않았습니까?"

어떻게 대답할까?

"했지요. 거기 직인은 솜씨가 좋아요. 그게 뭐 어쨌다는 겁니까?"

대담한 남자다.

"보여주실 수 있겠습니까?"

"왜 경찰에게 보여줘야 하죠? 나는 양심에 걸리는 짓은 하나도 하지 않았소. 보여줄 필요도 없지."

"보여주기 곤란한 건 아닙니까?"

"당신, 대체 무슨 수사를 하고 있는 거요? 협조하라고 해도 나는 전혀 짐작이 가지 않는군. 하여튼 당신들 경찰관은 교양이 없어. 남에게 뭘 물어볼 때는 좀 더 논리적으로 물어보란 말이오. 시간 낭비요. 바보와 얘기하다 보면 바보가 되지. 돌아가시오."

구보는 아오키를 밀쳐냈다.

내려다보는 듯한 눈빛이다.

아오키의 머리에 피가 올랐다.

왜 이런 남자에게 매도당해야 하는 걸까?

참을 수가 없다.

"그렇게까지 말한다면 가르쳐주지! 나는, 네놈의 엽기범죄를 저지르러 왔다! 경찰을 우습게 보지 마! 이, 살인자!"

"살인자?"

구보의 눈빛이 변했다.

"그래. 당신은 무사시노 토막살인사 ——."

"뭐라고! 누가 살인자야! 누가 죽였나! 나는 죽이지 않았어! 네놈들 같은 바보들이, 내 마음을 알 리가 없지! 머리 나쁜 바보인 주제에 잘난 척 지껄이지 마!"

엄청난 서슬이다. 지나친 변모에 아오키는 당황했다. 구보는 입에 거품을 물고, 마치 떼쓰는 아이처럼 두 손을 휘두르고 고함을 지르며 덤벼들었다.

"우와아아아아앗."

아오키는 떠밀려 문에 세차게 부딪혔다. 구보는 쓰러진 아오키를 마구 걷어찼다. 워낙에 급습이라 전혀 저항은 할 수 없었다.

"기, 기노시타."

아오키는 태아처럼 몸을 웅크리고 실신했다.

"구, 구보가 ——."

※

"구보가 데라다의 아들이었다니."

나는 이상하게도 평정을 되찾고 있었다.

사건은 끝난 것이 아니지만, 왠지 모르게 아귀가 딱딱 맞았기 때문일 것이다.

"뭐, 도리구치 군이 조사했을 때부터 장갑을 낀 남자가 효에의 가족 같다는 증언은 있었네만 ——."

거의 혼잣말이다. 교고쿠도도, 에노키즈도 안 듣고 있다.

효에는 우리들에게 모든 것을 이야기하고 경찰에 출두했다.

교고쿠도의 허풍이 어지간히 먹혀들었나 보다.

우리는 교고쿠도의 객실로 돌아와 어제와 완전히 똑같은 자세로 하는 일도 없이 아오키의 연락을 기다리고 있다.

"그건 그렇고 교고쿠도, 자네 설마 진짜 망량이 보인 것은 아니겠지?"

나는 누군가와 이야기하고 싶어서 견딜 수가 없다.

"그런 게 보일 리가 있나? 몇 번이나 말했지 않은가. 망량은 껄끄럽다고."

"하지만 자네는 망량의 수수께끼에 상당히 육박한 것 같지 않은가. 그 이야기, 효에는 얼마나 이해할 수 있었을까?"

"바보 같은 소리 말게."

교고쿠도는 아내가 내 준 찹쌀과자를 먹으며 대답했다.

"그건 입에서 나오는 대로 그냥 지껄인 거야. 생각난 것을 차례대로 말했을 뿐일세. 그 자리에 갈 때까지 생각도 해 보지 않았어."

"그래? 역으로 망량의 수수께끼를 풀 수 있다는 것도 엉터리란 말인가?"

"아아, 그건 말하던 도중에, 약간 좋은 생각이라고 생각했네. 거짓말은 하지 않았지만, 전체적으로는 자네가 자주 말하는 궤변이지."

교고쿠도는 찹쌀과자를 다 먹고 차를 마신다.

"하지만 망량은 귀문에 모여들지 않는다는 것은 왠지 설득력이 있었어."

"모여들지 않는 게 아니라, 귀문에만 있는 게 아니라고 한 걸세. 아쿠키리의 사방 굳히기가 생각났거든. 방위는 북쪽이라고 했지만 말이야."

"그렇지 않단 말인가?"

"흥, 잘 듣게. 고대의 방상씨는 묘혈(墓穴)에 들어가 창으로 사방을 찔러 망량을 퇴치하는 걸세. 이것은 거짓말이 아니지만, 찌르는 것은 네 귀퉁이란 말이야. 네 변이 아닐세. 묘혈이라는 것은 동서남북에 네 변이 오도록 만드는 법이니, 그 네 구석이라면 북동, 남동, 북서, 남서일세. 축인도 들어가 있어."

"아아, 그런가? 그럼 사기였군."

"사기라니 말이 심하군. 하지만 뭐, 그렇지. 그래서 난관을 모면하려고 아라히라를 끄집어낸 걸세. 거기까지 할 필요는 딱히 없었지만, 교의의 모순을 지적하는 정도로는 그 남자는 흔들리지 않았을 테니까. 모순되어 있다는 것 자체를 이해하지 못했겠지. 처음부터 자신의 주술을 믿지 않았거든. 그때는 어떻게 해서라도 망량이 들끓어 나오게 해서, 그 남자에게 재앙을 내리게 하지 않으면 안 되었네. 따라서 나는 그 남자의 주술의 정당성을 보여주면서 파탄시켜야만 했던 거야. 정말 힘들었네."

정말이지 방심할 수 없는 친구다.

"보고 싶었는데요. 저는."

도리구치가 말했다.

"그 외의 〈비밀의 해명〉의 트릭 공개는 어떻게 됐나? 자네는 웬만한 영능력자보다 훨씬 그럴듯했네만——."

"세키구치 군. 자네를 상대하는 일은 정말 귀찮기 짝이 없군. 나는 그저께 전화로 조사했네. 니카이도 스미의 본가에도 전화했지. 어머니가 받더니 여러 가지 불평을 늘어놓더군. 거기에서 추리한 걸세. 그 스미라는 아가씨는 벌써 서른 살이 가까운 모양인데 남자 운이 없어서 독신, 씀씀이도 헤프고 화려한 것을 좋아하는데도 외동딸이라 귀여워했다고 하네. 그랬더니 참견을 좋아하는 백모님이 온바코를 소개해 준 모양인데, 돌아오지 않게 되고 말았네. 신심이라고 하니 불평도 하지 못하고 백모님의 체면도 있어서, 아버님은 크게 상심해서 술독에 빠져 지낸다더군. 자식을 떼어놓지 못하는 거지."

"술독에 빠져 있다면 간장이 망가졌을 거라는 간단한 추리인가?"

"그래. 그리고 그 스미가 입고 있던 옷. 그것은 비싼 옷일세. 고급이야. 고쳐 입은 것도 아니고, 어디에서 천을 사다가 만든 것도 아닐세. 기성복이지. 직업도 없는 여성이 덜컥 살 수는 없는 옷이야. 게다가 그녀는 어머니의 이야기로는 아무리 생각해도 진심으로 종교에 빠져들 것 같은 사람이 아니었던 모양이고. 그렇다면."

"그렇군. 그래서 돈을 노린 거라고 짐작한 건가? 위통은 어떻게 된 건가?"

"그건 넘겨짚은 걸세. 입가가 거칠더군. 위가 아프다는 증거지. 매일의 생활에 양심에 찔리는 데가 있다면 위가 아파질 만도 하지. 양심의 가책은 건강에 반영되거든. 본래 그렇게 나쁜 여자는 아닐세. 다만 약간, 돈과 자극이 필요했던 거겠지."

"효에의 눈은?"

"그건 백저예(白底翳)일세. 동공이 약간 혼탁한 것 같았으니, 시력장애가 나타나기 시작했을 거야."

"그게 뭡니까?"

도리구치가 물었다.

"백내장 말이야. 빨리 치료하는 게 좋을 거야. 비문증(飛蚊症)[52]이라

---

52) 밝은 하늘이나 하얀 면을 보았을 때, 시야 속에 점무늬, 실 모양 등의 불규칙적인 형

도 병발했다면 덫을 치기는 더 쉬웠겠지만 말일세. 공교롭게도 꽤 진행되었던 모양이야."

무슨 소린지 알 수 없었지만, 물어봐도 모를 테니 질문은 포기했다.

〈비밀의 해명〉의 술책은 어디에나 있는 것이다. 에노키즈가 환시한 것도 재료가 되었을 것이다. 나는 데라다 효에가 약간 불쌍하게 생각되었다. 단순한 상자가게 주인, 날라리 영능력자에게는 상대가 너무 강했다.

나는 효에의 이야기를 천천히 반추한다.

효에의 아내 이름은 사토라고 했다.

효에는 1931년에 결혼했다고 한다. 맞선을 보았다고 했다. 그 전해에 어머니가 돌아가셨기 때문에 여자의 손길이 필요했다는 것이 주된 이유였던 모양이다.

아이——도시키미[竣公]가 태어난 것은 그 이듬해였다. 도시키미라는 이름은 조부 데라다 추가 지은 것인 모양이다. 사실은 도시키미[俊公]라고 지을 생각이었던 모양이지만 취해서 글씨를 잘못 썼다고, 추 씨는 나중에 자백했다고 한다.

확실히 〈竣〉라는 글씨는 도시라고 읽지 않고, 글자의 뜻도 끝난다거나 완성된다는 의미다. 따라서 도시키미는 슌코로 살아갈 수밖에 없었다.[53]

슌코가 태어난 이듬해, 추 씨가 죽었다.

그 후 데라다 가는 조금씩 일그러져 갔다.

태가 보여 눈앞을 모기가 날아다니는 것처럼 느껴지는 증상. 주로 유리체의 혼탁이나 안저출혈 등에 의해 일어남.
53) 한자 竣公는 일본어로 슌코라고 읽음.

사토는 정신병을 가지고 있었다. 추 씨가 살아 있었을 때는 그의 대범하고 명랑한 인간성 덕분인지 별다른 평지풍파는 일어나지 않았던 모양이다.

추 씨가 죽자, 사토는 아이를 돌보지 않게 되었다. 장례식 때문에 지친 건가 싶어 이삼일은 효에가 도와주어 어떻게든 넘겼지만, 그런 문제가 아니었다.

하루 종일 아무것도 하지 않는다.

효에는 당황했다. 아내에게는 이야기가 통하지 않았다. 신경을 써주거나 돌봐주는 것은 효에의 특기 분야가 아니었고, 본래 보통 사람하고도 제대로 대화하지 못하는 효에로서는 아내의 기분을 이해하는 것도, 아내에게 자신의 기분을 전하는 것도 어차피 무리였던 모양이다.

서툴고 무뚝뚝한 효에는 본래 결혼 생활이란 어떤 것인지 생각한적도 없었고, 어떻게 해야 할지도 생각나지 않았다. 상의할 만한 친척도 없었고, 추 씨가 죽은 지금에 와서는 자기 일처럼 생각해 줄 친한 지인도 없었다. 무엇보다 가족의 수치를 사람들에게 알리는 게 싫은 기분이 들었다. 그래서 감추고 있었다. 효에는 그렇게 말했다.

"하지만 아이는 귀여웠습니다. 처음에는 귀찮았지만, 내버려둘 수가 없었어요."

효에는 아래를 향한 체 그렇게 말했다.

보모를 고용할 여유는 없었고, 무엇보다 체면도 있다. 스스로 어떻게든 할 수밖에 없다고, 성실한 효에는 반쯤 의무적으로 생각했다고 한다.

반년 정도는 노력했다.

자신이 못하는 만큼 직인들에게는 엄격하게 대했지만, 그 보람이 있어서 일의 질은 향상되었다. 무슨 일이든 어중간한 것을 싫어하는 성격이었던 것이다.

그러나 이 생활은 체력적으로도 힘들었다. 갓난아기를 업고 할 수 있는 일이 아니었다.

사토는 전혀 회복되지 않았다.

다행히도 밖에 나가 돌아다니는 병은 아니었는지, 계속 객실――지금의 기도실――에 틀어박혀 있었던 모양이다. 다만, 틈만 나면 죽고 싶다, 죽고 싶다고 말했다고 한다.

울증이었을 것이다.

울증은 쉽게 낫지는 않지만, 낫지 않는 것은 아니다. 다만 고치기 위해서는 끈기 있는 주위의 이해와 협조가 필요하다.

나도 울증 환자였다.

나는 비교적 가벼운 증상이었다. 그러나 그야말로 괴로운 매일을 보내는 환자의 가족을, 나는 몇 집 알고 있다. 그러나 가족도 힘들지만 가장 힘든 것은 본인이고, 그렇기 때문에 주위의 이해가 필요한 것이다.

사토의 경우는, 이해나 협조를 받을 수 있는 환경은 못 되었던 모양이다.

효에는 돈이 필요했기에 빚을 내어 기계를 사고, 금속상자 제작도 시작했다. 돈이 있으면 어떻게 될지도 모른다――그렇게 생각했다고 효에는 말하지만, 그것은 수상하다.

왜냐하면, 그 무렵부터 효에는 상자에 씐 상태가 되어 있었던 것 같으니까.

일이 몹시 하고 싶다. 잘 때도 깨어 있을 때도——상자가 마음에 걸린다.

그 모서리의 처리는 그렇게 해도 될까, 그 청사진대로 제작하면 강도에 문제는 없을까.

아이와 사토가 이상할 정도로 귀찮아졌다고 한다.

"아이가 싫어진 건 아니오. 그냥 일을 하고 싶었어요——."

효에는 그렇게 말했다.

효에는 식사를 만드는 것 이외에는 두 사람을 전혀 보살피지 않게 되었다.

목욕도 하지 못하고, 애정을 받지도 못한 채, 거의 방치 상태로 슌코는 자랐다.

그리고 어머니와 둘이서 객실에 가만히 앉아 있는 아이가 되었다. 그것은 효에에게 고민거리가 아니라 오히려 잘된 일이었다. 일에 몰두할 수 있었기 때문이다.

효에가 원래 말이 없었기 때문인지, 슌코도 말을 하지 않는 아이였다. 장난감은 아버지가 만든 상자와 도면뿐이었다. 효에는 열심히 일을 했다. 직인들도 그에게 영향을 받은 듯이 일했다. 직인들은 안채에 효에의 아내와 아들이 있다는 것조차 몰랐던 모양이다.

슌코가 다섯 살이 되었을 무렵——사회 정세에 전혀 흥미를 갖지 않는 듯한 효에의 이야기는, 도대체 언제의 이야기인지 알기가 매우 힘들었지만 아마 1937, 8년의 일일 것이다——사토는 어찌 된 영문인지 회복되기 시작했다고 한다.

그것이 도리어 좋지 못한 결과를 초래했다.

효에에게 있어 인간의 감정을 되찾은 사토는, 그때까지보다 더 다루기 어려운 존재가 되었을 뿐이었다.

부자연스러운 생활이 너무 길었던 것이다. 그때는 이미, 효에 쪽이 감정을 잃고 있었다.

사토는 조금씩 밖에 나가게 되고, 슌코도 보살피기 시작한 모양이다. 그러나 그것은 간단한 일이 아니었던 것 같다. 당연할 것이다. 그녀에게 슌코는 아직 갓 태어난 갓난아기와 같았던 것이다. 그녀는 빠진 역사를 덧그리듯이 슌코를 대한 모양이지만, 그때 이미 아들은 다섯 살이 넘어 있었던 것이다. 그녀에게 슌코는 이미 정체를 알 수 없는 존재가 되어 있었다.

아이와 의사소통이 전혀 되지 않는 그 욕구불만을, 사토는 효에에게 풀었다. 희로애락의 감정을 전혀 갖지 않고 한 마디도 말을 하지 않는 아들은 자신에게는 괴물이나 마찬가지다, 그런 괴물을 키운 건 당신이다, 사토는 그렇게 효에를 다그쳤다고 한다.

최악이었다.

그래도 한 마디도 하지 않은 채, 슌코는 소학교에 입학했다. 적어도 그때 어머니가 울증을 일으키지 않은 것이 불행 중 다행이었을 것이다.

정세는 불안정해지고, 일은 없어지고, 전쟁이 시작되어 효에는 소집되었다. 만세삼창은 고사하고 배웅하는 사람조차 없는 쓸쓸한 출정이었다고 한다.

전쟁터에서 효에는 죽을 고비를 넘겼다고 한다.

그렇게 얘기하자면 대부분의 병사들은 죽을 고비를 넘겼다. 효에가 넘긴 고비가 어느 정도의 고비였는지는 알 수도 없지만, 거기서 갑자기 효에는 사람의 마음을 되찾았다고 이야기했다.

"생각나는 사람은 아버지나 아내, 아들뿐이고, 그때까지 말도 하지 않았던, 미워한다고 생각한 적은 있어도 사랑한다고 생각한 적은 없었던 가족들이 너무 보고 싶었습니다. 사람의 관계란 알 수 없는 겁니다. 서로 어떻게 생각하고 있는지는 그렇게 중요하지 않아요. 오랫동안 함께 있다거나, 피로 이어져 있다거나, 그런 시시한 관계가 문득 소중해졌습니다. 살아서 돌아가면, 좀 더 가족다운 생활을 하자고 생각했어요——."

효에는 그렇게 말했다. 그러나 바람은 이루어지지 않았다.

복귀해서 상자가게로 돌아간 효에를 기다리고 있었던 것은 텅 빈 상자였다.

다행히 공습을 당한 것 같지도 않고 상자가게는 그대로 남아 있었지만, 안에는 아무도 없었던 것이다.

공장에 놓여 있는 나무상자는 모두 부서져 있었다. 다만 안쪽 객실 다다미 중앙에 검은 얼룩이 져 있고, 그 얼룩 위에 쇠로 만든 상자 하나가 오도카니 놓여 있어——.

안에는 말라비틀어진 손가락이 네 개 들어 있었다.

아무도 사정은 몰랐다.

피난이라도 간 걸까. 죽은 걸까.

아무리 생각해도 알 수 없었다. 무서워졌다.

그 후로 몇 년이나, 효에는 혼자 살았다.

효에는 가족도, 감정도 잊었다.

효에는 다시 상자 만들기로 도피했다. 자신을 상자에 넣고, 뚜껑을 덮었다.

효에에게 아들 슌코가 모습을 나타낸 것은 재작년, 1950년 11월이었다고 한다.

효에가 출정했을 때는——효에가 몇 년에 출정했는지 나는 알 수 없었지만——열 살도 안 된 아이였던 아들 슌코는, 어엿한 청년이 되어 있었다.

"등골이 오싹할 만큼 무서웠소."

효에는 그렇게 말했다.

——접니다. 당신의 아들입니다. 자, 제 손가락을 돌려주십시오.

그것이 첫 번째 말이었다.

사토는 효에가 출정한 후에 다시 발병했다——고 슌코는 말했다. 그러나 슌코가 있었기 때문인지, 장기간 울증 상태가 이어지지는 않았던 모양이다.

——지독한 여자였어.

슌코는 그렇게 말했다고 한다.

울증 상태일 때는 식사조차 하지 않는다. 그렇지 않을 때, 슌코는 익애(溺愛)를 받았다고 한다. 슌코는 친구가 없었다고 했다. 효에가 출정한 후에는 학교도 가지 않았다고도 했다.

──당신이 그렇게 한 거야. 나는 이 집을 나갈 때까지 말도 전혀 할 줄 몰랐으니까. 친구? 학교? 웃기는군. 하지만 지금은, 고맙게 생각하고 있어요. 덕분에 열악한, 머리 나빠 보이는 감상이나 추억 같은 것이 내게는 전혀 없으니까.

──그 여자는 결국 목을 매달고 죽었어. 규슈의 산속에서.

──어째서냐고? 상자가 무서웠다더군. 그 여자는 상자가 무섭고 끔찍해서, 그래서 여기에서 도망쳐 나간 거야. 여기는 상자투성이잖아. 그때도, 그리고 지금도.

──당신들 부부는 텅 비어 있었던 거야.

──안에 아무것도 없었어.

──바보였던 거지.

──나한테 상자를 만들어 줘요. 아버지.

사토의 과실이었던 걸까. 아니면 사고였던 걸까. 아니면 사토의 이상한 정신 상태가 작용한 걸까. 슌코의 말만으로는 판단할 수 없었다고 한다.

슌코의 네 손가락──오른손 약지와 새끼손가락, 왼손 검지와 중지──는 효에가 만든 그 쇠상자에 끼어 절단된 것이라고 한다.

사토는 반광란했지만, 치료도 하지 않고 처치도 하지 않았던 모양이다. 객실은 피투성이가 되었다.

──그냥 우우, 우우하고 울부짖더군. 그 여자.

마침 울증이 발현했을 때였는지도 모른다.

그리고 제정신으로 돌아오자, 사토의 광란은 더욱 정도가 심해졌다고 슌코는 말했다.

객실의 손가락은 그 후로 계속 —— 효에가 복귀해서 돌아올 때까지, 그 상태 그대로 방치되어 있었던 셈이다.

그리고 사토는 상자를 무서워하게 되었다. 어떤 슬픈 중력이, 어떤 형태로 그녀의 정신에 압력을 가한 건지는 알 수 없지만, 사토는 모든 재앙을 상자라는 대상에 응축해 버림으로써 정신의 균형을 유지하려고 한 건지도 모른다.

사토는 집 안의 상자들을 부쉈다. 그리고 도망쳤다. 상자가게에는 있을 수 없었다.

규슈 치쿠조 구보테 산 ——.

교고쿠도가 말했던 산이다. 사토가 왜 남쪽으로 도망쳤는지는 알 수 없다.

힘든 여정이었던 모양이다.

구보테 산의 반귀문[54]에 해당하는 이누가타케 산중까지 도망쳤을 때, 힘이 다했는지 절망했는지 사토는 목을 맸다. 슌코는 그곳에서 수험승의 보호를 받아 우지코[氏子][55] 중 한 사람에게 맡겨졌다고 한다.

구보 슌코의 인생은 거기에서부터 시작된다.

그를 돌봐준 우지코 —— 효에는 이름을 몰랐다 —— 는 육십이 넘은 노부인이었다고 한다. 그녀는 본래 교직에 있었던 사람이라 교양이 높았고, 또한 엄격한 사람이라 교육도 엄했다. 또 열렬한 우지코였던 부인은 종교 행사에도 열심히 슌코를 참가시켰던 모양이다.

---

54) 북동쪽의 귀문에 대해 남서 방위. 귀문과 함께 불길한 방위로 꺼려진다.
55) 같은 수호신을 모시는 사람들.

교고쿠도가 말했던 귀신의 신사일 것이다.

그곳에서 슌코는 인생에서 부족했던 부분을 메운 것이다.

단, 대우가 좋지는 않았던 모양이다. 전쟁 중이니 당연하다. 또 주위의 차별도 심해서, 슌코는 그곳에서도 고립되어 있었던 모양이다. 그러나 손가락을 잃고, 말을 잃고, 감정을 잃고, 친어머니에게 괴물이라고 불린 소년은, 주위의 박해를 받으면서도 타향 땅에서 인간이 된 것이다.

전쟁이 끝났다.

슌코는 정확한 나이를 몰랐다.

그러나 전쟁이 끝났을 때, 그는 중학교에 다니고 있었던 모양이다.

그렇다면 슌코는 꽤 단기간에 잃어버린 시간을 되찾은 것이 된다. 그가 태어난 해가 1932년이라고 치고, 전쟁이 끝났을 때는 열세 살. 효에의 말이 사실이라면 거의 다 되찾았다는 계산이 나온다. 무시무시한 속도다. 본래 머리가 좋은 사람이었던 걸까?

그러나 슌코는 전쟁이 끝난 후 1년 만에 치쿠조를 떠나게 된다. 병이 잦았던 양모가 이세에 있는 친척에게 몸을 의탁하게 되어, 슌코도 함께 가게 된 것이다.

슌코가 귀찮은 존재 취급을 받은 것은 틀림없다.

슌코는 이곳에서도 고립되어 있었다. 학교는 다녔지만, 신사 경내에 있던 시간이 더 많았다고 한다.

그리고 1950년 9월, 부인은 죽었다.

문제는 유산이었다. 부인은 그럭저럭 모아둔 재산이 있었던 것이다. 물론 이세에 살던 친척의 친절도, 그것을 노린 것이었음이 틀림없다.

그러나 그들의 그러한 계획은 빗나갔다. 아무 타진도 없이, 어느새 슌코는 호적상 부인의 양자로 등록되어 있었던 것이다. 전쟁 후의 혼란을 틈타 생전에 부인이 손을 쓴 것으로 생각되었다. 그녀는 욕심에 눈이 먼 이세의 친척을 싫어했던 것이다.

슌코는 재산을 상속하고 상경했다. 손가락을 잃고 나서 어언 8년 이상의 세월이 지나 있었다.

슌코가 이야기한 그 반생은, 효에게 공포일뿐이었던 모양이다. 뒤틀리고 꼬이고, 갑자기 발로된 그 순간 밀어 넣어져 버린 효의 인간적 감정을, 아들의 말은 사정없이 자극했다. 그의 마음 깊은 곳에 가라앉힌 감정의 상자는, 아들의 손으로 열렸다.

슌코는 매일 찾아왔다. 그리고 묻지도 않았는데 이야기하고 또 이야기했다. 괴롭히는 듯한 눈빛이었다고 한다. 효에는 그동안 한 마디도 할 수 없었다.

—— 내가 불행합니까? 아버지.

—— 당신은 행복합니까? 아버지.

슌코의 말은 악마의 속삭임처럼 서서히 효에를 괴롭혔다. 가까스로 지켜지고 있던 효에의 마음의 균형은 완전히 깨진 것이다.

아무래도 슌코는 대학에 진학할 생각이었던 모양이다. 그러나 그건 그만두기로 했다고 한다.

—— 돈은 있습니다. 내게 상자를 만들어 주세요.

—— 아무도 당신을 탓하지 않는데 뭘 그렇게 무서워하는 겁니까?

슌코는 그러다가 상자가게에 눌러앉았다.

손님이 있을 때 말고는 온종일 효에의 귓가에서 계속 이야기했다.
할 이야기가 없어지자 종교 이야기를 했다고 한다.

무엇을 물어도 효에는 대답할 수가 없어서, 어떤 내용의 이야기도
고문이었다.

──나는 채워지질 않아요. 무엇을 해도.

뭔가 부족한 겁니다.

내 손가락은 어디 있습니까?

효에는 손가락이 들어 있는 상자를 봉해서 천장 뒤에 감추어 두었
다고 한다. 버리지도 못하고, 그렇다고 가까이 놔둘 수도 없었기 때문
이란다.

섣달 그믐날, 옆집 요시무라가 찾아왔다. 효에의 할머니가 맡긴
〈망량의 상자〉를 안고.

이것은 기분 나쁠 정도의 우연이다. 천장 뒤의 봉한 상자──.

효에에게는 우연이 아니었다. 그리고 그것은 옆방에서 두 사람을
살펴보던 슌코에게도 우연이 아니었다. 그 상자는 슌코가 자란 구보
테 산의 심비의 상자이기도 했던 것이다.

효에는 약간 편해졌다고 했다.

"훨씬 전부터, 이렇게 되기로 정해져 있었다는 기분이 들었어요.
아무리 발버둥 쳐도 사람의 운명이란 바뀌는 게 아니다, 할머니 때부
터 내 운명은 이 상자에 들어 있었던 거라고, 그렇게 생각했습니다.
그랬더니 좀 편해졌어요."

그리고 그 야마 씨가 등장한다. 도리구치의 조사는 옳았다.

"그 무렵, 야마 씨라는 옻칠 직인이 있었는데 그 사람이 매우 침울해 하고 있었어요. 아들을 다치게 했다나 하면서. 한쪽 다리가 3촌이나 짧아지고 눈도 한쪽이 못쓰게 되었다고, 이제 큰일이라면서요. 그래서 비관해서 아내도 도망갔고, 일 따윈 할 수 없다면서. 왠지 남의 일이라고 생각되지 않아서 저답지 않게 떠들어댔습니다. 그랬더니 점점 말이 나오더군요. 평생 그렇게 술술 떠들어댄 적은 없었어요. 스스로도 놀랐습니다. 야마 씨는 처음에는 놀랐지만, 얘기하는 동안 왠지 울음을 터뜨리더니 매우 고마워하면서 돌아갔어요."

그것을 슌코가 듣고 있었다.

—— 세상에는 불행한 사람도 있는 법이다.

우리들과 비교하면 어느 쪽이 불행할까.

세상에는 얼마나 불행이 있는 걸까.

그것은, 채워지지 못한 걸까,

아니면 불행으로 채워지는 경우도 있는 걸까? 아버지.

효에는 대답하지 않았다.

그 순간 슌코는 난폭해져서 갑자기 미친 듯이 덤벼들어, 효에는 심하게 얻어맞았다고 한다.

—— 멍청한 놈, 저런 바보 같은 남자를 위로할 바에는 왜 나를 채워주지 않는 거냐. 당신은 나의 이 부족한 손가락을, 왜 돌려주지 않나!

그 후에는 그가 하라는 대로 했다고 한다.

효에는 슌코의 하인으로 전락했다.

그리고 —— 온바코가 태어났다.

"구보는 왜 온바코를 만든 걸까 —— 나는 그걸 잘 모르겠더군. 상자를 대량으로 만들게 한 이유도 잘 모르겠고. 자네는 그 이유를 아나? 교고쿠도."

교고쿠도는 두 번째 찹쌀과자를 먹고 있다.

"그건, 그 '수집자의 정원'에 쓰여 있는 대로일 걸세. 효에는 이야기하지 않았지만, 신관과 수험승의 문답은 그대로 슌코와 효에의 문답이었을 거라고 생각되는군. 효에는 슌코의 마음의 암흑을 들여다보고, 그 끝없는 업에 매료되어 버린 거야. 그렇지 않으면 스스로 그런 차림을 하고 교주 역할을 할 수 있겠나? 그 효에라는 남자는, 그때까지 감추어져 있던 자신의 재능이나 욕구를 거기에서 찾아내고 만 거지. 좋아서 하던 일일세. 구보는 그것을 알았기 때문에, 그래서 재미있어져서 그대로 소설로 쓴 거겠지. 몹시 흥미로운 테마 아닌가? 그것은 시기적으로도 모순은 없을 걸세. 구보와 효에 사이에 문답이 있었다면 아마 1월쯤일 테고, 그 후 슌코는 곧 상자가게를 나와 혼자 살기 시작했겠지. '은성문학'의 본조환상문학상 마감이 3월 말. 도장 완성이 8월 말. 문화예술사는 심사가 빠르니까 발표가 10월 말. 그리고 수상 데뷔, 그렇게 된 거 아닐까. 진짜 이야기니 현실감이 있었겠지. 인간이 그려져 있지 않았겠나?"

교고쿠도는 작게 웃었다.

"그럼 자네는, 어디까지나 구보는 그런 작풍이라는 거로군. 있는 그대로밖에 쓸 수 없다는 —— 하지만 구보의 '상자 속의 소녀'에 나오는 남자의 인생은, 구보의 인생과는 꽤 다른 것 같은데?"

"그렇지 않네. 그것은──구보가 구보테 산에서 살기 시작한 후의 일을 쓴 거야. 구보는 분명히 관리가 된 것도 아니고, 아버지인 효에도 건재하지만 말일세. 하지만 그 소설의 주인공은 양친에 대해서 아무 이야기도 하지 않아. 아버지의 죽음에 대해서는 단 한 줄. 어머니에 이르러서는 쓰지도 않은 거나 마찬가지일세. 그런데 할머니는 어떤가? 극명하게 장례식의 모습을 기록하고, 시체를 파내는 꿈까지 꾸고 있네. 할머니란 길러준 부인을 가리키는 거겠지. 그리고 아버지는──실제로 죽은 것이 아니라, 온바코가 된 걸세. 그 시점에서 효에는 아버지가 아니라 슌코의 하인으로 전락한 거야. 죽은 거나 마찬가지일세. 하지만 장례식의 모습은 쓸 수 없지. 하지 않았거든. 게다가 구보가 상자가게에서 지금 사는 집으로 이사하는, 그런 묘사는 있네. 이사 장면 말일세. 거기에서 묘사되는 심리야말로 구보가 상자를 주문한 이유일 테지."

"교고쿠도. 그럼 자네는 구보가 소설대로 나무상자에 흙을 채워, 그 안에서 자기라도 한다는 건가? 그래서야 마치 흡혈귀 같지 않은가."

비슷하려나.

"그런데 효에는 용케 경찰서에 갔군요."

도리구치는 찹쌀과자의 가루를 질질 흘리며 감탄했다. 나는 그 자리에 있었던 사람으로서 솔직하게 대답했다.

"뭐, 그 자신이 구보의 범행을 어렴풋이 느끼고 있었다고 했고, 팔다리를 넣은 상자도 아마 효에가 만든 것일 테지. 명부 순서라든지, 여러 가지 이야기해야 할 것도 많으니까. 출두해 주지 않으면 시작도 할 수 없네. 그 부분은 이 교고쿠도 대선생이 교묘하게 미끼를 던진 걸세."

"어떻게 말입니까?"

"마지막에 가서는 효에도 온카메 님이 아닌 교고쿠 님의 신자 같은 거였으니까. 무슨 말이든 들을 태세였지. 돈을 신자에게 돌려주는 것만으로는 구보를 구할 수 없다, 이대로는 조만간 구보가 목숨을 잃게 된다 하면서. 망량이란 그렇게 무서운 존재다, 그런 엉터리 같은 소리를──."

"엉터리가 아닐세. 사실이야. 구보의 목숨도 위험하단 말일세."

교고쿠도가 엄한 어조로, 신 나서 이야기하던 나를 가로막았다.

"효에도 괴롭겠지만──그도 아버지일세. 아들이 죽는 것보다는, 설령 범죄자의 낙인이 찍히더라도 살아 있어 주는 게 더 좋겠지. 그래서 그는 경찰서에 간 걸세. 어떤 관계라 해도 부모 자식이라고──그도 그렇게 말하지 않았나."

"어째서 구보가 죽어야 한단 말인가? 자살이라도 한다는 건가?"

범인은──구보인데.

교고쿠도는 대답하지 않았다.

도리구치가 말한다.

"구보는──뭐, 온바코를 만들게 되기까지의 경위나 심정은 대충 알겠지만, 어째서 토막살인 같은 짓을 저지른 걸까요──그건 모르겠네요. 그냥 한번 해 본 생각에서 방증이 나와, 물증만 없다뿐이지 구보 범인설은 이제 거의 틀림없는 것 같은데──."

그것은 나도 느끼고 있다. 여기에서 물증이 나와도 왠지 석연치 않다. 나는 비꼬는 의미를 담아 말했다.

"동기가 말이지. 하지만 이 교고쿠 님은 동기 운운하는 이야기를 하면 화를 내니까."

교고쿠도는 잠자코 있다.

나는 말을 잇는다.

"하지만 그렇다 해도 스무 살 남짓한 나이에 구보의 인생도 굉장하군. 그가 굴절된 성격을 가진 것도 이해가 가네. 유아 학대, 빈곤, 어머니의 울증, 양친의 불화, 자폐적인 성격, 실어증, 신체적 열등감, 어머니의 자살 목격, 괴롭힘, 고독 —— 생각할 수 있는 요소는 거의 다 체험했어. 이러고도 이상해지지 않는다면 거짓말이지."

"원인이 수북이 쌓여 있는 상태 —— 인가요?"

"뭐, 이유 없는 범죄 —— 군이 말하자면 분열증적 살인자, 즉 사이코 킬러인가 ——."

교고쿠도가 좌탁을 두드렸다.

"바보 같은 소리 말게, 세키구치 군. 그만 좀 해!"

교고쿠도는 큰 소리를 지르며 나를 노려보았다.

나는 놀라서 차를 약간 엎질렀다.

"왜, 왜 그러나, 갑자기."

"아까부터 듣자 듣자 하니 입에서 나오는 대로 잘도 지껄이는군. 자네는 언제부터 차별주의자가 된 건가! 자폐적이라느니 실어증이라느니, 그런 거야 자네도 마찬가지 아닌가. 그렇다면 자네도 사이코 킬러란 말인가? 멋대로 말을 만들지 말게. 그렇다면 자네도 이유 없이 길 가는 사람을 죽이고 다니나? 성장 과정에 원인이 없다고는 안 하겠고, 유아 학대를 받은 많은 사람들이 그 인생에 큰 상처를 입는 경우는 분명히 있지만, 그렇다고 해서 그것이 범죄를 저지르는 이유가 되지는 않아! 구보와 똑같이 비참하게 자란 사람이라도 바르게 살아가는 사람들이 많이 있네. 그런 것은 무시해도 될 일이야. 알겠나? 계기는 반드시 있는 걸세. 그것만 없었다면 구보도 이런 짓은 하지 않았어! 환상소설의 기수로 활약하며 인생을 평온하게 살았을지도 모르지. 데라다 효에도 훌륭한 아들을 두어, 안온하게 여생을 보냈을지도 모르네. 비상식의 문을 여는 계기가 있고, 그것을 실행해도 될 듯한 분위기를 가진 온바코라는 특이한 환경이 만들어져서 비로소 범죄는 성립한 거란 말일세. 범죄는 사회조건과 환경조건, 그리고 도리모노와 같은 광기 어린 한때의 마음의 진폭으로 성립하는 걸세. 구보는 우연히 그것을 만나 버린 거야. 그뿐일세."

진심으로 화내고 있었다. 나는──.

순순히 반성했다. 옳은 말이다.

"알았네. 미안해. 나는, 왠지 빨리 일상으로 돌아가고 싶어서, 자네가 이전에 말했던 것처럼 범죄를 부정한 것으로서 쫓아내 버리고 싶었던 모양일세."

그리고 물었다.

"그건 그렇고 구보는──무엇을 만난 건가?"

"그러니까, 망량일세."

교고쿠도는 갑자기 얌전해져서 그렇게 말했다.

"이놈은 아직도 뭔가 감추고 있어!"

그때까지 누워 있던 에노키즈가 벌떡 일어났다.

그는 찹쌀과자는 퍽퍽해서 싫다며 누워 있었던 것이다.

교고쿠도는 아무 말도 하지 않았다.

나는 더 이상 따져 물을 기분이 들지 않았다. 교고쿠도가 의식적으로 입을 다물고 있는 것에 대해서는, 정말 듣지 않는 편이 좋다. 들으면 괴로워질 뿐이다.

"구보라는 성은——구보테 산에서 딴 것이었겠지."

교고쿠도는 혼잣말로 그렇게만 중얼거렸다.

그때, 장지문이 열리고 교고쿠도의 아내가 얼굴을 내밀었다.

"저어, 도쿄 경시청 수사2과의 기노시타 형사님이라는 분에게서 전화가 왔어요. 급하신 것 같던데."

"기노시타라고?"

교고쿠도가 벌떡 일어난다. 도리구치가 뒤를 따른다. 나는 오래 앉아 있었기 때문에 다리가 저렸다. 그때 시계를 보니, 오후 3시였다.

"여보세요, 아아, 추젠지입니다. 기노시타 군? 기노시타 군이죠? 아오키 군은?"

"아오키는——."

※

아오키는——.

아오키가 정신을 차렸을 때는 침대 위였다.

"전치 1주야. 오늘은 절대 안정일세."

베갯맡에 오시마가 있었다.

"경부님, 구, 구보는."

"됐으니까 맡겨 둬. 내 판단 미스일세. 녀석은 틀림없는 용의자야. 자네의 의견을 받아들였어야 했는데."

"즈, 증거는, 그, 차고의, 차."

"알고 있네. 지금——감식반이 들어갔어. 기노시타는 걱정할 거 없네. 그 멍청한 놈, 등을 돌리고 서 있으니까 그렇게 되지. 그놈은 찰과상일세."

그때.

구보에게 죽도록 걷어차인 아오키는 순간적으로 의식을 잃었다.

그러나 온몸을 뛰어다니는 엄청난 격통 때문에 곧 정신이 들었던 것이다.

계단을 구르듯이 내려가 보니, 우편함 앞에 기노시타가 혼절해 있었다.

자세로 보아, 구보가 뒤에서 뒤통수를 친 것 같다.

흔들어도 정신을 차리지 않는다. 구보의 모습은 이미 없었다.

——놓쳤다! 실패다!

차의 무선 장치로 본부에 연락한다. 겨우 그것만 했는데도 정신이 아득해질 만큼 아팠다.

늑골이 부러진 걸까.

어쨌거나 공무집행방해, 폭행 상해는 틀림없다. 긴급 수배와 현장 지원을 요청한다.

그리고,

——증거다.

대체 얼마 동안 실신해 있었던 걸까. 그 사이에 증거인멸은——.

──할 수 있을 리가 없지.

교고쿠도의 이야기를 들으니 이 근처에 시체 일부가 있다.

그것이 사실이라면 아마 묻었을 것이다. 단시간에 파내어 이동하는 것은 불가능하다. 시체는 세 구, 아니, 네 구나 된다.

묻었다면 지원이 올 때까지 아무것도 할 수 없다. 차를 붙들고 서 있는 것조차 힘들다.

──빌어먹을, 질까 보냐.

이 꼬락서니로는 기바가 비웃을 것이다. 아오키는 기다시피 다시 계단을 올라갔다.

방 한가운데의 책상. 거기에 뭔가 있지 않을까.

문은 열려 있었다. 안은──.

뭔가 정도가 아니었다.

잘 보니 바닥은 혈흔투성이다.

탁상에는 종이묶음. 원고용지다.

무엇이 쓰여 있지? 희담사에서 본 것과 똑같은, 독특한 버릇이 있는 필적이다.

〈원고를 새로 쓸 시간은 없다. 또 실패다. 영혼이 더럽혀져 있어서 부패하는 것이다. 마지막이 이 여자였던 것은 우연이 아니리라. 그 의사가 알고 있다면 만나야 한다. 지금 당장 나가자. 그 소녀를〉

여기까지 썼을 때, 아오키가 도착한 것일까. 이것은 메모인가? 아니면 소설인가?

일기인가──.

다음 장을 넘겨 본다. 잘 넘어가지 않는다. 원고용지가 잉크나 뭐 그런 걸로,

아니다. 이것은 혈액이다! 원고는 핏방울로 찰싹 달라붙어 있었던 것이다. 두 장째 원고용지의 칸 밖에 뭔가 적혀 있다. 간신히 읽을 수 있다.

〈지독한 암퇘지다. 덕분에 모처럼 쓴 원고가 더러워지고 말았다.〉

뭐냐! 이 녀석은 어째서 이런 것까지 쓰는 거지! 아오키는 등골이 오싹해진다. 이곳은 좋지 못한 장소다. 여기에 서 있으면 왠지 얼어붙을 것만 같다.

서랍을 연다. 똑같은 글씨로 기록한 장부. 아니, 주소록인가? 아아, 이것은 도리구치가 손에 넣은 명부의 원본이다! 금액을 적는 난은 없다. 대신——.

불행이나 재난이 끊임없이 적혀 있었다. 가느다란 글씨로, 빽빽이. 기요노인가 하는 남자가 조사한 것과는 비교도 되지 않는다. 왠지 사악할 정도로 면밀하다.

—— 이제 됐어. 질렸다. 아니, 충분해.

아오키는 계단을 내려갔다. 아픔은 꽤 가라앉았다.

문득 아래층이 마음에 걸렸다. 구보는 아래에 있는 차고 부분에서 생활하고 있었던 걸까?

밖으로 나가지 않고 전원을 찾는다. 캄캄해서 아무것도 보이지 않는다.

셔터를 열 힘은 없었다.

그것은 입구 부근에서 발견되었다.

전원을 넣어도 그렇게 밝아지지는 않는다. 그러나 시야는 트였다.

―― 이건, 뭐지?

묘하게 조용하다. 그렇다, 여기에도 기복이 없다. 상자가, 상자가 질서정연하게 높이,

빈틈없이, 상자가 ―― 상자가상자가상자가상자가 ――.

상자가 ――.

벽면은 전부 크고 작은 상자로 메워져 있었다.

데라다라는 남자가 만든 걸까?

기성품은 아니다.

그 증거로 나무쪽을 짜 맞춘 듯 딱 들어맞게 쌓여 있고, 굴곡은 전혀 없다.

관 크기만 한 상자가 그 앞에 놓여 있다.

발을 내딛기가 망설여졌다.

성역 ―― 같은 분위기다.

―― 성역이라면 침범하면 그만이지.

아오키는 발을 내디뎠다. 뚜껑을 연다. 오동나무 뚜껑은 그렇게 무겁지 않다. 안에는 흙이 꽉 차 있었다.

―― 대체 이게 뭐야?

옆을 본다. 관 옆에 작은 상자가 네 개 놓여 있다. 어둑어둑해서 잘 보이지 않았던 것이다.

그 상자 옆에는 가늘고 긴 상자가 질서정연하게 쌓여 있다. 그것은,

―― 팔다리가 들어 있던 ―― 상자?

틀림없다. 본 적이 있다. 팔이나 다리가 들어 있던 상자와 같은 상자다.

그렇다면, 이것은——.

아오키는 네 개의 상자 중 가장 오른쪽 상자의 뚜껑을 열었다.

아오키는——.

다시 실신했다.

상자에는 사지가 절단된 구스모토 요리코가,

빽빽이 채워져 있었다.

마치 살아 있는 듯한 고통스러운 표정으로.

※

구스모토 요리코가,

구스모토 요리코가 살해당한 건가!

—— 범인의 자택 땅속에서 모든 유체가 발견되었다고?

다섯 번째 피해자는 고가네이에 사는 중학생, 구스모토 요리코 양(14)으로 판명되었다고?

"뭐가 판명이냐!"

기바는 신문을 바닥에 내팽개쳤다.

그 김에 재떨이를 걷어찼다.

경찰은 뭘 하고 있었나! 자고 있었던 건가?

교고쿠도는, 아무것도 하지 않고 책이라도 읽고 있었던가!

이놈이고 저놈이고,

그리고 자신도 엄청난 바보다.

——앞으로 이틀. 앞으로 이틀을 왜 버티지 못한 거야.

무사시 고가네이 역 구내에서 털썩 주저앉아 있던 소녀.

달이 떠 있었다.

그 후로 한 달 반.

기바는 구스모토 요리코의 얼굴과 목소리를 떠올린다.

그 소녀는 곧잘 울곤 했다. 이해하기 힘든 소녀였다. 무슨 이야기를 하는 건지, 처음에는 전혀 알 수 없었다.

——이런 사건만 아니라면 인연이 없었을 인종이야.

그렇다면 이것도 예정조화[56]인가?

예정조화? 이 얼마나 재미없는 말인가. 교고쿠도도 아니고, 그런 이치에 닿지 않는 이론은 기바에게 어울리지 않는다. 엿이나 먹어라, 다.

그런 이론은, 조금도 요리코를 상기하는 데 도움이 되지 않는다. 그 소녀는——.

——그 소녀는.

그러나 기바에게는 아무래도 요리코의 얼굴이 명확하게 떠오르지 않았다. 유즈키 가나코와 겹쳐지고 만다. 그리고 요코와 겹쳐진다.

좀 더 확실히 얼굴을 보아둘 걸 그랬다고, 기바는 후회한다.

이제 두 번 다시 볼 수 없는 것이다.

---

56) 독일의 철학자 라이프니츠의 설로, 단순하고 상호독립적인 모나드의 합성체인 세계는 신의 뜻에 따라 미리 조화되도록 정해져 있다는 생각.

추억으로 만들기에는 지나치게 희박하다. 견딜 수 없는 상실감이
기바를 다시 난폭하게 만든다.

기바는 신문을 주워든다.
그리고 표제를 본다.
조간 톱이다.
——범인은 신진기예 환상작가라고?
그런 작가가 어디에서 나왔단 말인가. 기바의 감각에는 그 남자는
걸려들지도 않았다. 그러고 보니 교고쿠도가 그런 수상한 젊은이가
있다고 했던가. 어쨌거나 어차피 까다로운 이론을 배배 꼬다 보니
어디선가 튀어나온 게 틀림없다.
총명함, 지성, 이성, 영리한 간교함.
어느 것도 기바에게는 역겨울 뿐이었다.

——살아 있는 인간이 없단 말이야.
——앞으로 이틀. 그걸 못 참아?

기바는 다시 신문을 내던졌다.
가자.
잠복하는 것이다. 어쨌든 가만히 있어서는 안 된다.
——앞으로 이틀이다. 이틀 후에는 결말을 내 주마!
앞으로 이틀——.

※

이틀.

구보 슌코가 전국에 긴급 지명수배된 지 이틀이 지났다.

아오키 일행이 나선 덕에 증거가 나오고, 다음 날 곧 구보는 범인으로 단정되어 수배된 것이다.

거기가 범행 현장이라는 사실은 분명했다. 흉기도 있었다. 그리고 —— 네 명의 피해자의 나머지 부분이 있었던 것이다. 증거라면 이렇게 확실한 물적 증거도 없을 것이다.

빠른 조치가 내려진 것은 당연한 일이었다. 대량의 수사원이 투입되고, 전국적으로 긴급수배가 내려졌다. 그러나 ——.

어디로 사라진 걸까.

구보의 발자취는 전혀 파악할 수 없었다.

신문은 하나같이 경찰의 태만을 규탄했다.

잡지는 전대미문의 엽기살인귀 구보 슌코의, 허실이 뒤섞인 흥미본위의 중상 기사를 써대어 여론을 선동했다. 기사의 태반은 어디에서 조사한 건지 ——이세의 모 씨가 출처인지——구보의 이상한 성장 과정을, 상당한 각색과 상상을 섞어 소개한 것이었다. 교고쿠도가 가장 싫어하던, 전문가에 의한 동기 탐색이나 해설이 그럴듯하게 늘어놓아져 있었다.

다만 소녀들이 상자에 들어 있었던 사실은 역시 덮어 두었는지, 그 내용을 다룬 매체는 없었다.

나는 완전히 식상해져서, 일절 읽지 않게 되었다.

구스모토 요리코 이하 네 소녀의 쇼킹한 유체의 모습은, 그런 기사를 읽지 말라고 내 혼에 직접적으로 말을 걸고 있는 것처럼 생각되었기 때문이다. 교고쿠도의 말대로 사건은 그것이 전부다. 그럴듯한 동기 따윈 시체 앞에서는 아무런 효력도 없다. 그 비참한 현실은 상자에 들어 있는 소녀들의 모습이 무엇보다도 웅변적으로 이야기하고 있다.

우울하다.

현명했던 것은 '근대문예'이다.

보통 같으면 마구 증쇄할 판이다. 어쨌거나 세상에서도 유례를 찾아보기 힘든 〈현재 지명수배 중인 연쇄 엽기범죄의 범인이 범행 전이나 범행 중에 쓴 소설〉이 실려 있는 것이다. 팔릴 게 뻔하다.

그러나 야마사키의 결단인지 희담사의 방침인지, '상자 속의 소녀'가 게재된 '근대문예'는 출하가 중지되고 이미 유통되어 버린 것에 대해서는 신속하게 회수가 이루어졌다고 한다.

다행히 발매일 전날이었기 때문에 가게에 진열되어 있었던 것은 극히 소량이어서, 그 작업은 비교적 편했던 모양이다.

공서양속에 반한다는 것이 그 이유다.

그러나 그런 행위도 포함해서 희담사가 주목을 받은 것은 확실해서, 채산을 맞추기 위한 모종의 계산은 당연히 되어 있을 것으로 생각된다.

—— 내일 당장에라도 아오키에게 문병을 갈까.

그렇게 생각했다.

벌써 10월이다. 요즘은 약간 쌀쌀하다.

그러고 보니 기바는 슬슬 직장에 복귀하지 않았으려나.

그러나 아오키와 기노시타가 유체를 발견한 다음 날, 즉 구보가 지명수배된 날부터 기바의 행방도 묘연한 모양이다. 그날 낮에 에노키즈가 자택을 찾아가 보니 기바는 엇갈렸는지 외출하고 없었다고 한다.

교고쿠도는 기바의 움직임에 대해 걱정하고 있다.

그러나 나로서는 더 이상 무슨 일이 일어나리라고는——생각되지 않았다.

밀실에서 사라진 유즈키 가나코의 수수께끼. 해결되지 않는 여러 가지 복선.

나는 이제 아무래도 상관없다는 기분이 든다. 이대로 놔두는 게 제일 좋은 것이다.

그렇기 때문에, 기바의 행동은 확실히 마음에 걸린다.

기우로 끝나면 좋겠지만——교고쿠도는 그렇게 말했다.

물론 기우다. 당연히 그럴 것이다.

나는 약간 졸기 시작했다.

——자자.

그렇게 생각했다.

그러나 그 생각은 이루어지지 않았다.

"선생님! 세키구치 선생님!"

도리구치의 목소리다.

뭘까, 이제 와서. 저 녀석은 내 수면을 방해하기만 한다.

결국 '실록범죄'는 구보나 온바코의 기사를 게재하지 않았다.

그뿐만 아니라 다음 호는 휴간으로 결정된 모양이다.

아마 가장 빠르게 가장 정확한 보도를 할 수 있었던 것은 '실록범죄'였을 텐데, 정말이지 이해할 수 없는 일이었다. 특종이다. 범인은 만나지 못했지만, 도리구치는 경찰보다 사건에 대해서 더 자세히 알고 있었을 것이다.

도리구치는 단 한 마디, 저는 쓸 수 없습니다, 그렇게 말했다고 한다. 본래 해결의 실마리는 도리구치의 착상에 있었고, 본인도 그렇게 고생해 가며 취재를 거듭해 사건 해결에도 큰 공헌을 했음에도 불구하고——그렇기 때문인지도 모르지만——그는 기사를 쓸 기력을 잃어버린 모양이다.

왠지 가엾은 이야기이기는 하다. 그러나 그의 상사 세노도 그것을 승낙했다고 한다.

우당탕하는 시끄러운 소리가 났다.

난폭하게 장지문이 열린다.

"선생님! 우와아, 주무실 때가 아니에요."

도리구치는 내 방으로 굴러들어왔다.

"무슨 일인가, 무례하게! 무단침입이야."

뒤에 아내가 서 있다. 무단은 아닌 모양이다.

"무단이고 화단이고 그런 게 어딨습니까! 큰일 났습니다."

"무슨 일인가, 빨리 말하게!"

"구보 슌코의."

"구보 슌코의 토막 난 유체가 발견되었습니다."

10월 1일 아침. 사건은 원점으로 돌아갔다.

10

오래된 핏자국이 검게 얼룩져 있다. 세탁 따윈 하지 않았다.
그래서 정글 냄새가 난다.

왠지 조금 습한 듯한, 엄청나게 몸에 달라붙는 느낌이다. 타졌다.
여기저기 구멍이 뚫려 있다. 자신의 몸에 있는 상처 자국과 그 구멍이
난 곳은 딱 들어맞는다.

기바는 군복을 입기로 했다. 지금의 자신에게는 이 복장밖에 어울
리지 않는다.

무명천을 단단히 감고, 군복에 소매를 꿰고 각반을 감는다.

—— 형사가 아니로군.

그렇다, 기바는 병사다. 모든 것이 분명하지 않은 애매모호한 세계
에서는 살 수 없는 것이다. 이 옷을 입었던 무렵과 똑같다. 죽느냐
사느냐. 적이냐 —— 아군이냐. 선이니 악이니 하는 가치관을 가져오
니까 복잡해지는 것이다.

옳으니 옳지 않으니 하는 억지 이론으로 이죽거리니까 알 수 없게 된다. 생각하는 역할인 녀석은 생각하면 된다. 기바에게는 기바 나름 으로 결말을 짓는 방법이 있다.

틀렸다. 명확하게 그렇게 생각한다. 그것을 모를 만큼 기바는 바보 가 아니다. 요즘 세상에 자신은 부적합한 인간이다. 세상에 병사 따위 는──그다지 필요하지 않은 것이다.

따라서 기바는 전세기의 유물이다. 그러나,

──이 사건은.

이미 기바의 이야기다.

오늘 근신이 풀렸다. 기바는 이날을 기다리고 있었다. 기바는 아침 일찍 과장 오시마에게 인사하러 나갔다가, 오시마를 속였다. 아니, 속인 것은 아니다. 약간 부추겼을 뿐이다. 오시마는 경찰수첩을 기바 에게 건네며 이렇게 말했다.

"경찰은 관공서일세. 알겠나? 서류를 쓰고 도장을 받고, 그래야만 일을 처리할 수 있어. 자네의 마음은 모르는 바도 아니지만, 자네가 무슨 생각으로 그런 짓을 했는지는 나도 모르겠네. 적어도 규율은 지켜줘. 단독 행동은 하지 말라고. 수사는 규정대로 조를 짜서 해 주게. 그게 조직이야. 특례는 인정되지 않네."

기바는 순순히 사과했다. 그리고 당장 사건──연쇄 토막살인사 건의 수사를 맡겠다고 말했다.

대강은 아오키에게 들었다, 아오키 대신 기노시타와 조를 짜게 될 것 같아서 이미 의논도 끝냈다, 곧 현장으로 향하고 싶으니──.

권총 휴대를 허가해 주기 바란다.

그렇게 말했다. 그것을 위해 오늘까지 기다리고 있었다.

기바는 아오키와 연락 따원 하지 않았고, 기노시타와도 만나지 않았다. 전부 새빨간 거짓말이다.

아오키가 크게 다쳤다는 소식만은 소문으로 들었다.

오시마는 잠시 생각에 잠겼지만, 순순히 허가해 주었다. 기바가 생각하기에, 이것은 아오키의 부상 덕분이다. 현장은 역시 위험한 것이다. 게다가 설마 근신이 풀린 그날로 폭주할 거라고도 생각하지 않았을 것이다. 따라서.

기바는 지금, 권총을 들고 있다. 이것은 사람을 죽이는 장치다. 이 쇳덩어리가 순식간에 상대의 인생에 막을 내린다. 그런 위험한 것을, 왜 자신은 이렇게 원했던 것일까.

그것을 생각하면 싫어진다. 따라서 생각하지 않는다.

생각하는 일은 생각하는 놈에게 맡겨둬. 지금은 이 살인 도구가 기바의 부적이다.

──이런 게, 말이지.

그래도 좀 싫어졌다.

그저께 오후부터 오늘 아침까지, 기바는 잠복하고 있었다. 잠복하고 나서 곧 굴뚝에서 연기가 나고, 그 중저음의 땅울림 소리가 들려왔다. 그 후로 계속 소리는 멈추지 않는다. 그 외에는 전혀 움직임이 없었다. 그러나 어제, 녀석은 딱 한 번 물건을 사러 나갔다.

그때일까?

거리는 총선거로 붐비고 있다. 투표는 할 수 없다.

지금부터——당장 가야 하기 때문이다.

——출진이다.

기바 슈타로는 일어섰다.

자, 어떻게 나올까.

※

"그래서, 뭐가 나왔나?"

"오른손 약지와 새끼손가락, 왼손 검지와 중지가 없는 두 팔과 두 다리가 나왔답니다."

"장소는?"

"마치다입니다."

"상자는?"

"상자에 들어 있지는 않았습니다. 끈으로 묶여 있었어요."

"진짜 구보 건가?"

"지금 구보의 자택에서 검출한 지문과 조회하고 있다고 합니다. 최근의 과학수사는 신속하니까요. 그보다, 팔은 장갑을 낀 채 잘려져 있었어요. 장갑에는 의복의 섬유가 붙어 있었고——그건 아무래도 제 것 같았어요. 몸싸움을 벌였을 때 붙은 거죠."

"절단면은 어떻게 되어 있었지? 생활반응은 없었나?"

"그건 듣지 못했습니다. 기노시타가 여기 있었던 것은 겨우 3분 남짓이었으니 자세히 듣지는 못했지요."

"사토무라 군이 보고 있나?"

"그럴 겁니다."

"자네는——문병하러 와서 이런 걸 묻는 것은 이상하지만, 움직일 수 있겠나?"

"헤헤헤, 움직일 겁니다. 다행히 갈비뼈도 금이 갔을 뿐인 것 같으니까요."

아오키는 그렇게 말하며 아픈 듯 웃었다.

베갯맡에는 교고쿠도가 앉아 생각에 잠겨 있다.

나와 도리구치는 그 뒤에서 그저 멍하니 서 있다.

"수사본부는 대혼란에 빠졌습니다. 쌓아올린 것은 전부 무너졌어요. 물론 구보 이외의 범인을 상정한 수사까지 소용이 없어졌지요. 구보가 살해당하고, 예전에 구보의 자택에 피해자의 유체가 있었던 데다 그곳이 살해 현장으로 특정된 이상 구보를 빼고는 해결은 있을 수 없을 테지만, 그런 구보 자신이 피해자여서야, 뭐라고 할까요, 그 살인의 패."

"패러독스."

"맞아요, 그겁니다. 전부 처음부터 새로 시작해야 합니다. 저도 누워 있을 수는 없어요, 아야야야."

"무리하지 마. 그런데 기바 나리는 오늘 복귀했지? 나는——그의 움직임이 더 신경 쓰이는데."

아픈 걸 참고 있는지, 아니면 곤란해서 그러는지 부상당한 형사는 어느 쪽인지 모를 표정을 지었다.

"글쎄요——기노시타는 아무 말도 안 하던데."

"세키구치 군. 자네에게 부탁이 있네."

교고쿠도는 나를 보지 않고, 베갯맡의 물병을 바라보면서 말했다.

"도리구치 군, 자네도. 이제 관여하고 싶지 않나?"

"관여하겠습니다. 마지막까지."

도리구치는 조금이나마 듬직해졌다.

교고쿠도는 돌아보며,

"미마사카 근대의학 연구소에 가 주게. 지금 당장. 이미 늦었을지도 몰라."

라고 말했다.

"미마사카? 어째서?"

"그 회사용 차는 어쨌나?"

"그게, 에노키즈 씨가 아직 타고 계셔서."

"그래? 알았네. 잠깐 기다려 주게."

교고쿠도는 일어섰다. 그리고 혼잣말을 했다.

"바보 같은 놈. 도가 지나쳐."

오늘 아침 도리구치의 보고를 받고, 나는 역시 당황했다. 그러나 어쩌지도 못하고, 어떻게 해야 할지도 전혀 알 수 없었다. 당황한다고 어떻게 되는 것도 아니지만 침착할 수도 없다.

결국, 나는 교고쿠도에게 전화해 보았던 것이다. 어쨌거나 알려야 할 거라고 생각했다. 전화는 그의 아내가 받아, 지금 막 요도바시의 병원에 아오키를 문병하러 갔다고 한다. 그래서 서둘러 뒤를 쫓은 것이다.

아오키는 꽤 좋아진 것 같긴 했지만, 아직 자세에 따라서는 힘들어 보였다.

그건 그렇고 형편없이 당했다.

교고쿠도는 잠깐이라더니 30분이 지나도 돌아오지 않았다.

"구보는 범인입니다. 틀림없어요. 거기에, 그 구보의 집에 가 보면 알 수 있습니다. 그곳은 사람이 살 곳이 아니에요. 귀신의 소굴이나 뱀의 소굴도 아닙니다. 그곳에 가 보지 않으면 모르시겠지만——그 방에 있었다면, 저라도 소녀들을 죽여 버렸을지도 몰라요. 그런 곳이었습니다."

말로는 아무것도 전해지지 않았지만, 아오키의 얼굴로 모든 것을 알았다.

그런 곳이었던 건가.

그것은 그 방이 구보 자신이었기 때문이다. 아오키는 구보의 속을 들여다본 것이다.

인간은 자신 안에 누구나 그런 곳을 갖고 있다.

그곳은 스스로도 들여다보고 싶지 않은 곳이다.

하물며 남의 그곳을 들여다보았다면——.

——잠깐.

이래서야 '수집자의 정원' 같다.

아오키는 떠올린 모양이다.

"이래봬도 시체는 꽤 많이 봤습니다. 하지만 그것은, 그 얼굴만은 평생 잊을 수 없을 겁니다. 저는 생전의 구스모토 요리코를 몰랐으니 그나마 다행이었어요. 알고 있었다면——당분간 회복할 수 없었을지도 모릅니다."

아오키는 절절하게 말했다. 그는 특공대 출신이라고 하지만, 그 풍부한 감수성은 도저히 그 내력에 어울리지 않는다. 고케시 같은 동안도 눈에 익고 나면 꽤 남성적이고, 결국은 상반된 두 개의 얼굴이 공존하고 있는 것이 이 남자의 얼굴인 것이다.

"제가 바보짓을 하지 않았다면 지금쯤 사건은 해결됐을 겁니다. 구보도 죽지 않아도 되었을 테고요. 모처럼 여러분이 잘해 주셨는데. 면목이 없습니다."

아오키는 아픈 듯 머리를 숙였다.

교고쿠도가 돌아왔다. 왠지 서두르는 것 같다.

"자, 세키구치 군, 도리구치 군. 드디어 진짜 끝낼 때가 왔네. 일각도 지체해서는 안 돼. 서둘러 주게."

"서둘러 달라니, 어떻게 하란 말인가?"

"밖에 에노키즈가 와 있네. 방법은 이야기해 두었으니 얼른 타게."

"타라니 자네는 어쩔 건데!"

"그건 4인승이야. 나는 탈 수 없네. 아직 확인해야 할 것도 있고, 볼일이 끝나면 곧 쫓아가도록 하지. 그러니 빨리!"

나와 도리구치는 마치 쫓겨나듯이 방을 나섰다.

"아오키 군. 그럼 몸조리 잘하게."

내 마지막 인사는 정말이지 얼빠진 것이었다.

에노키즈는 씩씩하게 서 있었다.

검은 클래식 정장에 붉은 스카프. 끝까지 튀는 남자다.

"여어, 세키 군, 도리 군. 사흘 만이로군! 그렇게 꾸물거리다간 교고쿠의 저주를 받을 걸세."

도리구치는 도리 군이 된 걸까?

우리는 뒷좌석에 처넣어졌다. 교고쿠도는 벌써 어디론가 사라져 버리고, 조수석을 공석으로 둔 채 닷선 비슷한 차는 출발했다.

엄청난 급출발이다. 몇 분 후에 체포될 것이 틀림없다.

"에노 씨, 빨라요! 너무 빨라."

"무슨 소린가. 서둘러야 할 때 빨리 이동하기 위해 차가 있는 거지. 걱정하지 않아도 진짜는 아니니 그렇게 속도는 안 나."

"우리한테는 아무 설명도 없었어요. 왜 서둘러야 하는 겁니까?"

"엄청난 바보인 죽마고우가 위기일발이라고 하더군. 나는 성미에 안 맞게 서두르고 있는 걸세. 경찰 따위 신경 쓸 필요 없어! 경찰을 위해 서두르는 거니까. 나는 바보 같은 친구를 위해 약동하는 바보 운전수일세!"

에노키즈는 전혀 속도를 줄이지 않고 코너를 돌았다. 도리구치가 내게 세차게 부딪친다.

"어째서 내 친구는 다 이 모양이지! 에노 씨, 기바 나리가 어떻게 되기라도 했습니까?"

"교고쿠의 이야기를 들으니 그 바보는 근신이 풀린 오늘 아침 일찍 권총 반출 서류를 써서 경부를 살살 구슬려 도장을 받은 후, 수사하러 간다면서 권총을 들고 사라졌다고 하더군. 아무 지시도 없이 말이야. 교고쿠가 아까 상사에게 들었다고 하네."

기바가 권총을?

"허가한 상사는 기바슈라는 남자를 몰라! 그놈은 핵탄두 같은 놈일세. 무기 따위를 들게 했다간 위험하기 짝이 없지."

위험한 것은 에노키즈의 운전이다. 그건 그렇고 기바는 무슨 짓을 할 셈일까?

"어쨌거나 이걸로 끝일세. 그러니 서둘러서 나쁠 건 없는 거야!"

에노키즈는 큰 소리로 그렇게 말하고 가속 페달을 밟았다.

그러나 에노키즈가 맹렬한 속도로 향하고 있는 곳은 미마사카 근대 의학 연구소가 아니었다.

"이봐요, 에노 씨. 어디로 가는 거죠? 길을 잘못 들었어요."

"멍청이 같으니. 내가 길을 잘못 들 리가 없잖나!"

"에노키즈 씨는 길을 잃지 않나요?"

도리구치가 물었다. 몸으로 스피드를 견디며 버티고 있다.

"당연하지!"

아무래도 도착한 곳은 고가네이 같았다.

"좋아. 여길세."

에노키즈는 차에서 뛰어내려 골목길 안으로 성큼성큼 사라졌다. 나는 2, 3초 동안 당혹스러워하다가 뒤를 쫓았다. 도리구치는 멍하니 차에 남아 있다. 나는 에노키즈를 따라잡지 못한 채, 그가 어느 집에 들어갔는지 알 수 없게 되고 말았다. 우물쭈물하고 있는 사이에 에노키즈가 여자의 손을 끌고 검은 담장의 집에서 나왔다.

"자, 여자들은 준비니 뭐니 하면서 시간이 걸리지. 하지만 내가 급하다고 하면 급한 거야."

"당신은, 누구신가요, 그."

"탐정입니다. 보시다시피."

"탐정? 어디로, 어디로 가는 건가요?"

"이름 따윈 기억 안 나요. 미야마에인가 단고자카인가 하는 이상한 건물이오. 어쨌든 기바가 위험해요. 당신이 소중하게 생각하고 있는 그 남자가 풍전등화란 말입니다. 꾸물거리다가는 ——."

죽을 겁니다 —— 라고 에노키즈는 말했다.

기바를 소중하게 생각하고 있는 —— 여자?

그 여자를 태우기 위해, 교고쿠도는 타지 않은 걸까?

"기바 씨가, 기바 씨가 어떻게 되셨나요! 무슨 일이 있었나요? 가겠습니다, 갈 테니——."

"사정은 차 안에 있는 원숭이와 새[57]가 이야기할 겁니다. 당신은 화장 따위 하지 않아도 화장한 듯한 얼굴이니 수줍어할 거 없어요!"

에노키즈는 엄청난 기세로 여자의 팔을 잡아당겼다.

문 안에서 몹시 피부가 하얀 여자가 끌려 나왔다.

"아아, 알았습니다, 알았으니——."

미나미 기누코!

"알았으면 얼른 타요!"

미나미 기누코가, 기바——를?

"아아, 이쪽이 세키 군. 저쪽이 도리 군입니다."

에노키즈는 아마 자기소개도 하지 않은 모양인데 서둘러 우리를 소개했다.

"이쪽이 문제의 인물——."

"유, 유즈키, 요코라고 합니다."

요코——그렇다, 기누코가 아닌 것이다. 기누코는,

기누코? 그러고 보니 그때 교고쿠도가,

——발신인은, 미마사카 기누코.

모호해졌다.

잠깐, 내가 들은 것은, 그렇다, 에노키즈가,

——어머니도 기누코라고.

어머니. 요코의 어머니다. 그런가, 그렇다면——.

---

57) 도리[鳥]는 일본어로 새라는 뜻.

나는 차 안에 처넣어지듯이 올라타고, 요코는 억지로 조수석에 밀어 넣어졌다.

겉으로 보기에 쉽게 부서질 것 같은 여자였다.

그러나 무척 동요하고 있고 상당히 불안할 텐데, 얼굴에 나타나지는 않는다.

그리고 차는 변함없이 난폭한 급발진으로 출발했다.

이번에야말로 ── 미마사카 근대의학 연구소를 향해.

그건 그렇고, 기바가.

※

기바가.

기바가 왜 이런 행동으로 나오게 되었는지 ── 거대한 상자를 눈앞에 둔 지금, 기바 본인도 그것에 대해 조금은 생각하고 있다.

요코에게 반했다. 그건 그럴지도 모른다.

기바의 성격. 그것도 있을 것이다. 그러나 가장 큰 이유는,

── 경관이었기 때문인가.

기바가 경관이 아니었다면 이렇게 되지는 않았을 것이다.

경관은 유일하게 합법적으로 타인의 비밀을 폭로하고 규탄할 수 있는 특권계급이다.

물론, 그것은 대상이 법률에 저촉된다고 생각되는 행위를 한 경우로 한정되지만 ──.

그 법률도 사람이 만드는 것이다. 절대적이지 않다. 그 증거로, 옳은 것 따윈 날마다 바뀐다.

그렇다면 그때그때 사회나 조직이 불편해하는 사람이 그 대상——
범죄자라는 뜻이 된다. 법의 수호자라고 하면 듣기에는 좋지만, 고작
해야 사회의 앞잡이 같은 것이다.

앞잡이는 무기를 드는 것도 허락되어 있다.

권총 휴대가 허락된 자는 일본이라는 나라 안에서는 경관뿐이다.

지금 기바는 무시무시한 살인 도구를 가슴에 품고 있지만, 그것
때문에 꾸지람을 들을 일은 없다. 확실하게 서류에 도장을 받았기
때문이다. 동기야 어떻든 법에 등을 돌리지는 않은 것이다. 이대로
사용하지만 않으면 괜찮다.

기바가 경관이 아니었다면, 설령 악을 처벌하는 정의의 사람이나
이상에 불타는 사상가라 해도——그것은 갖고 있는 것만으로 총기
불법소지라는 죄가 된다. 무엇에 사용하든, 혹은 사용하지 않더라도
그것은 위법행위일 뿐이다.

경관이기 때문에 허락된다.

단, 그 휴대는 당연히 사람을 살상하는 것을 전제로 허가되는 것은
아니다.

표면적으로는 호신용이고, 함부로 발포하면 경관이라 해도 죄가
된다.

그래도 살상하는 것이 가능한 입장이라는 사실에 변함은 없다. 본
래——권총이란 사람을 살상하기 위한 도구다.

기바는 우연히 그런 특권계급이었던 것이다.

기바가 다른 일을 하고 있었다면, 만일 똑같이 이 사건에 관여했다
하더라도 똑같은 행동을 취했으리라고는 생각할 수 없고, 또 취할
수도 없었을 것이다.

어떤 직업에 종사하든, 기바의 성격이 그리 달라지지는 않았을 텐데도.

속이 아니라 외면이 결정하는 것도 많은 것이다.

상자는 상자 자체에 존재 가치가 있었던 것이다.

그래서 기바는 오늘 권총을 휴대하고 왔다.

딱히 누군가를 죽이려는 위험한 생각을 하고 있었던 것은 아니다. 권총은 기바라는 상자의, 상자로서의 임팩트가 가장 강한 증명인 것이다.

전차 장갑 같은 문.

바보스러운 토치카[58] 같은 건물.

이놈을 이기기 위해서는 이 정도는 필요하다.

기바는 상자 속으로 들어갔다.

※

"들어갔다니, 기바 씨가—— 어째서."

"그 멍청이는 착각하고 있는 모양입니다! 그것도 교고쿠가 쓸데없이 신경을 써서 그 바보에게 확실하게 말하지 않았기 때문이야. 그놈은 단세포니까 얼른 포기하게 하는 게 좋았을 텐데! 어쨌거나 토막사건에는 관련이 없었으니, 기바가 상처받을 일은 아무것도 없었을 텐데."

---

58) 근 콘크리트로 원형, 사각형, 육각형 등으로 만들고 기관총, 화포 등을 갖춘 견고한 방어진지.

"기바 씨가——상처받아요?"

"그건 당신도 잘못했어요. 마음을 똑바로 전했으면 좋았을 것을. 당신, 그렇게 큰 죄는 범하지 않았잖아요."

"죄——? 아니오, 저는——."

"기바는 말이지요, 분명하지 않은 것은 모르는 놈이란 말이오. 바보니까. 당신도 좋은 놈인지 나쁜 놈인지 확실히 해요!"

에노키즈와 요코의 대화는, 나로서는 전혀 이해할 수 없었다.

그러나 기바가 권총을 들고 미마사카의 연구소에 들어간 것 같다는 사실만은 알았다.

무엇 때문에——그 연구소에 무엇이 있단 말인가. 무장하고 들어가서——.

대체 무슨 짓을 할 셈이란 말인가!

※

"대체 어쩔 셈인가?"

"미마사카 씨에게 묻고 싶은 게 있소. 비켜 주시오."

고다가 나선계단 앞에 서 있다. 얼굴이 굳어 있다. 이 사건 속에서 오직 한 사람 전혀 표면에 나서지 않았던 기술자가, 기바 앞을 가로막고 서 있다.

"당신, 여기에 언제부터 있었소?"

"뭐? 나는——전쟁 전부터 그 사람의 일을 돕고 있소. 언제부터인지는 잊었소."

"그렇다면 미마사카가 무슨 연구를 하고 있는지 알겠군."

"나는 기계를 만드는 기술자요. 무엇에 쓰든 흥미 따윈 없어요."

"그래요? 모르면 비켜요."

기바는 고다에게 힘껏 몸을 부딪쳤다. 노인은 벽에 부딪혀 쓰러졌다.

"우우, 무슨 짓을."

영화처럼 멋지게 기절하는 일은 없다. 그러나 너무 세게 하면 다친다. 매달리는 고다를 뿌리치고 기바는 나선계단을 올라갔다.

고다는 나름대로 끈질기게 계단 두 단 정도까지 쫓아왔다가, 거기서 포기한 것 같았다. 응접실로 들어가는 문을 지나, 미마사카의 방이라고 생각되는 문으로 향한다. 그 이상은 한 번도 발을 내딛은 적이 없다. 기바는 난폭하게 성역의 문을 연다.

—— 난폭한 게 좋은 거야.

미마사카는 없었다. 안에는 위층과 똑같이, 많은 기계 상자가 줄지어 있을 뿐이다.

단지 위층과 달리 몹시 질서정연하다. 책이 빽빽이 꽂힌 책꽂이 외에는, 구석에 침대와 책상이 있을 뿐 생활의 냄새는 전혀 없다.

—— 이런 곳에서 몇 년이나 지냈던 건가!

기바라면 5분도 못 참았을 것이다. 그 불길한 외풍은, 실은 필수품이었던가.

기바는 문을 열어젖힌 채 더욱 위로 올라간다.

가나코가 사라진 장소. 한 달 만이다.

그것은 기적 같은 게 아니다. 기술(奇術)이다.

그렇다면 ——.

그 기술을 부릴 수 있는 인간은 미마사카뿐이다.

―― 어째서 아무도 의심하지 않는 걸까.

동기가 없기 때문인가? 그런 것은 찾아내지 못할 뿐이다.

어디에선가 압력이 들어오고 있는 건가? 그런 것은 기바에게는
상관없다.

녀석이야말로 ―― 지옥의 기술자인 것이다.

"미마사카!"

미마사카 고시로는 난립하는 상자 가운데 우두커니 앉아 있었다.

기바의 모습을 보고도 당황한 기색은 없다.

미마사카는 받침대 위의 상자 뚜껑을 조용히 닫고 나서 기바를
보았다.

"자네는 기바 군이라고 했지. 무슨 볼일인가?"

"함부로 뛰어든 무례를 탓하지 않는 건가?"

"별로 상관없네. 자네가 들어온다고 해서 뭐가 어떻게 되는 것도
아닐세."

침착하다.

으르렁거리는 듯한 땅울림. 처음부터 들려오던 그 소리를, 기바는
갑자기 인식했다.

미마사카는 일어서서 기바 쪽을 향했다.

이성의 덩어리 같은 남자. 파충류 같은 눈.

기바가 가장 껄끄러워하는 인종이다. 게다가 마스오카 따위와는
격이 다르다.

"유즈키 가나코를 어떻게 했나?"

"치료했네."

"어떻게 치료했지?"

"자네에게 설명하려면 시간이 필요할 것 같군. 의학지식은 전혀 없는 모양이니."

"어디로 보냈지? 아니, 어디에 있나?"

"모르겠는데. 자네들의 부주의로 납치된 거다. 어디에 있는지는 이쪽이 묻고 싶군."

"유괴당한 게 아니야. 사라진 거 아닌가?"

"그래? 하지만 그런 비상식적인 일은 물리적으로 있을 수 없지 않나."

"있을 수 없으니까 묻는 거다. 당신―― 나와 구스모토 요리코와 후쿠모토 순사 세 사람이, 가나코를 면회하고 있었다는 걸 몰랐던 거 아닌가? 면회를 허가한 자는 유즈키 요코의 독단이었어. 아닌가?"

"자네의 말대로일세. 나는 면회를 허가한 기억은 없어."

"역시 그렇군. 그래서 그 물리적으로 있을 수 없는 상황이라는 게 발생해 버린 거다. 책사가 스스로의 꾀에 빠져 버린 거지."

"무슨 뜻인지 모르겠군."

미마사카의 표정에 전혀 변화는 없다. 얇은 입술이 희미하게 움직일 뿐이다.

"나는 당신과 달리 머리가 나빠. 가나코를 사라지게 한 기술을 꿰뚫어 볼 수는 없었어. 하지만 미마사카 씨. 당신에게 실수가 있었던 것만은 알았다."

기바는 문을 닫았다. 상자는 닫혔다.

"그때."

기바는 기억을 재생한다.

몇 번이나 재생한 기억을, 기억된 장소에서.

"── 일주일 가까이 아무 일도 일어나지 않는 상태가 이어지고 있었지. 게다가 처음부터 유괴 따윈 일어나지 않을 거라고 대수롭지 않게 여기고 있던 경관들은, 따라서 분명히 대강 경호를 하고 있었어. 비전문가의 눈으로도 알 수 있을 만큼 말이지."

"그건 나도 쉽게 알았네. 그냥 서 있을 뿐이라면 파수견이 훨씬 유익해. 그래서야 혈세 낭비지."

"그게 노리던 바였던 거 아닌가?"

효과가 없을 줄 알면서도 기바는 위협적으로 말했다.

"목각인형이야 몇 명이 있든 마찬가지야. 머릿수만 많아 봐야 소용 없지. 인원수 따윈 상관없어. 일이 일어난 후에야 당황해서 생각해 보면, 아무도 보고 있지 않았던 공백의 시간은 얼마든지 있었을 거야. 녀석들은 빈틈투성이이었으니까."

"자신이 속한 조직의 무능함을 내게 과시해서 어쩌려고?"

"흥."

기바는 낮은 상자에 걸터앉았다.

"가나코가 그 존재를 경찰들에게 과시한 것은 ── 분명히 사라지 기 이틀 전이었지. 큰 수술을 했다나 하는 이야기를 나중에 들었다. 나는 몰랐지만 말이야. 그 후로는 면회 사절이라 아무도 가나코를 만날 수 없게 되었어. 당신은 ── 만약을 위해 면회를 사절한 것 아닌 가? 뭐, 그 이전에 아무도 안을 들여다보려는 생각은 하지 않았을 테지만."

"겉보기와 달리 말을 빙빙 돌리는군. 단적으로 말하는 게 어떤가?"

"그러니까 당신은 ── 그만큼 누가 안을 들여다보면 곤란한 상황 이었던 것 아닌가?"

"어째서?"

"안을 들여다보는 것을 금지해 버리면 가나코가 언제, 어떻게 사라졌는지는 경관들이 알 수가 없어. 안을 들여다볼 수 있는 자는 당신뿐이지. 없어졌다는 사실을 발견하는 자도 반드시 당신이란 말이야. 그럼 사라진 시각은 반드시 —— 진찰과 진찰 사이라는 뜻이 돼 버린다. 전부 당신들 마음대로라는 거지. 어떤 경우에도, 진찰에서 진찰 사이의 몇 시간 동안, 경찰들이 태만했던 시간에 유괴는 벌어진 것이 될 —— 줄 알았지. 발견 시간은 설정되어 있었지만, 유괴된 시간은 경찰 하기 나름 —— 이건 그런 계획이었겠지? 당신들이 가나코가 없다는 사실을 발견할 시간은 이미 정해져 있었어. 그리고 당신은 그것을 실행하려고 그 시간대에 나타난 거지. 하지만 —— 당신은 직전에 가나코가 우리들에게 목격된 줄을 몰랐어 ——."

미마사카에게 변화는 없다.

"—— 예기치 않은 면회인이 발견 시간 직전에 가나코의 모습을 확인해 버렸기 때문에, 유괴가 일어난 시간은 극히 짧은 시간 내로 특정돼 버린 거지. 존재의 확인에서 소실의 확인까지, 그 사이는 겨우 몇 분이야. 의도하지는 않았지만, 도저히 그 상태의 가나코를 유괴할 만한 상식적인 범행 시간은 얻을 수 없게 되고 말았다. 가나코는 유괴가 아니라 —— 소실되었다고 생각할 수밖에 없었어."

"그건 ——."

미마사카는 금속질의 낮은 목소리로 강하게 말했다.

"그건 어떤 의미를 갖는 건가? 자네들이 존재를 확인하고 내가 비존재를 확인했네. 그 인터벌이 짧았다 —— 그뿐 아닌가? 그것 때문에 내가 관여했다고 의심하는 것은 비약일세. 게다가 만일 누군가가 지금 자네가 말한 것과 같은 계획을 세우고 실행에 옮겼다 해도, 그 정도의 일이 치명적인 하자가 될 것 같지는 않은데."

"그럴까? 불가능 범죄란 대개 실패작이지. 그런 것은 계획해 봐야 의미가 없거든. 유괴는 가능한 범죄지만, 소실이라면—— 불가능해."

"자네는 보기보다 논리적인 것 같지만, 소실과 유괴의 차이는 단어상의 차이일 뿐일세. 단순한 인식의 문제지. 눈앞에서 연기처럼 사라진 거라면 몰라도, 설령 몇 분간의 시간이라 해도 관찰자로부터 관찰 대상이 차단되었다면, 그 사이에 어떤 처리가 이루어졌다고 생각하는 게 현실적인 발상이라네. 거기에 소실이라는 물리적으로 있을 수 없는 말을 끼워 넣어 버리는 것은 현실도피일 뿐이지 않은가?"

미마사카는 일어섰다.

"상식적으로 범행에 필요한 시간이라는 게 대체 몇 분인지 몇 시간인지 계측해 본 사람이라도 있다는 건가? 적어도 평균치를 낼 수 있을 만한 실험을 되풀이해서 그 평균 범행 시간에서 어느 정도 일탈해 있는지, 확률적으로는 얼마나 낮은지, 범죄 수사에 임하는 자라면 그 정도의 과학적인 사고는 거치고 나서 발언해야 할 텐데. 요즘은 인상 비평 같은 걸로 납득하는 사람은 없단 말일세. 기바 군."

"상관없어."

미마사카는 조금 놀란 눈치였다.

"당신에게 강의를 들을 줄은 몰랐군. 내가 하고 싶은 말은 그런 게 아니야. 어떤 상황이든 가나코가, 잠깐 사이에 어떤 처리를 당한 것은 틀림없어. 그런 건 알고 있다. 나는 논리도 믿지 않지만, 기적도 믿지 않아. 상식적이든 비상식적이든 누군가가 한 거야. 그것을 불가사의라고 받아들이든 어떻게 받아들이든, 당신 말대로 그건 받아들이는 쪽의 인식 문제지. 다만——."

기바는 억지로 미마사카의 눈을 보았다.

"——하는 쪽은 다르지. 일부러 불가능 범죄로 위장한들 이득을 보는 놈은 없어! 타인에게 죄를 뒤집어씌우거나 알리바이를 위장하거나, 그런 조작에 부심하는 거라면 모르겠지만, 밀실살인이니 인간소실 같은 괴담을 만들어 놓고 기뻐하는 바보는 탐정소설가 정도란 말이다. 그런 것은 대개 조작에 실패해서 우연히 그렇게 되는 거야. 불완전한 범죄지. 그러니 실패하기 전의 원래 형태를 생각하는 거야. 이 경우, 잘 되었다면 당신의 알리바이는 완벽하게 증명되니까."

"바보로군, 자네는. 가령 그렇다 해도——잘되지 않았다 해도, 내 알리바이는 완벽하지 않은가?"

"그러니 실패인 거다."

——그렇다. 대실패다.

"당신의 계획은 실패해서, 당신 이외의 용의자도 쫓아내 버린 거다. 거기 있던 전원, 아니, 외부의 인간도 포함해서 전원의 알리바이를 증명해 버린 거야. 쓸데없는 것이 끼어들 틈이 없어져 버린 거지. 그래서 기술이 기적으로 보인 거다."

"그렇군. 하지만 자네는 설마, 그러니 내가 범인이라는 말이라도 하는 건 아닐 테지."

"할 건데."

"근거는?"

"없다."

"하!"

미마사카의 미간 주름이 약간 깊어졌다.

"예기치 못한 침입자를 끌어들여 계획을 망친 건 요코다. 그러니 그녀는 범인이 아니겠지. 경관이나 이시이, 그런 송사리들은 말할 필요도 없어. 범행이 가능한 자는 가나코가 있는 곳에 자유롭게 출입할 수 있는 당신밖에 없단 말이야. 언제 사라지게 하든 언제 발견하든, 당신은 마음대로 할 수 있었어."

"정확하게 말한다면 발견한 건 내가 아닐세."

"스자키는 죽었다."

"내가 죽이기라도 했다는 건가!"

미마사카는 처음으로 감정적인 목소리를 냈다.

"스자키는 내 연구의 최대의 이해자이자, 단 하나뿐인 후계자이기도 했네. 그를 잃은 지금——내가 얼마나 비탄에 잠겨 있는지, 자네는 아나! 그 외에 뒷일을 맡길 수 있는 사람은 없었네! 앞으로 스자키 같은 인재를 만날 수 있으리라고는 생각할 수 없어. 절망적이란 말이야! 왜, 그런 내가."

"연구를 위해서겠지."

"뭐?"

"당신은 자신의 연구를 위해서라면 뭐든지 해. 아닌가?"

"무슨 뜻이지?"

미마사카는 급격히 싸늘해졌다.

"나는 계속 뒤뜰 소각로 근처에 있었어. 하루 종일 한가했기 때문에 그 근처를 돌아다녔지. 발견했단 말이다. 묻혀 있는 많은 뼈를."

"그게 어쨌다는 건가?"

"짐승치고는 모양이 이상했어. 그렇게 작은 생물도 아니야."

"자네는 동물학적 지식도 해부학적 지식도 전혀 없는 모양이로군. 그건 원숭이일세. 대형 유인원의 뼈지. 동물실험에 사용했다가, 죽었기 때문에 소각해서 묻었네."

"짐승을 반입하고 있다는 소문은 들었어. 하지만 짐승만이 아니겠지."

"무, 무슨 소릴."

"당신은 인간을 재료로 인조인간을 만드는, 그런 연구를 하고 있었잖아!"

"무, 무슨 말도 안 되는 소리를. 어린아이 속임수 같은 환상소설도 아니고, 과학적 사고력의 빈곤! 의학적 지식의 부족! 상식적 판단력의 결여!"

교고쿠도 같은 말이다. 이 정도라면 기바는 많이 들어서 익숙하다.

"무슨 주문이지? 내게는 통하지 않아."

기바는 일어서서 한 걸음 내디뎠다. 가까이에서 얼굴을 봐 준다.

"가나코를, 대체 무엇에 사용했지? 다른 소녀들은 어느 부분을 사용했느냔 말이야!"

"무슨 소린지 모르겠군. 나는 자네가 하는 말을 이해할 수 없네!"

"당신은 학계에서 인정받던 무렵부터 죽지 않는 연구를 하고 있었다면서? 이 건물은 옛 육군 시설이라고 하더군. 당신은, 죽여도 죽지 않는 인조인간을 만들고 있었던 거야! 인간을 재료로 해서 말이지. 털까지 곤두서는 기분이로군. 가나코도, 요리코도, 그 외의 소녀들도, 당신이 실험에 쓴 거야. 토막토막 잘라서, 이어 붙여서!"

미마사카는 표정을 잃었다. 그리고 ——.

웃기 시작했다.

이 남자도 웃는 것이다.

"기바 군, 자네의 무지에는 경의를 표하네. 이런 유쾌한 의심을 받으리라고는 생각도 해 보지 않았어. 이봐, 인간의 몸이란 점토 공예가 아니란 말일세. 자르거나 붙이거나 할 수 있는 게 아니야."

"보통은 그렇지."

미마사카는 갑자기 웃음을 멈추었다.

그리고 기바의 눈을 본다. 기바는 더 이상 눈을 피하지 않는다.

"기바 군. 생체라면 몰라도 사체에서 이식할 수 있는 것은 각막 정도라네. 각막은 20년이나 전부터 이식되었지만."

"아무도 사체라는 말은 하지 않았어. 사체라면 굳이 살아 있는 것을 죽여서 만들지 않아도, 매매되고 있다는 얘기도 들었고. 당신은 살아 있는 인간, 그 생체라는 것을 사용한 것 아닌가?"

미마사카는 약간 당황했다.

"기바 군."

그리고 의연하게 이야기하기 시작했다.

"50년쯤 전, 자불레라는 의사가 염소나 돼지의 장기를 인간에게 이종간(異種間) 이식했다가 실패했네. 그 이후, 인체 부위의 이식에는 큰 벽이 버티고 섰지. 항원항체반응, 면역일세."

아래턱이 움직이는 것 말고는, 미마사카는 움직이지 않는다.

"인간에게는 면역이라는 기능이 갖추어져 있네. 몸속에 이물질이 침입해 왔을 때, 그것을 배제하려는 성질일세. 다시 말해서 자네들 경관 같은 존재지. 생명을 유지하기 위해 불리한 것을 배제하는, 인체의 경찰일세."

기바는 잠자코 있다. 떠들고 싶은 만큼 떠들게 내버려두자.

"이 면역은 실제 경찰기구보다 훨씬 성실하고 유능하네. 적당히 건너뛰기를 않으니 대개의 것은 배제되어 버리지. 생물이 살아가는 데 있어서 빼놓을 수 없는 성질일세. 생물이 진화 과정에서 획득한 멋진 기능이야. 다만."

파충류의 눈. 감정을 읽을 수 없다.

"예를 들어 타인의 내장 기관을 이식한 경우, 생체 입장에서 보자면 이식된 부분은 이물질일세. 이것은 항원으로 간주되지. 그것이 아무리 뛰어난 기능을 갖고 있어도 적합하지 않네. 거부반응을 일으킨단 말일세. 혈육을 나눈 부모 형제의 것이라도 그것은 크게 다르지 않아. 타인보다는 낫다는 정도일세. 그것을 피하기 위해 거부반응을 제어하는 약제가 개발되고 있지만, 아직 완성되었다는 이야기는 듣지 못했고, 동물실험이라면 몰라도 현재 의학은 신장 하나 이식하지 못하는 것이 현실일세. 만일 성공한다 해도 며칠 가지 못해. 거부반응을 근본적으로 근절하기 위해서는 유전자 레벨의 작업이 필요하다네. 분명히——나도 그런 것을 주장하던 시기가 있었네만 무시당했지. 현재 그 기술은 아직 연구 단계에도 이르지 못했어."

"그게 어쨌다고? 아무도 못 하니까 실험하는 것 아닌가? 당신밖에 할 수 없는 일을."

미마사카는 기바에게 모멸의 시선을 보냈다. 표정도 자세도 변함이 없었지만, 기바에게는 그렇게 받아들여졌다.

그것을 뒷받침하듯이, 미마사카는 내뱉는 듯한 어조로 말했다.

"바, 바보 같군! 자네는 내가 토막살인사건의 범인이라도 된다는 건가? 게다가 산 채로 실험에 썼다고? 진심으로 그렇게 생각하는 건가?"

"진심이다."

"하지만 그저께인지 엊그저께인지, 나머지 유체가 발견되었고 범인도 판명되었다고 신문에 실려 있는 것을 나는 어제 봤네만."

시치미 떼지 마.

기바는 한 걸음 더 내디뎠다.

"범인으로 의심받던 남자는 죽었어. 이 근처에서 토막 난 채 발견되었지. 어젯밤이라고 하더군. 당신이 물건을 사러 나간 시각은, 분명히 어제 오후였지."

"——무슨 말을 하고 싶은 거지?"

"사체는 전부 나온 게 아니야. 하나가 모자라. 아니, 가나코를 포함하면 두 개. 아니, 팔다리를 제외하고 하나 반인가? 사람 하나를 만들기에는 충분하지. 다섯 명으로부터 마음에 드는 곳을 떼어내고, 남은 것을 끌어모아 4인분이 된 것 아닌가?"

"바보 같은 소리. 이게 무슨 퍼즐인가! 그런 것이 불가능하다는 것 정도는, 조사해 보면 누구나 알 수 있네. 아니면 일본 경찰의 과학력은 그런 것조차 모를 정도인가? 자네들의 검시관은 타펠 아나토미아(해체신서)[59]라도 읽고 있는 건가!"

"닥쳐."

기바는 어느새 미마사카의 눈앞에 다가가 있다.

"나는 어제 네놈이 트럭으로 반입한 천 꾸러미를 봤다. 그건 뭐지?"

대답하지 않는다.

기바는 군복 가슴 속에 손을 넣었다.

---

59) 독일의 해부학자 쿨무스가 쓴 인체 해부도표.

"네놈에게는 죄의식이라고는 하나도 없을 테지. 학문을 위해, 연구를 위해, 과학의 진보와 의학의 발전? 시끄러워! 당신은 남의 딸을 잘게 자르는 게 즐겁나? 행복한가? 만족하나, 이봐!"

기바는 가까이 있는 상자를 쳤다.

"그, 그만둬!"

당황하고 있다.

이야기하는 것을 멈추라고 한 건지, 기계가 소중한 건지, 그것은 알 수 없었다.

"학식이 있다고 잘난 척 조잘조잘 떠들어 봐야 네놈의 말은 내게는 전혀 와 닿지 않아. 아프다든지 가렵다든지, 네놈에게 그런 말은 없는 거냐? 슬프다든지, 괴롭다든지."

"무섭다고 말해 봐."

총구는 미마사카의 이마에 향해졌다.

"바, 바보 같으니, 그, 그만둬. 나는 그런 근거도 없는 이유로 죽을 수는 없어."

"그럼 말해. 전부 정직하게 말하란 말이야. 내 이야기가 틀렸다면 고치란 말이야. 나를——나를 납득시킬 만한 결말을 말해!"

"——."

미마사카는 깜박임을 멈추고 파충류의 눈을 부릅떴다.

허둥거리며 도망치려고 하지는 않았다.

배짱이 든든한 걸까?

아니다. 이성적인 것이다. 경찰관이 이유도 없이 일반 시민을 쏠리가 없다고 생각하고 있다. 영리하다.

"유즈키 요코는 지금도 가나코가 살아서 돌아올 거라고 생각하고 있어. 구스모토 요리코의 어머니는 실성했다더군. 다른 소녀의 가족도 비슷한 처지야. 이산가족, 입원, 도산, 그야 당신이 알 바 아니겠지만. 각자에게는 각자의 인생이 있다. 그러니 관여하지 않았다면 남의 일이라고 할 수 있겠지. 하지만 관여해 버린 이상 네놈도 나도 책임이 있어. 상관없다는 말은 못할 줄 알아! 자아——."

기바는 안전장치를 푼다. 총알이 장전된다.

"이 이야기의 결말, 네놈이라면 어떻게 내겠나?"

가늠쇠 너머로 미마사카의 얼굴이 있다.

미마사카는 입을 다물고 경직해 있다.

기바의 손가락은 방아쇠에 걸려 있다.

이 방에 두 사람 외에는 아무도 없다.

총성은 아래층까지 들리지 않을 것이다.

기바는 지금 상대에 대해 완전히 우위의 입장에 있다.

지금이라면 이 남자를 죽일 수 있다.

살인이 가능한 상황이, 기바에게 찾아온 것이다.

살인이야 간단한 일이다. 이 오른손 검지의 관절에 약간만 구부리라고, 근육에 약간 수축하라고 명령하기만 하면 된다. 뒷일만 생각하지 않으면 그것은 콧등을 긁는 것보다 쉬운 일이다. 경련이나 마찬가지다.

기바는 미마사카를 미워하지는 않는다. 죽일 생각 따윈 전혀 없다. 권총은 그런 것을 위해 소지하고 있었던 것이 아니다.

무엇보다 기바에게 미마사카를 죽여야 할 이유는 하나도 없다. 오히려 그가 죽으면 곤란하다.

하지만 그런 것은 상관이 없어졌다.

도리모노는 늘, 어디에서나,
검지에 힘을,
힘을.

※

"힘이 없는 차는 폐차다!"
에노키즈는 외쳤다.
"가짜는 어차피 가짜야! 도리 군, 이 차는 외관만 그럴싸하지 완전 쇠망치일세!"
핸들이 가늘게 떨린다.
요코는 몸을 웅크리고 있다. 차창을 스쳐 지나가는 한적한 풍경이 요코에게는 전혀 어울리지 않았다. 마스오카가 에노키즈에게 이야기한 요코의 나이는 서른한 살. 나와 비슷하다. 그러나 아무리 보아도 그렇게는 보이지 않는다. 항간에서 믿고 있는 스물대여섯이라는 나이조차 수상하게 생각된다. 스무 살을 갓 넘은 아가씨로밖에 보이지 않는다. 그러나 이 하얀 피부의 아가씨가 구스모토 기미에와 똑같은 —— 어머니인 것이다. 기미에는 어떻게 되었을까. 나는 박복한 어머니가 마음에 걸린다.

"저기서 꺾으세요, 에노키즈 씨!"

"자네처럼 길을 잘 잃는 사람의 지시는 받지 않겠네."

에노키즈는 다른 길로 들어섰다. 이제는 직진할 일만 남았다.

"저겁니다!"

"오오, 이 네모난 두부 같은 건물인가!"

"에노 씨, 속도 줄여요!"

"그럴 여유는 없네. 턱 조심해!"

아니나 다를까, 제대로 멈출 수는 없었다.

아카이 씨가 제작한 닷선 스포츠형 개조차는 오른쪽으로 크게 회전하다가 미마사카 근대의학 연구소 문에 접촉하며 멈췄다.

접촉이라기보다 격돌이다.

"무, 무슨 위험한 짓을."

"자, 당신, 다친 데는 없지요? 얼른 갑시다!"

에노키즈는 문을 반쯤 걷어차듯이 열고 요코를 밖으로 내보냈다.

요코는 공포로 굳어져 있다. 조수석에 있었으니 우리보다 훨씬 무서웠을 것이다.

"자, 그, 당신의 소중한 사람이 아직 살아 있었으면 좋겠는데 말이지요."

건물의 튼튼해 보이는 문은 경첩 부분이 망가져 이미 반쯤 열려 있다.

실신할 것 같은 안색의 도리구치가 내게 빨리 내리라고 말했다. 나는 뒤를 쫓는 것을 완전히 잊고 있었다.

실로 기괴한 건물이다. 복도가 하나 있을 뿐, 그 외에는 철문이 늘어서 있을 뿐이다.

이미 두 사람의 모습은 보이지 않는다. 나는 허리에 힘이 풀린 듯 비틀거리고 있어서 곧 도리구치에게 추월당했다. 기력과 체력 모두 당해낼 수 없다.

막다른 곳은 승강기인가? 오른쪽에는 나선계단.

나선계단 옆에 초로의 남자가 웅크리고 있었다. 남자는 우리들이 앞을 지나가도 아무 말도 하지 않고, 넋이 나간 듯 계단을 바라보고 있었다.

도리구치의 뒤를 쫓는다. 3층인 모양이다. 문은 열려 있었다.

에노키즈. 요코. 그리고 기바.

미마사카 고시로——인가?

기바는 군복을 입고 권총을 쥐고 있었다.

7년 전. 그 남방의 정글과 똑같다. 어쩔 셈일까? 이곳은, 이 이상한 건물은 그에게 그 불길한 전쟁터와 똑같다——는 뜻일까?

우리가 찾아오기 전에 그들 두 사람 사이에 무슨 일이 있었던 걸까.

분명히 보통 분위기는 아니었다.

에노키즈가 문을 열 때까지, 이 밀실에는 심상치 않은 긴장이 터질 듯 가득했던 모양이다. 그것은 단숨에 해방되어, 지금 두 남자는 넋을 잃고 있다.

기바도, 미마사카도 이마가 땀으로 빛나고 있다.

에노키즈가 기바에게 다가가더니 한 대 쳤다.

"이 바보. 작작 좀 해라."

기바는 대답하지 않았다. 그 대신 천천히 작은 눈을 움직여 요코를 보았다.

요코의 시선은 기바——를 지나쳐,

미마사카에게 쏟아지고 있었다.

"레, 레이지로. 자네, 어째서."

기바는 숨을 헐떡이고 있다. 미마사카는 의자에 털썩 몸을 가라앉혔다.

"자네들은 대체 누군가? 그, 그 남자를, 얼른 데려가게. 그놈은 ——미쳤어."

미마사카도 호흡이 거칠다. 처음으로 보는 미마사카 고시로는 총명하고 이지적인 풍모의, 과학자 같은 남자였다. 괴물 같은 인상을 갖고 있어서인지 그 모습은 더욱 평범하게 보였다.

에노키즈가 말했다.

"아아, 드디어 진짜를 만났군. 아무래도 나는 당신의 얼굴이 신경 쓰여서 견딜 수가 없었어요. 다들 당신의 그림자를 질질 끌고 다녀서 기분이 나빴거든! 이제 속이 시원하네."

"대체 뭔가, 자네는? 역시 형사인가? 왜 그——그 여자를 데리고 있지? 당장 모두 데리고 돌아가게."

미마사카는 그렇게 말하며 이마의 땀을 살짝 닦았다.

"유감스럽지만 그렇게는 안 되겠습니다. 조금만 더 있으면 친구가 이리 올 거거든요. 만나기로 했어요. 아아, 그리고 나는 형사라는 흉악하고 포악한 짓을 할 만한 사람이 아닙니다. 보시다시피 탐정이지요. 덧붙여 이 사람은 소설가고 이 사람은 잡지 기자입니다!"

"탐정? 탐정이 무엇 때문에 이곳에서 친구를 만나야 한단 말인가?"

"오늘——이야기의 끝을 고하기 위해, 한 음침한 남자가 이곳에 오기로 되어 있거든요."

그것은 내 소설의 구절이다!

"이야기?"

"당신과 이 여자, 그리고 이 바보의 이야기 말입니다. 이제 곧 올 겁니다. 기다려 주십시오."

미마사카는 곤란해 하고 있다. 이성적이면 이성적일수록, 에노키 즈를 상대하려면 고생하는 것이다.

"이봐, 이제 슬슬 그 멋대가리 없는 기계를 집어넣게. 기바슈, 그런 걸 갖고 있으면 제대로 되는 일이 없다고. 내가 부숴 줄까?"

"그렇——군."

기바는 순순히 권총을 집어넣었다.

전등이 깜박거렸다. 전력 공급이 불안정한 걸까.

미마사카는 불안한 듯 위를 올려다본다.

정적.

아니, 뭘까? 이 땅울림 같은 기계음은?

왠지 머리가 멍해진다.

청각으로 인지할 수 있는 범위를 뛰어넘은 중저음을 일정 시간 이상 듣다 보면 판단 능력이 현저하게 저하되는 모양이다.

멈추지 않으려나?

미마사카가 조용히 말했다.

"언제까지 이러고 있을 건가? 나는 해야 할 일이 있네. 그 기다린다 는 사람은 언제 오지?"

기계음이 나를 초조하게 만든다. 언제쯤 멈출까?

미마사카는 나보다 더 초조해하고 있다.

"아아. 왜! 왜 자네들은 나를 방해하나! 나는 슬슬——."

"회진 시간입니까? 교수님."

교고쿠도 ──.
입구에는 검은 옷을 입은 남자가 서 있었다.
교고쿠도가 드디어 찾아온 것이다. 아오키도 함께다. 또 한 사람은 누굴까? 경관도 있다.

"추젠지 ── 뭘 하러 왔나?"
미마사카는 조용히 위협했다.
"인사를 하셔야지요, 교수님. 당신이 현재 이렇게 마음대로 행동하실 수 있는 것도 제 덕분입니다. 우선은 감사 인사를 받고 싶은데요."
교고쿠도는 불제(祓除)를 할 때의 그 차림새를 하고 있다.
기바에게 이곳이 전쟁터라면, 교고쿠도에게 이곳은 ──.
"오늘은 망량을 퇴치하러 왔습니다."
검은 옷을 입은 남자는 그렇게 말했다.
"망량이라고? 무슨 소린가? 자네는 아직도 그렇게 세 치 혀로 세상을 헤쳐 나가고 있는 건가?"
"그 혀 덕분에 당신의 목은 가죽 한 장으로 붙어 있는 겁니다. 하지만 지금 저는 당신을 변호한 것을 후회하고 있습니다. 그때 당신이 사기꾼 취급을 받고 이곳에서 추방되었다면, 적어도 이런 일은 일어나지 않았겠지요."
교고쿠도는 그렇게 말하고 방을 둘러보았다.
나도 따라서 둘러본다. 묘비 같은 기계들.

기바가 말한 대로——이 방은 마치 묘지 같다.

요코는 교고쿠도를 보고 있다. 이상하게, 겁먹은 것처럼 보인다. 나는——솔직히 조금 안심이 되었다. 교고쿠도는 기바를 보고 왠지 눈을 약간 가늘게 했다.

"늦었군, 교고쿠. 재빠른 우리들은 시간에 맞췄네! 자, 얼른 하라고. 망량인지 뭔지를 퇴치해. 기바 따위에게 신경 쓸 필요 없네!"

에노키즈는 그렇게 말하고 씩 웃었다. 그리고,

"자네의 친절은 이 바보도 몸으로 확실히 알고 있어!"

라고 말했다.

교고쿠도도 희미하게 웃었다.

"망량은 종잡을 수 없는 괴물입니다. 머리를 잡으면 꼬리가 달아납니다. 꼬리를 잡으면 꼬리를 자르고 도망쳐 버리지요. 망량은 알면 알수록 알 수가 없어져요. 따라서 퇴치하려면 통째로 삼킬 수밖에 없었던 모양입니다."

"모르겠군, 추젠지. 자네의 장황한 말을 듣고 있을 시간은 지금 내게는 없네. 아주 귀찮아. 돌아가게."

미마사카가 불쾌한 듯 뺨을 경련시켰다.

"교수님도 끈질기시군요. 당신의 태도 여하에 따라서는 일을 시끄럽게 만들지 않고 물러갈 생각도 했었지만, 그런 태도를 보니 그렇게도 안 되겠어요. 저는 괜찮지만, 지금 여기 있는 모든 사람들이 곤란해집니다."

"모든 사람? 이놈들과 내가 무슨 관련이 있나?"

미마사카는 이해할 수 없다는 표정으로 전원을 둘러본다.

"드디어 배우가 다 모였군요, 교수님. 당신 때문에 이곳에 있는 전원이 망량과 마주치고 말았습니다. 미나미 기누코, 즉 유즈키 요코 씨. 에노키즈 레이지로. 사건기자 도리구치 군. 시바타 재벌 고문변호사인 마스오카 씨."

이 남자가 ―― 마스오카인가?

"경관인 후쿠모토 군. 경시청의 아오키 군. 기바 슈타로. 그리고 또 한 사람."

또 한 사람?

또 한 사람이란 나를 말하는 건가?

"―― 아아, 세키구치 군을 잊고 있었군요. 그리고 미리 말해두겠는데, 경찰은 ――."

교고쿠도는 아오키를 보았다.

"아오키 군과 후쿠모토 군 이외에도 밖에 대기 중입니다."

밖에 경관이?

"뭐 ―― 도망칠 걱정은 없지만, 도망 방조의 우려가 없는 건 아니니까요. 그러니 교수님, 쓸데없는 행동은 삼가시는 게 좋을 겁니다."

"무슨 소린지 모르겠군, 추젠지. 듣자 하니 형사니 탐정이니 변호사니 하는데, 어쨌든 나는 범죄와는 관련이 없네!"

"끈질기시군요. 당신은 분명히 법률에 저촉되는 짓은 별로 하지 않았어요. 따라서 경찰이 당신을 벌할 수는 없지요. 하지만 당신의 환자는 살인범입니다 ――."

―― 환자?

"경찰은 ―― 그 사람을 원해요."

미마사카는 교고쿠도를 노려보았다.

"환자를——넘기라는 건가? 그럴 수는 없네. 목숨과 관련된 일이야."

아무래도 이해하기 어렵다.

"이보게, 교고쿠도. 환자가 어디에 있나? 2층인가? 그 환자가 진범인 건가?"

"아닐세, 세키구치 군. 자네에게 붙은 망량이 역시 제일 큰 모양이군. 생각하기에 따라서는——자네가 제일 중증이야."

무슨 뜻일까. 나는, 적어도 이곳에 있는 누구보다도 책임이 없는 제삼자일 텐데.

미마사카는 신경질적으로, 마치 더러운 것이라도 보는 듯한 눈으로 교고쿠도를 응시했다.

"어쨌거나 나를 방해하지는 말아 주게! 도대체 자네는 언제부터 경찰을 돕기 시작했나? 그것은 무슨 놀이인가? 설령 내 환자가 범죄에 관여하고 있었다 하더라도——자네와는 아무 상관도 없네!"

"저는——범죄 같은 것에는 전혀 흥미가 없습니다, 교수님. 제 장사는 탐정이 아니에요. 사람에게 붙은 귀신을 쫓아내는 거지요. 저는 사정상 이곳에 있는 전원의 망량을 떨쳐내야만 하게 되었습니다. 하지만 한 사람 한 사람 따로따로 하려다가 실패하고 말았지요. 망량 퇴치는 단번에 할 수밖에 없는 모양입니다. 약간 거친 치료라도 어쩔 수 없어요. 요코 씨."

교고쿠도는 요코를 불렀다.

요코는 아직 두려운 눈빛으로 검은 옷의 남자를 보고 있다.

"당신에게는 좀 괴로울 겁니다. 그리고——."

교고쿠도는 기바를 보았다.

"나리도."

"우습게 보지 마. 교고쿠."

기바는 그렇게 말하고 상자에 걸터앉았다.

"망량인지 뭔지는 모르겠지만, 변함없이 무슨 말을 지껄이는 건지 나는 전혀 모르겠군. 추젠지, 다시 한 번 말하지만 나는 바쁘네. 자네 특기인 장광설은 사양이야."

미마사카는 흥미 없다는 듯이 그렇게 말하고는 가까이 있는 장치를 조정하기 시작했다.

미마사카는 교고쿠도를, 교고쿠도는 미마사카를 잘 알고 있다.

미마사카가 작업하기 시작한 것을 계기로, 우리는 삼삼오오 의자나 기계 상자에 걸터앉았다.

그리고 교고쿠도는 긴 사건의 〈끝〉을, 드디어 이야기하기 시작했다.

"발단은——아마 요코 씨가 미나미 기누코가 된 것, 이겠지요."

요코에게 반응은 없다.

"시바타 히로야와 도피행을 벌인 후 시바타 가의 원조로 근근이 살아온 요코 씨가, 우연한 기회로 은막의 스타가 되고 말았습니다. 이런 사정은 인구에 회자되는 것과 다를 바가 없어요. 그러니 저기 있는 후쿠모토 군이나 미나미 기누코의 열렬한 팬인 기바 형사가 더 잘 알고 있겠지요——."

요코는 놀란 듯이 기바를 보았다. 후쿠모토도 마찬가지다. 기바는 불상처럼 무표정하게 다른 쪽을 보고 있다. 멋대로 하라는 식이다.

"그리고 여배우 미나미 기누코의 인기는 높아져 갔지요. 그것에 대해서는 시바타 가도 탓하지 않았어요. 유명해지면 요코 씨 쪽이 더 스캔들을 싫어하게 될 테니까요. 비밀은 한층 더 엄수될 거라고 생각했다——기보다, 히로야 씨가 사망했기 때문에 아무래도 상관없어진 걸까요?"

"양쪽 다입니다. 요우코우 씨는 성실한 분이었으니까요. 히로야 씨가 사망한 시점에서, 또는 요코 씨가 여배우로 성공하여 생활이 안정된 시점에서, 거슬러 올라가자면 요코 씨의 어머니 기누코 씨가 사망한 시점에서도, 매번 원조를 끊으라는 진언을 받았다고 합니다. 하지만 전부 거절하셨어요. 가나코 양이 15세가 될 때까지 원조하기로 약속했으니까——그 말씀만 되풀이하셨던 모양입니다. 따라서 요우코우 씨 본인은, 요코 씨는 자청해서 비밀을 이야기하기 어려운 직업을 얻었다——는 정도로 생각하셨던 것 같습니다. 하기야 그 당시 시바타 그룹은 그 정도의 추문으로 흔들릴 만큼 기반이 허약하지는 않았고, 아랫사람들은 분명히 아무래도 상관없다고 생각하고 있었어요. 그것도 사실입니다."

마스오카는 상당히 빠른 말투로 그렇게 말했다. 그건 그렇고 교고쿠도는 왜 이 남자를 데려온 걸까. 이런 말을 하게 하기 위해서인가? 아니——교고쿠도는 마스오카도 망량과 맞닥뜨렸다고 했다. 하지만 도저히 그렇게 보이지는 않았다.

"그렇군요. 다시 말해 당시, 시바타 가와 요코 씨 사이에 불화가 생길 요소는 이미 없었던 거로군요. 하지만 영화에 두세 편 출연한 것뿐이라면 괜찮았겠지만, 미나미 기누코는 좀 지나치게 유명해졌어요."

교고쿠도는 그리고 요코를 본다.

"당신의 인기는 급상승했습니다. 당신의 얼굴은 은막뿐만 아니라 신문 잡지에도 자주 실렸어요. 더 대중적이고 규모가 큰 영화에 주연으로 결정되었고요. 그리고 미나미 기누코가 유즈키 요코라는 사실을 눈치챈 남자가 있었어요——."

요코는 가만히 견디고 있다. 슬픈 것 같지도, 괴로운 것 같지도 않다.

"그자는 스자키 씨였지요. 당신은 스자키 씨에게 협박을 받았어요. 그리고 스자키 씨로부터 도망치기 위해 여배우를 그만두고 은퇴했습니다."

"왜 스자키가 나오는 건가, 교고쿠!"

기바가 고함쳤다.

"스자키 씨는 〈비밀〉을 알고 있었어요. 그리고 행방을 감춘 요코 씨가 미나미 기누코라는 사실을 알고 접촉해 왔지요. 돈이 목적이었든지 아니면——."

교고쿠도는 말꼬리를 흐렸다. 몸이 목적이었다는 걸까.

요코는 고개를 숙인 채 아무 말도 하지 않는다. 만일 그렇다면 대답할 수 있는 일이 아닐 것이다.

기바는 그저 벽만 노려보고 있다. 그리고,

"우타에몬은——스자키였나."

하고 작은 목소리로 말했다.

교고쿠도는 그것을 똑똑히 듣고 나서,

"말을 듣지 않으면 가나코에게 폭로하겠다, 그렇게 말했지요?"

라고 물었다. 요코는 역시 고개를 숙인 채,

"──그렇습니다."

하고 대답했다.

그 말을 듣자 기바는 갑자기 벽을 향한 채 불쾌한 듯 크게 소리를 질렀다.

"협박의 재료는 뭔가! 교고쿠, 비밀이라는 것의 정체를 말해!"

기바가 바닥을 탕 구른다. 그러나 그 격정은 교고쿠도에 의해 깨끗이 기각되었다.

"아직 일러요. 일에는 순서라는 게 있습니다."

교고쿠도는──사건을 해명하고 있는 것이 아니다. 역시 영능력자의 방법론으로 우리들의 망량을 떨쳐내고 있는 것이다. 의도적으로 순열을 바꾼 정보 공개야말로 영능력이라고 그는 말했었다.

순서야말로 중요한 것이다──라고.

검은 옷을 입은 음양사는 다시 하얀 가운을 걸친 과학자를 향한다.

"미마사카 씨. 스자키 씨는 분명히 당신이 제국대 교수였던 시절부터 당신의 오른팔이었을 겁니다. 그런 스자키 씨는, 지금 요코 씨가 말했던 것처럼 지저분한 협잡꾼이었어요. 당신은 오랫동안 그런 남자를 심복으로 고용해 온 겁니다. 당신은──그것에 대한 감상은 전혀 없나요?"

"바보 같은 질문 하지 말게, 추젠지. 나는 그의 착상이나 기술, 지식, 이해력을 높이 평가하고 있었을 뿐일세. 스자키가 협박을 했든 성격이상이었든, 그런 것은 그의 과학자로서의 자질을 좌우할 만한 문제는 아니야."

미마사카의 어조는 변함이 없다. 교고쿠도는 요코 앞에 섰다.

"들었습니까, 요코 씨! 지금 그 말을. 이 미마사카 고시로라는 남자는 이런 사람입니다. 당신은 슬슬 이 남자의 정체 모를 주박에서 해방되어야 합니다. 당신은 아직도, 이 남자에게서 벗어날 생각이 없는 겁니까!"

무슨 뜻일까? 나는 그 의미를 알고 있는 듯한 기분이 든다.

그것은──.

"당신은── 전부, 알고 계시나요?"

"알고 있습니다. 말하지 않고 끝내려고 노력은 해 왔지만, 유감스럽게도 한계예요. 사람이 너무 많이 죽었습니다."

요코는 정말 하얗다. 형광등의 희푸른 불빛을 받아, 갓 날개가 돋은 나비처럼 반투명한 피부를 갖고 있는 것처럼 보인다.

기바는 그 나비를 보고 있다. 미마사카는 입을 한일자로 다물고 교고쿠도를 보고 있다.

요코── 기누코는── 기누코, 그렇다,

"그렇군! 요코 씨는 미마사카 교수의 딸이었어."

나는 나도 모르게 말했다.

"뭐라고!"

기바가 큰 소리를 질렀다. 할 말이 없다.

교고쿠도는 한심하다는 얼굴로 나를 보았다.

"사실인가! 사실이냔 말이다, 미마사카!"

기바가 고함쳤다.

미마사카는 대답하는 대신 교고쿠도를 싸늘하게 노려보았다.

요코는 그저 묵묵히 견디고 있다.

이 여자는 처음 만났을 때부터 계속 무언가를 견디고 있다.

마스오카가 성큼성큼 교고쿠도에게 다가간다.

"추젠지 씨, 그게 사실인가요? 그녀의 출신에 대해서는 우리 조직도 꽤 많이 조사했지만, 결국은 알 수 없었어요. 그런데 어떻게."

교고쿠도는 나를 힐끗 쳐다보고,

"유감스럽지만 사실입니다, 마스오카 씨."

라고 말했다. 미마사카가 쥐어짜내는 듯한 목소리를 냈다.

"추젠지. 자네——그걸 어떻게 알고 있었나."

미마사카의 표정은 험악했지만 하나도 당황하지 않았다. 아마 그런 것이 알려진다 해도 아프지도 가렵지도 않을 것이다. 무엇보다 요코가 그의 딸이었다 해도, 그런 사실은 협박거리도 되지 않는 것이다. 나는 말하고 나서 깨달았다. 그것은 단순히 우리들에게 알려지지 않았던 사실일 뿐이고 〈비밀〉 같은 거창한 것은 될 수 없다.

교고쿠도는 대답한다.

"간단한 일입니다, 교수님. 저는 알고 있었어요. 기억나지 않으십니까? 이 연구소를 존속시키기로 결정된 날 밤의 일이. 당신은 제게 신상 이야기를 하지 않았습니까."

"아아, 기억나네. 하지만 아내나 딸의 이름을 말한 기억은——없어."

"교수님. 편지 봉투에는 받는 사람 이름만 쓰여 있는 게 아니에요. 보낸 사람의 이름도 쓰여 있습니다."

"그런 것을——자네는 그런 것을 보고, 게다가 기억하고 있었던 건가. 나는 보여주었을 뿐 건네주지도 않았는데——."

"기억하고 있었습니다. 무엇이 화가 될지 알 수 없는 법이지요. 앞으로는 조심하도록 하십시오."

교고쿠도는 그렇게 말하고는 빙글 돌아 이쪽을 향했다.

"자, 저기 있는 경솔한 인간이 순서를 틀려 버린 덕분에 본의는 아니지만 제 일은 약간 편해졌어요. 요코 씨는 미마사카 씨가 버린 딸이었고, 스자키 씨는 그녀를 당연히 알고 있었지요. 하지만 그런 것은 공갈거리가 되지 않아요."

"당연하지요."

마스오카가 지적했다. 나는 터무니없는 광대역이었다.

"따라서 이것은 〈비밀〉의 복선입니다. 요코 씨는 그때 스자키 씨로부터 이 미마사카 근대의학 연구소의 주소나 전화번호를 들었겠지요."

"——그렇습니다."

요코는 체념한 듯이 말했다. 이 가냘픈 여성은 이제부터 차례차례 이루어질 〈비밀의 해명〉을 과연 견딜 수 있을까?

"스자키가 협박거리로 삼았던 진짜 〈비밀〉이란——."

"추젠지. 그만하게."

미마사카가 짧게 나무랐다.

"추젠지! 이제 됐잖나. 나머지는 내가——."

"그것은 가나코가 시바타 히로야의 아이가 아니라는 사실과 관련되어 있지요."

"――예."

"뭐라고! 그게 사실인가!"

이번에는 마스오카가 당황했다.

"따라서 당신은 가나코에게 상속시킬 생각은, 진짜 전혀 없었지요."

"―― 없었습니다."

"추젠지! 자네――."

갑자기 미마사카가 격분했다. 딸의 사생활을 폭로 당하는 게 견딜 수 없어진 걸까.

"꼴사납군요, 교수님! 말하지 않아도 될 이런 일을 말해야 하게 된 것도 전부 당신 책임이란 말입니다."

"내게 무슨 책임이 있다는 건가――그렇군, 그 수법에는 넘어가지 않을 걸세! 네놈, 내 입으로 그 사실을."

"아버지!"

요코가 괴로운 듯 소리를 질렀다. 유리관을 통한 듯한 목소리다.

미마사카는 여우에게 홀린 듯한 얼굴로 입을 다물었다.

그 사실이란 뭘까.

그때―― 요코가 소리를 질렀다.

"이제, 이제 충분하잖아요? 저는 이제―― 한계입니다. 죄송해요, 아버――지. 도움이 되지 못해서."

요코는 그렇게 말하고, 얼굴에 손을 대고 울었다.

마스오카는 인정사정없다.

"당신! 요코 씨. 그럼 당신은 14년 동안이나 우리를 속여 온 겁니까? 그뿐만이 아니지. 당신은 바로 얼마 전, 가나코의 대리인으로서 상속 의사표시를 하지 않았소! 그건 너무했어요. 진짜 사기라고요!"

"죄송해요. 제가, 제가 전부 잘못한 겁니다. 모든 것은 저의——."

그다음은 말을 잇지 못한다.

마스오카도 더 이상 아무 말도 할 수 없게 되어, 안경 속의 커다란 눈을 가늘게 뜨고 우리들을 차례로 둘러보았다.

교고쿠도가 엄숙하게,

"마스오카 씨, 지금까지의 일은 용서해 주시는 게 어떻습니까? 14년간의 원조라면, 총액으로 따지자면 물론 큰 액수겠지만, 시바타 재벌의 규모를 생각하면 새 발의 피입니다. 시바타 요우코우 씨의 꿈의 대금이라고, 그렇게 생각하는데요."

라고 말했다.

"꿈?"

"실제로는 끊어진 자신의 혈통이 이어지고 있다는 꿈을 꾸면서, 그대로 요우코우 씨는 돌아가셨지 않습니까. 요코 씨의 거짓말은 고독한 거물에게 주는 마지막 선물이 된 것입니다. 다만——일본을 절반 정도 살 수 있는 그 재산은, 요코 씨에게 갈 일은 없어요. 가나코 양은 히로야 씨의 아이가 아닐 뿐만 아니라——."

교고쿠도는 요코를 보면서,

"——아마, 이미 죽었을 테니까요."

라고 말했다.

요코는 소리 없는 비명을 질렀다.

"게다가, 이 욕심 없는 여성에게 건넨다면 저 사람에게 갈 뿐입니다."

교고쿠도는 미마사카를 가리켰다.

미마사카는 말없이 교고쿠도를 노려보았다.

"자, 교수님. 이제 당신의 계획은 대부분이 실패했어요. 이제 아무것도 감출 필요는 없어졌습니다. 게다가 당신의 실험은 이제 끝장이에요. 자, 환자를 경찰에게 넘기십시오!"

"자네―― 끝까지 나를 범죄자로 만들고 싶은 건가?"

"바보 같은 소리. 저는 당신이 범죄자가 되는 것을 미연에 방지하려는 것입니다. 막대한 연구 자금을 사취하려는 범죄. 그리고 본인에게 양해를 구하지 않은 쓸데없는 외과수술은, 상해죄가 적용되지 않을까요? 하물며, 그렇게 했다가 죽어 버린다면 상해치사지요."

미마사카는 기바가 말한 파충류 같은 눈으로 탁자 위의 쇠상자를 바라보았다.

"그럼 이번 사건은――본래 시바타 가의 유산 사취가 목적이었다는 겁니까?"

아오키가 말했다.

이 얼마나 유형적인 동기란 말인가! 요컨대 재산이 목적이었던 것이다. 구보를 키운 노인을 돌봐 주었던 이세의 친척과 규모는 다르지만, 동기는 같다.

하지만 교고쿠도는 부정했다.

"그건 아닐세, 아오키 군. 가나코가 그런 일을 당하지 않았다면 이분은 어떻게 해서라도 상속을 계속 거부했을 거야. 어지간한 마스오카 씨도 항복했을 거라고 생각합니다."

"항복할 뻔했지요, 저는. 하지만 저희 조직은 그것을 허락해 주지 않았어요! 저는 유언장을 멋대로 바꿔 쓰는 꿈을 몇 번이나 꾸었습니다. 그만큼 이 여자는 완고했어요. 이제 와서 생각하면 욕심이 없다기보다, 당신은 양심의 가책을 견딜 수 없었던 거로군요."

마스오카는 몇 번이나 안경의 위치를 고치면서, 역시나 빠른 말투로 말했다.

요코는 띄엄띄엄 이야기하기 시작했다.

"조용히 ── 살고 싶었어요. 감정의 기복이 없는 평범한 생활이, 똑같은 일을 되풀이하는 매일이, 견딜 수 없이 소중했습니다. 가나코와 아메미야 씨와 가짜 가족이었지만 오랫동안 그렇게 지내고 싶어서 ── 격렬하게 화를 내거나 깊이 슬퍼하거나, 그런 생활은 이제 질색이었습니다. 애정이란 평범한 반복 속에서 생겨나는 것이 아닐까요. 그래서, 가만히 내버려둬 주기를 바랐습니다."

"저도 좋아서 한 일이 아닙니다! 애초에 당신이 우리들을 속인 게 잘못 아닌가요? 피해자는 나예요!"

마스오카는 그 역할이 어지간히 부담스러웠던 모양이다. 울분을 풀 길이 없다는 분위기다.

요코는 말을 잇는다.

"그때는, 그렇게 엄청난 짓이라는 자각은 없었습니다. 생각한 사람은 히로야 씨였어요. 그 사람은 제 처지를, 말 그대로 동정해 주었어요 ── 저는 그때 괴롭고 슬퍼서, 누구든지 좋으니 매달리고 싶었어요. 하지만 그때 ── 히로야 씨와 만났을 때 제 배 속에는 이미 가나코가 있었습니다."

"히로야 씨도 속인 거로군."

마스오카는 쌓인 원한을 이때라는 듯이 요코에게 풀어놓는다. 기바가 곁눈질로 그를 노려보았다.

"아닙니다. 히로야 씨는 전부 알고 있었어요. 그러니까 ── 그것은, 그것은 전부, 그 사람이 생각한 거였습니다."

"무슨 소리요?"

"그 사람은 제 처지를 동정해 주었을 뿐만 아니라, 모든 것을 알면서도 제게 결혼하자고 했습니다. 아니, 제가 남의 아이를 임신하고 있었기 때문에 그 사람은 저를 선택했던 겁니다."

"어째서지? 그런 바보 같은 일이 어딨어요!"

마스오카는 복잡한 표정을 했다.

"있습니다. 히로야 씨는 자주 말했습니다. 할아버지는 아귀다, 금전욕의 화신이다, 자본주의의 망자다, 나는 그런 할아버지를 인정하고 싶지 않다――고. 그 사람은, 아마 좀 더 의지가 강한 사람이었다면 그런 운동―― 저는 뭐라고 부르는지 잘 모르지만――을 했을 사람이었어요. 자본주의가 어떻다거나, 노동자가 어떻다는 이야기를 늘 했었어요."

히로야는 프롤레타리아트이기라도 했다는 걸까? 그렇게 생각되지는 않는다. 아마 겉멋만 든 가짜 운동가였음이 틀림없다.

"그 사람은, 그러니까 나는 할아버지의 재산을 다 써 주고 말겠어, 라고 호언하며 꽤 돈을 뿌리고 다닌 모양입니다. 하지만 아무리 써도 다 쓸 수 없다는 것 정도는, 그 사람도 처음부터 알고 있었어요. 결국, 부잣집 도련님이라는 사실에는 틀림이 없었지요. 그래서 정말 진지한 사상을 가지고 활동하는 운동가들로부터 시종 바보 취급을 당했고, 그러면서도 돈을 원하는 사람들에게는 이용당하고―― 가엾은 기분이 들었습니다. 그 사람은 사람 좋고 겉치레를 좋아하고 고집도 셌지만―― 착했어요. 그리고 그 사람은 이렇게 말했습니다. 네 배속의 아이를 시바타의 후계자로 삼자, 탁한 시바타의 피를 끊는 거야, 그러니까 그러기 위해 나와 결혼해 줘――."

"뭐라고——."

마스오카가 소리를 질렀다.

"——그럼 히로야 씨는 요우코우 씨에 대한 반발심에서, 누구의 아이인지도 모르는 당신의 아이를 시바타의 적자로 삼을 계획을 세웠다는 건가! 이 얼마나 어리석은, 바보 같은, 나는——."

히로야는 마스오카의 이해를 초월한 모양이다.

"히로야 씨의 말이 얼마나 큰 의미를 갖는 것인지 저는 몰랐어요. 하지만 아이는 어떻게 해서라도 낳고 싶었고, 누군가에게도 의지하고 싶었지요. 그것밖에 생각하지 못했어요. 그래서 결혼 승낙을 받지 못하고——당연한 일이지만요——도피행을 벌이자는 말을 들었을 때도 그냥 뒤를 따라갔어요. 붙잡힌 후에 저는 포기했습니다. 그리고 히로야 씨가 몰래 건네준 돈으로 가나코를 낳았어요. 저는 그거면 충분했습니다. 하지만——당신들은 용서해 주지 않았어요."

"왜."

기바가 변함없이 벽을 향한 채 말했다.

"왜 그때 사실을 말하지 않았소! 당신은 처음에 집요하게 원조를 거절한 모양이지만, 가나코가 히로야의 아이가 아니라는 말은 하지 않았지. 사실을 말했다면 아무도 당신에게 원조 이야기를 꺼내지 않았을 텐데."

요코는 잠시 침묵하고 있었지만 이윽고 불쑥,

"거짓말이라도, 아버지가 필요했습니다."

라고 말했다.

"얼버무리지 말아요!"

기바는 화내고 있다. 조용히, 활활 타오르고 있다.

"당신은 가나코에게 아버지 이야기는 한 마디도 하지 않았잖소. 역시 원조가, 돈이 필요했던 거겠지! 솔직하게 말해요."

요코는 기바를 보지 않는다. 그리고 한 마디 변명도 하지 않고 선선히 인정했다.

"그렇——습니다. 말씀하시는 대로예요. 어머니의 병은 제게는 무거운 짐이었으니까요. 솔직하게 말하면 시바타 가의 원조는 고마웠어요. 그래서 저는——."

"아아."

기바는 떠올리고 있다. 분노는 건물의 진동에 섞여 사라졌다.

"당신은 자신이 거짓말쟁이라고, 내게도 여러 번 말했었지——."

기바는 다시 침묵했다.

"미마사카 씨. 요코 씨를, 당신의 딸을 이렇게까지 몰아세운 건 당신입니다. 정말로 할 말이 없나요?"

교고쿠도는 미마사카를 노려본다. 나는 그 진의를 읽을 수 없다. 아직도 순서가 틀린 모양이다.

미마사카가 웃었다.

"추젠지, 자네도 악취미로군. 이 자리에서 그런 걸 폭로한다고 무슨 소용이 있나? 시시하군."

미마사카는 순간 진지한 얼굴로 돌아왔다.

"이렇게 말하면 속이 시원하겠나? 모든 것은 내가 잘못한 거다, 난치병에 걸린 기누코를 요코에게 떠넘기고 내팽개친 건 나다——라고. 마스오카 군, 추젠지의 이야기를 들으니 내게 책임이 있는 모양이야. 탓할 거면 나를 탓하게. 돈을 돌려달라고 하면 돌려줄까?"

진심은 아니다.

미마사카는 진심으로 하는 말이 아니다.

마스오카도 그 말을 받아 기바처럼 어딘지도 알 수 없는 방향을 향해 이죽거렸다.

"당신에게 변제 능력이 있으리라고는 생각되지 않는군요. 그럼 이 연구소라도 팔 겁니까? 할 수 없는 일은 말하지 말아야지요. 그건 그렇고——."

마스오카는 다시 요코를 본다.

"——그건 그렇고 당신은 어째서 좀 더 교묘하게 행동하지 못한 겁니까? 진실을 이야기하든 끝까지 거짓말을 하든, 어느 쪽이라 해도 —— 얼마든지 방법은 있었을 텐데!"

요코는 시선을 바닥에서 천천히 기바에게로 옮긴다. 그리고,

"그 말은—— 기바 씨에게도 들었습니다. 제가, 원만하게 수습될 만한 거짓말을 할 줄 알았으면 좋았을 것을."

라고 말했다.

기바는 움직이지 않는다.

그는 지금 그 등에 요코의 시선을 느끼고 있을 것이다.

"하지만 새로운 거짓말은 싫었어요. 우리들의 생활은 본래 거짓말 위에 세워져 있었으니까요. 거짓말 위에 거짓말을 쌓아 봐야—— 괴로워질 뿐이라는 기분이 들어서. 하지만—— 가나코에게는 아무 것도 알리지 않았지만, 그 아이는 제가 어머니라는 사실은 알고 있었을 겁니다. 그 아이는 아무 말도 하지 않았지만요."

요코는 기바의 넓은 등을 은막으로 삼아, 거기에 자신의 추억을 투영하고 있는 모양이다.

"가나코에게는, 어쨌든 아무 말도 하고 싶지 않았어요. 그래서 마스오카 씨가 가나코와 이야기하고 싶다고 해도, 그렇게 할 수는 없었습니다. 하지만——만일 가나코가 사실은 히로야 씨의 아이가 아니라고 마스오카 씨에게 말해 버리면, 지금까지의 원조금을 돌려달라고——분명히 그렇게 말씀하실 거라고 생각했습니다. 현재의 제게는 변제 능력이 없습니다. 그래서 이도 저도 아닌 대답밖에 할 수 없었어요. 저는 경제나 정치에는 무지해서, 시바타 요우코우라는 사람이 얼마나 대단한 사람인지 몰랐습니다. 계속 거절하면 조만간 포기할 거라고, 그렇게 생각했던 것입니다."

"시바타의 사회적 영향력에 관해서는 그렇게 몇 번이나 설명했잖아요! 도대체가 거짓말 따위 하지 않아도 방법은 얼마든지 있었을 겁니다. 만일 당신이 가나코는 시바타의 피를 잇지 않았다고 솔직히 말했다면 나는 얼마든지 당신을 위해 있는 힘을 다했을 거예요! 겨우 그런 걸 갖고!"

마스오카는 왠지 분한 것 같았다.

"당신은 어째서 마음을 단단히 먹고 얘기해 주지 않았습니까! 나를 그렇게 신용할 수 없었나요? 아——아메미야 같은 덜떨어진 놈은 신용하고 있었으면서! 나는 귀신이나 뱀으로밖에 보지 않았단 말입니까? 한심하군요."

그것이 본심이다.

마스오카는 본래 나쁜 남자도 냉혈한도 아닌, 그저 서툰 남자일 것이다. 요코에게는 그런 마스오카의 본심이 전해지지 않았다. 그래서 분한 것이다.

기바가 마스오카에게 등을 돌린 채 말했다.

"마스오카 씨. 말이라는 것은 통하는 사람과 통하지 않는 사람이 있소. 아무리 깊이 생각하더라도 통하지 않으면 그뿐이지. 당신의 말은 잘 안 통한단 말이오."

마스오카는 돌아보지도 않았다.

교고쿠도는 말을 잇는다. 전체가 보이는 것은 그뿐이니, 달리 이야기를 진행할 수 있는 사람은 아무도 없다.

"어쨌든 매일 밤낮으로 찾아오는 마스오카 씨로부터 멀리하기 위해, 당신은 가나코를 반쯤 강제적으로 외출시켜야만 했어요. 어째서 다투고 있는 건지, 중학생쯤 되면 대충 짐작은 하고 있었으리라고 생각하지만요. 뭐, 그 이전부터 가나코는 자주 밤 산책을 즐기고 있었던 것 같긴 하니까, 그것은 그리 어려운 일도 아니었던 셈이지요."

요코는 그리운 듯이 허공을 올려다본다.

"그 아이는 착한 아이였습니다. 어떻게 이렇게 구김 없이 자랐는지 알 수 없을 정도로. 하지만 그 아이는 제 앞에서만 그렇게 행동하고 있었을 뿐이었습니다. 그 아이도 괴롭고 고통스럽고, 굴절되어 있었던 겁니다. 저는 아무것도 몰랐어요. 가나코에 대해서는 아메미야 씨가 더 잘 알고 있었습니다. 밤 산책은 제가 배우 일을 시작하고 나서 거의 매일 했던 모양입니다. 그 일은 배우를 그만두고 나서도 멈추지 않았습니다. 하지만 별로 나쁜 아이들과 어울리지도 않아서 ——용인하고 있었던 것입니다."

요코의 말투는 애조를 띠고 있다. 이야기함으로써 내적 현실은 해방되고, 이야기가 된다. 갓 날개가 돋은 나비. 아름다움과 추함, 우아함과 약함 사이에 있는 여자——.

교고쿠도의 〈비밀의 해명〉은 계속된다.

"그리고 마침 그 무렵, 당신의 소식이 삼류 잡지에 실리고 말았어요."

"음——."

기바가 반응했다.

"스가키는 다시 협박하러 당신을 찾아와, 당신이 아니라 우선 가나코와 접촉했어요."

"아마——그럴 겁니다."

회고에 가까웠던 요코의 표정이 회한에 가까워진다.

"비밀의 정체를 짐작해 버린 가나코는 깊이 상처를 입었어요. 그리고 가출을 시도했어요. 하지만 아마도 아메미야 씨에게만은 행선지를 말하고——."

"어떻게 알지?"

교고쿠도는 아메미야와 만난 적이 없다. 당연히 우리들이 가진 아메미야의 정보는 기바나 요코, 마스오카를 경유한 것이다. 그리고 아마 그중 누구도 그런 사실은 몰랐을 것이다.

나중에 알게 될 걸세——라고 교고쿠도는 말했다.

"——가나코는 똑같이 심각한 가정 사정을 안고 있던 유일한 친구, 구스모토 요리코를 가출의 길동무로 꼬여냅니다. 그리고——그 요리코의 손에——살해될 뻔하지요."

"뭐! 교고쿠, 자네."

기바가 견디다 못한 듯 돌아보았다. 망령 같은——이라고 하면 듣기에는 좋지만, 몹시 야위었다. 무서운 얼굴이다. 당연할 것이다. 나나 도리구치, 아오키가 그 결론에 얼마나 동요했는지 모른다. 증거도 동기도 없다. 기바에게 전해질까?

"그렇답니다, 나리. 그것은 그래요. 우연히 그런 상황이 찾아와, 요리코는 가나코를 떠밀어 버린 겁니다."

첫 번째 사건. 가나코 살해미수사건——.

기바는 힘이 빠진 듯한, 이해할 수 없다는 표정을 했다.
"그랬——나."
기바는 쉽게 이해할 수 있었을까? 오히려 이해하기 이전에 놀란 사람은 마스오카였다.
"뭐라고요, 그 소녀가! 저——어."
"그, 그랬습니까! 으음."
후쿠모토는 그렇게 말하고 입을 눌렀다. 눈에 눈물이 고여 있다.
"요리코 양이——범인이었다고요? 가나코는 자살한 게 아니었군요——."
범인의 이름을 말하고 나서 요코는 멍해 있다. 요코에게는 요리코에 대한 증오가 끓어오르지 않는 걸까? 아니면——그것은 시간이 걸리는 일인 걸까?
"자살하려는 사람이 가출 행선지를 집안사람에게 알리거나 하지는 않아요. 위장하려고 한 기색도 없고요. 그렇다면 도중에 마음이 바뀌었거나——그렇다 해도, 최소한 목적지에 도착하고 나서 죽을 겁니다. 가기 전에 역 홈에서 마음이 바뀌는 경우는 드물지요."
기바는 완전히 독기가 빠진 듯, 참으로 맥이 빠진 목소리로 말했다.
"그 소녀들은 호수로 가는 중이라고 했었지. 왜 가는 건지 내게는 말하지 않았지만."

"아메미야 씨에게는 말했던 겁니다. 그리고 아메미야 씨는──아마 행선지도 들었을 거예요. 가나코는 그렇게 멀리 갈 생각은 없었어요. 가나코는 기껏해야──사가미 호수에 갈 생각이었지요."

"사가미 호수?"

몇 명인가 이구동성으로 되물었다.

"사야마 호수도 오쿠타마 호수도 아닙니다. 사가미 호수입니다."

땅울림 소리가 으르렁거리는 듯한 진폭을 시작했다. 순간적으로 형광등이 깜박거린다.

"유즈키 가나코는 죽지 않았어요. 크게 다쳤지요. 보통 같으면 살아날 수 없는 큰 부상이었어요. 요코 씨와 가나코의 슬픈 이야기는 보통 같으면 여기서 막을 내리게 되지요. 하지만 막은 내리지 않았어요. 요코 씨의 아버지가──바로 미마사카 고시로였기 때문입니다."

아마도 전원이 미마사카를 보았을 것이다.

"이다음은 당신이 이야기하시겠습니까? 교수님."

"공교롭게도 나는 과학자지 자네 같은 궤변가가 아닐세. 자네가 아무리 수다스럽게 우리들의 비밀을 폭로한다 해도, 내게 죄를 물을 수는 없을 거야. 형사도 탐정도, 있어 봐야 소용없단 말일세."

미마사카는 모두가 지켜보는 가운데 탁자 위의 상자에서 나와 있는 몇 개의 튜브를 더듬어, 각 연결 부위의 계기들 눈금을 읽고 가까이 있던 종이에 기록하기 시작했다.

교고쿠도는 그 모습을 슬픈 눈으로 바라본다.

"요코 씨로부터 14년 만에 전화를 받고, 당신은 꽤 놀랐겠지요. 요코 씨가 이곳을 알고 있으리라고는 생각하지 못했으니까요. 그뿐만이 아닙니다. 딸이 죽을 것 같다고 했지요. 설령 만난 적은 없다 해도, 가나코는 당신의 둘도 없는 육친입니다. 살리고 싶다고 생각했을 게 틀림없어요."

음양사는 거기에서 약간 말투가 거칠어지며, 이렇게 말을 이었다.

"아닙니까? 교수님. 당신은 가나코가 육친이기 때문에 ── 아니, 그 이상이기 때문에 살리고 싶었어요. 아닙니까? 아니라면 아니라고 말해 주세요. 그렇지 않으면 이 가엾은 당신 따님의 ──."

"망량이 떨어지지 않아요."

교고쿠도는 그렇게 말했다.

미마사카는,

미마사카는 무시했다.

말이 끊어질 때마다 기계음이 의식된다.

미마사카는 무표정하다. 교고쿠도는 더욱 밀어붙였다.

"가나코의 몸은 더 이상 손을 쓸 수 없었어요. 상당히 상해 있었지요. 당신은 우선 서둘러 수술을 시작했어요. 요코 씨도 당신도, 스스로의 목숨이 위험해질 만큼 혈액을 제공했지요. 대수술이었을 겁니다. 조수는 스자키 씨 혼자였어요. 천재 미마사카 고시로가 아니면 도저히 무리인 작업이었습니다 ── 아니면 환자가 가나코였기 때문에 ── 가능했던 겁니까?"

"아까부터 별 시답잖은 소리를."

내 위치에서는 미마사카와 요코를 한 번에 볼 수는 없다. 목소리가 나는 쪽을 본다.

"수술은 기술일세. 감상이 영향을 미치는 게 아니야."

"그렇습니까? 그럼 당신의 기술은 역시 일류였군요."

교고쿠도는 팔짱을 낀다.

"이 미마사카 고시로라는 사람은 제가 알기로 일본에서도 1, 2위를 다투는 유능한 과학자입니다. 면역학을 기초로 한 그 연구 영역은 파벌과 분야를 뛰어넘어 많은 곳에 이르며, 몇 년, 몇십 년 앞을 내다본 선진적인 착안점은 많은 선후배들에게 귀중한 시사를 주었어요. 유전자 조작치료라는 꿈같은 치료법을 제창하기도 했지요. 유감스럽게도 그것은 지나치게 선진적이라서 묵살된 모양이지만요. 하지만 —— 그때만 해도 그는 거북하게 여겨지긴 했어도, 결코 학계에서 추방당할 만한 이단의 학자는 아니었습니다."

자신의 반생이 짧게 정리되는 것에 대한 쾌감이나 불쾌감은, 미마사카에게는 없는 걸까.

아니면 수다스러운 궤변가의 말에 귀 기울일 필요를 느끼지 못하는 걸까.

그는 묵묵히 작업을 속행한다.

"그의 좌절의 시작은 아내의 병이었어요. 근무력증은 고치지 못할 병은 아니지만, 그 구조는 아직 명료하지 않아 병이 무거워지면 치료율이 낮습니다. 기누코 씨는 —— 중증이었어요. 미마사카 교수는 학계에서 쫓겨난 게 아닙니다. 아내의 병을 고치기 위해 공무를 전부 내팽개친 거지요. 그렇지요, 교수님?"

대답은 없다.

나는 생각난 듯이 요코를 보았다.

이 이야기는 그녀의 부모와 그녀의 이야기이기도 하다.

요코는 다시 견디는 태세에 들어가 있었다. 이 한때가 지나가기를, 그저 가만히 견디고 있다.

"미마사카 고시로는 생각했어요. 아내의 용태는 날마다 악화되고, 그 병마는 그녀의 정신까지 침식하기 시작했지요. 육체가 정신을 갉아먹는 겁니다. 그는 그것을 허용하기 힘들었어요. 명랑하고 상냥했던 아내는 질투하고, 원망하고, 주위에 저주의 말을 퍼붓는 귀녀(鬼女)로 변해 갔어요. 그는 아내의 병을 고치고 싶었습니다. 그래서 평소에 연구하고 있던 생체간 이식을 응용해 치료해 볼 생각을 한 모양입니다."

"하지만 교고쿠도. 근무력증은 어느 부위를 이식한다고 낫는 종류의 병이 아닐 텐데."

내가 알기로, 그것은 근육이 이상하게 피로해지고 쇠약해지는 일종의 신경 장애다.

"나도 자세히는 모르네. 저기 전문가가 있는데 내가 이야기하는 것도 좀 그렇지만, 이 병은 운동신경의 말단, 종말판의 염기성 물질——아세틸콜린의 합성 불량이 원인으로 생각되고 있는 모양이야. 이것은 흉선의 과다 분비와 인과관계가 있을 가능성이 있다는 이야기를 들었네. 흉선이라면 임파구의 근원 아닌가. 면역 전문인 미마사카 교수가 어떤 치료법을 고찰하고 있었는지, 범부인 나로서는 알 방법도 없네만——하지만 이것은 실패했네. 그리고 그는 깨달았어. 장기뿐만 아니라 의학적 생체간 이식에는 한계가 있다. 만일 장래에 거부반응을 없앨 수 있다 해도, 적합한 도너를 항상 확보해두는 것은 불가능하다. 따라서 심어 넣으려면 기계여야 한다, 즉 인공장기라는 걸 말일세. 하지만 이것도 생체와 완전히 융합되는 것은 아니었지. 그래서——."

"그래서 그는 몸째 그대로 바꾸는 것을 생각했네."

"그게 무슨 소린가?"
"기계 몸을 만드는 걸세. 부서지면 교환하지. 반영구적으로 시들지 않네. 시들지 않는 육체를 얻을 수 있다면 혼이 더럽혀지는 일도 없을 거라고, 그렇게 생각한 거야."
"그런 일이——그것이 불사의 연구? 군부가 매입했다는 그 기술입니까?"
도리구치가 물었다.
"가능합니까? 그런 일이."
"가능한——모양이지."

교고쿠도는 방을 둘러보았다.

"인공장기라는 발상 자체는 별로 유별난 것도 아니었고, 인공심폐 같은 것은 15년이나 전에 만들어졌어요. 기번(Gibbon)[60]이었던가요?"
미마사카에게 말을 걸어도 소용없다는 것 정도는 교고쿠도가 가장 잘 알고 있다.

---

60) 1937년 인공심폐장치를 착상한 기번 부자(父子)를 가리킴.

"하기야 실용화된 것은 최근이고, 게다가 심장 외과수술 때의 대용 심폐밖에 되지 않는 모양입니다. 현재는 임상에서도 사용되기 시작했지요?"[61]

대답하지 않는다.

"인공신장이나 인공간장을 생각하는 의사는 많아요. 하지만 비장·폐장·심장·신장·간장·췌장, 위(胃)에 방광·담낭·삼초(三焦), 모든 것을, 감각기관까지 포함해서 그대로 만들려는 엄청난 생각을 한 사람은 이 사람 말고는 없습니다. 보통은 치료나 수술, 임상에 사용할 생각을 하지만 이 사람은 발상이 달랐어요."

"어떻게 달랐나요?"

마스오카가 물었다.

이미 마스오카가 관련된 부분은 끝났는데도 묻지 않을 수 없는 것이다.

이곳에 있는 사람들은 모두 이렇게 사건에 빠진 사람들이다.

우리는, 실은 모두——수집자인 것이다.

"보통은 인체라는 상자 속에 다른 이물질을 넣을 생각을 하지요. 이것은 당연한 발상입니다. 그러나 천재 미마사카는 인체라는 닫힌 상자를 열었어요. 그리고——그 바깥쪽에 커다란 상자를 만든 겁니다."

"문학적인 표현은 하지 말게, 추젠지! 사실을 인식하는 데 필요 없는 선입관이나 고정관념을 심는 짓은 그만둬! 우둔한 인상을 줄 뿐일세."

---

61) 기번 부자가 착상한 인공심폐장치가 개량을 거쳐 임상에 사용된 시기는 1954년 이후 부터이다.

미마사카가 조용하고 엄숙하게 말했다.

교고쿠도의 도발에 넘어간 걸까?

아니다. 그의 작업이 종료된 것이다.

교고쿠도는 웃었다.

"그럼 그렇게 하지요. 당신의 연구는 제가 보기에, 대용수용기관을 제외하고는 완성되어 있어요. 남은 것은 임상실험이지요. 당신의 연구에 임상이라는 말은 사용하고 싶지 않지만요. 당신은 인체실험을 하고 싶었을 겁니다. 언제까지나 오랑우탄이나 고릴라를 사용하는 것은 돈만 들 뿐 소용이 없으니까."

"오랑우탄에 고릴라? 그런 게 쉽게 손에 들어온단 말인가?"

"보르네오 부근에서 은근슬쩍 밀수입하는 놈들이 있다고 하네. 츠카사 군에게 들었어. 마리당 가격은 꽤 비싼 모양이지만. 쉽게 살 수도 없지."

츠카사는 수입 잡화를 팔아 먹고사는 츠카사 기쿠오라는 남자를 말한다.

그는 왠지 극동의 암흑가에 발이 넓다.

그건 그렇고, 그런 원숭이를 비싼 돈을 내고 사는 사람이 있을까? 물론 있으니까 장사가 되는 거겠지만.

"실험용 동물을 어떤 루트로 손에 넣었는지 나는 전혀 모르네. 전부 스자키에게 맡기고 있었지. 스자키는 그런 게 특기였으니까. 어쨌거나 동물실험이란 말일세. 알았나, 기바 군."

미마사카는 그렇게 말하며 기바 쪽을 보았다.

기바는 다리를 벌리고 낮은 계기에 걸터앉아 있다.

미마사카의 시선에 얼굴을 돌린다.

그리고 말했다.

"이곳에는 분명히 짐승을 반입한 것 같다는 소문도, 그 잔해도 있었어. 그건 내가 확인했어. 하지만 부상자 —— 인간이 똑같이 이곳에 들어가서 나오지 않았다는 소문도 있어. 그렇지, 아오키?"

아오키는 고개를 끄덕인다.

"여기서 —— 불법으로 인체실험이 이루어지고 있었던 건 아닌가? 아니야? 교고쿠."

기바치고는 박력이 없는 다그침이다. 특유의 무서운 얼굴을 보이지도 않고, 미마사카로부터는 눈을 피하고 있다.

"그건 물론 합법적인 치료입니다, 나리. 이 미마사카라는 사람은 그런 짓을 할 사람이 아니에요."

"그런 —— 가."

기바는 역시 위세가 없다.

"기바 나리의 말대로, 이곳에는 몇 명인가 당장 죽으면 곤란한 환자가 실려 들어온 적이 있었던 모양이더군요. 그들은 모두 당장 죽어도 이상하지 않은 중환자나 빈사의 환자였던 모양입니다. 하지만 어떤 이유로 —— 무슨 증인이거나 범죄자인지, 그것은 모르겠지만 —— 조금 더 연명하게 해 두고 싶은 사정을 가진 인물들이었어요. 의뢰인은 당연히 일반인이 아닐 테지요. 앞으로 열흘, 아니 사흘만 살려줘 달라 —— 미마사카 근대의학 연구소는, 지금은 그렇게 기능하고 있어요 ——."

"그래도 —— 치료행위란 말인가?"

"적어도 범죄행위는 아니에요. 그렇지요 ——?"

교고쿠도는 미마사카를 보았다.

반응하지 않는다.

"──죽어도 이상하지 않은 환자를 우선 일정 기간만 살려두는 장치. 그게 이곳입니다. 입원은 하지만 퇴원은 하지 않아요. 당연하지요. 일정 기간이 지나면 사망하니까. 그것은 죽이는 게 아니에요. 그만큼밖에 버티지 못하는 거지요. 그 이상의 연명은 아무도 바라지 않아요. 또 그것을 속행할 수 있을 만한 돈도 받지 않고요. 본의가 아니었겠지요, 교수님. 일정 기간이라니 그런 무례한. 영원이라고 말해 주기를 바라시겠지요?"

"자네에게 선동되지는 않겠네."

미마사카는 의연하게 말했다.

"그렇다 해도 당신의 연구는 돈이 필요하지요? 실험 재료의 조달뿐만 아니라 유지비가 들어요. 전쟁 중일 때와 전쟁이 끝난 후 당신은 정말 잘했어요. 군부, 궁내청, GHQ, 당신의 연구에 주목하는 곳은 많이 있었지만, 당신은 그중 어디에도 진짜 모습을 보여주지 않고 연구비를 뜯어내는 데 성공했지요."

"끝까지 지켜볼, 장기적이고도 거시적인 시야를 가진 출자자가 없었을 뿐일세."

"현재는 어디에서도 원조가 없지요. 그래서 큰돈을 받아가며 일시적 연명장치로 영업하고 있었어요. 아닙니까?"

"그게 어떻다는 건가? 나는 할 수 있는 범위에서 정당한 의료행위를 하고, 그에 대한 보수를 받았을 뿐이야. 범죄성은 전혀 없네."

미마사카는 차분한 것이 아닌 모양이다. 이것이, 그에게 있어서 최대의 감정 표현일 것이다.

계속 서 있던 교고쿠도는 그제야 의자에 걸터앉았다.

"가나코는 중상이었어요. 그녀를 살려둘 수 있는 곳은 전 세계에서 아마 이곳밖에 없었겠지요. 그런 의미로는, 요코 씨가 미마사카 교수의 혈연이었던 것은 요행이었어요. 그리고 응급조치 후 곧바로 이곳으로 싣고 온 것은 정확한 판단이었습니다."

나는 후쿠모토 순사를 보았다. 그는 그 현장에 있었던 것이다. 그리고 기바를 본다. 손가락을 깍지 껴 이마에 대고, 아래를 보고 있다.

"그리고 교수님은 목숨을 구하는 것만을 생각하며 처치를 하고 말았습니다. 그리고 이 건물을 움직여 버렸지요!"

이 소리. 이것은 이 건물이 움직이고 있는 소리인가?

"가나코는 분명히 목숨을 건졌어요. 하지만 요코 씨는 몰랐겠지요?"

"무, 무엇을요 ——?"

불길한 시간이 지나가기를 기다리고 있던 요코는 갑자기 그것이 자신 위에 멈추었기 때문에 놀란 모양이다.

"아까 교수님이 직접 말씀하셨습니다. 끝까지 지켜본 출자자는 없다고. 당연히 요코 씨도 몰랐겠지요. 이곳 —— 미마사카 근대의학 연구소에서는 〈산다〉는 말의 뜻이 다릅니다."

무시무시한 공기가 방에 고였다. 본래 이 방, 이 건물에 공기의 유동은 없다. 있는 것은 진동뿐이다.

"미마사카 교수에게 있어 〈죽지 않는 것〉이란 생명 활동이 유지되는 것이지, 살아 있는 것이 아니었던 겁니다."

무슨 뜻인지 알 수가 없었다.

"게다가 이 연구소는, 연구소지 병원이 아니었어요. 이곳은 회복하는 곳이 아니었던 겁니다."

회복하지 않는다고?
"이 상자에 들어오고 나면, 안에 있는 동안에는 죽지 않지만 밖으로는 절대 나갈 수 없어요. 영원히, 이곳에서 살 수밖에 없습니다. 다시 말해 살려두고 싶은 한, 반영구적으로 막대한 유지비가 드는 것입니다."

"그래서 ── 유산을 사취하려고?"
아오키가 중얼거렸다.
"시바타 요우코우의 유산만큼 비상식적인 규모의 재원이 없으면, 도저히 14세 소녀에게 남겨진 인생만큼 이 상자를 유지할 수는 없어요. 한 달, 1년이 아니란 말입니다. 아니, 사실은 영원히 살려두고 싶었을 겁니다. 아닙니까? 미마사카 씨!"

기계음. 땅울림. 중저음. 진동.

"움직여 버린 이상, 이제 멈출 수는 없어요. 멈추는 것은 가나코의 목숨이 끝날 때입니다. 계속 움직이기 위한 재원도 없는데, 교수님은 이 상자를 가동하였습니다. 저도 모르게 한 일인지, 실험을 위해서인지. 그것은 ──."

── 어느 쪽일까.

미마사카는 아무 말도 하지 않는다.

완전히 무시하고 있다.

지금도 ——.

그럼 이 상자는 ——?

"저는 아까 밑에서 넋을 잃고 있던 고다 씨에게 들었습니다. 이
건물을 가동하기 위해서는 엄청난 동력이 필요해요. 전력도 자가발
전으로 보충하지 않으면 터무니없이 부족하지요. 연료도 필요해요.
게다가 가나코는 중상이어서 거의 모든 기능을 가동하지 않으면 안
되었습니다. 전부 움직인 경우에는 하루치로 환산했을 때 대체 얼마
가 듭니까? 당신은 그때 어디에서도 원조를 받고 있지 않았어요. 가
나코를 살린 것은 좋았지만, 당신은 그녀를 계속 살려둘 수는 없었습
니다."

미마사카 쪽을 향하고 있던 교고쿠도는 상체를 비틀어 요코를 응시
했다. 빠른 동작이다.

"그리고 요코 씨, 당신은 시바타의 재산 이야기를 미마사카 씨에게
했지요. 이것은 —— 당신 입장에서 보자면 이중의 기회였던 겁니다,
미마사카 씨. 가나코를 계속 살릴 수 있다. 그것은 그대로, 당신이
오랫동안 바라고 있던 생체 실험을 실행하는 것도 되는 겁니다. 아내
를 살리기 위해 시작한 연구는 그 대상을 잃고 폭주해 추락 직전이었
어요. 살리고 싶었던 아내는 죽고 말았지만, 그 —— 피를 이어받은
가나코를 연구 대상으로서 구할 수 있다 —— 하지만 그것은 안이한
생각이었습니다. 허탕으로 끝났지요."

마스오카가 빠른 말투로 끼어들었다.

"왜지요? 추젠지 씨, 간단한 일 아닙니까. 과장된 장치 따위 필요 없어요. 범죄를 저지르는 것도 아니고. 거짓말 한 마디만 하면 될 일 아닙니까. 가나코는 상속하겠다는 의사표시를 했다——고. 우리는 이 사람의 거짓말을 꿰뚫어보지 못하고 있었단 말입니다. 그런데 이 사람에게서는 교섭을 재개할 의사표시조차 없었어요."

교고쿠도는 마스오카를 바라보며,

"마스오카 씨. 그때 시바타 요우코우 씨는 다시 병상에서 일어나 있었습니다. 죽을 것 같지도 않았어요. 요우코우 씨가 죽을 때까지 기다릴 수는 없었던 것입니다. 가나코가 먼저냐, 요우코우 씨가 먼저냐. 마스오카 씨가 가져온 정보로 판단해 보건대, 가나코보다 요우코우 씨가 먼저 죽을 확률은 몹시 낮았어요. 요코 씨는 우선 당장 쓸 돈만이라도 필요했습니다. 그래서 위장유괴——몸값을 사기 치자는 생각을 해냈어요. 하지만 이것도 어린아이 같은 생각이었습니다."

라고 말했다.

아오키도 잠자코 있을 수 없는 모양이었다.

"하지만 그것은 너무나도——즉흥적입니다. 범죄만큼 채산이 안 맞는 장사는 없는 법입니다. 영리유괴, 그것도 위장유괴라니."

"그러니까 요코 씨는 실행할 생각 따위는 없었던 걸세. 잘되지 않으리라는 것은 알고 있었어. 요코 씨, 당신은 체념하고 있었어요. 미마사카 씨는 포기하라고 말했지요?"

"——그렇습니다."

"무슨 소리야!"

기바가 큰 소리를 지르며 일어섰다.

창백한 요코가 깜짝 놀라 얼굴을 든다.

"당신의 —— 당신의 그 눈물은 거짓말이었다는 건가? 포기한다는 것은 가나코가 죽는 것을 인정한다는 거잖아. 그렇게 이른 시기에, 당신은 포기해 버렸던 건가! 가나코가 사라졌을 때 나한테 찾아달라, 살려달라고 말한 것도, 그것도 거짓말이었던 거냐고!"

요코 쪽을 향한 기바는 한껏 허세를 부리며, 그야말로 비장하게 목소리를 쥐어짜내고 있지만, 결코 요코를 보고 있지는 않았다. 한편 요코는 비틀거리듯이 뒤로 몸을 젖히고 기바의 말에 압도된 듯이 일어섰다.

"—— 거짓말이 아닙니다!"

비통한 목소리다. 기바는 입을 다물었다.

교고쿠도는 요코를 슬픈 눈으로 바라보고 나서 기바에게 말했다.

"나리 —— 이 사건은 당신이 일으킨 거나 다름없습니다. 그러니 이분을 탓하지는 말아요."

"내가?"

—— 그것은, 당신입니다.

요코는 기바에게 그렇게 말했다고 했다.

"요코 씨는 어떻게 해서라도 가나코를 구하고 싶었어요. 하지만 의지할 수 있는 유일한 사람인 미마사카 씨로부터는 최종선고를 들은 참이었지요. 이 장치는 보름 정도밖에 작동시킬 수 없다, 가나코의 목숨은 8월 31일까지다 ——."

"실종일 —— 인가."

"하지만 이런 말도 했지요. 그전까지 연료를 살 돈이 손에 들어온다면 가나코는 살 수 있다 ——."

교고쿠도는 머리카락을 쓸어 넘긴다.

"언제 죽을지 알 수 없는 공포——가 아닌 겁니다. 비록 낮긴 하지만 살 수 있는 가능성이 있다면 그나마 희망도 가질 수 있지만—— 그것도 없었어요. 8월 31일에 가나코는 반드시 죽는 겁니다. 그것이 어떤 상황인지, 상상이 갑니까?"

나는——상상이 가지 않았다. 굳이 말하자면 사형선고를 받고 그 집행을 기다리는 사형수의 심정일 것이다. 사고로 급사한 경우와는 달리 충격은 적겠지만, 조금씩 비대해지는 공포가 있다. 고문 같은 것일까.

"그것도, 절대로 막을 수 없는 일은 아니라는 점이 잔혹하지요. 돈만 있으면 무한하게 살려둘 수 있는 겁니다. 게다가 그 돈은 눈앞에서 팔랑거리고요. 그런 상황이었던 거지요. 그런 상황에서 선택을 강요당하면——위장이든 뭐든 생각하지 않는 게 더 이상합니다. 아무도 그걸 탓할 수는 없어요. 그것을 규탄하는 것은——잔혹한 일이지요."

요코는 미마사카를 보고 있다. 교고쿠도는 그 모습을 확인하고 나서 말했다.

"교수님. 당신이 요코 씨에게 한 선고는 당신 이외의 인간에게는 생명을 금전으로 변환하는 행위로밖에 인식되지 않아요. 당신은 괜찮을지도 모르지만, 그 선고는 이미 의사로서의 본분을 뛰어넘은 것 아닌가요?"

"추젠지, 자네는 알면서도 그런 걸 묻는 건가? 나는 이미 의사가 아닐세. 과학자지."

"딸을 위해서인데도 거짓말은 할 수 없었단 말입니까?"

"바보 같군."

"요코 씨의 마음은——알았습니다."

아오키가 말했다. 그리고 눈썹을 찌푸렸다.

"——하지만 방법을 모르겠어요. 대체 어떻게 할 생각이었던 건지. 그 위장유괴는 어떤 계획이었습니까? 그렇게 교묘한——."

"계획 따윈 없었네. 이 사람은 실행할 생각이 없었으니까. 망상이지. 공상이었네. 현실도피의 공상은 구체적이면 구체적일수록 효력이 있는 거야. 요코 씨는 닥쳐오는 가나코의 죽음의 초읽기에 귀를 막고, 눈앞에 누워 있는 가엾은 딸의 모습에 눈을 감기 위해——."

"——협박장을 만들었을 뿐일세."

"그것은——이 사람이 만든 겁니까?"

아오키는 놀란 모양이다. 나는——예상한 일이기는 했다.

"그것은 한눈에 알 수 있는 걸세."

"저는 몰랐습니다. 그것은 분명히 어설픈 협박장이었지만 경로도, 잘라낸 소재도 아직 모르는데요."

아오키는 안주머니에서 협박장인 듯한 사진을 꺼냈다.

"그것 말일세, 아오키 군. 영화 대본일세."

"대본?"

"인쇄물을 잘라내서 협박장을 만들 경우, 대개는 한 글자씩 잘라내서 만들지 않으면 생각하는 문장은 쓸 수 없지. 그건 어쩔 수 없어. 꽤 시간이 걸리고, 섬세한 작업은 신경도 써야 하고, 활자를 골라내는 주의력도 필요하다네. 하지만 그 협박장은, 만드는 데 그렇게 시간도 노력도 들지 않은 것이 명백해."

"어째서입니까?"

"모르겠나? 보게. 문자가 아니라 단어 단위. 아니, 문장으로 되어 있는 부분도 있네. 〈목숨이 아까우면 돈〉이 한 덩어리지. 그런 사극 같은 문장이 대체 어디에 인쇄되어 있겠나? 그것은 아마 〈목숨이 아까우면 돈을 두고 가라〉겠지. 이것은 사극영화의 대사일세."

"그렇군! '속편 · 여인동심'의, 철면조 두목의 대사다!"

후쿠모토가 외쳤다. 순간 의기양양한 표정을 했지만, 침통한 공기에 휩쓸려 곧 자중한 모양이다.

"그런가? 나는 그 영화를 보지 않았으니 모르겠네. 하지만 그 앞 구절은 알겠어. 그 프랑스어 부분 말일세. 뭐라고 쓰여 있지?"

아오키는 더듬거리면서 읽었다.

"일 아 르, 디아블르 오, 코르."

"발음이 나빠서 도저히 프랑스어로는 들리지 않지만, 아오키 군도 읽을 줄 아는군. 자네는 프랑스어를 배운 적이 있나?"

"없습니다. 이건 작게 토가 달려 있으니까 물론 읽을 수 있지요."

"어째서 토가 달려 있느냐 하면, 그것은 배우가 읽을 수 없기 때문이지. 소세키일세. '산시로'의 학생집회소 구절이야. 집회소에 있던 학생이 요지로를 야유하는 대사지. 나는 이 영화도 보지는 않았지만, 원작은 한두 번 읽었거든. 그렇게 인상적인 장면도 아니고, 이 대사를 말하는 사람은 아마 단역일 테지. 토라도 달려 있지 않으면 읽을 수 없을 거라고——각본가는 그렇게 판단한 걸세. 보낸 사람이 데뷜이라는 것도 그렇다네. 현재라면 토는 보통 '데빌'이라고 달 테지. 이것은 소세키가 그렇게 단 걸세. 각본가는 외국어에 약해서 원작을 그대로 인용한 거지."

소세키의 '산시로'에 그런 대사가 있었던가? 나는 기억도 나지 않았다.

"그래서 한 가지 묻고 싶은 것이 있습니다, 요코 씨. 당신은 왜 협박장에 그런 프랑스어 대사를 사용한 겁니까? 저는 그걸 모르겠어요. 혹시 당신은 의미를 착각하고 있었던 것은 아닙니까?"

"그건 —— 사실은 그런 뜻이었나요?"

"소세키는 〈악마가 붙어 있다〉고 번역했습니다."

"아아 —— 저는 악마에게 홀려 있다는 뜻으로 받아들였습니다. 그 아가씨의 일생은 악마의 선택을 받은 듯한 일생이었다고 생각되었으니까요 ——."

"협박장에 의하면, 그 악마는 당신 자신이라는 뜻이 됩니다."

요코는 아무 말도 하지 않았다.

나는 몰랐지만 교고쿠도는 금세 안 것이다. 그리고 잠자코 있었던 것이다.

"교고쿠도, 자네는 —— 그날 밤 기바 나리가 협박장 사진을 보여주었다고 했었지. 자네는 그때 곧."

"보통 금방 알지 않나? 나는 자네들에게 그 사실을 말할 때, 잘라낸 길이와 달려 있던 토에 대해서도 다 이야기했네. 이런 곳에서 연설을 해야만 알 일이라고는 생각도 하지 않았어. 만든 요코 씨도 마찬가지였겠죠! 이런 것은 금방 들킬 거라고, 아니, 그 이전에 사용할 생각도 없었겠지만요."

"—— 전혀 없었던 건 아닙니다. 말씀하시는 대로 모두 망상이었지만 —— 그런 유치한 짓이라도, 잘만 되면 가나코가 살 수 있을지도 모른다 —— 그런 생각도 했어요. 활자를 이용한 협박장은 촬영소에서 알게 되었습니다. 제목은 잊어버렸지만, 범죄 영화의 소도구로 썼었지요. 아아, 쓴 글자만 봐도 범인을 아는구나, 하고 감탄했던 기억이 납니다. 그래서 갈아입을 옷을 가지러 집에 갔을 때 대본을 가져왔던 겁니다. 가나코는 책을 많이 읽는 아이였지만 저는 읽지 않기 때문에, 활자가 인쇄되어 있는 것은 대본 정도밖에 갖고 있지 않았어요."

요코는 역시 가느다란 목소리로 말했다.

"정말──당신이 만든 건가?"

기바는 자세는 똑같았지만 이미 분노는 진정되어 있었다.

"──하지만 만들어 보기는 했지만, 마스오카 씨에게 건넬 수도 없고, 시바타 측에 건네야 할지──아니, 이런 것은 보통은 제가 받는 거겠지요. 그렇다면 어떻게 하면 좋을지. 어떻게 하면 돈이 될지, 어리석은 저는 전혀 대책을 세울 수 없었습니다. 그래서 처음에는, 우스운 이야기지만 몸값 기일을 그 협박장을 만든 날──8월 25일로 했습니다. 유괴도 되지 않았는데──그래서 그곳을 떼어냈어요. 대본에는 〈경찰〉이라는 글씨도 없어서 〈관리〉라는 글자를 붙였습니다. 거기도 너무 이상한 것 같아서 떼어냈지요. 봉투에는 〈시바타 귀하〉라고 붙였다가 그것도 떼었어요. 전부 떼어내고 나니 바보 같아지고 저 자신이 우스워져서, 떼어낸 활자는 마구 뭉쳐서 버렸습니다. 버리고 나니 이번에는 굉장히 슬퍼서 견딜 수가 없었어요. 그래서 다시 붙이자, 역시 만들자, 하고 생각했어요. 〈9〉라는 글자를 잘라내서 붙였다가, 9월이면 너무 늦는다는 걸 깨달았지요. 그래서 더이상 할 마음이 들지 않았습니다. 잠시 넋을 놓고 있다가, 이대로 놔둘 수도 없으니 봉투에 도로 넣으려고 했을 때──"

"그것은 꺼낸 게 아니라 넣으려고 하던 때였단 말이오? 그래서
──내 탓인가."

기바는 큰 소리로 그렇게 말하고, 입을 약간 벌린 채 나나 도리구
치, 아오키를 보았다.

"나는──그런 시답잖은 착각을 해서, 그래서 이런."

동작도, 대사도 희극 같았다.

교고쿠도가 비스듬히 기바를 본다.

"자주 있는 일이지요. 전에 도리구치 군이 말했지만, 이것이 탐정
소설이라면 공정하지 못한 일입니다. 하지만 이 일은 소설이 아니고,
게다가 농담으로 끝나지도 않았어요. 착각이 심한 기바 나리의 요청
으로 진짜 경관이 오고 말았지요. 요코 씨가 어떻게 해야 좋을지 몰랐
던 것을, 기바 형사가 멋대로 저질러 버린 겁니다."

"내가──."

"아무 대책도 없이, 위장유괴는 시작되고 말았어요. 그래도 경시청
형사의 요청입니다. 가나가와 본부도 흘려들을 수는 없었지요. 당신
은 당황했어요. 장난이라고 말해 보기는 했지만, 자신이 만든 것이라
고는 도저히 말할 수 없었겠지요."

"아메미야 씨가──아마 저를 감싸려고 그것은 문에 끼워져 있었
다고──증언해 버렸을 겁니다. 그 사람은 제가 계획적으로 경찰에
통보한 거라고 생각했겠지요."

기바는 움직이지 않는다. 열심히 당시의 상황을 떠올리고 있는 모
양이다.

"그래서 협박장은 유괴예고장이 되어 버렸어요. 그리고 그다음은
──스자키 씨가 꾸몄지요."

"꾸몄다고? 무엇을?"

마스오카는 반응이 빠르다.

현재 가장 뛰어난 청자일 것이다.

"실패한 범죄를 뒤처리할 계획을 가져온 겁니다. 아마 미마사카 교수님과 아메미야 씨를 끌어들여서. 아시겠습니까, 여기서부터가 범죄입니다. 지금까지는 착각이었어요."

제2의 사건. 가나코 유괴미수사건——.

"스자키라는 사람은, 그런 걸 좋아했던 모양입니다. 저는 그를 잘은 모르지만, 한두 번이라면 이야기한 적이 있어요. 그때 그는 제게 이렇게 말했습니다. 당신의 성격은 사기꾼에 맞는다, 어떠냐 한탕 해 보지 않겠느냐——고. 이번에도 그는 퍼뜩 떠올랐겠지요. 보통은 그런 감언이설에는 넘어가지 않지만, 액수가 달랐어요. 엄청난 액수 였지요. 어지간한 미마사카 고시로도 마음이 흔들렸습니다. 아니면 물을 건너려는데 마침 배가 있었던 걸까요? 어리석었지요——."

미마사카는 탁자 위의 상자를 바라보고 있다.

"스자키 씨는 이러니저러니 해도 당신들과는 타인이니까요. 그런 계획은 타인이 아니면 절대로 생각해낼 수 없지요. 미마사카 씨, 요코 씨, 당신들은 왜 그런 무도한 계획에 찬동한 겁니까? 어차피 살지 못할 거라면, 죽을 거라면 이용해라——그렇게 생각했다면, 당신들 은 가나코에게 사과해야 합니다!"

"가나코에게 사과하라고? 멍청한 놈!"

미마사카는 혐오감을 드러냈다.

"죽은 사람에게 무슨 말을 하란 말인가! 살아 있다면 설령 어떤 상태든 어떤 형태로라도 커뮤니케이션을 할 수 있겠지만, 죽고 나면 단순한 물체일세. 의사를 갖지 않은 자와 의사소통은 할 수 없어. 그런 행위를 거룩하게 여기거나 그런 것을 향해 기도하는 것은 저질 환상일세. 전부 거룩하게 여기는 사람, 기도하는 사람의 의식 속에서만의 문제 아닌가! 자문자답일 뿐이란 말일세. 자기만족이야."

"만족이란 언제나 자기만족입니다. 그것 이외에 충족되는 일은 없어요!"

교고쿠도는 엄한 목소리로 말했다.

"만족이나 행복을 주관 이외의 외적 기준으로 잴 수 있다고 생각하고 있다면 그거야말로 환상이지요. 당신이야말로 그런 유물적 자세로 자신의 마음을 속이고 있어요! 기만입니다. 아까의 요코 씨를 본받아서 돈에 눈이 멀었다고 솔직하게 말씀하시지요!"

"금전욕을 갖는 게 범죄인가? 그렇다면 그, 시바타 요우코우인가 하는 노인을 왜 체포하지 않았지? 이상도 목적도 없이 금전욕으로만 살아가는 어리석은 인간들이 얼마나 많은데! 무엇보다 나는, 아무 짓도 하지 않았네. 가나코는 죽어야 했기 때문에 죽은 거야!"

"아버지!"

미마사카는 요코의 목소리에 침묵했다.

마스오카가 말했다.

"하지만요, 추젠지 씨. 제시된 몸값의 액수는 천만 엔이라고 들었어요. 그야 적은 금액은 아니지만── 넷이서 나누면 한 사람당 250만 엔입니다. 지금 대졸 초임 월급이 1만 160엔 정도이니 대충 20년치 월급이지요. 물론 이것은 탐나지 않는 건 아니겠지만, 그렇게 악마적인 액수인가요? 아마 이 연구소를 유지하는 데 필요한 액수에는 훨씬 미치지 못할 거라고 생각하는데. 아니면 아메미야는 자기 몫이 필요 없다고 했나요? 그래도 오십보백보입니다. 엄청난 액수라는 표현은 어울리지 않아요."

"아닙니다. 마스오카 씨. 스자키가 꾸민 짓은 몸값 사취가 아닙니다. 가나코가 죽는다는 것을 전제로 한——재산의 사취입니다."

"뭐라고요? 가나코가 죽으면 유산상속은——."

"이루어지기 직전이었잖아요?"

"아아! 그렇군요! 즉, 이렇게 된 거로군요. 가나코는 8월 31일에 죽는다. 그전에 요우코우 씨가 죽으면 몰라도, 그런 것은 알 수 없지요. 따라서 가나코가 죽기 전에 유괴해서 생사불명으로 만든다. 사망 확인이 되지 않는 한 상속 교섭은 가능하다——그런 구조로군요. 하지만 우연히 현실은 그렇게 되었지만, 요우코우 씨는 금방 죽지 않았을지도 모릅니다. 행방불명 상태가 오래 계속되면 사망으로 간주하게 되지요. 게다가 우리 조직이 유즈키 요코를 대리인으로 인정할지 인정하지 않을지도 모를 일이고요. 준비가 완전하지 못했군요."

마스오카는 매우 빠른 말투로 추리를 피로했다. 그리고 그 계획의 불완전한 점까지 지적했다.

교고쿠도가 그 불완전한 부분을 보충했다.

"뭐, 요우코우 씨가 그리 오래 살 거라고는 아무도 생각하지 않았겠지만——사실 벌써 돌아가셨고요. 하지만 그것 말고는 마스오카 씨의 말대로입니다. 그러니 아마, 계획이 잘 되었다면 정기적으로 가나코가 무사하다는 것을 증명하는 의미로 협박장이 도착하게 되어 있었을 겁니다."

"협박장? 그런 것에 무슨 효력이 있단 말입니까?"

교고쿠도는 대담하게 웃으며 가볍게 넘겼다. 그것에 대한 정보는 아직 공개할 차례가 돌아오지 않은 모양이다.

"뭐, 그렇지요. 나중 일을 얼마나 생각하고 있었는지, 저는 모릅니다. 하지만 이곳에서 일어난 일에 대해서는 알고 있어요."

교고쿠도는 수술실 문 앞에서 멈추었다.

"가나코가 사라진 날——이것은 스자키의 계획으로는 아마 빠를 수록 좋았겠지만요. 그것이 8월 31일이었던 것은 조금이라도 더 살려두고 싶다는 요코 씨의 마음이었다——고 생각하고 싶군요. 설마 이만하면 됐다고 생각하지는 않았겠지요. 따라서 8월 31일이 그 상자가 멈추는 날——가나코의 생명의 한계였던 사실은 우선 틀림이 없어요. 한편 협박장이 예고장이 된 날이 25일. 그날 중에 스자키 씨는 이 계획을 생각해냈어요. 아닙니까? 요코 씨. 스자키 씨에 관해서 저는 정보를 갖고 있지 않아요. 그러니 만일 틀렸다면 고쳐 주십시오."

요코는 교고쿠도의 어깨 언저리를 보면서 그 가느다란 목소리로 이야기하기 시작했다.

"스자키 씨는——가나코를 살릴 방법이 있다고——그렇게 말했습니다."

"살릴 방법?"

교고쿠도가 의문을 표한다.

"당신——추젠지 씨는 아까, 가나코가 죽는 것을 전제로 한 계획이라고 말씀하셨지만, 그건 틀렸습니다. 가능성이 있다, 그러니 그것에 걸어보지 않겠느냐고 했어요. 그래서 저는——흔들렸습니다."

"그렇군요. 앞에서 한 말은 철회하도록 하지요. 분명히 그게 받아들이기는 더 쉽지요. 하지만 ──."

"철회하실 것까지는 없습니다. 스자키 씨가 고안한 방법은 잘 될지 어떨지 전혀 알 수 없었으니까요. 어쩌면 저는 속고 있었는지도 모릅니다. 그러니, 살릴 방법이 있다고는 하지만 가나코의 죽음을 전제로 하고 있었던 것에 변함은 없었어요. 당신이 말씀하신 대로입니다. 어쨌거나 가나코는 일단 감춰서 생사불명으로 만들 수밖에 없었던 것입니다. 잔인한 엄마입니다. 하지만 저는 ──."

요코는 우는 대신 무언가를 엄청난 기세로 방출하고, 단숨에 소모되었다. 미마사카가 말했다.

"스자키는 스자키 나름의 연구를 하고 있었네. 놈의 연구는 성공률도, 과학적 의의도 낮았어. 하지만 비용이 싸게 먹혔지. 그뿐일세."

요코는 입술을 깨물고 침대 쪽을 바라보고 있다.

가나코는 저 침대에 누워 있었던 것일까? 철골로만 이루어진 썰렁한 침대였다. 어떤 장치가 있었던 것일까. 기술의 속임수는 뭘까?

"그렇군요. 스자키 씨는 그의 독자적인 생명유지법을 갖고 있었던 거로군요. 이제 속이 시원해졌습니다."

교고쿠도는 재개했다. 무엇이 시원해졌다는 걸까?

"요코 씨는 의도적으로 시바타 가와의 관계를 가나가와 경찰에게 가르쳐주었어요. 이것은 물론, 경찰로부터 시바타 측에 가나코 유괴 정보가 새어 나갈 것을 계산한 행동이지요. 그때까지 계속 냉대해온 마스오카 씨에게 연락하는 것도 왠지 이상하고, 시바타 측은 경찰의 정보를 더 신뢰할 거라고 생각했어요. 이 계획은 멋지게 들어맞았지요. 요우코우 씨는 특히 가나가와에서는 중요한 인물이니까요."

잠깐만요, 추젠지 씨 —— 마스오카가 가로막았다.

"가나가와 경찰이 우리들을 찾아온 것은 제 기록에 의하면 8월 26일입니다. 당신의 이야기로는 그 스자키라는 조수가 계획을 생각해낸 것은 협박장이 기바 군에게 발견되고 경찰이 온 후, 즉 8월 25일 밤이에요. 그렇다면 그는 겨우 하룻밤 사이에 계획을 세우고, 그뿐만 아니라 다른 세 사람을 설득했다는 뜻이 됩니다. 그렇게 생각하기는 어렵지 않을까요? 그는 좀 더 이른 시기에 계획하고 있었던 것은 아닐까요? 가능한지 불가능한지 알 수 없는 그 연명법도, 즉흥적인 생각은 아니겠지요. 준비도 필요할 테고. 내가 알기로 이렇게 진기한 유괴사건은 과거에 없었을 겁니다."

마스오카는 기관총처럼 질문한다.

교고쿠도는 막힘없이 대답했다.

"그건 아닙니다. 이번 일은 준비도 전혀 하지 않고 저지른 겁니다. 계획성도 전혀 없어요. 하지만 스자키 씨도 과학자니까, 그 독자적인 연명법에 대해서는 평소에 실험하고 싶었을 겁니다. 그러니 그 준비만은 되어 있었을지도 모르지요. 하지만 그것 외에는 전부 충동적인 것이었어요. 만일 좀 더 일찍부터 계획을 세우고 있었다 하더라도, 그것도 가나코가 다치기 전까지는 절대로 거슬러 올라갈 수 없어요. 고작해야 열흘이지요."

"그래도 하룻밤보다는 낫지 않습니까——?"

도리구치가 말했다.

"—— 밀실에서 사람이 사라지다니, 마법도 아니니 반드시 속임수가 있을 테지요. 그 트릭을 만드는 것만 해도 큰일이지 않습니까."

"트릭 같은 건 없다네."

교고쿠도는 그렇게 말하고 미마사카를 보았다.

"뭐, 아무에게도 보이지 않고 가나코를 밖으로 데리고 나가는 정도
는 간단히 할 수 있었어. 스자키는 거의 머리를 쓰지 않았네. 교활했
을 뿐이지 ──."

교고쿠도의 눈은 테두리가 검게 칠해져 있다.

노(能) '동방삭(東方朔)'[62]에 등장하는 아쿠조[惡尉][63]를 연상시키는 눈
빛이다.

"나리 ──."

부르는 소리에 기바는 천천히 얼굴을 들었다.

이쪽은 말하자면 오베시미[64]쯤 될까?

"── 나리는 가나코의 첫 번째 수술 후, 분명히 스자키 씨에게
어떻게 되었는지 물었다고 했지요. 그때 스자키 씨가 뭐라고 대답했
는지, 되도록 정확하게 떠올려 주십시오."

기바는 울퉁불퉁하고 굵은 손가락으로 턱을 문질렀다.

떠올리고 있는 걸까?

내 생각에 기바는 벌써 수도 없이 그 기억들을 정확하게 더듬어
보았을 것이다.

고지식하고 집념이 깊다. 세세한 것만은 잘 기억한다. 그는 그런
남자다.

---

62) 기원전 154년경~기원전 93년경. 전한(前漢)의 문인. 무제의 측근으로 일했다. 기언과
　　기행으로 유명하며, 후세에 선인(仙人)적 존재가 되어 서왕모가 심은 복숭아 열매를 훔
　　쳐 먹고 8천년의 수명을 얻었다는 등의 설화가 남아 있다.
63) 노멘[能面]의 일종. 무서운 얼굴 노인의 가면.
64) 노멘의 일종. 주로 덴구의 가면이다.

"혈관——구분하는 게 힘들었다, 대동맥궁과 가슴 동맥 문합이 잘 되었으니 괜찮을 거다——였던가?"

"설명해 주십시오, 미마사카 씨. 이게 무슨 뜻입니까!"

검은 옷을 입은 교고쿠도는 어깨를 떨며 벌떡 일어선다.

까마귀다.

커다란 까마귀다.

하얀 가운을 입은 미마사카도 마주 일어선다.

이 남자는——백사(白蛇)인가?

"들은 그대로의 뜻일세. 대동맥궁이란 인간 몸의 혈관 중에서 가장 굵은 혈관, 대동맥의 일부분이지. 대동맥은 심장에서 온몸에 혈액을 보내는 대순환의 근간을 이루는 혈관일세. 좌심실 위쪽 동맥원추에서 위로 뻗어 있는 부분을 상행대동맥이라고 부르고, 아래로 향하는 부분을 하행대동맥이라고 부르지. 그 상행대동맥과 하행대동맥을 잇는 활 모양의 부분이 대동맥궁일세. 그리고 가슴 동맥이란 흉대동맥을 말하는 거겠지. 이것은 그 이름대로 흉강 내의 동맥을 말하네. 횡격막의 대동맥 열공(裂孔)을 사이에 두고 복대동맥이라고 이름이 바뀌지. 문합이란 같은 장기의 다른 부위를 잇는, 혹은 서로 다른 장기끼리 길을 만들어 연결한다는 걸세. 혈관의 수는 많기 때문에 어느 것이 어느 혈관인지 구분하는 것은 꽤 어렵지. 스자키가 한 말은 아마 그런 뜻일 거야."

"그러니까——저는 어째서 그 대동맥궁과 흉대동맥을 문합할 필요가 있는지를 묻고 있는 겁니다."

"그런 것을 설명한들 이해할 수 있나? 방금 한 설명도 그래. 저기 있는 놈들은 얼마나——."

"바보 취급을 해서는 안 됩니다, 미마사카 씨. 그 외에는 대체 어떤 처치를 했습니까? 하행대동맥을 이었습니까? 아니면 하행대정맥일까요?"

"전문 외의 일에 참견하면 경을 칠 걸세, 추젠지. 자네는 부정을 떨쳐내고 정화하고 노리토라도 외는 게 자네를 위하는 일이야."

"근사한 말을 하시는군요, 미마사카 씨. 하지만 좌쇄골하동맥이나 총장골동맥이, 아마노후치코마노 미미후리타테테 키코시메세토 카시코미카시코미마우스[65], 보다는 알아듣기 쉬워요. 요컨대 스자키 씨가 한 말은 동맥혈류를 흉벽에 공급했다는 뜻이겠지요. 어째서 그런 짓을 하신 겁니까? 당신은——."

"그 아이는 위험했네. 그렇게 하는 수밖에——."

"폐와 심장은 무사했어요. 조금이라도 연료 소비량을 줄이기 위해, 인공심폐는 사용하지 않은 셈이로군요?"

미마사카는 신경질적으로 눈썹을 꿈틀거리며 얼굴을 돌렸다. 교고쿠도는 우리들 쪽을 향했다.

"알겠나? 아까도 말했지만 여기 계시는 천재 과학자께서는 발상의 전환을 이루어, 인공인간을 만드는 데 거의 성공했네. 미마사카 교수님은 내 표현을 문학적이라고 평가했지만, 전혀 그렇지 않아. 나는 극히 사실적으로 말한 걸세. 인체라는 닫힌 상자의 뚜껑을 열고, 바깥쪽에 커다란 상자를 만들었다——."

교고쿠도는 천장을 올려다보고, 우리들 전원을 순서대로 바라본다.

---

65) 정결을 위한 불제 때 외는 '아마쓰노리토'라는 노리토의 일부.

"이 건물 자체가 그가 만든 인간인 걸세."

"우리는 그 안에 있어. 자네들이 앉아 있는 것은 신장, 간장, 비장, 췌장일세!"

나는 무심코 엉거주춤 일어났다. 아오키도 일어섰다. 도리구치는 벌떡 일어났다.
"뭐라고?"
지금까지 가장 반응이 빨랐던 마스오카는, 한 호흡 두고 나서 묘한 소리를 지르며 주위를 둘러보았다.

"사람의 몸은 매우 효율적으로 만들어져 있지. 예를 들어 신장은 이만한 크기의 것이 겨우 두 개 있을 뿐인데 신진노폐물의 여과, 소요량을 뛰어넘은 과잉물질의 여과를 해내네. 이것을 인공기계로 대신하려고 하면 엄청나게 커지고 말지. 인공투석기계는, 설령 아무리 작게 만든다 해도 인간의 몸속에는 도저히 들어가지 않을 거야. 간은 인간의 장기 중에서는 제일 크지만, 그만큼 이 인체의 종합과학공장은 너무나도 기능이 많아서 대신하게 하려면 기계가 몇 개 있어도 모자랄 판일세. 혈액 속의 유해 독성물질 제거라는 기능 하나만 해도 상당한 크기가 되어 버리지. 따라서 작게 만들 생각을 하거나, 상시 사용하지 않아도 되는 보조장기적 발상을 하는 게 보통일세. 인간의 몸속에 들어 있는 것을 전부 밖으로 꺼내면 3층짜리 빌딩만 한 크기가 되어 버리거든. 딱——이만한 크기의."
"조잡한 해설이로군, 추젠지."

"공교롭게도 저는 과학서를 낭독하러 온 게 아니니까요. 시시한 해설은 이 정도면 충분합니다. 설명 따윈 필요 없어요. 한 번 보면 알 수 있으니까. 이 견고한 요새——당신이 만든 인공의 인체는 아주 꼴사나워요. 아름다운 천연의 인체에는 훨씬——미치지 못합니다."

"그건 자네의 가치관이지. 미(美)라는 상대적인 것에는 흥미가 없으니까."

미마사카는 아주 약간 당황했다.

"무, 무슨 소린가요——추젠지 씨. 모, 모르겠군요. 아니, 이, 미마사카라는 남자가 얼마나 뛰어난 과학자고 얼마나 대단한 것을 만들었는지, 왜 군부에 의해 추방되었는지는, 잘 알았어요. 이곳이 어떤 곳인지도, 이, 인식했지만 말입니다. 그게, 도대체 어떤——."

어떤——마스오카는 떨고 있었다.

"추젠지 씨!"

아오키가 말했다.

"여기까지 와서——더 이상 놀라지는 않겠습니다. 그러니까 알아들을 수 있게 말해 주십시오."

마스오카도, 도리구치도, 후쿠모토도, 피로한 기색이 역력하다.

이 상자 속에서는——생명이 피로해진다.

에노키즈는? 에노키즈가 없다. 언제부터 없었을까?

"알았다, 미마사카——."

혼자 앉아 있던 기바가 일어섰다.

"——네놈은——설마."

나는——.

나는 이제, 한계였다.

"교고쿠도! 나는 아직 모르겠네. 이번에, 나는 처음부터 방관자였어. 지금까지도 단순한 방청자였단 말일세. 하지만 이제 질색이야. 너무나도 많은 사람들의 인생을, 나는 지나치게 들여다보았네. 빨리 막을 내려! 그게 자네의 역할일세! 이대로 가다가는——."

"나는 구보가 되어 버릴 것 같네!"

나는 거의 처음으로 큰 소리를 질렀다.

그것은 절규에 가까웠다.

중저음. 기계음. 땅울림. 땅울림. 진동.

상자, 상자, 상자.

상자, 상자, 상자. 상자, 상자, 상자. 상자상자상자상자.

이런 상자에 무엇이 들어 있다는 건가!

이 건물이 거대한 인간이라면 우리는 그 안의, 들여다보아서는 안 될 것을 보고 있다는 뜻이 된다. 아니, 아오키가 도달했다가 전율했던, 그 성역과 같은 곳에 내가 서 있다는 뜻이 된다.

이런 이야기는 이제 질색이다!

"가나코는 말이지. 8월 15일 이곳에 와서 곧 심장과 폐를 제외한 모든 장기를 적출당해 버린 걸세. 물론 파열되었거나 파손되었거나 상해 있었던 것도 있지만, 그것들 전부를 유지하고 회복시킬 만한 생명력을, 이미 가나코는 갖고 있지 않았을 테지. 횡격막 아랫부분에 혈액 공급은 중단되고, 간도 신장도 췌장도 전부 꺼내어져, 가나코는 텅 비고 말았네."

"우 ──."

후쿠모토가 입을 누르며 몸을 웅크렸다.

"가, 가능한 일인가 ── 그런 일이."

"이곳 이외에서는 불가능하지. 다시 말해 가나코는 본래는 죽었다는 뜻일세. 가나코는 억지로 살려진 거야. 기바 나리나 후쿠모토 군이 본 것은 그녀의 잔해일세. 그때 ── 본체는 이 상자였지. 이 상자야말로 가나코였어."

다음은 도리구치였다. 그는 견디지 못하고 의자에 털썩 주저앉았다.

"그러니 간단했던 걸세. 유괴사건이 일어나기 이틀 전에 다시 행해진 수술이란, 흉추를 제외한 척추, 골반의 절제 및 사지 절단이었네."

"사지 절단? 팔과 ── 다리? 그럼."

아오키는 그렇게 말하고, 잠시 생각하고 나서 의미를 이해했다.

"그럼, 가나코라는 소녀는 산 채로 해체된 겁니까? 소, 소나 돼지처럼 토 ── 토막토막!"

아오키는 자기 입으로 말해 놓고 한계를 맞았다.

"이런 바보 같은 얘기가 어딨나!"

아오키는 울부짖었다.

"그런, 그런 일이 용서될 거라고 생각하고 있는 건가!"

"어쩔 수 없네. 이것은 생명을 유지하기 위해 한, 정당한 의료행위야! 알겠나? 가나코의 심장은 사지의 말단까지 혈액을 보내는 게 불가능할 만큼 약해져 있었네. 쓸데없는 부분을 절제하지 않으면 그 소녀는 버틸 수 없었어."

아오키의 말이 막히자 기바가 이어받았다.

"미마사카! 팔도 다리도, 내장도 잘라내고, 그러고 살아 있는 게 무슨 소용인가! 그게 인간인가? 무엇보다 팔다리를 잘라도 이틀 후에는 죽고 말 텐데! 그러고도 계속 사는 건 아니겠지! 고작해야 하루 이틀을 위해 하는 처치란 말인가! 사람의 몸을 연어처럼 난도질해 놓고, 그러고도 네놈이 인간이냐!"

"어리석은 놈! 인간은 사지가 멀쩡하지 않으면 인간이 아니라는 건가? 몸의 어디가 부족해도, 목숨이 있는 한 인간은 인간이다! 생명의 존엄성에는 변함이 없어. 가나코는 다친 부분을 제거했을 뿐이야! 설령 1분 1초라도 연명하는 것이 의학자의 책임이라고."

"미마사카 씨!"

교고쿠도가 일갈했다.

"당신의 말은 정론입니다. 저도 그렇게 생각해요. 그것에 대해서 반론할 생각은 없습니다. 하지만 문제가 슬쩍 바꿔치기 되어 있군요."

미마사카는 조용히 흥분하고 있다.

기바는 흉악한 얼굴로 버티고 서 있다.

교고쿠도는 그런 기바에게 두세 걸음 다가갔다.

"기바 나리도 방금 한 말은 철회해야 합니다. 설령 어떤 모습이 되더라도, 살아 있어 주기를 바라는 어머니의 마음을 생각하세요. 요코 씨를 봐요. 저 사람을 보면 그런 말은 할 수 없을 겁니다."

기바는 그 말대로 요코를 보았다.

한층 더 작아진 요코는——갓 우화한 나비는 아직도 가나코가 누워 있던 침대 쪽을 보고 있었다.

"미마사카 교수님이 한 의료행위에 대해서는, 당연히 이의를 제기하는 사람도 있겠지요. 그것은 해석의 문제이고, 지금은 관련이 없습니다. 아오키 군도 도리구치 군도, 그리고 후쿠모토 군도, 모두들 쇼크가 큰 모양이지만 이게 현실이에요. 앞으로의 의료행위는 이런 현실을 직시하지 않고는 이야기할 수 없게 되겠지요. 지금 문제로 삼아야 할 것은 그게 아닙니다."

"하지만 교고쿠도!"

"세키구치 군, 자네도 마찬가지일세. 그가 한 일은 의료행위야. 그렇다면 거기에서 엽기성을 발견하거나 해서는 안 되네. 과학에 가치관을 끌어들여서는 안 되는 거야. 만일 거기에서 기분 나쁜 환영이 보인다면, 그것은 자네 안의 더러움을 과학이라는 무성격의 틀에 부어 넣고 있는 것일 뿐일세. 그것은 자네 자신의 모습이야!"

나는, 내가 보려고 하는 것은,

망량이란 무엇일까?

교고쿠도의 말에 아오키는 냉정함을 되찾았다.

"그렇 —— 군요. 추젠지 씨의 말씀이 옳습니다. 흥분해서 —— 실례했습니다. 하지만 그것이 정당한 의료행위였다 하더라도, 제게는 납득이 가지 않는 부분이 있어요. 왜 절단한 팔다리를 투기해야만 했는가 —— 입니다."

교고쿠도는 무표정하다.

"투기 따위는 하지 않았네. 오른손이 떨어진 건 사고야. 그리고 왼팔은, 협박장의 재료 —— 지요, 요코 씨?"

"협박장이라니, 다, 당신, 당신이 아까 말했던, 유괴 후 가나코의 생존을 증명할?"

마스오카는 가까스로 회복하려 하고 있다.

"하지만 교고쿠도! 그것이 왜 살아 있다는 증거가 된단 말인가?"

"된다네. 그렇지요, 요코 씨?"

요코는 고개를 끄덕였다. 어떤 장치일까?

"협박장에는, 아마 그녀의 왼손 손 모양이 찍혀 있거나——아니겠군. 손가락을 하나씩 잘라서 보내온다거나——생존의 증거로 삼기에는 그편이 좋으려나. 그런 부록이 첨부될 예정이었네. 가나코의 지문은, 분명히 액자에 들어 있는 손도장이 있다고——."

"——있었어."

기바가 무뚝뚝하게 말했다.

"그럼 확인할 수 있겠군요. 스자키 씨는 그렇게 할 생각이었던 거겠지요."

교고쿠도는 미마사카를 노려보았다.

"그건 안 돼요, 추젠지 씨. 그런 것이 살아 있다는 증거가 되지는 않잖아요. 사후 절단인지 생체 절단인지의 판단 정도는 아무리 경찰이 무능해도 할 수 있단 말입니다."

마스오카가 말했다. 아오키도 말한다.

"그렇습니다. 만일 스자키의 연명법이 어설프고, 스자키 자신이 아까 요코 씨가 말했던 대로 가나코의 죽음을 전제로 그런 계획을 세운 거라면, 그건 바보입니다. 아니, 그 이전에 가나코가 죽지 않았다 해도, 팔은 먼저 자른 것 아닙니까? 잘라낸 팔에서 손가락을 다시 잘라내도, 절단면에 생활반응은 나오지 않아요. 그러니까——."

"그 말이 맞네. 그런 것을 보냈다간 오히려 인질이 죽었다는 것을 증명하는 것 아닌가? 그런 계획은 성립하지 않아."

"보통은 그렇지."

교고쿠도는 소리도 내지 않고 상자들의 묘지를 이동한다.

"하지만 말이지요, 미마사카 씨. 당신은 아마 전쟁 중에, 연습 중 사고로 절단된 병사의 손목을 살려두는 실험을 한 적이 있었지요. 그때는——8일 동안 살아 있었던가요?"

"별 시답잖은 걸 다 기억하고 있군. 그건——장난일세. 게다가 그 방법을——나는 채용하지 않았어."

"그렇습니까? 그렇다면 스자키 씨의 아이디어였나요?"

"무슨 소린가, 교고쿠도? 확실하게 말해 주게. 설마 잘라낸 팔만 살려둘 방법이 있기라도 하다는 건가?"

나는 다시 불안해졌다.

살아 있는 팔? 만일 정말 그런 것이 있다면——나는——.

요코가 말했다.

"그렇습니다. 그 사람은——자신만만하게 말했어요. 그게 중요한 점입니다, 만에 하나 무슨 일이 있어도 손이 살아 있으면 괜찮아요."

역시 살아 있는 팔은 존재했던 것이다! 그렇다면——.

"살, 아 있는, 팔?"

아오키가 묘한 목소리를 냈다.

교고쿠도가 미마사카에게 묻는다.

"어떻습니까, 교수님? 잘라낸 후에 생명활동을 계속하고 있을 경우, 그 팔은 살아 있는 겁니까? 아니면 죽은 겁니까? 손가락을 자른 경우, 살아 있다면 상해죄입니다. 죽은 거라면 사체훼손이죠."

중저음. 상자가 가동하는 소리.

"생명활동을 계속하는 한 부분이라 해도 죽지는 않은 걸세. 하지만 그것은 인간이 아니야. 인간의 팔이지."

"그렇군요."

"절단한 순간의 팔은 처치를 하지 않아도 아직 살아 있네. 그 한순간을 1분으로, 1분을 하루로 연장한다 해도 팔은 팔에 지나지 않아. 생명활동을 유지할 수 있어도 생명체로서의 주체성이 부족한 이상, 그것은 생물이 아닐세——즉 인간이 아니라는 거야. 그러니 그런 연구는 연구를 위한 연구——바보 같은 연구지. 협박이나 공갈, 그 정도의 저급한 사용법밖에 없는 기술이란 말일세. 나는 그런 것에 흥미가 없네! 어리석은 일이야."

미마사카는 경멸하는 듯한 시선을 허공에 던졌다.

아무래도 그것은 애제자 스자키를 향한 것이었던 모양이다.

"정말 가능하단 말인가!"

마스오카가 놀란 목소리를 냈다.

"스자키 씨의 독자적인 생명유지법이란 그거였군요."

교고쿠도의 물음에 미마사카는 왠지 순순히 대답했다.

"스자키는 말일세, 추젠지. 지금 자네가 말한, 부분을 살리는 연구를 하고 있었네. 배양액에 담가 최소한의 기계를 연결하고, 우선 살려둔다——본래 그 기술은 이식용 장기의 원격지 수송 등을 위해 고안한 거였네. 하지만 생체간 이식을 포함해서, 나는 이미 흥미를 잃고 있었어. 애당초 팔만 살아 있다고 해서 무슨 의미가 있단 말인가? 그것은 무의미한 생일세. 인간을 인간으로 만드는 것은 의식이야. 하지만 스자키는 내가 버린 연구를 주웠네——녀석은 그것을 응용해서 단기간——한 달 정도라면 그 소녀의 목숨을 연장할 수 있을지도 모른다고 말했네. 그 사이에 자금을 조달하고, 그 후에 원래 형태로 돌려놓으면 된다고 스자키는 제안했어. 나는 그 방법에는 찬성할 수 없었네. 성공률은 현저하게 낮았으니까."

"하지만 결국은 계획에 가담했잖나! 장황한 말이나 늘어놓고 있지만 돈이 필요했던 거 아니었나?"

기바가 얼굴을 돌린 채 침이라도 뱉듯이 말했다.

미마사카는 그 말을 무시했다. 그 행동이 기바를 더욱 고양시켰다.

"설령 손만이라고 해도 살아 있잖나! 그것을, 하나씩 손가락을 잘라내서, 가나코가 살아 있다는 증거로 삼는다고? 그게 의사가 할 짓이냐! 아니, 인간이 할 짓인가! 가나코는 네놈의——손녀일 텐데!"

기바는 다시 과열되었다.

이 건물의 진동이 그의 내부에 몇 번이고 열을 준다.

"상관없지. 분명히 스자키가 하려고 한 짓은 과학적 실험행위이기는 했지만, 의료행위는 아니야. 시시한 장난이지. 그래서 나는 그것에 관해 일절 흥미를 갖지 않았네. 그리고 덧붙이자면, 동시에 어떤 감상도 갖고 있지 않았어. 아까 말한 대로, 그것은 살아 있다 해도 인간이 아닐세. 인간의 팔이지. 본래 인간이었다 해도, 그것이 나와 혈연관계에 있는 생체였다 해도, 그런 것은 그것 자체와는 하등 관계가 없는 일이란 말일세. 무엇보다 뇌수에서 격리된 거라면 살아 있다 해도 자르든 찌르든 통각 따윈 없지. 내가 버린 부분을 스자키가 주웠을 뿐일세."

미마사카는 스자키에게 보낸 경멸의 시선을 그대로 기바에게 향하며, 그렇게 말했다.

"죄, 죄의식은 없는 건가? 당신."

아오키가 말한다. 아마 그런 것은 없을 것이다.

교고쿠도의 말대로, 과학이란 아무것도 들어 있지 않은 상자다.

그것 자체에서 어떤 가치를 발견할지는, 그것을 이용하고 사용하는 사람에게 달려 있는 것이다.

그리고 이 미마사카 고시로라는 괴물은, 그 상자에 지나치게 육박한 나머지——.

상자 그 자체가 되고 만 것이다.

따라서 미마사카와 연관된 사람은 모두 그 안에서 자신의 어둠을 보고——.

그저 전율하게 될 것이다.

교고쿠도는 말했다.

"아오키 군. 죄의식이니 인정이니 하는 것으로 이 남자를 재서는 안 되네. 그런 짓을 하니까 뒷맛이 나빠지는 거야. 그것이——망량일세."

그것이——망량?

무슨 소리일까.

"나머지——오른팔과 두 다리와—— 허리는—— 버렸습니까? 사고란 뭡니까?"

도리구치가 혼잣말처럼 물었다.

"그건 전에도 말했지만, 버린 것이 아니라 수장된 걸세. 가나코가 다치기 직전에 가려고 했던 곳에——그녀에게 깊은 애정을 품고 있던, 아메미야 씨의 손으로."

"아메미야?"

그렇다. 아메미야는 아직 행방을 알 수 없다.

그런데 아무도 그에 관해서 이야기하지 않는 것은 왜일까?

"요코 씨는, 설령 어떤 모습이 되더라도 딸이 살아 있어 주길 바랐어요. 하지만 아메미야 씨는 아까의 기바 나리와 비슷한 기분을 품고 있었을 겁니다. 그는 가엾은 가나코의 모습을 견딜 수 없었어요. 그는, 요코 씨의 딸에 대한 그것과는 다른, 뭔가 좀 더 다른 감정을 그녀에게 품고 있었던 것처럼 느껴집니다. 아닙——니까?"

요코는 회상하고 있다.

"그 사람은——아메미야 씨는, 저 같은 것보다 훨씬 가나코를 사랑하고 있었는지도 모릅니다. 어차피 죽을 수밖에 없다면 깨끗하게 죽게 해 주라고——몇 번이나 말했어요. 저도 나름대로 각오는 되어 있었——다고 생각했지만, 포기했다고 생각했는데, 미처 포기하지 못하는 마음도 있었지요. 마스오카 씨가 이곳에 오셨었지요? 마침, 기바 씨가 두 번째로 문병을 오신 날에. 그리고——가나코의 용태를 물으셨지요?"

"아아. 물었지요. 그때 저는 한 달만 지나면 일어날 거라고 들었지만요. 열흘밖에 남지 않은 목숨이었다니, 터무니없는 사기였군요."

마스오카는 꽤 차분해진 것 같다. 주위 사람들이 이상하게 고양된 탓일까.

"나는 거짓말은 하지 않았네!"

미마사카는 엄한 어조로 그렇게 말했다.

"한 달 동안 경과가 양호하면, 의식의 혼탁이 사라질 것이다——라고 말한 걸세. 실제로 그대로 실험을 속행했다면 의식은 정상으로 돌아왔을 거야."

"그런 건 문제가 아니에요. 실제로 죽을 줄 알고 있음에도 불구하고 그런 설명이 없었다── 저는 그렇게 말씀드리고 있는 겁니다."

"자네가 찾아왔을 때는 아직 가나코의 생명유지 속행에 대한 희망이 끊어진 것은 아니었네. 유산상속 이야기는 그때 요코에게 들었어. 그러니 희망은 있었단 말일세. 자금만 있으면 얼마든지 살려둘 수 있었으니까."

"하지만 요우코우 씨가 다시 일어났다는 것을 나는 그때──그렇구나, 물러나기 직전에 말씀드렸었군요. 그것도 요코 씨에게 몰래──아아."

마스오카는 몹시 큰 한숨을 쉬었다.

"그 말을 먼저 했어야 하는 거였군요, 저는."

그렇게 말하고 마스오카는 입을 다물었다. 그리고 살피듯이 요코를 보았다.

요코의 눈꺼풀은 약간 이완되어, 부드러운 눈매로 앞에 있는 상자를 바라보며 지금까지 아무에게도 이야기하지 않았을 그 진실을 토로하기 시작했다.

"그래요──저는 그때, 마스오카 씨에게 상속 이야기를 하려고 했지만, 끝까지 말을 꺼낼 수가 없었어요. 그래서──마스오카 씨가 먼저 요우코우 씨가 병석에서 일어나셨다는 이야기를 하시는 바람에 절망했던 것입니다. 그래서 저는 가짜 유괴를 생각해냈습니다. 저는 ──그 생각이 떠오르고 나니 잠자코 있을 수가 없어서──아메미야 씨에게 유괴 이야기를 했습니다. 그 사람은 가나코를 살릴 수 있다면 그렇게 하자고, 처음에는 말했습니다. 하지만──."

요코는 거기까지 말하고 괴로운 듯 눈썹을 찡그렸다.

"──그때는 그 사람, 가나코가 어떤 상태로 살아 있는지 잘 몰랐어요. 설마 내장이 전부 빼내어 졌을 줄은 몰랐지요. 그 사람은 가나코가 좋아지면 이걸 하자, 저걸 하자, 어디에 가자, 그런 이야기만 했습니다. 호수가 보고 싶다고 했으니까 우선 호수에 가자, 틀림없이 사가미 호수에 간다고 했으니까 셋이서 도시락을 싸 가지고 놀러 가자, 그런 말을 했습니다."

도시락이라는 당연한 단어가, 왜인지 내게는 몹시 슬프게 와 닿았다.

"──오랫동안 함께 생활하다 보니 그 사람은 가족이 되어 있었어요. 아니, 가나코와의 유대는 저보다 훨씬 강했습니다. 그래서──하룻밤 동안 생각하다 보니 너무 슬퍼졌습니다. 가나코는 죽지 않는다 해도, 이제 두 번 다시 호수에는 갈 수 없어요. 도시락 따위는 먹을 수 없다고요. 그 아이는, 이제 위도 장도 없는 겁니다! 그래서 저는, 그런 아메미야 씨도 어쩐지 가엾어져서, 다음 날 가나코의 현재 상태를 이야기했습니다. 그랬더니 그런 것은, 그런 것은 안 된다, 잘못됐다면서──그래서 저는 아무도 상의할 사람이 없어져서, 미칠 것 같아서──그래도 가나코를 죽게 내버려둘 수가 없어서 혼자서 협박장을 만들었던 겁니다. 하지만 아메미야 씨는 경찰이 왔을 때 저를 감싸려고 거짓 증언을 해 주었어요. 그 사람은 말했어요. 나는 타인이지만 당신은 어머니니까 그렇게 생각하는 것도 당연하다──그렇게 말해 주었습니다. 그 후──."

"요코, 그만해라. 그런 이야기는 듣고 싶지 않아."

"아니요, 아버지. 이제 됐어요. 가나코는 이제 없으니까요."

요코는 약하게 아버지의 말을 거절했다.

"그 후, 추젠지 씨가 말씀하신 대로 스자키 씨가 찾아왔어요. 이대로 눈앞에서 가나코를 죽게 해도 되겠느냐, 이것은 분명히 시바타 쪽에서 꾸민 일이다, 그렇게 말했어요. 이대로 가다가는 자금이 떨어진다고. 가나코는 이달 말이면 죽는다고. 마침 경찰이 혼란스러워하는 것 같으니 슬쩍 속여 넘겨 버리자, 그것이 가나코에 대한 최소한의 공양이라고 ── 그리고 ──."

이제 됐다고 말했으면서, 요코는 말이 막혔다.

"아메미야 씨는 반대했어요. 가나코가 불쌍하다면서 엄청나게 반대했습니다. 우선 팔다리를 자르는 데 반대했어요. 저는 조만간 팔다리는 잘라야 할 거라는 이야기를 처음부터 들어서 알고 있었습니다. 그렇게 하면 이틀은 목숨이 연장된다고, 그렇다면 자르자고 생각하고 있었어요. 아메미야 씨는 ── 어차피 죽을 거라면 적어도 이 모습 그대로 죽게 해 주자고 했어요. 그 말을 듣고 ── 저는 망설였지요. 하지만 스자키 씨는 이렇게 말했습니다. 가나코는 죽지 않는다, 큰 상자에서 작은 상자로 옮길 뿐이라고 ──. 돈만 손에 들어오면 원래대로 된다, 물론 걸어 다니거나 할 수는 없지만 이야기는 할 수 있게 될 것이다, 그러니까 우선은 돈이다 ──."

"말도 안 되는 거짓말이로군. 설령 살아남는다 해도, 위도 복근도 없는 사람이 제대로 말을 할 수 있을 리가 없지."

교고쿠도가 중얼거렸다.

"스자키 씨의 방법은 ── 계획이라고 하는 게 나을까요. 팔다리를 자르는 것이 전제였습니다. 아메미야 씨는 ── 몹시 고민하던 끝에, 팔다리는 자르거든 자신에게 달라고 했어요. 최소한 팔과 다리만이라도 호수에 데려가 주겠노라고, 그렇게 말했습니다."

요코의 눈은 초점이 흐릿했다.

"팔다리를 자른 후, 아메미야 씨는 고다 씨에게 받은 쇠상자——여기에는 많이 있었습니다. 전쟁 전—— 이 연구소가 막 생겼을 무렵—— 육군이 아직 아버지에게 기대를 갖고 있었을 무렵에——고다 씨의 설계대로 기계를 만들기 위해 시작품을 많이 만들어서——."

설마, 이곳 상자는,

"정밀도가 굉장히 높다더군요."

이 상자도——효에가 만든 건가?

"크기도 딱 알맞고."

틀림없다.

여기에 있는 많은 상자들도 온바코의 작품인 것이다!

나는 구역질을 일으켰다.

"그것을, 가져와서——이게 가나코의 관이라면서. 물에 가라앉힐 거니까 쇠여야만 한다, 아무도 없는 조용한 호수에 내가 가라앉히고 오겠다고."

분명히——그것은 수장이었던 것이다.

"왼손은 스자키 씨가 처음부터?"

"그렇습니다. 스자키 씨가 처치를 한다면서——처음부터 없었습니다. 그래서 아메미야 씨는 경찰의 눈을 피해——피한다기보다 아무 일도 없었던 듯이, 그편이 눈에 띄지 않았으니까요——그것을 스자키 씨의 트럭에 싣고——."

"트럭이라."

교고쿠도의 예측은 맞았다. 교고쿠도는 말했다. 짐칸의 자물쇠는 망가져 있었다——고.

"그 트럭은 짐칸 자물쇠가 망가져 있었어요. 그렇지? 후쿠모토 군."

후쿠모토는 몇 번 고개를 끄덕였다.

"기바 나리의 이야기로는, 후쿠모토 군이 처음 이곳을 찾아왔을 때 스자키 씨의 것으로 생각되는 트럭과 접촉사고를 일으켰다네. 나리는——보고 있었지? 후쿠모토 군. 게다가 어느 정도의 손상인지 확인도 했어."

후쿠모토는 몹시 두려워했다.

"죄, 죄송합니다. 말씀드리지 않아서."

"괜찮네. 관찰은 내 습성이야."

기바는 아주 무뚝뚝하게 말했다.

교고쿠도는 말을 이었다.

"하지만 덕분에 아메미야 씨가 계획한 장례식은 엉망이 되고 말았지요. 고갯길은 구불구불했어요. 팔이 든 상자는 떨어졌습니다."

"왼손은—— 회수한 게 아니라 처음부터 없었던 거로군요."

도리구치가 확인하듯이 말한다.

발견되지 않았을 만도 하다.

"아메미야 씨는 새파래져서 돌아왔어요. 팔이 —— 없어져 버렸다면서 —— 상자밖에 없었다고."

목재상이 발견하고 말았던 것이다.

"바보 같군. 어리석은 감상이야. 수장이라니 —— 나는 반대했네. 아니나 다를까 소동이 일어났지. 늘 그렇듯이 소각로에서 태웠으면 좋았을 것을. 하지만."

미마사카는 혼잣말처럼 요코의 이야기에 끼어들어, 기바를 파충류의 눈으로 바라보았다.

"그때 소각로는 쓸 수 없었지요."

교고쿠도가 말했다. 기바가 말을 받는다.

"내가——있었기 때문인가?"

교고쿠도가 한 말은 그런 뜻일까?

적어도 기바는, 밤중에는 없었을 것이다.

"그렇다면——내가 있길 잘했군. 하마터면 가나코의 뼈는 원숭이와 함께 묻힐 판이었으니."

요코는 비통한 눈으로 기바를 보았다.

"그 후 아메미야 씨는 스자키 씨와 꽤 다투었어요. 저는 14년 동안 함께 지내면서, 언성을 높이는 아메미야 씨를 처음으로 보았습니다. 아메미야 씨는 처음부터 스자키 씨와는 맞지 않았습니다. 스자키 씨가——제게 해 온 공갈행위를 마음에 두고 있었던 모양입니다. 아메미야 씨는 공갈의 이유는 몰랐고 묻지도 않았지만, 오로지 저와 가나코를 걱정해 주었고, 따라서 스자키 씨를 싫어했어요. 그 사람은 가나코가 있어서 참고 있었던 겁니다. 계속. 경관들이 많았기 때문에 치고박고 싸운다든지, 그런 싸움은 일어나지 않았지만 두 사람 다 몹시 험악해서——그때, 스자키 씨가 그 말을 해 버렸어요. 지금 생각하면 그때부터 아메미야 씨는 좀 이상했어요. 그렇게 반대했었는데 갑자기 아무 말도 하지 않게 되었지요."

그 말?

또 그 말이다. 처음부터 의식적으로 은폐되어 있는 〈비밀〉이다.

"그리고 8월 31일이 찾아왔습니다——."

소실의 날. 기술(奇術)에 속임수는 없었던 모양이다.

기바는 다시 낮은 상자에 걸터앉아 있다.

양 무릎에 양 팔꿈치를 올려놓고, 손을 깍지 끼어 이마에 대고 가만히 눈을 감고 있다.

그리고 이렇게 말했다.

"그때 내가 본 가나코는, 그럼 —— 절반도 안 되었던 셈이로군."

"그래요. 상식적인 인체의 스케일이 아니었지요. 그녀는 —— 딱 저 상자에 쏙 들어갈 정도의 크기밖에 되지 않았어요."

교고쿠도가 가리킨 것은 미마사카 옆에 있는 탁자 위의 상자였다.

높이는 1척 5촌, 폭은 1척, 깊이는 8촌 정도 ——.

"미리 외과적인 처치는 되어 있었던 셈이지요. 호스나 튜브는 한꺼번에 떼어 낼 수 있는 구조로 되어 있었던 게 틀림없습니다. 그렇다면 작업은."

"시트를 벗기고."

—— 미마사카는 입구에서 준비가 끝나기를 기다린다

"가나코에게 연결된 튜브나 링거를 떼어 내고."

—— 갑자기 덜컹덜컹하는 바쁜 소리가 나더니

"상자에 넣고."

—— 그것은 쿵, 탕하는 큰 소리가 되고

"놓여 있는 깁스를 바닥에 떨어뜨리고."

—— 곧 비명이 되었다

"동시에 큰 소리를 지르며 몸을 웅크린다."

—— 미마사카가 텐트를 걷는다

"그리고 미마사카 씨, 당신이 제막식을 하는 겁니다!"

──당신들 대체 무슨 짓을 하고 있었던 거요!

교고쿠도는 일어서서 막을 떨어뜨리는 시늉을 했다.

──침대 위에는 아무것도 놓여 있지 않았다

"몇 초도 걸리지 않아요. 기바 나리는 침대를 조사했을 때 왠지 이상하다──고 느꼈다고 했지만, 그것은 상반신과 깁스 부분만이 움푹 패어 있었기 때문이 아닐까요? 깁스는 원래 놓여 있었을 뿐이니까, 아래로 떨어뜨리면 산산이 부서지지요. 그 외의 것은 그리 흐트러지지 않았어요."

"스자키 씨가 가져온 기계 상자가──실은 가나코가 들어 있는 상자였던 겁니까?"

도리구치의 그 말을 들은 직후, 아오키의 얼굴이 창백해졌다. 그는 틀림없이 떠올리고 있다.

똑같이 상자에 넣어진 소녀들을.

"스자키 씨는 그 직전에 예기치 못한 면회인이 있었다는 것은 전혀 모르고, 예정된 행동을 확실하게 해냈어요. 작은 상자로 옮기고 나서 정해진 시간을 두고, 작은 상자에 연결한 튜브를 빼내어 재빨리 밖으로 나간다. 아무도 눈치채지 못하고, 아무도 의아하게 생각하지 않았지요. 가나코는 이 투박하고 거대한 몸을 버리고, 또 하나의 몸이 있는 곳으로 향했어요."

"또 하나의 몸? 그게 뭔가?"

"그것은 아마 소각로일 걸세."

교고쿠도는 그렇게 대답했다.

"무슨 소리야?"

"상자에 넣은 가나코는 일단 소각로에 감출 생각이었다네 —— 아 닙니까?"

미마사카는 전원에게 등을 돌린 채 침묵하고 있다.

요코가 대답했다.

"그럴 —— 겁니다."

"그곳에는 기바 나리가 계속 진을 치고 있었던 모양이지만, 소란이 일어나면 틀림없이 기바 나리는 집중치료실로 갈 것 —— 실제로는 처음부터 이곳에 있었던 셈이지만 —— 이라고 짐작했겠지요. 나리 만 없어지면 그 주변에는 아무도 없어요. 크기도 딱 적당하고. 아마 2, 3일 전부터 보관할 준비를 해 두었겠지요. 기바 형사가 돌아간 후, 밤중에 얼마든지 작업은 할 수 있으니까요. 저는 스자키 씨가 왜 그곳에서 죽어 있었는지, 그것을 아무래도 알 수 없었지만 이제 이유를 알았습니다. 그 안은 소각로가 아니라 스자키식(式) 간이 생명 유지장치가 되어 있었던 거로군요."

"그렇다면."

"가나코의 오른팔과 두 다리를 소각할 수 없었던 것도 그 때문이에 요. 기바 나리가 있었기 때문이 아니라. 그리고 —— 가나코의 왼팔도 그 안에 있었던 거지요."

"어 ——."

요코는 대답하지 않았지만, 그 태도는 무언중에 그 말을 긍정하는 듯한 것이었다.

"—— 교고쿠, 그 팔은 살아 있었 —— 겠지."

기바가 자세를 바꾸지 않고 물었다.

"살려져 있었다 ——고 해야 할까요."

"그럼 나는 가나코 위에서 낮잠을 자고 있었던 건가?"

기바는 작은 목소리로 말했다.

목소리가 약간 떨리고 있다.

"이것은——이봐, 대체 어떤 죄가 되는 건가? 어이, 마스오카 씨, 당신 전문이잖아."

"음——."

마스오카는 말이 막혔다.

커다란 눈이 충혈되어 있다.

"이, 이 일이 유산이나 몸값을 이미 사취했다면 몰라도, 음—— 그것이 정당한 의료행위에 해당하는가 어떤가 하는 판단은——."

"그렇군. 어이, 아오키, 네놈은 용서할 수 있나? 후쿠모토는 어때? 법에 저촉되지 않는다면 우리들 경관은 아무것도 할 수 없는 건가? 아아, 그러셨습니까, 하고 인사하고 돌아갈 텐가!"

아오키는——아직도 상자에 든 소녀의 환영에 사로잡혀 있는 모양이다.

후쿠모토는 얌전한 태도로 침묵하고 있다.

"이봐! 뭐라고 말 좀 해 봐!"

기바는 몇 번째인가로 폭발했다.

"어떤가, 교고쿠! 네놈은 늘 그렇게 전부 끝난 후에 나타나서! 이것은 이대로 놔둬도 되는 건가!"

"되는 겁니다!"

교고쿠도는 기바에게 단호하게 말했다.

"알겠습니까? 기바슈. 당신의 적은——당신이었던 겁니다. 처음부터 바깥에 적 같은 건 없었어요. 이 유즈키 가나코 위장유괴미수사건은 범죄입니다. 범죄임은 틀림없지만, 미마사카 고시로는 이 일에 대해서는 아무것도 하지 않은 거와 같아요. 단순히 그는 우리들과는 다른 인생관이나 가치관을 갖고 있었을 뿐, 그것에 대해 우리들은 규탄도 적발도 할 수 없어요. 제가 이렇게, 이런 어릿광대 역할을 하고 있는 것도——본래 해서는 안 될 일이란 말입니다."

"잘 알고 있군, 추젠지. 그럼 이제 됐지 않았나. 빤히 들여다보이는 연극은 그만두세."

미마사카는 그렇게 말하고, 몹시 느릿하게 이쪽을 향했다.

"공교롭게도 아직 끝나지 않았습니다. 조금만 더 함께 해 주십시오. 이 연극은 4막, 아니, 5막 구성이에요. 아직 3막이 남아 있습니다."

까마귀는 백사에게 그렇게 말했다.

"자네는 늘 그렇지."

기바는 얄밉다는 듯이 그렇게 말하고 침묵했다.

"자, 여기서 주역이 바뀝니다. 유즈키 가나코 유괴 및 스자키 살해 사건이지요."

교고쿠도는 힘없이 그렇게 말했다. 그의 인정사정없는 연극은 피로한 우리들을 끝까지 질질 끌고 갈 뿐이다. 그러나——애초에 그것을 바란 것은 우리들이다. 이 수다스러운 미궁의 안내인은 부탁을 받고 일어섰을 뿐인 것이다.

도리구치는 억지로 부활한 듯,

"그걸 모르겠습니다. 전부터 추젠지 씨는 그렇게 말씀하셨지만, 가나코 씨는 유괴미수가 아니라 유괴된 것 아닙니까? 여기에서 막이 바뀌는 것이 저는 이해가 가지 않는군요."

라고 말했다.

"요코 씨가 계기를 만들고 기바 슈타로가 기동시키고, 스자키가 연출한 가나코 위장유괴 —— 유산 사취라는 일그러진 범죄는 멋지게 실패했다네."

"무슨 소린가! 성공한 것 아닌가! 유즈키 가나코는 마법처럼 사라지고, 아무에게도 들키지 않았네. 유산은 상속 직전에 저지되었지만."

"세키구치 군. 자네는 스자키 씨가 자신의 죽음을 끼워 넣은 계획을 세우기라도 했다는 건가? 그것은 있을 수 없는 일일세. 그것은 완전히 계산 밖의 사고였던 게 틀림없어."

"세 번째 이야기의 주연은 아메미야 노리타다 —— 입니다."

"아메미야 씨!"

요코가 예상외로 크게 반응했다.

"그 사람이, 하지만."

"저는 아메미야라는 사람을 모릅니다. 무엇을 생각하고, 무엇을 목표로 살아왔는지 전혀 몰라요. 하지만 그런 것은 별로 상관이 없지요. 이번 사건뿐만 아니라 그 사람은 지난 14년 동안 항상 조연이었어요. 아무도 그 사람을 중심에 두고 이야기하지 않았지요. 적어도, 관계자 모두가 그를 그런 위치로 파악하고 있었습니다 ——."

교고쿠도는 마스오카를 보았다.

"마스오카 씨, 당신은 아메미야 씨를 바보라고 생각하고 있었지요."

"제 인생관이나 경험치로 생각해 보자면 정말 바보지요. 기회를 헛되이 낭비하고, 지키지 않아도 될 충의를 지키고, 행운은 남에게 양보하고, 필요 이상으로 헌신적이고, 노동에 대한 정당한 보수도 받지 않고, 명확한 목적도 인생의 지침도 없이 그저 휩쓸리듯이 평생을 보내는. 그는 운명을 남에게 맡기고 있습니다. 그러면서도 남한테 은혜를 입지 않고, 재수 없는 패만 뽑지요. 불행한 것이 아니라 행복이란 어떤 것인지 모르는 겁니다. 결국, 범죄를 저질렀나요? 아무리 사람은 제각각이라지만 정말 바보로군요."

마스오카는 단숨에 지껄이다가 갑자기 멈추었다.

곧 요코가 변호한다.

"그 사람을 나쁘게 말하지 말아 주세요. 그 사람은——좋은 사람이었습니다."

마스오카는 코웃음을 쳤다.

"그 좋은 사람이라는 표현이 그 남자를 상징하고 있지 않습니까. 14년이나 함께 살면서 무상으로 생활의 원조를 아끼지 않았던 남자가, 좋은 사람이라고요. 좋은 사람. 길에서 스쳐 지나간 상대에게도 그 정도의 칭찬은 할 수 있지요. 그렇게 좋은 사람이라면, 왜 당신은 결혼이든 뭐든 하지 않았습니까? 당신이 그 남자를 나쁘게 생각할 수 없는 이유는 그 남자의 인생을 희롱한 자가 당신 자신이기 때문이지요. 의식적, 무의식적으로 책임을 느끼고 있을 뿐이잖아요. 그렇게 오랫동안 같이 살았으면서, 당신은 그 남자에 대해 얼마나 알고 있습니까? 아무것도 모르잖아요. 그게 진실입니다. 추젠지 씨의 말대로, 녀석은 영원한 조연이에요."

마스오카는 콧구멍을 벌름거리며 역설했다.

아무래도 마스오카에게 아메미야라는 남자는 허용할 수 있는 범위를 완전히 뛰어넘은 존재인 모양이다.

그 존재 가치를 인정하는 것은 어쩐지 그 자신의 자아 붕괴와 이어지는 것 같다.

"너무하세요, 마스오카 씨."

요코는 슬픈 듯이 눈썹을 찌푸리고 그렇게만 말했다.

"그 조연이야말로 주연인 것입니다."

교고쿠도는 다시 한 번 그렇게 말했다.

"마스오카 씨, 분명히 그는 옆에서 보기에는 주위에 휩쓸리며 살아가는 것처럼 보입니다. 하지만 시점을 바꾸어 보면 양상은 완전히 달라져 버리지요. 그를 중심으로 놓고 생각해 봅시다. 그것이야말로 그가 바란 인생이라고 생각해 보는 겁니다. 그렇게 생각하면 그는 자신의 생각대로 인생을 보내고 있었다는 것을 알 수 있어요. 아메미야 씨는 주위에서 멋대로 만들어 준 행복한 인생을 걷고 있었던 게 됩니다."

"바라고 있었다고? 무엇을요?"

마스오카는 뺨을 경련시키며 불쾌한 표정을 했다.

"부자연스러운 가족. 일그러진 관계와 거리를 둔 관계. 아마 그에게는 그런 것이 편했을 겁니다. 그리고 그는 요코 씨가 아니라, 가나코를 사랑하고 말았어요. 요코 씨는 가나코의 어머니에 지나지 않았지요. 아기 때부터 돌봐 온, 딸 같은 가나코를 정말로 사랑하고 말았던 겁니다. 친자식이라면 결코 그렇게 사랑할 수 없었겠지만, 그는 그럴 수 있었어요. 왜냐하면, 아메미야 씨는 타인이었으니까요."

마스오카는 아직도 이해하지 못하고 있다.

"그가 가나코를 어떻게 생각하고 있었는지는 모릅니다. 알아봐야 소용없고, 알고 싶지도 않아요. 부성애인지 소녀애인지 모르겠지만, 어쨌거나 그는 가나코를 좋아했어요. 함께 살고 싶었지요. 그러면 일견 바보로밖에 보이지 않는 유즈키 모녀에 대한 무상의 헌신도, 시바타 가에 대한 필요 이상의 충성도, 그가 자기 자신의 둘도 없는 기쁨을 획득하기 위해 노력한 행위였다고 생각할 수 있습니다. 그는 능동적으로 행복을 추구하고, 그것을 획득한 것이지요."

"그럼, 아메미야라는 사람은 이렇게 되기 전까지는 만족하고 있었 던——거로군요."

도리구치가 말했다.

"그럴 걸세. 설령 스자키 씨가 요코 씨에게 공포를 가져오는 공갈자라 해도, 그에게는 상관없는 일이었지. 공갈행위 자체는 그에게 그렇게 심각한 일이 아니었던 거야. 그는 그것이 가나코에게 나쁜 영향을 미치는 경우에만 반응했네. 요코 씨가 배우를 은퇴하면서까지 계속 숨겨 온, 그 공갈의 이유조차도 그는 묻지 않았어. 즉 흥미가 없었던 걸세. 그는 은퇴를 말리지도 않았지요? 그렇게 함으로써 협박자가 사라진다면 그걸로 좋았습니다. 그것은 요코 씨가 어떤 일을 하든, 그 자신의 행복과는 관련이 없었기 때문입니다."

요코는——복잡한 표정을 했다.

"따라서 일이 이렇게 되어버린 것을 가장 싫어했던 사람은 아메미야 씨였지요."

"아메미야——노리타다."

마스오카가 약간 무너지기 시작했다.

"그는 오랫동안 이어져 온 행복을 차례차례 빼앗겨 갔습니다. 가나코 자체가 망가져 버렸지요. 아메미야 씨는 종래의 방식으로는 행복을 얻어낼 수 없다는 사실을 깨달은 겁니다."

"그래서? 그 앙갚음입니까?"

마스오카가 빠른 말투로 묻는다. 그는 결론을 서두르고 있다.

"그건 아니에요. 그는 처음에는 가나코를 나름대로 장사지냄으로써 결말을 지으려고 했습니다. 팔이나 다리를 인수해 의식을 치르고, 그것으로 결말을 내고 싶었어요. 하지만 팔은 사라졌지요."

후쿠모토가 흠칫 놀랐다. 땀을 흘리고 있다.

"그래서 아메미야 씨는 몹시 번민했습니다. 성격에 맞지 않게 스자키 씨와 싸움까지 일으키면서."

"그래서 스자키를 죽인 건가요? 확실히 아메미야가 가나코를 그렇게까지 생각하고 있었다면, 스자키야말로 우상의 파괴자니까. 그래, 그렇게 된 거였군요, 가엾게도."

마스오카는 자신을 평소 상태로 되돌리기 위해 필사적이다.

"그것도 아닙니다. 아메미야 씨에게 있어 스자키 씨는, 파괴자임과 동시에 구세주이기도 했어요. 스자키 씨는 가나코의 목숨을 구할 수 있는 가능성을 가진 유일한 인간이기도 했던 거지요. 결코 그런 생각은 하지 않았을 겁니다. 아까 요코 씨는 아메미야 씨가 가나코를 깨끗이 포기한 것처럼 말했지만, 그것은 이제 자신과는 상관없는 세계로 가 버릴 거라고 그가 생각했기 때문입니다. 하지만 스자키 씨는 가나코가 말을 할 수 있게 될 거라고 말해 주었어요. 다시 말해 아메미야 씨의 새로운 행복 획득법에 한 줄기 광명을 준 사람이기도 합니다. 싸움한 정도로 죽이거나 할 리가 없어요. 만일 그가 정말 강하게 그런 생각을 했다면 우선 이런 계획은 저지했을 테고, 그런 동기로 살인을 범할 거였다면 아메미야 씨는 스자키 씨를 더 일찍 죽였을 겁니다."

그렇다, 동기의 탐색은 무의미한 것이다.

아마 아메미야에게도——.

"그럼 대체 뭡니까!"

마스오카는 이해하지 못한다.

"아메미야 씨는 가나코를 좋아했던 겁니다. 스자키 씨는 그녀의 비밀을 아마 지저분한 말로 폭로했을 거예요——아닙니까? 요코 씨. 싸우던 도중에 과학자 스자키는 더러운 협박자의 얼굴이 되어 그 사실을 아메미야 씨에게 말했습니다."

그 사실이란 뭘까? 그 비밀이 밝혀질 순서는 대체 언제 찾아오는 것일까?

"스자키 씨는."

요코의 말을 가로막듯이 미마사카가 말했다.

"스자키는 과학자로서는 우수했어."

교고쿠도는 그 말을 일소에 부쳤다.

"스자키 씨는 말이지요, 교수님. 당신 같은 인간이 되고 싶었지만 되지 못한 겁니다. 과학자가 되지 못했단 말입니다. 그 사람은 옛날에 말했어요. 나는 미마사카의 이름을 이을 생각이었다고. 당신이 지위도 명예도 버리지 않았다면 스자키 씨는 요코 씨와 결혼해서 미마사카의 이름을 이을 생각이었던 겁니다. 하지만 당신은 지위도 명예도 버리고——게다가 더 버리기 어려운 것까지 버리고 말았지요. 당신을 목표로 하고 있던 스자키 씨는 당신을 놓치고, 과학의 미궁에서 길을 잃었어요. 그리고——아메미야 씨는 그런 스자키 씨의 말에 깊이 상처를 입었지요. 그에게 변화가 있었던 것은 틀림없습니다. 하지만 그는 화가 난 게 아니었어요. 좋아하는 사람을 나쁘게 말하는 걸 듣고 몹시 슬펐던 겁니다. 마치 지금의 요코 씨처럼 ——."

"녀석은 거, 겁먹은 건가요?"

마스오카 씨는 끝까지 나쁘게 생각하고 싶은 모양이다.

"아닙니다. 겁먹기는커녕 아주 배짱이 두둑했지요."

"무슨 뜻이지요?"

"그는 팔을 만나러 갔습니다."

"뭐라고요?"

"그는 가나코의 왼팔과 면회하기 위해 소각로로 간 겁니다. 며칠 후에는 단순한 협박 재료로 사용될 예정인, 가나코의 살아 있는 팔을. 그는 많은 경관들이 오가는 가운데, 말 없는 금단의 밀회를 즐기고 있었던 거지요. 그뿐만 아니라 팔을 데리고 나오려고까지 했어요."

"밀회? 무, 무엇 때문에? 데리고 나오다니, 그런 기, 기분 나쁜 짓을 ——."

"새로운 행복 획득의 방법을, 그는 습득해 가고 있었던 것입니다."

교고쿠도는 내 쪽을 힐끗 살피고 나서 다시 마스오카 쪽을 향했다.

"마스오카 씨. 설령 당신의 인생관에서 일탈해 있다 해도, 세상 사람들이 그를 어떻게 보더라도, 아메미야 씨는 이곳에 있는 그 어떤 누구보다도 행복을 획득하는 방법을 잘 알고 있었던 것입니다. 어떤 환경에 놓이더라도 그것을 최종적으로 받아들이고 자신을 행복한 상태로 끌어올리는, 그는 꼭 광인(狂人)처럼 현실을 긍정할 줄 아는 사람이었어요!"

"행복 ——."

"하지만 이번만은 놓인 상황이 지나치게 특수했지요. 환경에 순응하는 데 상당한 시간이 걸렸어요. 하지만 놀랍게도, 그는 이 특수한 환경에도 순응하고 말았던 것입니다. 부정을 떨쳐내지 않고, 스스로를 격려하며——."

흔들라, 천천히 흔들라
히 후 미 요 이쓰 무 나나 야 고코 토

"아메미야 씨는 혼자 집중치료실을 빠져나와, 새로운 가나코를 만나러 가곤 했어요. 유괴라는 야단스러운 소동은 그의 행복과는 그리 큰 상관이 없게 되었던 것이지요. 손이 닿는 범위에 없는 것은 그에게는 필요 없는 것이었거든요."

"어째서 일부러 그런 시간에—— 계획의 순서 정도는 알고 있었을 텐데."

아오키가 말한다. 입술이 파랗다.

"기바 나리가 그곳을 떠났기 때문에—— 이유는 그뿐이겠지요. 그리고 아메미야 노리타다는 마침내 발견했어요. 새로운 행복에 도달하고 말았던 것이지요."

"도달? 했다——."

마스오카의 정신은 크게 흔들리고 있다. 한없이 거리를 두고 있던 마스오카와 아메미야의 정신은 점점 그 간격을 좁히기 시작하고 있다.

"소각로 안의 팔은, 그가 사가미 호수로 가져갔던 죽은 팔과는 달랐어요. 여전히 아름답게 살아 있었지요. 그 팔과 대면하다가 그는 도달하고 만 것입니다——."

"── 피안(彼岸)에."

마스오카는 오른손으로 이마를 누르고, 아아, 하고 말했다.

그리고 가볍게 몸을 떨고 나서 이렇게 말했다.

"그놈은 가 버린 거로군요. 그리고 ── 그 살아 있는 팔을 데리고 나가려고 한 거야. 그런 짓을 하면 팔은 죽어 버리는데도 ── 그런 것은 ── 이제 아무래도 상관없었던 거로군요."

마스오카도 도달했다.

"그렇겠지요. 아메미야 씨는 도로에서 회수해 온 오른팔용 상자를 가져와, 왼팔을 거기에 넣으려고 했어요. 그곳에, 가나코가 들어 있는 상자를 든 스자키 씨가 왔지요. 스자키 씨는 놀라고 화가 났을 겁니다. 당연하지요. 그 시점에서 그는 범죄 계획을 수행 중이었으니, 아무리 경비가 허술했다 하더라도 무방비하게 소각로를 열고, 게다가 팔을 꺼내는 짓은 말도 안 되는 소리였으니까요. 그뿐만 아니라 팔은 소각로에서 꺼내면 죽고 마는 것입니다. 계획은 ── 실패하지요."

"그래서 싸움이 벌어진 겁니까?"

도리구치는 ── 도달하지 못했다.

"아니. 아메미야 씨는 야단을 듣고 일단은 포기했네. 하지만 팔보다 더욱 임팩트가 강한 성유물(聖遺物)을 그는 보았지."

"아메미야 씨는 팔을 넣을 생각이었던 상자로 스자키 씨를 후려치고."

── 모서리가 있는 곤봉 모양의 금속은 가늘고 긴 쇠상자였다.

"가나코를 되찾아 함께 탈출했네."

"안돼애애애앳!"

요코가 믿을 수 없을 정도로 높은 목소리를, 얼굴을 일그러뜨리고 쥐어짜냈다.

"가나코, 가나코는——."

——환자는 사라지고 말았다.

　정말로 납치되고 말았다.

　나는 이제 할 수 있는 일이 아무것도 없다.

　스자키까지 살해당하고 말았다.

　이제 물러설 곳이 없다.

"싫어어어어어어어어어!"

요코는 머리를 끌어안고 몸 안에 남아 있는 대부분의 생기를 방출했다.

바위처럼 움직이지 않고 침묵을 지키던 기바는 그 비명의 세례를 받고 가까스로 입을 열었다.

"당신이, 그때 한 말은——그때 내게 했던 말만은 거짓말이 아니었군요. 그리고 진심으로 가나코는 살아서 돌아올지도 모른다고 생각할 만도 했어. 내가 진짜라고 생각한 것은, 우선 진짜였던 거로군. 당신의 말은——."

기바는 요코를 보았다.

"조금은 와 닿았단 말이오."

"그래요. 요코 씨는 의도하지 않았지만 구스모토 요리코와 똑같은 입장에 내몰리고 말았어요. 가나코를 한가운데에 놓은 양면가치. 발견을 바라면서도 발견을 두려워하고, 생존을 바라는 한편 죽음을 바라는. 계획은 실패했고 가나코는 사라졌지만, 표면상 유괴는 성립하고 말았습니다. 유산 사취는 가능할지도 몰랐습니다. 진실을 경찰에게 알리면 가나코는 발견될지도 모르지만, 살아 있을지 어떨지는 의심스럽지요. 가나코의 시체와 범죄자의 낙인을 손에 넣어 봐야 아무 소용도 없고요. 모든 것이 확실하지 않습니다. 의지의 벡터는 항상 정반대의 방향으로 작용하지요. 상반되는 강한 바람을 가져 버린 그녀들은, 항상 어느 쪽이라고도 할 수 없는 애매한 위치에 자신을 놓아 둘 수밖에 없었어요 ——."

"요리코와 똑같이 ——?"

"하지만 애매한 사람은 강한 의지를 가진 사람이 가까이 있는 경우, 종종 거기에 끌려가는 법입니다. 요코 씨 곁에는 계획이 발견되는 것을 몹시 싫어하고, 게다가 유산 획득도 강하게 바라는 사람이 있었어요 ——."

교고쿠도는 다시 까마귀처럼 일어섰다.

"당신입니다. 미마사카 씨."

"그래! 그 말이 맞네, 추젠지. 하지만 그것에 대해서는 증거가 없어. 아무도 그런 생각을 했을 뿐인 나를 벌할 수는 없네. 실제로 나는 아무 짓도 하지 않았고, 아무 말도 하지 않았어! 추젠지, 자네 아까 자네 입으로 말하지 않았나? 자네들이 한 덩어리가 되어 나를 규탄해도 내 신념에는 흔들림이 없고, 법률도 도덕도 나를 처벌할 수는 없단 말일세!"

"그런 건 알고 있습니다. 하지만 당신의 존재가, 이 요코 씨에게 위증하게 만든 건 사실이에요. 경찰의 엄한 추궁도, 고문 같은 취조도 견딘 당신의 따님은, 당신에게 사치스러운 연구 자금을 제공하기 위해 하지 않아도 될 거짓말을 되풀이하고, 겪지 않아도 될 괴로움을 강요당했습니다!"

까마귀는 크게 날개를 펄럭이며 혼이 빠져나간 나비를 보았다.

백사는 마음을 닫고 다른 쪽을 보았다.

"우연히도 구스모토 요리코와 똑같이 보름 동안 고민한 끝에, 요코 씨는 유산 사취를 결심했어요. 계기는 가나가와 본부의 이시이 경부가 쇠퇴한 기억력을 총동원해서 작성한 경비배치도입니다. 그녀가 보아도 그것은 엉망이었어요. 이 정도면 외부 사람이 들어오는 것도 쉽지 않았을까——그렇게 생각했겠지요. 그래서 요코 씨는 가공의 범인을——이것도 말하자면 유치한 거짓말이었던 셈입니다만——만들어내 수사를 교란했어요. 그것은 보통 같으면 일소에 부쳐질 정도의 것이었지만 정체를 알 수 없는, 그야말로 망량처럼 애매하고 기묘한 사건에는 충분히 유효했던 모양입니다. 그것은 재미있을 만큼 잘 풀려, 그 결과 마스오카 씨로부터 상속대리인 이야기까지 나왔어요. 가나코는 사라졌지만, 그와 맞바꾸어 손에 들어오는 것은 컸지요. 예상과 반대로 모든 것이 잘되어 버린 겁니다. 단 한 사람, 기바 슈타로라는 경박한 존재를 제외하고."

"나는——방해꾼이었단 말인가?"

요코는 모든 것을 다 방출해 버린 빈껍데기다. 투명한 피부에 둘러싸인 속은 텅 비어 있다.

"그렇지 않아."

대신 교고쿠도가 대답했다.

"구스모토 요리코와 유즈키 요코. 이 두 여성의 양면성의 닮은꼴이, 사건을 교란시킨 것은 분명합니다. 하지만 여기에 또 한 사람의 피해자가 등장합니다. 구보——슌코 말입니다."
——구보 슌코.
제4의 사건. 무사시노 연쇄 토막살인사건——.

"아메미야 씨는 상자에 든 가나코와 가나코의 팔을 가지고, 숲을 빠져나가 도망쳤을 겁니다. 그리고 역에 도착해 전철로 도망쳤지요. 본인에게는 도망이라는 감각은 아니었을지도 모르지만."
아오키가 무표정하게 말했다.
"수사원이 기능하기 시작한 것은 대충 범행 후 2시간. 도보로 천천히 이동했다 해도 꽤 멀리 가 있었을 겁니다."
도리구치가 말을 잇는다.
"뭐, 그만한 크기의 상자를 들고 있는데 안에 시체가 가득 차 있을 거라고는 아무도 생각하지 않을 테니까요. 수상한 시선은 받지 않았——겠지요."

"시체가 아닐세. 그때 가나코는 아직 살아 있었어."

"아아!"
요코가 무너졌다.
"살아 있었다니, 하지만, 그 기계에서 떼어내서——."

나는 찬물을 뒤집어쓴 것처럼 오싹해졌다.

"제대로 외과수술을 했고, 지혈 처치도 되어 있었네. 심장과 폐는 기능하고 있어. 당장은 죽지 않네. 의식이 있었는지 아닌지는 알 수 없지만——."

미마사카가 짧게, 엄청나게 짧게 말했다.

"의식은 있었네. 하루 정도라면——살아 있었을 거야."

그럼, 그럼, 그.

"아메미야는 서쪽으로 향했네."

도시를 떠나는 귀성열차는 비어 있었다——

"상자 속의 가나코와의 도피행이지."

어느새 앞좌석에 한 남자가 있었다——

"다음 날 아침 그는 이세로 향하던 구보 슌코와."

피부가 희고, 젊은 건지 나이가 든 건지 알 수 없는 남자였다——

"같은 열차에 타게 되어."

남자는 상자를 들고 있다——

"구보는 그 안의."

상자 속에서 목소리가 났다——

"살아 있는 가나코를 보았네."

상자 안에는 예쁜 소녀가 들어 있었다.

아아, 살아 있다.

왠지 남자가 몹시 부러워졌다.

"그, 그럼 그 소설은──'상자 속의 소녀'는, 전부 사실이었단 말인가!"

다음은 내가 무너질 차례였다.

에노키즈가 환시한, 구보의, 기억의,

── 창문으로 들여다보고 있는 듯한 그 소녀는 누구입니까?

역시 가나코였단 말인가?

"상자 속의 소녀는 굴절된 반생을 살아온 젊은 환상작가마저 피안으로 데려가고 말았네. 그는 소설에 있는 대로 가나코의 환영에 사로잡혀 똑같은 소녀를 아무래도 갖고 싶어졌고, 그래서, 그것을 만들려고 했지."

"그것이 동기인가!"

아오키는 기세 좋게 일어나며 의자를 넘어뜨렸다.

"그럼, 그 소녀들은, 역시 산 채로 팔다리를 절단당한 거로군! 바보 같은! 그런 짓은, 그런 짓은 용서할 수 없어! 바보 같아서 말도 안 나오는군. 할 수 있을 리가 없잖아! 미쳤어. 흉기는 손도끼였어. 손도끼로 팔다리를 잘라내고, 그러고도 살아 있을 리가 없어! 욧."

아오키는 절규하다가 몸을 구부리고, 괴로워하며 몸부림쳤다. 상처가 낫지 않았다. 전혀 낫지 않았다.

"아무도 그런 비상식적인 일이 가능하리라고는 생각하지 않네. 구보도 생각하지 않았어. 가나코의 모습을 보기 전까지는 말이야. 아메미야만 만나지 않았다면, 가나코를 보지만 않았다면, 그런 것은 찾아오지 않았네."

교고쿠도는 검게 가장자리를 칠한 흉악한 눈으로 미마사카를 노려 보았다.

"분명히 당신은 아무 짓도 하지 않았어요."

그리고 몸의 방향을 바꾸며 말했다.

"사토무라 군의 견해는 아주 정확했습니다. 구보는 실험을 하고 있었고, 그것은 베는 실험이기도 했지요. 묶었는지 기절시켰는지 모르지만, 그는 우선 팔을 잘라냈습니다. 이게 어려웠어요. 첫 번째 희생자는 익숙하지 않았기 때문에 다 잘라내지 못했어요. 그 단계에 서, 아마 소녀에게 의식이 있었다 해도 격통으로 실신했겠지요. 두 번째로 절단하고 서서히 익숙해지자 베는 실력 자체는 향상되었지만 팔을 자를 무렵에는 출혈 과다로 소녀는 이미 ── 죽었습니다. 구보 는 죽고 나서 서둘러 자른 게 아니에요. 소녀들은 자르는 동안에 죽은 겁니다. 그에게 ── 살의는 없었어요."

"하, 하지만, 상처 처리도 전혀 하지 않다니, 그것은."

도리구치도 망가질 것 같았다.

"구보의 절단된 손가락의 상처는 아무 처리도 하지 않았는데 나았다네. 팔이나 다리를 자르면 죽을 것이다 ── 라는 시시한 상식은, 가나코라는 살아 있는 증거 앞에서는 아무 효력도 없었던 거야!"

"이제, 그만하세요. 추젠지 씨."

아오키가 엎드리는 듯한 자세로 애원했다.

"저는, 견딜 수가 없습니다."

"그렇군. 이제 그만하지. 자, 이걸로 네 개의 사건은 끝났어요. 마지막 하나는 당신이 주연입니다. 미마사카 고시로!"

교고쿠도는 미마사카에게 등을 돌린 채 말했다.

"이보게. 사건은 네 개──."

"아까 말했지 않았나, 세키구치 군. 오늘 아침── 다섯 개가 된 걸세. 자, 미마사카 씨."

"거기 있는, 구보를 경찰에게 인도하십시오."

교고쿠도는 미마사카 옆에 있는 테이블 위의 상자를 가리켰다.

구보──.

저 안에 구보가 들어 있는 건가?

그때 내 안에서 무언가가 형태를 이루었다.

그것은 긴 귀와 윤기 도는 머리카락을 가진, 망량이었다.

"추젠지, 나도 처음에 말했을 텐데. 목숨과 관련된 일일세. 환자는 넘길 수 없어."

"어차피 이 건물은 이제 곧 멈출 것 아닙니까! 구보가 가져온 돈으로는 사흘도 못 가요. 시바타의 유산은 이제 당신 손에 들어오지는 않을 거란 말입니다."

미마사카는 서 있다. 파충류의 눈에는 아직 감정의 빛이 없다.

"무슨 소린가, 교고쿠도."

"에노키즈가 '신세계'에서 구보에게 가나코의 사진을 건네주었어요. 구보는 계기가 된 '그 소녀'의 이름을 알고, 오직 그것만 들여다보고 있었지요. 그곳에──구스모토 요리코가 찾아옵니다. 요리코는 놀라지요. 그리고 구보는 자신이 몇 번을 해도 실패한 그 실험을 성공시킨 남자의 이름과 그 연구소의 존재를 그녀에게서 얻었어요."

"구스모토 요리코──."

아오키가 중얼거린다.

"요리코를 가지고 진행한 실험도 실패했어요. 구보가 만든 상자 속의 소녀들은 모두 썩을 대로 썩어서, 구보가 가장 싫어하는 지저분하고 불완전한 상태가 되어갈 뿐이었습니다. 그래서 구보는 선배를 만나기로 결심한 거지요. 구보는 그가 상속한 유산의 나머지 ── 있는 돈 전부를 준비해, 이 미마사카 근대의학 연구소를 찾아가기로 결심했습니다. 그리고 외출하기 직전에 아오키 군과 마주쳤어요. 구보는 아오키, 기노시타라는 힘센 형사들을 쓰러뜨리고, 이곳에 온 것입니다."

미마사카는 그래도 움직이지 않는다.

"나는 말이지요, 미마사카 씨. 당신을 그 누구보다 정당하게 평가해 왔다고 생각합니다. 이번 일도, 당신이 폭주하지만 않았으면 잠자코 있을 생각이었어요. 하지만 당신은 도를 넘었습니다. 당신이 하고 있는 일은 어떤 의미로는 의의 있는 일일지도 모르고, 학문적으로는 가치 있는 일이겠지요. 하지만 당신이 이런 형태로 세상에 관여하는 한, 희생자는 계속 나올 겁니다. 당신은 자신도 모르는 사이에 많은 타인들의 마음의 빈틈에 숨어들어, 많은 인생을 엉망진창으로 만들고 만 것입니다. 아메미야 노리타다. 구보 슌코. 스자키 다로. 구스모토 요리코. 구스모토 기미에. 살해된 세 소녀와 그 가족. 데라다 효에 ── 기바 슈타로는 당신 덕분에 하마터면 형사에서 범죄자가 될 뻔했어요. 그들만이 아닙니다. 이곳에 있는 전원이, 보아서는 안 되는 것을 엿보고 말았어요. 아니, 억지로 눈앞에 들이대어진 겁니다. 적당히 하시는 게 좋아요. 지금 당장 이런 생체실험은 중지해야 합니다."

교고쿠도는 미마사카에게 지지 않을 만큼 조용한 위협을 보냈다.

"닥쳐, 추젠지. 자네가 뭘 안단 말인가? 모두들 멋대로 자기 쪽에서 관여해 온 걸세. 몇 번이나 말하지만, 나는 아무 짓도 하지 않았어. 의사가 환자의 몸을 자르는 게 범죄인가? 생명을 유지하기 위해 쓸데없는 부분을 절제하는 게 엽기적이기라도 하다는 건가? 내 행위와 구보인가 하는 살인귀의 행위를 똑같이 취급하지 마!"

밀의 응수가 중단되었다.

땅울림. 상자의 생명의 맥동. 이것은, 저,

저 상자 속의 남자의, 생명의 소리인가?

우리는 구보 안에 있었던 건가?

또 한 사람——구보 슌코는 처음부터 동석하고 있었던 것이다. 저 상자 속에서. 그리고 지금도.

보고 싶다. 상자 속을 보고 싶다.

나는 상자 속의 구보 슌코를, 어떻게 해서라도 보고 싶다.

"아무도 똑같이 취급하지 않았습니다. 다만, 나는 당신에게 충고하고 싶을 뿐이에요."

"충고?"

"미마사카 씨. 당신의 궁극적인 목적은 뇌를 제외한 모든 부분을 기계로 바꾸어 영원히 살아가는 것이었지요?"

"그래. 추하게 시들어, 고결한 정신까지 더럽혀 버리는 불완전한 육체 따윈 필요 없네. 육체 따윈 어차피 그릇에 불과해. 빌린 거란 말일세. 영원불변의 육체가 있으면 순수한 정신 활동만을 행하는 완전한 의식체가 될 수 있네. 시시한 잡념도 없고, 어리석은 사회와 관여하지도 않는, 더할 나위 없는 행복의 천년왕국이지."

"바로 그겁니다."

교고쿠도는 엄한 목소리를 냈다.

"당신은 과학자지요. 저는 과학자로서의 미마사카 고시로는 높이 평가하지만, 전도사로서의 미마사카 고시로는 높게 평가할 수 없어요. 과학은 기술이고 이론이지 본질이 아닙니다. 과학자가 행복을 말할 때는 과학자의 얼굴을 하고 있어서는 안 되는 것입니다. 더할 나위 없는 천년왕국이라는 말은——당신이 입에 담아선 될 말이 아니에요."

"왜지? 그건 패배를 인정하기 싫어서 억지 부리는 말인가, 추젠지?"

"액막이입니다, 미마사카 씨."

교고쿠도는 미마사카에게서 과학을 떼어내려고 하는 건가!

마스오카에게서 허영과 우월감을 빼앗은 것처럼.

그렇다면 망량이란——망량이란 무엇인가!

아오키에게서는 무엇을 쫓아냈지? 후쿠모토는? 도리구치는?

교고쿠도는 우리도 모르는 사이에 그들에게서 망량을 쫓아내기라도 했다는 건가?

그렇다면 기바는? 요코는?

그리고 나는——.

나는 천천히 이동하기 시작했다.

교고쿠도가 미마사카와 눈싸움을 하고 있는, 바로 그 틈을 노려서.

"당신은 추해진 기누코 씨가 그렇게 싫었던 겁니까? 육체의 쇠퇴가 정신의 쇠퇴로 이어지는 것은 당연한 일입니다. 그것을 구원하는 것은 이런 어설픈 상자가 아니에요. 당신의 인내나 포용력, 이해력이었을 겁니다. 당신은 그런 노력은 전혀 하지 않고, 현실을 바라보지도 않은 채 학문의 세계로 도피했을 뿐입니다. 기누코 씨의 병을 고치고 싶다는 순수한 마음이, 이런 악마적인 형태로 결실을 맺을 리가 없어요. 당신은 난치병에 걸린 아내와 딸을 쫓아내고 버린 잔혹한 인간입니다. 우선 그것을 인정하셔야지요."

"아는 척 말하지 말게. 자네와는 상관없는 일이야. 어리석은 미신에는 귀를 기울이지 않겠네."

"당신의 참회를 받으려는 생각은 별로 없습니다, 미마사카 씨. 착각하시면 안 되지요. 저는──당신 따윈 어떻게 되든 상관없어요. 당신은 강한 사람이니까요. 제가 걱정하는 사람은 요코 씨입니다."

"그만두세요, 추젠지 씨, 그, 그다음은."

요코가 두 사람 사이로 나섰다.

약하다.

"아버지는, 이 실험에 생애를 걸고 계십니다. 제발. 제발 이대로, 이대로──."

"요코 씨. 정신을 차리세요. 이 상자를 움직일 돈은 이제 없습니다. 당신의 아버지는 살인자가 될 뿐이에요."

"여기에서 내보내면 죽잖아요."

"그렇습니다. 당신의 아버지는 그것을 알면서 이 실험을 개시한 겁니다."

"움직이면, 움직이면 실험을."

요코는 바닥으로 무너져 내렸다.

"계속하게 해주──."

전등이 깜박거렸다.

기바가 조용히 일어섰다.

"교고쿠, 이제 됐네. 걱정을 끼쳤군. 나머지는 내── 아니, 우리들이 할 일이야. 그 안에 구보가 들어 있는 거지?"

"기바 씨! 오지 말아요."

요코가 미마사카와 기바 사이에 섰다.

"비켜요."

기바는 요코의 발끝을 보고 있다.

"부탁입니다. 어차피, 어차피 이 안에 있는 사람은 죽을 거잖아요. 그러면 죽고 나서 체포해 주세요. 죽을 때까지 아버지에게, 연구를."

"바보 같은 소리 말아라, 요코! 내가 체포를 당할 것 같으냐! 나는 아무 짓도 하지 않았어."

"요코 씨!"

교고쿠도가 요코 옆에 섰다.

칠흑의 남자와 투명하고 하얀 여자.

"이제 됐습니다. 당신은 더 이상 이런 남자에게 상관해서는 안 됩니다. 당신은 흔들리고 있을 거예요. 완고한 것만이 좋은 것은 아닙니다."

요코에게서 핏기가 가셨다. 완전히 하얘진다.

"자, 기바슈! 당신은 이 사람을."

교고쿠도는 요코를 떠밀듯이 기바를 향해 밀었다. 비틀거리는 요코를 기바가 받아 안았다.

"교고쿠! 무슨 짓을."

교고쿠도는 기바를 똑바로 응시했다.

"내 일은 아직 끝나지 않았어요. 경찰은 좀 더 기다려 주십시오. 요코 씨의 망량은 꽤 끈질기군요. 미마사카 씨, 당신에게 묻고 싶은 게 있습니다. 요코 씨 앞에서 똑똑히 말해 주세요."

교고쿠도는 요코를 보았다.

"요코 씨! 잘 들으셔야 합니다."

그래도 미마사카는 동요하지 않는다.

"뭐가 망량인가? 어리석군. 내게는 양심에 걸리는 거라곤 하나도 없네. 뭐든지 대답하지."

교고쿠도는 무슨 짓을 할 셈일까?

"당신은 가나코가 어떤 아이인지, 당연히 알고 있었지요."

"이제 됐습니다! 추젠지 씨. 저는 아버지에게 아무 말도 하지 않았습니다. 그러니 아버지는 몰랐어요. 알고 있었다면 아마——."

요코가 기바의 굵은 팔 안에서 발버둥 친다. 기바는 땀을 흘리며 눈을 감고 있다.

미마사카가 잘 울리는 목소리로 대답했다.

"요코의 말은 거짓말일세. 자네가 그 사실을 말하는 거라면, 나는 똑똑히 알고 있었어. 물론 알고 한 짓일세."

요코는 갑자기 얌전해졌다.

"그야 그렇겠지요. 그럼 가나코를 살린 것은 왜입니까? 둘도 없는 육친이기 때문입니까? 아니면 인명을 존중하는 의료행위입니까? 아니면."

"물론 실험을 위해서지. 하지만 내가 손을 대지 않았으면 죽었을 테니. 결과적으로 목숨을 구한 게 되겠군. 그리고 그것이——실험체가 우연히 내 혈연자였다는 걸세. 전부 마찬가지야."

"요코 씨, 들으셨지요? 이 미마사카라는 사람은 이런 사람입니다. 당신이 가지고 있는 미마사카 고시로의 상(像)은 환상이에요."

요코는 아버지를 응시하고 있다. 아버지는 기계를 보고 있었다.

"요코 씨. 이제 당신이 이 사람을 감싸야 할 이유는 없습니다. 이 미마사카라는 당신의 아버지가 범한 비인도적인 행위가, 모든 불행의 시작이었던 사실에는 틀림이 없습니다. 그 덕분에 당신은 집을 나가고, 당신의 어머니는 괴로워하고, 시바타 히로야는 옳지 못한 사랑의 도피를 생각해내고, 당신은 실로 14년 동안이나 거짓말을 계속해야 하는 멍에를 졌어요. 당신이야말로 이 남자의 피해자인 것입니다. 아니, 가장 가엾은 사람은 가나코예요. 가나코는——."

"가나코는——."

뭘까? 그 사실이란 무엇일까?

나는 알고 싶다.

이 부녀의 비밀을 알고 싶다.

"추젠지! 그 여자는 내 딸일세, 아버지 편을 드는 게 뭐가 나빠? 쓸데없는 소리 하지 말게. 나는 이 귀중한 실험을 그만둘 생각은 없어. 환자의 양해는 받았네. 이것은 정당한."

"미마사카! 네놈, 네놈 무슨 짓을 했나!"

기바는 요코를 놓고 교고쿠도를 밀어젖혔다.

"그만해요, 나리, 당신은 요코 씨를."

"시끄러워."

기바가 바싹 다가섰다.

"말해!"

교고쿠도가 당황해서 기바의 어깨를 잡고 도로 끌어당긴다.

"그만해요. 묻지 마! 당신이 알아봐야 아무것도 안 됩니다! 나를 방해하지 말아요."

"닥쳐! 교고쿠, 네놈은 어차피 사건과 상관없는 인간 아닌가? 밖에서 바라만 보는 놈이 이러쿵저러쿵 참견하지 마!"

"바보 같으니! 당신은 요코 씨를."

"비켜!"

기바의 완력을 당해낼 수 있을 리가 없었다. 교고쿠도는 튕겨 나와 계기에 부딪혔다.

"법으로 심판할 수 없다면, 이렇게 하면 되지!"

기바는 미마사카를 때렸다. 안경이 날아갔다.

"이 정도라면 해도 되겠지. 이건, 가나코 몫이다!"

미마사카는 거의 날아가듯이 쓰러져, 탁자에 부딪혔다.

탁자 위의 상자가 흔들린다. 정연하게 놓여 있던 지혈겸자나 메스가 차례차례 바닥에 흩어졌다.

"그만하세요!"

요코가 기바의 등에 매달렸다.

"부탁입니다. 기바 씨, 그 사람은."

기바는 미마사카의 멱살을 잡고 끌어 일으킨다.

"말하지 마십시오. 요코 씨, 그것만은──."

교고쿠도가 다시 일어섰다. 아오키와 도리구치도 끼어든다. 후쿠모토는 망연자실 있다.

후쿠모토는 왠지 출구를 봉쇄했다.

나는 상자 옆으로 더욱 다가간다.

"봐요. 당신 딸은."

"그러니까 가나코는."

"말하지 말아요, 요코 씨!"

"가나코는, 아버지의 아이입니다."

기바에게 가득 차 있던 것이 떨어졌다.

교고쿠도는 기바의 어깨를 잡아 자신 쪽으로 돌렸다.

"세상에는 듣지 않아도 되는 일도 있습니다! 말하지 않았다면, 조금만 더 했으면——."

"조금만 더 했으면 이 사람의 망량이 떨어졌을 텐데."

미마사카는 머리를 흔들며 일어서더니 비틀비틀하며 의자에 걸터앉았다.

"가나코는——나와 요코 사이에 생긴 아이일세. 하지만 그렇다고 해서 달라지는 것도 없어. 추젠지, 나는 의사일세. 침대에 누우면 부모도 형제도 없단 말이야."

"그야 그렇겠지요. 역시 도가 지나쳤어요, 당신은."

목숨이 신음하는 소리. 굉음.

피로감. 기바가 헐떡거리고 있다.

"미마사카, 네놈, 친딸을 능욕한 거냐. 그러면서 뭐가 의사냐! 뭐가 과학자냐! 나는 용서 못 해. 네놈, 아내의 병을 못 고쳐서, 그래서, 그래서."

기바는 띄엄띄엄 그렇게 말했다.

"요코 씨, 당신은 쫓겨난 것이 아니라──스스로 집을──나온 거로군요."

마스오카는 더 이상 변호사의 얼굴을 하고 있지 않다.

"당신, 친딸이자 손녀인 가나코 씨를, 그 손으로──산 채로 해체한 건가?"

아오키는 가슴을 누르고 올려다보듯이 미마사카를 노려보았다.

나는──.

나는 미마사카에 대해 감정의 진폭을 잃어 가고 있었다.

나는 천천히 빙 돌아, 미마사카의 등 뒤로 이동했다. 상자는 바로 옆이다.

상자 속의 구보를──보고 싶었다.

"미마사카. 나는 네놈을 죽여 버리고 싶어."

기바는 조금 전에 집어넣었던 권총에 손을 댔다.

"그만둬요."

교고쿠도가 말했다.

"여러분──추젠지 씨. 기바 씨, 아버지를──탓하지 말아 주세요."

요코가 그렇게 말하며 천천히 일어섰다.

"아버지는 잘못하신 게 없어요. 다 제가 잘못한 겁니다."

"그만해, 요코."

"괜찮아요. 아버지를 유혹한 건 저였습니다. 저는 아버지를 사랑하고 말았어요. 저는 아버지를 어머니에게서 빼앗고 싶었습니다. 전부──저의 사악한 마음에서 시작된 일입니다."

요코는 아지랑이처럼 흐늘흐늘 미마사카에게 다가갔다.

"전 어머니가 싫었어요. 날이면 날마다 추해져 가는 어머니가, 견딜 수 없이 싫었어요. 듬직하고 지성적이고 훌륭했던 아버지는, 어머니 앞에서는 노예였어요. 어머니는 난치병이었지만, 그건 아버지 탓이 아니에요. 그런데도 어머니는 병을 고치지 못하는 아버지를 욕하고, 경멸하고, 아버지는 가만히 그것을 견디고 계셨지요. 용서할 수 없었습니다. 죽었으면 좋겠다고 몇 번이나 생각했어요. 아버지는 명예도 지위도 전부 버리고 헌신적으로 어머니를 돌보셨어요. 그런데도 어머니에게는 아버지의 그 마음이 조금도 전해지지 않았어요. 저는 그런 아버지가 가련하고 가엾어서 견딜 수가 없었어요. 그래서, 그래서——그런 어머니는 아버지에게 어울리지 않는다고 생각했습니다. 그래서——."

미마사카의 등 뒤에 있던 나는, 다가오는 요코를 정면에서 보았다.

그 모습은 영화의 한 장면처럼 무감동했고, 그저 아름다웠다.

요코는 독백을 계속한다.

"그래서, 저는 아버지를 위로해 드리려고 한 것입니다. 왜냐하면, 저는 아버지를 좋아했고, 그리고 아직 아름다웠던 시절의 어머니를, 저는 쏙 빼닮았으니까요."

"입 다물어, 요코. 너의 감상 따위——."

"저는 집을 나간 것도, 쫓겨난 것도 아닙니다. 아버지가 나간 것입니다. 짓무른 생활에 종지부를 찍고, 연구에 몰두하기 위해서. 그래요, 아버지는 어머니를 사랑했던 거지요. 그런 꼴을 당하고도, 그렇게 추해진 어머니가, 그래도 좋았던 겁니다. 그래서 하루라도 빨리 치료법을 개발할 생각이셨던 모양입니다. 분했어요. 저는 어머니를 원망했어요. 괴롭혀서 죽여 버리자고 생각했지요. 왜냐하면, 제가 돌봐주지 않으면 그 사람은 죽으니까요. 죽이는 것은 간단했어요. 저는 그 사람에 대해서 절대적으로 우위의 입장에 있었거든요. 언제나 죽일 마음만 먹으면 죽일 수 있었는걸요. 하지만 저는 죽이지 않았어요. 매일 매일 귓가에서 원망의 말을 해 주었지요. 제게는 젊음이 있었어요. 그 사람에게는 아무것도 없었어요."

요코는 미마사카를 뛰어넘고 말았다.

나는 그때, 처음으로 공포를 느꼈다.

이곳은 나 따위가 입회할 수 있는 공간이 아니다!

두려웠다. 이것은 열어서는 안 될,

오컬트의 상자다. 그러나,

"어머니는 아버지가 있는 곳을 알고 있었어요. 하지만 아무리 졸라도 가르쳐주지 않았지요. 어머니에게만 어디 있는지 알리고 간 아버지의 행위가 슬펐어요. 이렇게 망가졌어도 어디선가 연결되어 있는 부부의 연이 부러웠어요."

요코는 하늘하늘 흔들리고 있다.

상자의 가느다란 진동이 커다란 신음이 되어 그것에 동조한다.

"임신한 사실을 알았을 때는 기뻤어요. 어떻게 해서라도 낳고 싶었어요. 따라서 그 시바타 씨의 이야기는 구원이었지요. 도피행은——반은 진심이었어요. 어머니 따윈 안중에도 없었으니까. 실패해서 붙잡혔지만, 돈을 받을 수 있었으니까 아무래도 좋았어요. 그의 원조는 사소한 계기입니다. 저는 그렇게 똑똑하지도 않지만, 바보라고 해서 욕심이 없는 건 아닙니다."

마스오카가 안경을 벗고 땀을 닦았다.

지식도 교양도, 이 상자 속에서는 아무 도움도 되지 않았다.

"가나코는 착한 아이였어요. 아메미야 씨는 어머니를 이것저것 돌봐 주었지만 —— 저는 결국 어머니가 죽게 내버려뒀지요. 아메미야 씨의 이야기로는, 어머니는 입원하고 나서 몇 번이나 아버지에게 편지를 보낸 모양이었어요. 손이 움직이지 않는 어머니는 간호사에게 대필을 부탁했습니다. 너무나 화가 났어요. 하지만 제게는 가나코가 있으니 지지 않겠다고 생각했지요. 내버려두어도 그 여자는 죽을 테니까 ——."

교고쿠도가 본 이혼 요구 편지다.

"그래서 입원하고 나서는 두 번밖에 가지 않았어요. 죽어도 슬프다는 생각도 들지 않았어요. 십수 년 동안, 저는 모든 것을 마음의 상자에 집어넣고 뚜껑을 덮고, 눈을 감고 귀를 막은 채 살았고, 그것이 행복일 거라고 생각할 수 있게 되었지요. 아메미야 씨 덕분인지도 몰라요. 아까 추젠지 씨가 말씀하셨지만, 그 사람은 정말 행복한 사람이었습니다. 그러고 나서야 간신히 인간의 마음이 될 수 있었어요. 그때까지의 저는 귀신이나, 아니, 좀 더 정체를 알 수 없는, 무섭지만 흐릿한 어떤 것이었습니다."

망량. 그것은 망량이다.

내 안의 망량이 움직이고 있다.

"스자키 씨는 제가 어릴 때부터 집에 드나들던 사람입니다. 스자키 씨가 처음으로 촬영소에 왔을 때는 놀랐습니다. 그리고 제게 아이가 있다는 것을 알고 있다고 하더군요. 아버지가 누구인지도 알고 있다, 그러니 돈을 융통해 달라고, 그렇게 말했습니다. 그 무렵의 저는 둔감했어요. 놀라기는 했지만 그것이 세상에 알려지면 곤란한 일, 다시 말해 협박이라는 사실을 금방은 깨닫지 못했지요. 그 후, 스자키 씨는 집요하게 몇 번이나 촬영소에 왔어요. 하지만 협박이라 해도 그렇게 큰 액수는 요구하지 않았고, 몸을 요구해 왔을 때는 거절했습니다. 그 사람은 금방 포기했어요. 하지만 너무 잦았기 때문에 돈도 거절했더니, 가나코에게 알리겠다고 하더군요. 저는 곧 몸을 숨겼어요."

미마사카의 등은 조금도 움직이지 않는다.

요코는 그런 미마사카에게 등을 돌리고 내 쪽을 향하고 있다. 하지만 동공은 이완되고, 그 눈동자에는 무간지옥(無間地獄)의 가장자리가 입을 벌리고 있다. 갓 우화한 나비는, 지금 미궁을 빠져나가려 한다.

"——지금 사는 집에서 가나코와 아메미야 씨와 함께 지낸 몇 달간이, 제게는 가장 인간다운 생활이었어요. 따라서 마스오카 씨가 가져온 이야기는——귀찮았지요. 빨리 돌아가 주었으면 하는 생각뿐이었어요. 제가, 가나코가 히로야 씨의 아이가 아니라고 자백하지 않았던 것은, 복잡한 이유가 있는 것이 아니라 아메미야 씨가 동석하고 있었기 때문입니다. 그 사람은 앞으로 1년이면 역할이 끝나지만, 그 후에도 함께 살고 싶다고 말했어요. 저도 그걸 바랐고요. 그렇기 때문에 사실을——가나코가 친아버지와의 사이에서 생겨난, 인륜에 벗어난 아이라는 것을 알리고 싶지 않았어요. 아메미야 씨는 가나코가 히로야 씨의 아이라고 생각하고 있었기 때문에 계속 옆에 있어 준 것이니까, 이제 와서 거짓말이라고 말할 수도 없었고, 사실을 말함으로써 지금의 생활을 망치고 싶지도 않았어요. 하지만 그렇다고 가나코에게 유산을 상속시킬 수도 없었지요. 가나코를 시바타 히로야의 아이로 만들고 싶지는 않았어요. 그 아이는 제가 사랑한 처음이자 마지막 사람, 미마사카 고시로의 아이이길 바랐으니까요."

"가나코는——당신의 딸이면서 미마사카 씨의 딸——다시 말해 친자매이기도 했던 겁니다. 당신은 많은 거짓말을 하면서도 늘 진실을 외치고 있었어요——."

교고쿠도는 말한다.

"예명도——어머니를 사랑해서 기누코라고 붙인 것은 아니었지요. 요코 씨——당신은 당신의 어머니가, 미마사카 기누코가 되고 싶었어요. 미마사카 고시로의 아내, 기누코가 되고 싶어서——그렇게 붙인 것이지요."

"그렇습니다. 미나미[美波]라는 성은 미마사카의 미와, 아버지의 고향에 있는 신사 이름에서 딴 것입니다."

"도쿠시마의 미즈하노메[弥都波能売] 신사 말이로군요."

"당신은 뭐든지 잘 알고 계시는군요——."

요코는 그 붉은 입술로 웃었다.

"가나코가 없어지고 나서, 저는 그제야 어머니, 기누코의 마음을 알 수 있었습니다. 저는——세상에서 가장 지독한 딸입니다. 어머니가 어떤 마음으로 죽어 갔는지를 생각하면, 정신이 아득해질 만큼 괴로웠어요. 기바 씨가——집에 오셨던 날입니다. 그때 저는 어머니에게 사과 편지를 쓰고 있었습니다. 협박장 때도 그렇고, 기바 씨는 늘 그런 때에, 제가 가장 슬플 때 나타나세요."

나는 기바를 보았다.

계기의, 기계로 된 신장인지 간의 그늘에 가려, 기바의 표정은 읽을 수 없었다.

"따로 잘라내서 계속 가지고 있었던 아버지의 사진을 원래 나란히 찍혀 있던 어머니에게 돌려드리고——저는 불단의 어머니에게 사과

했습니다. 몇 시간이고 몇 시간이고 사과하고, 눈물이 마를 만큼 울고, 그리고 —— 결심했던 것입니다."

"무엇을?"

기바의 목소리였다.

"저는, 역시 미마사카 고시로를 —— 좋아합니다. 밀어 넣은 감정은 넘쳐나고 말았어요. 미칠 것 같을 만큼, 진혹한 현실을 동반하고, 제 안에, 그것은 돌아오고 말았습니다!"

그제야 요코는 몸을 돌려 미마사카를 보았다.

기바가 미마사카 맞은편에 서 있다.

미마사카는 요코와 마주하고 있다.

모두들 두 사람을 주목했다.

지금이라면,

지금이라면 ——.

나는 상자에 손을 댄다.

상자 안에는.

"무슨 짓이야!"

미마사카가 눈치챘다.

"그만두게! 세키구치!"

교고쿠도가 고함쳤다.

"자네 같은 사람이 들여다보기에는 100년은 일러! 자네도 아메미야나 구보처럼 저 너머로 가고 싶은 건가!"

저 너머 —— 그곳에는 행복이 ——.

"자네가 그럴 생각이라면 나는 상관없네만. 아무래도 이곳에 있는 사람들은 모두 그것을 바라는 것 같군. 알겠나? 그것은 환상일세. 열어서는 안 되는 거야!"

나는 온몸의 힘이 빠졌다.

그 자리에 힘없이 주저앉았다.

마치, 도리모노가 지나간 후의 구스모토 요리코처럼.

"교, 교고쿠도, 마, 망량이란, 대체 뭔가?"

"망량이란 말이지, 세키구치. 경계일세. 섣불리 다가가면 저 너머로 끌려들어 간다고."

"나, 나는."

나도 모르는 사이에 구보와 똑같은 수집자가 되어 있었던 것이다. 타인의 마음을 들여다보는 가운데. 그 비밀을 알 때마다.

교고쿠도는 험악한 눈빛으로 나를 보고, 이어서 꼼짝하지 않고 서 있는 미마사카와 요코를 보았다.

"그리고 과학도 경계입니다, 미마사카 씨. 이대로 가면 당신도 저 너머로 가 버리게 됩니다. 당신은 그래도 괜찮지만, 적어도 요코 씨만은 두고 가세요! 지금 요코 씨의 고백을 들었겠지요. 요코 씨는 이쪽 사람입니다. 그것이 당신이 할 수 있는 부모로서의 마지막 —."

"추젠지. 여러 번의 충고는 고맙네만 아무래도 자네의 충고는 들을 수 없게 되었네."

미마사카가 뭔가를 끊어냈다.

"뭐라고요?"

"나는, 요코와 지옥에 떨어지겠어."

"아, 버지 —."

미마사카는 교고쿠도 쪽을 향했다.

"요코. 이제 됐다. 네 마음은 잘 알았어."

"아버지!"

"이렇게 된 것은 네 탓이 아니다. 유혹을 거부하지 않은 내가 이성이 부족했던 거야. 추젠지의 말대로 나는, 기누코에게만은 사과해야 해. 왜냐하면——."

미마사카는 요코를 보지 않고 말했다.

"—— 나 역시, 너를 사랑하고 말았으니까."

교고쿠도는 몹시 슬픈 얼굴을 했다.

"그러니 더더욱 이 연구만은 그만둘 수 없다. 이것은 나와 요코, 너를 위한 연구니까."

요코는 동요하고 있다. 기바가 다가갔다.

미마사카는 교고쿠도와 대치하고 있다.

"추젠지. 자네는 내가 타인의 인생의 빈틈에 들어가 그 인생을 엉망으로 만들었다고 했지. 그것을 따지자면, 내 인생에 멋대로 들어와 망쳐놓은 자는 추젠지 아키히코——."

미마사카는 턱짓으로 교고쿠도를 가리켰다.

"자네일세."

"호오. 그거 재미있군요."

교고쿠도는 의외로 웃었다.

"자네가 말하는 그 궤변이 과학자인 나를 얼마나 괴롭혔는지 자네가 아나? 나는 과학자일세. 과학자란 말이야. 나는 물리의 법칙성이 절대인 세계에서 생각하고 살아왔어. 자네는——그것을 마구 헝클어 놓았네. 내가 취급하는 것은 원자도 중성자도 아니야. 오로지 인간일세. 의학은 인간도 사물과 똑같이 취급하지 않고서는 성립하지 않아. 자르면 아프겠지, 약은 쓰겠지, 그런 소리나 하고 있다가는 상처도 병도 낫지 않네. 자네는 그것을 잘 알면서, 그러면서도 아무렇지도 않게 정신세계의 문을 여는군. 모르고 하는 이야기가 아닐세. 알면서 이야기하는 거지. 나는 자네에게 복수하고 싶었네! 과학자인 나에게, 눈은 마음의 창이 아니라 안구와 시신경일세. 공막과 맥락막과 망막과 수정체와 모양체와 유리체와 각막이야. 내게는 동공 안쪽 깊숙한 곳에 마음의 어둠도 희망의 빛도 보이지 않는단 말일세. 그러니 보게! 이 인공인체는 내가 만든 걸세. 자네가 아무리 무슨 말을 해도 영원한 생명 따위는 낳을 수 없지! 하지만 나는 만들었네. 조금만 더 있으면 완성돼. 과학이 경계적인 것이라고? 바보 취급하지 말게. 과학은 진리이고 본질이야!"

"미마사카 씨. 그것은 속임수입니다."

교고쿠도는 어째서 아무렇지도 않은 걸까?

"당신은 보고 말았던 거지요?"

"무엇을 말인가!"

"동공 속의 빛과 어둠을. 그래서 당신은 마음의 어둠이 비치는 각막 따위 이식할 수 없었어요. 아니, 할 수 없게 되고 만 겁니다! 그래서 당신의 생체간 이식 연구는 좌절되었지요. 그래서 애초에 이곳에서 병행해서 연구를 계속할 생각이었던 면역이나 유전자 조작이나 생명 기술을 전부 버리고, 이런 꼴사나운 인공인체 연구에 전념할 수밖에 없었던 겁니다!"

"닥쳐, 추젠지!"

미마사카가 흐트러진다. 그는 요코의 고백을 듣고 나서야 그 아성의 일각을 무너뜨린 것이다. 그 틈으로 엿보이는 암흑을 보고도 교고쿠도는 아무렇지도 않은 걸까? 어째서 이 검은 옷을 입은 남자는 저편으로 가지 않는단 말인가! 그러나 미마사카는 끈질겼다.

"하지만 추젠지, 자네는 내게 한 가지 시사를 주었네. 세계는 이 바깥 세계만이 다가 아니야. 안쪽 세계는 바로 뇌 속에 있네. 그곳은 모든 물리적 제약에서 해방된 세계지. 게다가 바깥 세계를 인식하는 것 또한 뇌일세. 뇌가 있는 부분에 정기적으로 여러 가지 자극을 주기만 해도, 그 뇌의 주인은 아무것도 체험하지 않고도 체험한 것과 똑같은 감각을 가질 수 있네. 실제 체험과 똑같은 기억을, 전기적인 신호로 만들어낼 수 있지. 다시 말해 이 바깥 세계는, 전부 전기적인 신호로 치환하는 것이 가능한 셈일세. 그렇다면 그 뇌를 영원히 살릴 수만 있다면, 그것은 불사가 된 것과 마찬가지야. 그래서 나는, 이 지저분하고 불완전한 인체라는 탈것을 버리고, 완전한 뇌의 탈것을 만들기로 한 걸세!"

"이 상자가 완전한 탈것입니까?"

교고쿠도는 미마사카에게 한 발짝 다가갔다.

"그래. 조금만 더 있으면 완성되네. 자네는 수용기관의 대용장치가 없다고 했지만, 그런 것은 필요 없어. 나는 실제로 보지 않아도 듣지 않아도 냄새 맡지 않아도 그것과 같은 자극을 주는 장치를 고안했네. 이것은 실험할 때 정확한 의사표시가 필요하지. 유인원으로는 실험할 수 없어."

"구보로 실험할 생각입니까?"

"두개골을 열고 전극을 심었네. 시신경을 절단해도 풍경이 보이지. 음악을 듣는 데 고막도 달팽이관도 코르티(Corti)기관도 모두 필요 없어. 어떤가! 완벽하지. 영원히 시들지 않는, 더할 나위가 없는 거란 말일세!"

목소리는 완전히 정상에서 벗어나 있었다.

"미쳤군 ——."

도리구치가 그렇게 말하며 뒤로 물러났다.

마스오카는 괴물이라도 보듯이 미마사카를 보고 있다.

아오키가 일어섰다.

교고쿠도가 말했다.

"아닐세, 도리구치 군. 이 사람은 제정신이야. 진짜 그렇게 생각하고 있는 거라네."

내 위치에서는 미마사카의 표정이 보이지 않는다.

교고쿠도가 한 발짝 더 내딛는다.

"미마사카 씨. 당신은 그런 일을 할 수 없어요. 당신의 이론은 틀렸고, 그런 장치는 이곳에는 없습니다! 그건 망상이에요!"

"분한가, 추젠지? 영혼의 구제니 영원의 진리니 아무리 떠들어 봐야, 종교가 따위는 다 죽어 버리지 않나! 자네도 마찬가지일세. 말만 그럴싸한 거지. 궤변이야."

"미마사카 씨, 아시겠습니까? 의식은 뇌로만 만들어지는 게 아닙니다. 인간은 인간 전부가 있어야 인간인 겁니다. 뇌수는 단순한 기관에 불과해요. 부분적으로 모자란 경우에는 얼마든지 보충할 수 있지만, 뇌만 떼어내 봐야 아무것도 남지 않습니다. 몸과 혼은 불가분이란 말입니다."

교고쿠도는 더욱 다가갔다.

"뇌수는 부분이에요. 뇌가 인간의 본체라는 생각은, 혼이 인간 속에 들어 있다는 것과 다름없는 바보 같은 사고방식입니다. 이 세상이 없으면 저 세상이 있을 수 없는 것처럼, 육체가 없으면 마음도 없는 것입니다."

"지기 싫으니 별소리를 다 하는군."

교고쿠도는 미마사카의 얼굴에 스칠 정도로 얼굴을 가까이했다. 미마사카는 압도되어 의자에 주저앉았다.

"미마사카 씨. 그렇게까지 말씀하신다면 좋은 것을 가르쳐드리지요."

속삭이는 듯한 낮은 목소리다. 교고쿠도는 미마사카의 코끝에 어깨를 대듯이 얼굴을 내밀고, 그 귓가에서 아주 낮은 목소리로 이렇게 말했다.

"──뇌는 거울입니다. 기계로 연결된 뇌가 만들어내는 것은 뇌 주인의 의식이 아니라, 연결되어 있는 기계의 의식이지요. 자, 이것은 해 보지 않고서는 모릅니다. 해 보고 만일 그렇다면, 당신은──어쩌실 겁니까?"

미마사카는 망가진 영사기가 비추어낸 슬로모션 영상처럼 아주 천천히, 어색하게 교고쿠도를 보았다.

더 이상은 뜰 수 없을 만큼 크게 눈을 부릅뜨고,

"그런 건 거짓말이야."

"거짓말일 리가요. 다른 사람도 아닌 제가 하는 말인데요."

잠시, 시간은 멈춰 있었다.

적어도 내 귀에는, 그 굉음은 끊어져 있었다.

"한순간이라도 신용해 버리면 미마사카 씨, 당신의 패배입니다. 이것이 저주라는, 당신들의 분야에서는 다룰 수 없는 저의 유일한 무기지요."

미마사카는 망연자실해졌다.

"자, 이제 그만두지요. 요코 씨의 괴로운 고백으로 끝입니다. 가나코와 달리 구보 군은 수술할 필요가 없었던 건강한 몸이었어요. 당신은 반드시 어떤 죗값을 치르게 될 겁니다. 이 세계에 사는 한, 그것은 치러야만 해요."

기바와 아오키가 다가갔다.

"자, 가시지. 미마사카 씨, 구보는——아직 살아 있겠지?"

"당연하지. 하지만——사실은 이 건물의 연료는 앞으로 몇 분도 못 버티네. 곧 죽겠지. 나는 살인자야."

미마사카에게서 그것은 떨어진 걸까? 기바는 구보의 상자로 다가갔다.

"이곳 이외에서는 살릴 방법이 없어."

미마사카는 그렇게 말하며 상자를 보았다.

기바가 상자에 손을 댄다.

아니다.

아직 떨어지지 않았다!

그때 요코가 기바에게 부딪쳤다.

"안 돼!"

"무슨."

기바가 요코의 어깨를 잡아 눌렀다.

미마사카가 일어선다.

"요코!"

역시 미마사카는 아직,

"이리 와! 요코."

"안 돼! 가지 마."

"가게 해 주세요."

아니다. 미마사카의 눈은 정상이었다.

"요코! 지금 추젠지가 한 말은 거짓말이다! 내 연구는 틀림없어! 지금까지는 괴로운 기분을 맛보게 했지만, 이제 괜찮다. 이 실험이 성공하면 다음은 너야. 비방도 중상도 고생도 범죄도 없는, 도덕도 윤리도 상관없는 세계로 가자. 괜찮아, 나도 함께 갈 거니까. 무서울 것 없다. 매일 아름다운 기억을 너에게 주마. 설령 아버지와 딸이라도, 그런 것은 더 이상 상관없어. 그곳이라면, 누구에게도 신경 쓰지 않고 서로 사랑할 수 있다! 나는 가나코도 그렇게 해 주고 싶었던 거야. 그것만이 유감이었다. 그렇지, 가나코의 기억도 보내 주마. 그러면."

"미마사카 씨! 당신."

"추젠지! 자네는 혼자 거기에 있게. 요코! 이리 오너라. 나는 너를 사랑해!"

"가지 마!"

기바는 요코를 껴안듯이 눌렀다.

그리고 순간 작은 눈을 동그랗게 뜨고 요코를 보았다.

군복에 두 줄기의 붉은 줄이 달리고, 바닥에 쓰러졌다.

"기, 바 씨."

"요——용, 서하세요."

요코는 기바에게서 떨어져, 재빨리 탁자 위의 상자를 빼앗아 미마사카에게 달려갔다. 덜컹덜컹 소리를 내며 연결되어 있던 튜브나 관이 끊어지고, 여러 가지 액체가 주위에 흩뿌려졌다.

미마사카는 요코의 어깨를 끌어안더니 한순간의 틈을 뚫고 벽 쪽으로 피했다.

"아얏."

기바의 옆구리에는 메스가 꽂혀 있었다.

기바는 앞으로 쓰러진다. 아오키가 달려간다.

"요코 씨! 당신은 그래도 상관없습니까?"

교고쿠도가 외쳤다.

후쿠모토가 허둥지둥 밖으로 나갔다. 경관을 데려올 생각이다. 도리구치가 대신 입구에 섰다.

나는 한 발짝도 움직일 수 없었다.

요코가 외쳤다. 목이 찢어질 듯한 목소리로.

"저는 이 사람과 지옥에 떨어진 겁니다! 제 이야기는, 제가 막을 내리겠습니다!"

아무도 움직일 수 없었다.

요코는 상자를 안고 미마사카에게 기대어 있다.

비장한 표정의 그 얼굴은 화장이라도 한 것처럼 아름다웠다.

"요코."

"아버지, 자, 이제 실험이."

"──알았다. 가자. 이렇게 하면 되는 거지?"

경관이 오는 기척에 도리구치가 문을 연 순간, 두 사람은 움직였다.

"아아, 승강기가!"

나는 억지로 외쳤다.

도리구치를 제외하면, 내가 있는 곳에서밖에 승강기는 보이지 않았던 것이다.

"멈춰! 죽을 셈이다."

묘비 같은 장기의 상자와 바닥을 기어가는 혈관들이 전원의 움직임을 둔하게 했다.

도리구치가 달려갔을 때, 이미 승강기 문은 닫혀 있었다.

"큰일 났다!"

요코와 구보와 미마사카는 승강기 속으로 사라졌다.

"괜찮아요, 아래에는 경관이."

기바를 안고 아오키가 외친다. 마스오카가 냉정함을 되찾는다.

"잘 봐! 아래가 아니다, 위야!"

"위?"

이 건물에 위층이 또 있었단 말인가?

"승강기는, 옥상으로 나갈 수 있는 거야!"

전등이 깜박거리며 꺼졌다 켜졌다 한다.

"나선계단은 여기서 끝이야."

후쿠모토가 기노시타와 경관 몇 명을 데리고 들어왔다.

굉음. 중저음. 이,

멈췄다.

상자 속은 완전히 암전되었다.

속았다.

그 노회하고 잔인한 과학자에게 속았다.

죽일 생각 따윈 없었다. 그저 상자에 넣고 싶었을 뿐이다.

어째서 죽어 버린 것일까? 여자들은 모두, 처음부터 죽어 있었던 것은 아닐까? 본래 인간이라는 것은 시들고, 부패해 가기 위해서만 숨을 쉬고 밥을 먹는 것에 지나지 않는 것이다. 다만 그것을 약간 앞당겼을 뿐이다.

얌전히 상자에 들어갔으면 죽지 않아도 되었을 것을. 정신이 부패되었으니 몸도 썩는 것이다.

범죄자의 낙인이 찍히는 것은 싫었다.

넣는 방법이 잘못된 걸까? 상자가 나쁜 걸까? 아니면 떼어내는 방법이 잘못된 걸까? 경찰에 붙잡히기 전에,

올바른 방식을 물어보고 싶었다.

과학자는 말했다.

"자네에게 범죄자가 되지 않아도 되는 방법은 단 하나밖에 없네."

"자네 자신이 —— 피해자가 되는 거야."

무슨 뜻인지 알 수가 없었다.

"인체의 올바른 존재방식을 가르쳐주지."
"인체에는 필요 없는 것이 너무 많아."
"내장도, 뼈도, 근육도, 그런 것은 뇌수를 살려두기 위한 기계에 지나지 않네. 인체는 그저 뇌수의 탈것에 불과한 거야."
"이렇게 약하고, 위태로운 탈것은 없다네."
"좀 더 튼튼하고, 오래가는 탈것으로 옮겨 타는 걸세. 그렇게 하면 백 년이든 천 년이든 계속 살 수 있어."
"자네는 꿈과 현실이 구분되나?"
"평생 계속 꿈을 꾸고 있었다면, 자네는 그것이 꿈이라는 것을 알 수 있겠나?"
"자, 자네의 쓸데없는 부분을 잘라내 주지. 걱정할 것은 없네. 나는 그렇게 할 수가 있어. 그렇게 하면 세상 사람들은 자네를 흉악한 범죄자가 아니라, 가련한 피해자로 인식하겠지. 뭐, 자네가 하고 싶었던 일을 나는 잘 알고 있네. 자네는 안심하고 이 상자 속에서 영원히 계속될 제2의 인생을 보내면 돼."

"자, 상자에 들어가세."

가슴이 뛰었다.
역시 할 수 있지 않은가. 방식이 잘못되었을 뿐이었던 거다.

왠지 즐거운 기분이 들었다.

그 소녀, 유즈키 가나코와 똑같아질 수 있는 것이다.

상자에 들어갔다.

머리 한가운데가 녹는 듯, 한동안은 멍했다. 하지만 아무리 시간이
지나도 머리는 맑아지지 않고, 행복과 불안의 경계를 왔다 갔다 하고
있다.

손도 발도 움직일 수 없다.

목소리도 나오지 않았다.

상자 속은 어두워서 아무것도 보이지 않는다.

윙윙거리는 발전기 소리와 튜브 속을 흐르는 액체 소리가 들려올
뿐이다.

이 상태가 백 년이고 천 년이고 계속되는 걸까?

숨이 막힌다.

머리가 마비된다. 저릿저릿하다.

사람을 부르려 해도 목소리가 나오지 않는다. 목이 칼칼하게 탄다.

배에 힘을 주려 해도, 배가 없었다.

무서워졌다. 이래서야 지옥이다. 영원히 계속되는 무간지옥의 고
통 아닌가!

1억년 분의 후회와 참회가 밀려온다.

아아, 그 소녀들이 부럽다. 그 소녀들은 이것을 알고 있었기 때문에 죽은 거구나.

그렇다. 식물이다. 식물이라고 생각하면 된다. 식물의 불확실한 의식이 행복하게 해 줄 것이다.

아니, 광물일지도 모른다. 한없이 무기물에 가까운 딱딱한 정적이 필요하다.

하지만 나는 유기물이다.

아니, 나는 구보 슌코다.

아니면, 나는 더 이상 사람이 아닌 걸까?

내 안에서 동물과 식물, 그리고 광물이 동거하기 시작한다.

구보 슌코라는 것은 이제 없어져 버렸다.

확산된다.

나는 안개처럼 상자 구석구석까지 가득 찬다.

나는 상자 모양이 된다.

구석구석까지, 상자 모양에 딱 맞게 된다.

전혀 행복하지 않지 않은가.

내가 죽인 여자들의 부패한 장기가 내 뇌수에 가득 찬다. 사람이 아니다. 목석도 아니다.

튜브 속으로 끈적끈적하게 흐르는 것은 썩은 살의 육즙이다.

나는 썩은 살을 먹고 사는 목석의 요괴다.

그렇다, 나는 망량이다.

상자 속에 가득 차 있는 것은 정체를 알 수 없는 망량인 것이다.

따라서 내 실체는 내가 아니라 상자 쪽인 것이다.

나는, 망량의 상자다.

많은 사람들의 목소리가 난다.

살려 줘, 나는 상자가 아니야. 인간이라고.

관자놀이에 힘을 주자, 인간으로서의 내 윤곽이 조금 또렷해졌다.

좀 더, 좀 더 힘을 준다.

"호오."

나는 그것밖에 말할 수 없다.

과학자가 누군가와 말다툼하는 목소리가 난다.

누굴까?

나는 귀를 기울인다.

——망상이에요.

——이것은 해 보지 않고서는 모릅니다.

그리고 나는 절망했다.

속았다.

나는 그 노회하고 잔인한 과학자에게 속았다.

역시 그 남자, 미마사카 고시로는 틀렸던 것이다.

나는 생체실험의 재료에 지나지 않았다.

영원히 계속되는 것은 행복의 시간이 아니다. 그것이야말로 무간지옥 그 자체다.

내보내 줘. 이 상자에서 내보내 줘.

혈관 끝에도 상자가,

기관 끝에도 상자가,

장기 전체가 발전기로 움직이는 상자다.

나는 상자가 되고 말았다.

상자는 무언가를 넣기 위해 있는 것이다.

상자 그 자체가 되어 버려서야 소용이 없는 것이다. 내보내 줘, 내보내 줘, 상자에서 내보내 줘!

크게 흔들렸다. 가슴 언저리에서 호스나 튜브가 뚝뚝 끊어지는 소리가 난다.

"이제 괜찮아. 영원한 행복이."

닥쳐! 이제 안 속아!

뚜껑이 열렸다.

눈앞에 미마사카의 얼굴이 있었다.

※

불이 켜지자 에노키즈가 서 있었다.

"에노 씨, 당신——."

"세키 군, 그 얼굴은 뭔가? 마치 생매장된 광부 같군! 뭐야, 다들 그렇잖아!"

"무슨 느긋한 소리를."

"뭐가 느긋하단 말인가! 지금 밑에서 할아버지가 목을 매려는 걸 저지하고, 게다가 할아버지가 엉망으로 부숴 놓은 전기 배선까지 응급 처치하고 온 참이라고! 대활약 아닌가. 뭐야, 기바슈 자네, 다쳤군."

"닥쳐, 무능한 놈. 승강기는?"

"괜찮아. 움직여요."

교고쿠도는 승강기 문을 열고 사람들을 이끌었다.

옥상은 완전한 정사각형의 무대였다.

해는 크게 기울어, 밝게——아니, 환하게 달이 떠 있었다.

조명은 달뿐이다.

달빛의 스포트라이트다.

무대 중앙에 요코가 넋을 잃고 서 있었다.

마치 요괴가 떨어져 나간 듯 편안한 얼굴로.

승강기 출구에 상자가 구르고 있다.

혈액인지 체액인지 알 수 없는 대량의 액체가 고여 있다. 그것은 점점이 흩어지며 요코의 발밑으로 이어지고 있었다.

발밑에는 미마사카 고시로의 시체가 누워 있었다.

경악한 표정이다.

그의 목을 구보 슌코가, 아니 구보 슌코의 잔해가 물고 있었다. 이 세상의 광경이 아니었다.

구보의 목에는 손가락의 흔적이 또렷이 남아 있다.

요코가 떼어내려고 조른 걸까?

내가 알고 있는 구보의 얼굴이었다.

다만, 구보는 절반도 되지 않았다.

상자의 내용물은 이런 것이었던가? 구보는 왠지 가련하고 왜소해서, 나는 몹시 슬퍼졌다. 그가 들어 있던 상자도 아버지 효에가 만든 상자일 것이다.

효에는 그 사실을 알고 있을까?

미마사카 고시로는 스스로가 만든 영원한 생명의 실험 재료에 물려 죽고 말았다.

구보 슌코는, 그렇게 만들고 싶었던 상자 속에 든 소녀와 똑같은 형태가 되어 죽었다.

혼자 살아남은 요코는 달빛의 스포트라이트를 받으며 그저 서 있을 뿐이었다.

정적이다. 이제 그 소리는 멈추었다.

발을 내딛으려고 하는 아오키를 기바가 제지했다. 그리고 교고쿠
도를 본다.

교고쿠도는 요코 앞에 섰다.

"요코 씨. 저는 약간 유감스럽습니다. 이 사람을, 죽게 하고 싶지는
않았는데."

요코는 미소 지었다.

"정말——큰 폐를 끼쳤습니다. 다른 길도 있었겠지만——저는
또 이런 길을 고르고 말았어요. 여러 가지 길을 마련해 주셨는데도
불구하고——용서하십시오."

그리고 깊이 머리를 숙였다.

교고쿠도는 그대로 조용히 뒤로 물러나, 기바를 재촉했다.

기바는 요코를 보고 있다.

요코는 얼굴을 들고 조금 슬픈 표정을 했다.

"기바 씨——죄송합니다. 괜찮——으세요?"

"나는 괜찮소. 아무렇지도 않아요."

기바와 요코의 시선이, 아마 만난 후 처음으로 교차했다.

기바는 앞으로 나섰다.

"아버지——는 돌아가시고 말았습니다. 이 사람——은 제가 죽
였습니다."

"뭐, 보면 알아요. 다친 덴 없소?"

요코는 고개를 끄덕이고 두 손을 내밀었다.

"미마사카 요코. 살인 및 상해죄로 체포한다."

기바는 포승줄을 꺼내 요코의 팔을 묶었다.

"포승은 당신이 더 전문이었을 텐데."

"예?"

"악당아, 이제 끝장이다."

기바는 그렇게 말하며, 무서운 얼굴로 웃었다.

아마 기바는 생각하고 있을 것이다. 이제 요코와 평범하게 대화할 수 있다 —— 고.

에노키즈가 있다.

마스오카가 그 뒤에 있다. 후쿠모토도, 도리구치도, 아오키도 그저 서 있을 뿐이다.

교고쿠도는 미마사카의 얼굴을 보고 있다.

이 남자는 분명히 이런 역할이 매우 싫을 것이다. 어차피 모든 이야기는 자신의 이야기가 아니기 때문이다.

교고쿠도는 미마사카를 어떤 심정으로 보내고 있을까.

나는 어쩐지 알 것 같았다. 교고쿠도와 미마사카는 같은 종류의 인간인 것이다. 미마사카가 혼자서만 멋대로 이야기 속으로 들어가 재빨리 저 너머로 가 버렸기 때문에, 이 비뚤어진 친구는 분명히 조금 분할 것이다.

달은 아직도 환하게, 태양의 빛을 반사하며 옥상의 시체들 위로 쏟아지고 있었다.

한 번 죽은 빛은 생물에게는 아무것도 주지 않지만, 누워 있는 두 개의 시체에는 무언가 주는 것일까?

기바와 함께 요코가 천천히 무대를 내려갔다.

나는 정적을 흐트러뜨리기 위해 승강기 버튼을 눌렀다.
등에 달의 시선을 느끼면서.

◎ 방상씨 [方相氏]

── 금석백귀습유(今昔百鬼拾遺) / 하권 · 비(雨)

논어에 이르기를, 공자께서는
마을 사람들이 굿을 하면 조복(朝服)을 입고 동쪽 섬돌에 서 계셨다
이 굿은 역병을 쫓는 것이라 주례를 방상씨가 맡았다

11

10월 14일. 내 단행본 '현기증'의 견본이 완성되었다. 나는 그것을 헌정하기 위해 현기증 언덕을 올라 교고쿠도를 찾아갔다.

나는 솔직히 말해서 지난 보름 동안 제구실을 하지 못했다. 사건의 영향이 아니라 내 탓이다. 나는 원래 그런 놈인 것이다. 하지만 그동안 몇 번, 도리구치가 사건의 후일담을 알려주었다.

기술자 고다 로쿠스케는 모든 것을 알고 있었다.
자신이 무엇을 만드는지, 그것이 어떻게 사용되고 있는지 ──.
고다는 미마사카의 연구에 관해서는 그 중요성을 십분 인식하고 있었다. 게다가 인간적으로도 미마사카 고시로라는 천재를 높이 평가하고 있었던 모양이다. 다만, 그는 의외로 열성적인 정토종 신자여서 미마사카의 사고방식 자체에는 강한 의문을 품고 있었던 것 같다.

가나코가 어떻게 되었는지를 듣고, 그는 모든 것이 싫어졌다고 했다. 고다는 물론 생전의 기누코에 대해서도 알고 있어서, 요코나 가나코에 대해서도 이미 알아챘던 것이다.

의학은 논리만으로는 성립하지 않는다. 논리를 받칠 기술이 불가결하다. 따라서 그 연구소의 절반은 고다의 작품이었다. 그는 그것을, 어쩐지 견딜 수 없었던 모양이다. 나쁜 것을 만들고 있는 것은 아니지만 견딜 수 없었다고 말했다고 한다.

고다는 짧은 시간이었지만 아메미야와 친해졌다.

아메미야도 고다와 같은 기술직 출신이었기 때문일지도 모른다.

그리고 고다는 자신의 일이 완전히 싫어진 모양이다.

구보가 찾아오고, 미마사카는 고다에게 다시 상자를 움직이라는 지시를 내렸다.

고다는 어디 한 군데 다치지도 않은 남자를 어떻게 하려는 건지 의아했고, 미마사카가 한 짓을 알고 번민했다고 한다.

"내가 그런 것만 만들지 않았으면, 그 청년은 그런 모습이 되지 않아도 되었을 텐데. 내 탓도 있겠지."

그렇게 말했다고 한다.

늙은 기술자는 많은 침입자들을 맞아 그 종말을 예감하고 자살을 꾀했다.

그 연구소는 집중치료실이 집중관리실도 겸하고 있어서, 기계 본체는 2층과 1층에 나뉘어 있었던 모양이다. 철문 안은 전부 인공장기였다. 고다는 그 하나하나를 순서대로 파괴했다. 미마사카가 계기의 데이터를 다 읽은 후의 일로 생각된다. 고다는 마지막으로 동력실의 분전반을 파괴하고, 연료가 다함과 동시에 목을 맸다는 것이었다.

어이없게도, 에노키즈가 그 모습을 쭉 보고 있었던 모양이다. 전부다 부수고 나서 목을 매기에, 그것을 저지하고 분전반을 수리해 밖에서 들어오는 전력 공급만은 확보해 두고 위로 올라왔다고 한다.

그는 이번에 두 사람의 자살을 막은 셈이 된다.

기바는 자기 입으로 말했던 것처럼 경상이어서, 입원은 고사하고 병원에도 한 번밖에 가지 않은 모양이다. 오히려 큰일이었던 것은 아오키 쪽으로, 퇴원하기 전보다 갈비뼈의 금이 더 많아져 있었다고 한다.

그러나 특공대 출신의 젊은이는 역시 터프해서, 열흘 만에 퇴원해 교고쿠도와 우리 집에 인사하러 왔다.

나는 마침 단행본 의논 때문에 집을 비웠지만, 아내의 이야기로는 건강해 보였다고 한다.

기바는 딱히 이렇다 할 처분을 받지 않은 모양이다. 아무래도 우리들이 에노키즈의 폭주차를 타고 있는 동안 교고쿠도가 오시마 경부에게 양해를 구한 모양이다.

정말이지 얕볼 수 없는 남자다.

사건은 일절 보도되지 않았다. 토막살인사건의 범인 자살――이라는 거짓 보도가 이루어졌을 뿐이다. 다행히 전날 밤 발견되었던 구보의 팔다리는 구보의 것이라고 발표되지 않아서, 애매하고 불투명한 결말이 나고 말았다. 그리고 그것을 계기로 구보에 관한 추문 보도도 뚝 끊어졌다. 압력이 가해진 걸까? 아니면 원래 그런 걸까?

요코의 처우는 어떻게 될까.

물론 '실록범죄'는 진실을 쥐고 있었지만, 아무리 기다려 봐도 기사가 실릴 기색은 전혀 없었다. 그뿐만 아니라 아직도 다음 호는 발매되지 않았다. 덧붙여 에노키즈가 받은 탐정료는 반납할 필요는 없다고 마스오카가 말해 주었기 때문에 전액 그의 것이 되었지만, 그것은 그대로 아카이서방으로 사라졌다.

　　당연히 닷선 스포츠 비슷한 것의 수리비로 말이다. 사장 아카이 씨는 그 돈으로 이번에는 그 차를 도요펫의 세단형으로 개조하고 있는 모양이다.

　　교고쿠도의 객실에는 에노키즈가 누워 있었다.

　　게다가 도리구치도 와 있었다. 이곳에 자주 오는 모양이다.

　　주인은 10년을 하루처럼 까다로운 얼굴로 어려운 책을 읽고 있었다. 나는 늘 앉는 자리에 앉아, 보따리에서 갓 나온 내 책을 두 권 꺼내 건넸다. 교고쿠도는 매우 기뻐하며 ── 라기보다 크게 웃으며 그의 아내를 불렀다.

　　"봐요. 이게 세키구치 군의 책이야."

　　칭찬하는 건지, 바보 취급을 하는 건지 모르겠다.

　　"장정이 꽤 좋아. 팔리지는 않겠지만 좋은 책이로군. 축하하네."

　　그리고는 또 웃었다. 바보 취급 하는 건지도 모른다.

　　교고쿠도의 아내는 진심으로 기뻐해 주며 뜨거운 홍차를 끓여 주었다. 그리고 축하 잔치를 해야겠네요, 하며 역시 웃었다.

　　에노키즈는 누운 채 책도 보지 않고,

　　"나도 줘."

　　라고 말했다.

도리구치는 자신은 사겠다며 사양하자, 즉시 교고쿠도가,

"그럼 우리 가게에서 사게. 지금 받은 것을 한 권 주지."

라고 밉살스러운 말을 하기에,

"우와아, 그건 너무합니다. 저도 모르게 사 버리겠는데요."

라고 말을 맺었다. 도리구치는 역시 끝까지 능청스럽게 나갈 모양이다.

"그렇지, 후쿠모토 군은 순사를 그만둘 거랍니다."

도리구치가 생각난 듯이 말했다.

"칫솔 회사에 취직한 모양이에요."

변함없이 소문이 빠르다.

"그리고 구스모토 기미에 씨는 그 집을 팔았습니다. 데라다 효에 씨는 희사받은 돈을 전부 신자에게 돌려주고, 모자라는 액수는 3대에 걸쳐 살았던 그 도장을 팔아서 채운 모양이에요. 니카이도 스미 씨가 써 버렸다는 것은 불문에 부쳤습니다."

모두 자신이 살던 상자를 판 건가?

"효에 씨는 취조가 끝나면 출가라도 할 모양입니다. 그 사람은 죄를 범하지 않았으니까요. 기미에 씨는 안정을 되찾고 고엔지에 있는 아파트로 이사한 모양입니다."

"자네는 뭐든지 알고 있군."

"장사니까요."

"하기야 그렇지. 이보게, 교고쿠도. 그보다 요코 씨는——어떻게 될까?"

교고쿠도는 한쪽 눈썹을 약간 치켜세우고,

"정상참작의 여지는 있겠지. 그 상황에서는 심신상실 상태가 통용될 걸세. 무엇보다 변호는 마스오카 씨가 맡는다고 하니 든든하지 않은가? 그는 우수하고 그녀에 대해서도 잘 알고 있어. 하지만 사건이 사건이니만큼 금방 해결되지는 않겠지. 기바 나리는 또 시말서니 보고서니 쓰느라 욕구불만이 될 테고."

라고 말했다.

"기바 나리는——괜찮아질까?"

반한 여자의 어둠을 들여다보고, 자기 손으로 체포했으니.

괴로웠을 것이다.

나는 잘 알 수 있었다.

"바보 같으니. 자네는 기바슈라는 남자를 전혀 모르는군!"

에노키즈가 일어났다.

"——그놈은 단단한 두부 같은 놈이니 사흘만 지나면 말짱할 걸세. 말짱. 집념이 깊으면서도 맷집이 세단 말이야. 게다가 실연에는 엄청나게 익숙하고."

영문을 알 수 없는 비유지만 왠지 알 것 같았다.

"에노 씨, 그때 당신이 말한 요코 씨의 소중한 사람이란——미마사카 교수였나요? 아니면."

기바가 아니었던 걸까?

에노키즈는 홍차를 단숨에 비우고 말했다.

"바보 같으니. 기억하고 있을 리가 없잖아."

가을빛이 완연하다. 이 집 고양이도 더 이상 툇마루에서 낮잠을 자지 않게 되었는지 모습이 보이지 않았다.

나는 그 후로 계속 마음에 걸리던 것을, 교고쿠도에게 물었다.

"있잖아. 이보게, 망량이란 대체 무엇이었나? 자네는 그때 경계라고 했는데, 그게 무슨 소리지? 그리고 자네의 불제는 성공했나?"

교고쿠도는 한쪽 눈썹을 치켜세우고 나를 보았다.

"자네도 이해력이 떨어지는 친구로군. 망량은 말일세, 사람에게 들러붙는 게 아니라네. 그러니 떨어뜨릴 수 없어."

"떨어뜨릴 수 없다니, 그럼."

"망량은 본래 늪에 살면서 사람의 목소리를 흉내 내 사람을 현혹시키는 존재일세. 형태는 있어도 내용물은 없어. 무슨 짓을 하는 것도 아닐세. 현혹되는 것은 사람 쪽이지."

"사람 쪽?"

"그럼 자네가 떨어뜨린 것은?"

"마음의 중심을 흔들어, 쓸데없는 것을 떨어뜨린 거지. 흔들흔들."

나의 쓸데없는 것은 떨어진 걸까?

"어렵게 생각할 것 없네, 세키구치 군. 산이란 이계(異界)이자 타계(他界)야. 저쪽 세계란 말일세. 바다도 마찬가지야. 하지만 물가는 다르네. 예로부터 지대가 낮은 습지나 물가, 호수, 늪 종류는 대개 경계란 말이야. 따라서 망량은 경계에 살면서 사람을 현혹시키는 걸세. 물에서 나와 주변을 돌아다니지만, 어떻게 해도 중앙으로는 들어올 수 없어. 즉 흙에서 나오는 일은 없단 말일세. 별수 없이 가장자리에서 얼굴을 내밀고 땅속에서 시체 같은 것을 파내어 먹게 되지."

"그럼 자네가 온바코에게 이야기한 그 거창한 내용은 뭐였나? 거짓말인가?"

"전에도 말했잖은가. 나는 거짓말과 스님 머리 묶는 일만은 한 적이 없어."

"전에는 여자 머리를 손질해 준 적이 없다더니."

교고쿠도는 그랬지, 그랬지, 하며 큰 소리로 웃었다. 도리구치도 따라서 웃었다.

"어쨌든 세키구치 군. 망량은 경계적인 존재일세. 따라서 어디에도 속하지 않지. 그리고 섣불리 손을 대면 현혹당하네. 조심하는 게 좋아. 저쪽은, 특히 자네 같은 인간에게는 고혹적이거든."

교고쿠도는 진지한 얼굴로 돌아와 그렇게 말했다.

잠시 후, 드물게도 이사마야가 찾아왔다.

한 달 가까이 산음(山陰) 지방을 여행했던 모양이다.

어느 모로 보나 이사마야다운, 어디에서 샀는지 전혀 알 수 없는 진귀한 민예품을 잔뜩 선물로 사온 듯, 나도 갓파가 물구나무서기를 하고 있는 인형을 받았다.

낚시는 어땠느냐고 묻자,

"응, 낚시는 좋지요."

라고 말했다. 많이 잡았느냐고 묻자 그럭저럭 잡았다고 대답했다. 그리고,

"그보다, 이상한 사람을 만났어요. 같은 숙소에 묵었는데, 응, 아주 특이했어."

하고 억지로 화제를 바꾸었다. 별로 못 잡은 것이다.

"시마네에서 말이지요, 가와이라는 곳에 묵었을 때 만났는데, 거기에 모노노베 신사라는 신사가 있거든. 아아, 추젠지 군은 알지요?"

"10월 9일에는 축제가 있지 않았나? 아마 야부사메[流鏑馬]⁶⁶⁾인가 하는 걸 하지 않았어?"

그런 건 정말 잘 안다.

"맞아요, 맞아. 깃발을 세운 말 같은 게 잔뜩 나오고 춤도 추고. 그걸 보러 갔거든요. 전날부터. 그런데 같은 숙소에 묵게 되어서 말이지요. 그 사람은 왠지 아주 즐거운 듯이, 응, 행복해 보였어요. 옷은 지저분했지만. 벌써 꽤 추운데, 노타이셔츠 한 장만 입고 있더라니까. 상의도 없이. 꾸깃꾸깃한 코듀로이 바지를 입고, 실실거리며 엷은 웃음을 띠는 겁니다. 그리고."

노타이셔츠에 코듀로이?

"이만한 크기의 쇠상자를 들고 있는 거예요."

상자——?

"그걸 계속 소중하게 안고 있었어요. 축제도 상자를 들고 보더군요. 그리고 가끔 뚜껑을 열고, 저것 보렴, 이라든가, 무녀가 춤을 추는구나, 하면서 말을 걸더라니까요. 이상하지요? 그게 유연일(有緣日)⁶⁷⁾ 같은——."

내게는 이사마야의 말이 더 이상 들려오지 않았다. 눈앞에서 이야기하고 있는데도 점점 멀어져 간다.

가나코를 데려간 아메미야는, 도망치고 또 도망쳐 시마네 현까지 갔다.

갈아입을 옷도 없고, 가진 돈도 거의 없었을 텐데.

---

66) 네모난 판을 꼬챙이에 끼워서 세운 세 개의 과녁을, 말을 타고 달리면서 차례대로 화살로 쏘아 맞히는 것. 헤이안 말기부터 가마쿠라 시대에 걸쳐 활발하게 행해졌으며, 신사에 봉납된 경우가 많았다.

67) 특정 신불과 인연이 있는 날. 그날 참배하면 특별한 공덕이 있다고 한다. 참배하는 사람들 상대로 시장이 열리는 경우도 많음. 지장보살 24일, 약사여래 8일과 12일 등.

대체 어디를 어떻게 더듬어 간 것일까?

그래서 ──.

역시 그는 행복을 획득하는 데 성공한 것 같다.

환경에 적응한 것이다.

이사마야가 이야기하고 있다.

"── 더라니까요, 재미있지요? 너무 재미있어서 물어봤어요. 그 상자에는 뭐가 들어 있느냐고. 그랬더니 ──."

나는 터무니없는 상상을 한다.

상자 속의 가나코는 아직 살아서 일본 인형처럼 예쁜 얼굴로 상자 속에 딱 맞게 들어가 있고, 방울을 굴리는 듯한 목소리로 말하는 것이다.

── 호오,

그리고 생긋 웃는 것이다.

"── 그러자, 알아채셨습니까, 하면서 내용물을 보여주더군요. 그게 ──."

그게,

"뭘 말린 것 같은 시커먼 것이 들어 있었어요."

"그것은 ──."

도리구치가 말했다.

"── 기바 씨에게 알리는 게 ── 소용없으려나요."

아메미야는 살인범이다.

그러나 안다 해도 기바는 쫓지 않을 것이다.

아메미야는 ──.

"아메미야는 설령 붙잡혀 지옥에 들어가더라도 그곳에 순응하며 행복을 손에 넣을까?"

그에게는 법률 따위는 효력을 갖지 않을 것이다.

"그렇겠지."

교고쿠도가 말했다.

"미마사카가 그렇게 노력을 했는데도 얻지 못한 것을, 아메미야는 대뜸 손에 넣어 버렸어——."

그 후의 그의 말은 알아듣기 어려웠다.

그러나 교고쿠도는 이렇게 말을 잇고 싶었을 것이다.

—— 미마사카는 바보일세, 라고.

"아메미야는 지금도 행복할까?"

"그야 그렇겠지. 행복해지는 것은 간단한 일이거든."

교고쿠도가 먼 곳을 보았다.

"사람을 그만둬 버리면 되네."

비뚤어진 친구다. 그렇다면 행복에서 가장 먼 사람은 자네다. 그리고 나다.

에노키즈는 다시 누워 버렸다. 교고쿠도는 책을 읽고 있다. 도리구치는 이사마야와 이야기를 하고 있다.

나는 상상한다.

아득하고 황량한 대지를 혼자서 걷는 남자.

남자가 짊어지고 있는 상자에는 아름다운 소녀가 들어 있다.

남자는 만족한 얼굴로 어디까지고, 어디까지고 걸어간다.
그래도
나는 왠지 몹시 ——.
남자가 부러워지고 말았다.

〈망량의 상자 · 끝〉

옮긴이 | 김소연

한국외국어대학교에서 프랑스어를 전공하고, 일본어를 부전공하였다. 현재 출판기획자 겸 번역자로 활동하고 있으며 옮긴 책으로 다카무라 가오루의 〈리오우〉, 교고쿠 나쓰히코의 〈백귀야행음, 양〉, 〈우부메의 여름〉, 〈망량의 상자〉, 〈광골의 꿈〉, 〈철서의 우리〉, 〈무당거미의 이치〉 등백귀야행 시리즈와 〈서루조당 파효〉, 〈싫은 소설〉, 〈웃는 이에몬〉, 〈엿보는 고헤이지〉, 유메마쿠라 바쿠의 〈음양사〉 시리즈와 하타케나카 메구미의 〈샤바케〉 시리즈, 미야베 미유키의 〈만물이야기〉, 〈마술은 속삭인다〉, 〈드림버스터〉, 〈외딴집〉, 〈혼조 후카가와의 기이한 이야기〉, 〈괴이〉, 〈흔들리는 바위〉, 덴도 아라타의 〈영원의 아이〉, 마쓰모토 세이초의 〈구형의 황야〉 등이있으며, 독특한 색깔의 일본 문학을 꾸준히 소개, 번역할 계획이다.

망량의 상자 (下)

1판 1쇄 발행   2006년 9월 30일
2판 2쇄 발행   2022년 7월 15일

지은이   교고쿠 나쓰히코
옮긴이   김소연

발행인   박광운
편집인   박재은 한나영

발행처 손안의책
출판등록 2002년 10월 7일 (제25100-2002-000081호)
주소 서울 노원구 노원로 18길 19, 210-1204
전화번호 (02) 325-2375 | 팩스 (02) 6499-2375
카페 http://cafe.naver.com/bookinhand
이메일 bookinhand@hanmail.net

ISBN 979-11-86572-00-9 04830

* 이 도서의 국립중앙도서관 출판시도서목록(CIP)은 서지정보유통지원시스템 홈페이지
(http://seoji.nl.go.kr)와 국가자료공동목록시스템(http://www.nl.go.kr/kolisnet)에서 이용하실 수
있습니다. (CIP제어번호: CIP2015012948)